오메르타

**일러두기**

본문 ( )안의 글은 옮긴이와 편집자의 주(註)로 원본에는 없습니다.

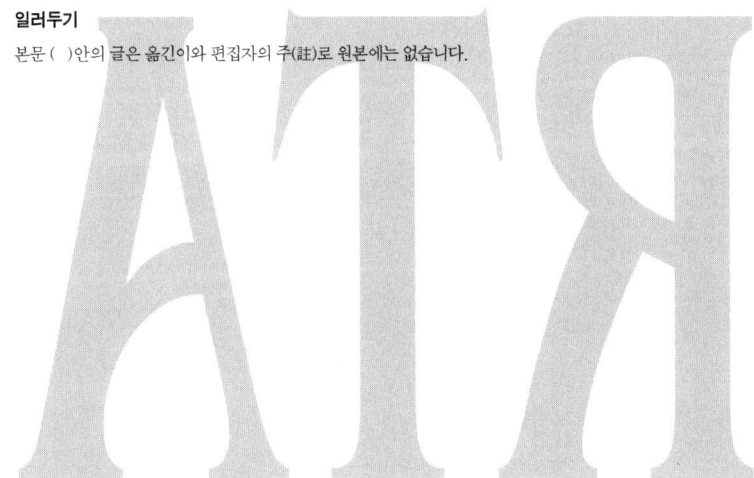

# Omerta
by Mario Puzo

Copyright ⓒ 2000 by Mario Puzo.
All Rights Reserved.
Korean Translation Copy Right ⓒ 2004 Nulbom Publishing.
This Korean Edition was published by arrangement With Mario Puzo c/o Donaldio & Oslon Inc., New York Through KCC(Korea Copyright Center), Seoul.

이 책의 한국어판 저작권은 (주)한국저작권센터(KCC)를 통한 저작권자와의 독점계약으로 늘봄출판사에 있습니다. 저작권법에 의해 한국 내에서 보호를 받는 저작물이므로 무단전재와 복제를 금합니다.

# 오메르타

마리오 푸조

늘봄

옮긴이 이은정

숙명여대 영문과를 졸업하고 영문 번역가로 활동중이다. 번역한 책으로 '대부' '서양고전에서 배우는 리더십' '씽씽 인라인 스케이팅' '해리포터의 성공과 신화' '하프 타임' '딸들의 바다' '나는 조지아의 미친 고양이' 외 다수가 있다.

# 오메르타 Omerta

저　자 / 마리오 푸조
번　역 / 이은정
발행인 / 조유현
발행처 / 늘봄
기　획 / 권경하
디자인 / 박준철
편　집 / 김금발미

등록번호 / 제1-2070 1996년 8월 8일
주　소 / 서울시 종로구 충신동 189-11 동국빌딩 3층
전　화 / (02)743-7784
팩　스 / (02)743-7078

초판발행 / 2005년 6월 15일

ISBN 89-88151-48-8  03840

*가격은 표지에 있습니다.

# 오메르타

범죄에 관련된 사람들에 대해 침묵을 지키는 것을

명예롭게 생각하는 시칠리아의 계율

— World Book Dictionary —

이블린 머피에게

# 프롤로그

 검푸른 시칠리아의 지중해와 면해 있는 카스텔라마레 델 골포의 돌멩이 투성이의 한 마을에 위대한 마피아 두목이 잠들어 있다. 바로 빈센초 제노였다. 그는 공정한 판단을 내렸고, 어려운 사람들을 도와주어 평생 동안 명예로운 이로 존경을 받았다. 그러나 자신에게 반대하는 사람에서는 가차없는 처벌을 내렸다.
 제노의 무덤 옆에는 그를 따랐던 세 사람의 무덤이 있다. 그들 역시 권력과 명예를 추구했다. 뉴욕에서 활동했던 레이몬드 아프릴레, 팔레르모 출신의 옥타비우스 비앙코 그리고 시카고를 주름잡았던 베니토 크락시, 이들 모두는 마지막 순간까지 두목인 제노에게 경의를 표했다.
 돈 제노는 평생 옛 전통을 따랐던 진정한 마피아 두목이었다. 그는 기업들로부터 돈을 걷어냈지만 마약이나 매춘에는 절대로 손을 대지 않았다. 돈을 얻으러 온 사람을 빈손으로 돌려보내지도 않았다. 시칠리아의 고위 판사들을 주무르면서 부당한 법을 고쳤다. 그러나 억울하게 부당한 판결을 받은 사람이 있다면 힘을 사용해 판결을 뒤집고 또한 경고를 했다.

그 덕분에 가난한 농부의 딸은 바람둥이 청년에게 버림받지 않고 성스러운 결혼식을 올릴 수 있었다. 힘 없는 농부는 은행으로부터 재산을 차압당하지 않았고 대학에 가고 싶어하는 젊은이가 돈이 없거나 자격이 부족해서 진학을 포기하는 일은 없었다. 이 모두가 제노의 코스카(cosca:패밀리와 같은 의미)와 관계가 있었기 때문에 가능한 일이었다. 그에 반해 시칠리아의 이런 전통을 인정하지 않는 로마의 법은 주민들에게 어떤 권위도 갖지 못했다. 돈 제노가 어떤 희생을 치르고라도 그런 법들이 지시하는 명령을 무효화했기 때문이다.

그러나 최근 몇 년 사이에 그의 세력은 기울기 시작했고 젊고 아름다운 여인에게 빠져 결혼을 하더니 잘 생긴 사내아이를 낳았다. 하지만 아내는 아이를 낳다 죽었고 아들은 이제 겨우 두 살이었다. 자신의 인생이 얼마 남지 않았음을 알고 있는 늙은 마피아 두목은 사후에 자신의 코스카가 강력한 코를레오네나 클레리쿠지오 일파의 수중에 넘어가면 어린 아들의 장래가 어떻게 될지 걱정스럽기만 했다.

어느 날 그는 중요한 부탁을 하기 위해 세 동료를 침상으로 불렀다. 그는 먼저 동료들에게 먼 곳까지 한걸음에 달려와준 것에 깊은 감사와 경의를 표했다. 그런 다음 자신의 어린 아들 아스토레를 안전한 곳으로 데려가 전혀 다른 환경에서, 그러나 자신처럼 명예로운 남자의 전통에 따라 길러달라고 부탁했다.

"내 아들이 안전할 거라는 확신만 갖게 된다면 마음 편히 죽을 수 있을 것 같네. 난 이 두 살짜리 아이에게서 지금은 거의 사라져 볼 수 없는 진정한 마피아의 영혼과 심장을 느끼고 있다네."

그는 자신이 평생 수백 명의 생사를 결정했다는 사실을 알고 있는 동료들에게 이렇게 말했다.

두목은 동료들 중 한 명을 이 비범한 아이의 후견인으로 지정해 책임을 떠맡기면서 엄청난 대가를 지불할 작정이었다.

"참 묘한 일이야." 돈 제노가 흐릿한 눈으로 바라보며 말했다.

"마피아의 전통에 따르면 진정한 마피아는 대개 첫째 아들이 되지. 그런데 내 경우는 여든이 되어서야 그 꿈을 이룰 수 있었네. 난 예감을 믿지 않지만 이 아이는 시칠리아 땅에서 자랄 것 같은 느낌이 드네. 아이의 눈은 내가 애지중지하는 나무에 열린 올리브처럼 푸르러. 게다가 그 애에겐 시칠리아인의 기질이 있어. 낙천적이고 노래를 좋아하고 명랑하지만 누군가 자신을 건드리면 아무리 어린애라도 절대 잊지 않을 걸세. 하지만 지금은 누군가 그 애를 보호해줘야 해."

"그건 저희들이 맡겠습니다. 아드님은 저희들이 친자식처럼 키우겠습니다." 크락시가 말했다.

비앙코가 불만스럽게 크락시를 노려보았다. 그리고 말했다.

"저는 아드님이 태어났을 때부터 줄곧 지켜봤습니다. 제가 아들처럼 키우겠습니다."

그러나 레이몬드 아프릴레는 돈 제노를 바라보기만 할 뿐 아무 말이 없었다.

"레이몬드, 자네는?"

"저를 택해주신다면 아드님은 제 아들이 될 겁니다."

돈 제노는 세 사람 모두를 깊이 신뢰했다. 크락시는 가장 영리했고 비앙코는 야망이 크고 호쾌한 성격의 소유자였다. 아프릴레는 자제력이 강하고 셋 중 가장 그와 비슷했다. 다만 무자비한 면이 있었다.

서서히 죽어가는 동안 돈 제노는 아들에게 가장 필요한 사람은 레이몬드 아프릴레라는 생각을 굳히고 있었다. 그는 아들을 돌봐줌으로써 큰 이득을 볼 것이며 아들에게 배신의 세계에서 살아 남는 법을 틀림없이 가르쳐줄 것이다.

돈 제노는 한동안 말이 없었다. 그리고 마침내 입을 열었다.

"레이몬드, 자네가 맡아주게. 그래야 내가 편히 눈감을 수 있을 것 같네."

돈 제노의 장례식은 황제의 장례식처럼 성대했다. 시칠리아에 흩어져 있는 모든 마피아 두목들은 물론 로마의 내각 수상부터 대농장 지주들, 그리고 전국의 마피아 조직원 수백 명이 그의 죽음에 애도를 표했다.

검정색 상복과 필박스 모자 차림으로 검은 말이 끄는 영구차 위에 올라 탄 두 살배기 아스토레 제노의 이글거리는 눈빛은 로마 황제처럼 위엄이 있었다.

팔레르모의 추기경이 손수 장례식을 집도하고 추도사를 읽었다.

"건강할 때나 아플 때나 슬플 때나 절망할 때나 돈 제노는 우리 모두의 진정한 친구였습니다."

그리고 돈 제노가 남긴 마지막 유언을 들려주었다.

"하느님께 나를 맡깁니다. 항상 공정하려고 노력했으니 저의 죄를 사하여 주옵소서."

장례식이 끝난 후 아스토레 제노는 레이몬드 아프릴레의 손에 이끌려 미국으로 건너왔고 그의 가족이 되었다.

# 1

1995

자동차를 몰고 존 헤스코우의 집 마당 안으로 들어오던 스투르조가의 쌍둥이 형제 프랭키와 스테이스는 집 앞에서 농구를 하고 있는 키 큰 10대 소년 네 명을 건너다 보았다. 쌍둥이 형제가 대형 뷰익에서 내리자 헤스코우가 그들을 맞으러 달려나왔다. 키가 크고 얼굴이 배처럼 생긴데다 동그랗게 벗겨진 정수리 아래 숱 적은 머리카락을 단정하게 빗어 내린 그는 작고 푸른 눈을 반짝였다.

"마침 잘 왔네. 자네들에게 소개하고 싶은 사람이 있어. 여기는 내 아들 조코야."

헤스코우가 자랑스러운 듯 큰 소리로 아들을 소개하자 잠시 게임이 중단되었다. 소년들 중 가장 키가 큰 조코가 프랭키에게 넓적한 손을 쑥 내밀었다.

"만나서 반갑군. 우리 게임 한 판 할까?" 프랭키가 말했다.

조코는 두 손님을 번갈아 쳐다보았다. 그들은 180센티미터 정도 되는 키에 체격도 건장한 편이었다. 각각 빨간색, 초록색의 랄프 로렌 폴로 셔츠에 카키색 바지와 밑창이 얇은 신발을 신고 있었다. 그리고 잘생긴 얼굴에 붙임성 있어 보이는 명랑한 표정 덕분에 기품과 자신감이 넘쳐 보였다. 조코는 그들이 쌍둥이라는 사실은 눈치채지 못했고 나이는 40대 초반쯤일 거라고 생각했다.

"좋아요." 조코가 흔쾌히 대답했다.

스테이스는 씩 웃어 보였다.

"좋아! 3천 마일을 달려왔으니 몸 좀 풀어볼까?"

조코는 모두 180센티미터가 훨씬 넘는 친구들에게 다가가 말했다.

"너희들 셋이 한 편을 해. 나는 저 아저씨들과 편이 될게."

조코는 자신의 실력이 가장 뛰어나기 때문에 이번 게임은 아버지 친구들에게 유리할 거라고 생각했다.

"너무 부담 갖지 말아라. 저 아저씨들이 원래 어울리는 걸 좋아하거든."

존 헤스코우가 소년들에게 말했다.

12월 오후여서인지 공기는 쌀쌀했다. 롱아일랜드의 옅은 노란 햇살이 헤스코우의 일터인 유리 화원의 천장과 벽에 반사되어 반짝거렸다.

젊지만 이미 원숙한 조코의 몸은 얼마든지 중년 남자들과 보조를 맞출 수 있었다. 갑자기 프랭키와 스테이스가 레이업 슛을 하기 위해 소년들 옆을 쏜살같이 지나갔다. 조코는 두 사람의 재빠른 몸짓에 감탄했다. 슛을 실패한 그들은 조코에게 공을 패스했다. 그들은 절대 아웃사이드 슛을 하려고 하지 않았다. 어떻게든 레이업 슛을 하려고 이리저리 몸을 움직이는 것 같았다.

소년들은 자신들의 큰 키를 이용해 아저씨들을 따돌리고 패스하려고 애썼지만 리바운드만 몇 개 잡았을 뿐이었다. 결국 한 소년이 흥분해서 프랭키의 얼굴을 팔꿈치로 내려쳤다. 그러나 바닥에 나둥그라진 것은 소년이었다. 조코는 이 모든 것을 지켜보고 있었지만 어떻게 된 것인지는 정확히 알지 못했다. 그때 스테이스가 공으로 프랭키의 머리를 내리치며 말했다.

"어서 사과해. 유치하긴."

프랭키는 소년을 일으켜준 다음 엉덩이를 툭툭 치며 말했다.

"어이, 미안하네."

그들은 5분 가량 게임을 더 했지만 프랭키와 스테이스는 지친 모습이 역력했고, 소년들은 그들 주위를 맴돌기만 했다. 그리고 게임이 끝났다.

헤스코우가 마당으로 소다수를 내오고, 소년들은 프로 선수 같은 기량을 보여준 카리스마 넘치는 프랭키 곁으로 모여들었다. 프랭키는 자신이 넘어뜨렸던 소년의 어깨에 다정하게 팔을 올려놓았다. 그리고 각진 얼굴에 사람 좋아 보이는 푸근한 웃음을 지었다.

"이 아저씨가 충고 몇 가지 할까? 패스를 할 수 있을 땐 절대 드리블을 해서는 안 돼. 그리고 마지막 쿼터에서 20점 뒤지고 있더라도 절대 포기해서는 안 되지. 고양이를 두 마리 이상 키우는 여자랑 데이트를 해서도 절대 안 되고 말야."

소년들이 한꺼번에 웃음을 터뜨렸다.

프랭키와 스테이스는 소년들과 악수를 나누며 즐거웠다고 인사를 했다. 그리고 헤스코우를 따라 초록색으로 칠해진 집으로 들어갔다. 조코도 두 사람에게 작별 인사를 했다.

"저희들도 즐거웠어요!"

집안으로 들어간 존 헤스코우는 쌍둥이 형제를 2층 손님방으로 안내했다. 방문은 자물쇠로 단단히 잠겨 있었다. 헤스코우는 두 사람을 먼저 방으로 들여보낸 다음 뒤따라 들어와 문을 잠갔다.

넓은 방에는 싱글 침대 두 개가 나란히 놓여 있었는데 헤스코우는 형제가 한 방에서 자고 싶어한다는 사실을 알고 있었다. 방 모퉁이에는 자물쇠를 채우고 금속 띠까지 두른 커다란 트렁크가 놓여 있었다. 헤스코우는 열쇠로 트렁크를 연 다음 뚜껑을 젖혔다. 그 안에는 여러 벌의 권총과 자동 무기가 들어 있었고, 기하학적인 모양으로 가지런히 정리된 검정색 탄약통이 보였다.

"이거면 됐나?" 헤스코우가 물었다.

"소음기가 없군." 프랭키가 말했다.

"이번 일에는 소음기가 필요 없어."

"됐어. 난 소음기를 좋아하지 않아. 소음기를 장착하면 제대로 맞힐 수가 없거든." 스테이스가 말했다.

"알겠네. 그럼 우선 샤워나 하고 쉬게. 나는 아이들을 보내놓고 저녁 식사 준비를 할 테니. 내 아들 어떤가?"

"음, 아들 하나는 잘 뒀군." 프랭키가 말했다.

"아들 놈 농구 실력은 어때?" 헤스코우는 자부심이 가득한 표정을 지으며 물었다. 그의 얼굴은 잘 익은 배처럼 보였다.

"훌륭해." 프랭키가 말했다.

"스테이스, 자네 생각은 어때?"

"내 생각도 같아. 아주 뛰어나."

"빌라노바 대학에 장학생으로 들어가네. 그 다음엔 NBA에 진출해야지."

잠시 후 쌍둥이가 거실로 내려왔다. 헤스코우는 미리 나와 앉아 기다리고 있었다. 그는 버섯과 그린 샐러드를 곁들인 삶아서 튀긴 송아지고기 요리를 준비했다. 식탁에는 적포도주도 놓여 있었다.

세 사람은 식탁에 앉았다. 오랜 친구 사이인 세 사람은 서로의 과거에 대해 잘 알았다. 헤스코우는 13년 전에 이혼했고 전처와 아들 조코는 바빌론에서 2, 3마일 떨어진 곳에 살고 있었다. 그러나 아들은 대부분의 시간을 아버지 집에서 보냈고, 헤스코우도 아들을 끔찍이 사랑하는 성실한 아버지였다.

"자네들 말야, 원래 내일 아침에 오기로 하지 않았나? 오늘 오는 줄 알았으면 아들을 보냈을 텐데. 자네들이 전화했을 때는 미처 아들놈과 친구들을 보낼 수가 없었네."

"괜찮네. 꼭 그럴 필요는 없었어." 프랭키가 말했다.

"아이들이랑 게임하는 걸 보니 자네들 실력도 아직 녹슬지 않았더군. 프로팀에서 뛰는 건 생각해본 적은 없었나?"

"아니. 180센티미터의 키로는 어림도 없지. 깜둥이들을 상대할 수가 없어."

"아들 앞에서는 그런 말 쓰지 말게. 그 애에게도 흑인 친구가 있으니까말야."

헤스코우가 걱정스러운 표정으로 말했다.

"물론이지. 염려 말게나."

헤스코우는 마음을 놓고 포도주를 한 모금 마셨다. 그는 이들 형제와 일하는 것을 좋아했다. 무엇보다 그들은 단순했다. 그가 만나는 대부분의 쓰레기들처럼 비열하지 않았다. 그들은 지금 서로 편하게 말할 수 있는 공간에 있었다. 안전하다는 생각 때문인지 쉽게 유쾌한 기분에 젖어들 수 있었다.

세 사람은 느긋하게 식사를 했다. 헤스코우는 직접 프라이팬에서 음식을 가져와 접시를 채워주었다.

"평소에도 궁금했는데, 자네 도대체 이름은 왜 바꿨나?" 프랭키가 물었다.

"오래 전 일이야. 난 이탈리아인이란 사실이 부끄럽진 않지만 자네들도 알다시피 내가 그 빌어먹을 독일인처럼 생기지 않았나. 금발에 푸른 눈 그리고 이 코까지 말야. 그러니 이름을 독일식으로 바꿔버리면 이상하게 보지는 않을 거라고 생각했지."

쌍둥이는 이해한다는 듯 고개를 끄덕이며 웃었다. 그들은 헤스코우가 멍청하다고 생각했지만 개의치 않았다.

쌍둥이가 샐러드 접시를 비우자 헤스코우는 에스프레소 두 잔과 이탈리아식 빵을 내왔다. 시가도 권했지만 그들이 거절했다. 대신 말보로를 꺼내 물었는데 그 모습이 우락부락한 서부 출신인 그들과 더 잘 어울렸다.

"이제 사업 얘기 좀 하자구. 이번 일은 분명 큰 건수겠지? 그렇지 않고서야 우리가 3천 마일이나 되는 거리를 달려올 리가 없지. 하마터면 날아갈 뻔했다네." 스테이스가 말했다.

"난 별로 힘들지 않았어. 사실은 즐거웠어. 미국땅을 좀 더 자세히 봤거든. 소도시에서 만난 사람들도 모두 친절했고 즐거웠어." 프랭키가 말했다.

"프랭키 말이 맞네. 하지만 너무 긴 여행이었어." 스테이스가 말했다.

"공항에 어떤 기록도 남겨서는 안 되기 때문에 그랬네. 놈들이 가장 먼저 확인하는 게 탑승기록이거든. 게다가 공항에서 죽는 경우도 많지. 자네들이야 죽음도 개의치 않겠지만."

"우리야 천성이 그러니까. 그런데 도대체 이번엔 어떤 놈인가?"

"돈 레이몬드 아프릴레야."

헤스코우가 에스프레소를 힘겹게 삼키며 말했다.

긴 침묵이 이어졌다. 헤스코우는 처음으로 두 형제에게서 섬뜩한 살의를 느꼈다. 프랭키가 조용히 말했다.

"그것 때문에 3천 마일이나 달려오라고 한 건가?"

스테이스는 웃음을 지으며 헤스코우를 바라보았다.

"존, 그동안 자네를 알고 지낸 걸 행운이라고 생각해. 이번 일은 안 들은 걸로 할 테니 자문비나 주게. 그럼 당장 떠나겠네."

스테이스는 농담조로 말하면서 실실 웃었지만 헤스코우는 농담으로 받아들이지 않았다.

L.A.에 살고 있는 프랭키의 친구인 프리랜서 작가가 한 번은 이런 얘기를 들려주었다. 잡지사에서는 그에게 기사에 대한 값을 지불해주지만 그것은 엄밀히 말하면 기사를 사는 값이 아니다. 여차하면 기사를 폐기시키겠다고 합의한 데 따른 비용을 지불하는 것일 뿐이라는 설명이었다. 쌍둥이도 그런 관례를 따랐다. 그래서 이 제안에 귀를 기울여준 것에 대한 비용을 청구해야 한다고 생각했다. 이번 경우에는 여행 시간과 두 사람 모두 움직인 것을 감안해 20만 달러는 받아야 했다.

그러나 그들에게 일을 지시하고 확신을 심어주는 것은 헤스코우의 몫이었다.

"돈 아프릴레는 은퇴한 지 3년이 지났어. 과거에 관련을 맺었던 사람들은 모두 감옥에 있기 때문에 더 이상 힘도 없어. 문제를 일으킬 만한 사람은 단 한 명, 티모나 포르텔라뿐인데 아마 그런 일은 없을 거야. 자네들이 받게 될 돈은 자그마치 백만 달러야. 절반은 자네들이 임무를 완수한 후에, 나머지 절반은 1년 안에 받게 될 거야. 다만 1년 동안은 완전히 죽어지내야 하네. 모든 준비는 끝났어. 이제 자네들이 그를 쏘기만 하면 돼."

"백만 달러라, 꽤 큰돈이군." 스테이스가 말했다.

"내 고객은 돈 아프릴레를 암살하는 게 그만한 가치가 있다고 생각해. 그는 최고의 조력자를 원해. 명석한 두뇌와 정확한 사격 솜씨 그리고 무엇보다 입이 무거워야 하네. 자네들이야말로 최고의 적격자야."

"게다가 이런 위험을 감수할 만한 청부업자들은 많지 않지." 프랭키가 말했다.

"맞아. 게다가 평생 그 대가를 치러야 하지. 평생 경찰이나 연방수사관의 미행을 당할 걸." 스테이스도 맞장구쳤다.

"내가 맹세하지. 뉴욕 경찰은 끝까지 추적하지 않을 거야. FBI도 마찬가지고." 헤스코우가 주장했다.

"그럼 돈 아프릴레의 옛 친구들은?" 스테이스가 다시 물었다.

"죽은 자에겐 친구가 없는 법이야."

헤스코우는 잠시 말을 멈췄다 입을 열었다. "그는 은퇴하면서 모든 관계를 정리했어. 그 점은 걱정할 것 없네."

"거래할 때마다 항상 걱정할 게 없다고 말하니 우습지 않아?"

프랭키의 말에 스테이스가 웃었다.

"그건 존이 저격수가 아니기 때문에 할 수 있는 말이지. 자넨 우리의 오랜 친구고 우린 자넬 믿어. 하지만 만일 자네 말이 틀렸다면 어쩔 텐가? 누구든 틀릴 수 있으니까. 만일 아프릴레에게 여전히 옛 친구들이 남아 있다면? 어쩌면 그는 지금도 친구들을 조정하는지도 모르지. 그렇게 되면 우린 그들에게 잡혀서 쉽게 죽지도 못할 거야. 아마 두세 시간 동안 지옥 같은 고통을 겪겠지. 게다가 우리 가족까지 무사하지 못할 거고. 거기에는 자네 아들도 포함되네. 죽으면 NBA고 뭐고 다 소용없어. 그건 그렇고 이번 일에 누가 돈을 대는지 알아야 할 것 아닌가."

헤스코우는 두 사람에게로 몸을 기울였다. 그의 얇은 피부는 벌겋게 달아올라 있었다.

"그건 말할 수 없네. 자네들도 알다시피 난 브로커일 뿐이야. 나도 지금껏 그 생각을 안 한 게 아니네. 하지만 내가 그렇게 멍청한 놈 같은가? 돈 아프릴레를 모르는 사람이 어디 있단 말인가? 하지만 그는 지금 무력한 존재야. 내가 말할 수 있는 건 윗선에서 자네들을 보호해줄 거라는 점이네. 경찰은 수사하는 시늉만 할 걸세. 그리고 FBI는 수사할 권한조차 없네. 또 어떤 마피아 두목도 개입하지 않을 거야. 그건 바보라도 알 수 있는 일이야."

"돈 아프릴레가 내 표적이 되리라고는 꿈에도 생각해본 적이 없어."

프랭키는 이렇게 말하면서도 마음 한곳에서 구미가 당겼다. 내가 속한 세계에서 가장 두렵고도 존경하는 사람을 죽이게 되다니!

"프랭키, 이건 농구 게임이 아니야. 만일 실패하면 우린 악수도 나눌 수 없고 마당을 걸어다닐 수도 없다구." 스테이스가 경고했다.

"하지만 스테이스, 이건 백만 달러짜리 일이야. 그리고 존이 우리가 잘못될 리는 없다잖아. 해보자구." 프랭키가 설득했다.

스테이스도 묘한 흥분을 느꼈다. 제기랄. 자신이나 프랭키나 자기 몸뚱이쯤은 얼마든지 건사할 수 있을 것이다. 잘만하면 백만 달러를 손에 쥘 수 있는 일이 아닌가. 사실 스테이스는 프랭키보다 돈 욕심이 많고 사업적인 계산도 빨랐다. 그는 백만 달러라는 거액에 마음이 흔들렸다.

"좋아, 하지. 만일 자네 말이 틀리더라도 하느님이 가엾게 여겨 자비를 베풀어주시겠지." 어렸을 때 성당에서 복사로 일한 적이 있는 스테이스가 말했다.

"돈 아프릴레가 FBI의 감시를 받고 있는 건 아닌가? 그 점은 걱정하지 않아도 되나?" 프랭키가 물었다.

"걱정하지 말게. 옛 친구들이 모두 감옥에 가자 그는 신사처럼 은퇴를 선언했어. FBI도 그 점을 높이 평가하고 더 이상 감시하지 않겠다고 했다네. 내가 보장하지. 자, 어서 계획이나 세워보자구."

헤스코우는 30분이나 걸쳐 계획을 상세하게 설명했다.

마지막으로 스테이스가 물었다.

"그런데 언제지?"

"토요일 아침이네. 우선 여기서 이틀 동안 머무르게. 그 후에는 개인용 제트기를 타고 뉴욕을 떠나게."

"그럼 능숙한 조종사가 되어야겠군. 그것도 아주 뛰어난." 스테이스가 말했다.

"조종은 내가 하네."

헤스코우는 이렇게 말한 다음 두 사람의 마음을 붙잡으려는 듯 덧붙였다.

"일당치고는 엄청난 액수지."

그 주일 내내 헤스코우는 스투르조 형제의 뒤치다꺼리를 했다. 음식을 해 먹이고 온갖 심부름을 도맡아했다. 그는 쉽게 상처받는 성격은 아니지만 쌍둥이 형제는 이따금 그에게 쌀쌀맞게 대했다. 계산이 철저한 이들이라 머리 속으로 끊임없이 이익을 따졌지만 천성적으로 상냥해서 헤스코우의 온실에 나가 화초 가꾸는 일을 돕기도 했다.

쌍둥이 형제는 저녁 식사 전에 일대일 농구를 했고 그럴 때면 헤스코우는 뱀처럼 날렵한 그들의 몸놀림을 보며 감탄했다. 프랭키는 날렵하고 슛이 정확했다. 스테이스는 그보다 못하지만 영리했다. 헤스코우는 프랭키가 NBA에 진출했어도 좋았을 거라는 생각이 들었다. 그러나 이번 일은 농구 게임이 아니다. 실제 위기에서는 스테이스가 한 수 위일지도 모른다. 스테이스야말로 최고의 슈터일 것이다.

# 2

 1990년대에 맹위를 떨쳤던 FBI의 대규모 뉴욕 마피아 소탕작전에서 살아 남은 사람은 고작 두 명뿐이었다. 가장 악명 높고 두려운 존재였던 돈 레이몬드 아프릴레는 아무런 상처도 입지 않고 살아 남았다. 또 한 사람, 아프릴레와 비슷한 권력을 행사했지만 한참 아래인 티모나 포르텔라는 순전히 운이 좋아서 탈출에 성공한 경우였다.

 하지만 마피아들의 미래는 뻔해 보였다. 1970년 비민주적인 리코 법안(범죄 조직이 취득한 부정 수익을 몰수할 수 있도록 한 조직범죄규제법)이 제정되면서 수사에 한층 열을 올리게 된 FBI 특별 수사팀과 죽음으로 오메르타를 사수하는 미국 마피아 패밀리들 간에 최후의 결전이 벌어지자 돈 레이몬드 아프릴레는 이제 자신도 명예롭게 퇴장할 때가 왔다는 것을 느꼈다.

 30년 동안 자신의 패밀리를 지배해온 돈 아프릴레는 어느덧 전설이 되었다. 시칠리아에서 성장한 그는 미국 태생의 마피아 두목들이 갖고 있는 잘못된 생각이나 거만함과는 거리가 멀었다. 그는 개인적인 카리스마와 존경심 그리고 의심이 가는 적에 대한 잔혹한 처단을 무기로 지역을 다스렸던 19세기의 시칠리아 방식을 따랐다. 무엇보다 그 자신이 그런 옛 영웅들처럼 천재적인 전략가이기도 했다.

이제 62세가 된 그는 평생을 원칙대로 살아왔다. 그는 적들을 처단하고 친구와 아버지로서 자신의 의무를 성실히 이행했다. 그리고 아직 의식이 또렷할 때 부조리한 현실에서 은퇴하여 노년을 즐기고 신사적인 은행가로 사회적인 역할에 더욱 충실하기로 결심했다.

세 자녀도 번듯한 직업을 얻어서 무사히 사회에 안착했다. 서른일곱 살인 큰 아들 발레리우스는 결혼해 아이를 두었고, 미 육군 대령으로 웨스트 포인트에서 교관으로 근무하고 있었다. 그가 군인이 된 것은 어린 시절 겁이 많고 소심한 성격 때문이었다. 돈 아프릴레는 아들의 이런 약점을 고치려면 웨스트 포인트의 생도 교육이 특효약이라고 생각했다.

둘째 아들 마르칸토니오는 서른다섯 살로 개성이 강하고 종잡을 수 없는 면이 있지만 전국망을 가진 TV 방송국의 최고 경영자였다. 어린 시절부터 변덕스럽고 허황된 생각을 자주 하는 아들을 지켜보며 아버지는 그가 어떤 사업이든 진지하게 하지 못할 거라고 판단했다. 그러나 창조적인 몽상가로 신문지상에 이름도 곧잘 오르내리자 돈 아프릴레는 아들을 완전히 신뢰하지는 않아도 흐뭇하게는 생각하고 있었다. 어쨌든 그는 아버지가 아니던가? 아버지보다 아들을 더 잘 아는 사람은 없는 법이다.

아기 때부터 니키라는 애칭으로 불렸던 딸 니콜은 여섯 살이 되자 자신의 이름을 제대로 불러달라고 요구할 만큼 당돌한 면이 있었다. 니콜은 그가 가장 좋아하는 스파링 파트너였다. 스물아홉 살인 니콜은 기업 변호사이자 페미니스트였다. 돈이 없어 변호를 제대로 받지 못하는 빈민층이나 가망이 없어 보이는 범죄자들을 위해 무료 변론을 해주기도 했다. 특히 살인자들을 전기 의자에서 구출해주고 남편을 살해한 아내가 감옥에 가는 것을 막고 상습적인 강간범이 무기형을 받지 않도록 하는데 일가견이 있었다. 그녀는 어떤 범죄자라도 교화하면 새사람이 될 수 있다는 확고한 믿음을 갖고 사형제도를 절대 반대했으며 미국의 경제 구조에 신랄한 비판을 가했다. 미국처럼 부유한 나라에서는 가난의 원인이 무엇이든 가난하다고 해서 사람을 차별해서는 안 된다는 게 그녀의 신념이었다. 그럼에도 불구하고 니콜은 기업의 법률적인 문제에 있어서는 매우 유능하고 끈질긴 협상을 벌였으며 명성도 쌓고 있었다. 이런 딸은 아버지와 여러 면에서 의견이 맞지 않았다.

아스토레는 혈연 관계는 아니지만 그의 가족이나 다름 없었으며 특히 돈 아프릴레는 그를 친조카처럼 아꼈다. 활동적이고 매력적인 성격 때문에 삼남매와 형제처럼 지냈으며 세 살 때부터 열여섯 살이 될 때까지 가족의 막내로 사랑을 독차지했다. 그러다 11년 전 홀연히 시칠리아로 떠났다.

돈 아프릴레는 조심스럽게 은퇴를 계획했다. 우선 잠재해 있는 적들을 회유하기 위해 자신의 제국을 분할했고, 충성스런 친구들에게 선물로 주는 방식을 택했다. 감사하는 마음이라도 있어야 최소한의 미덕이 지속되며, 그런 선물은 반드시 보답을 받게 된다는 것이 그의 지론이었다. 그는 특히 티모나 포르텔라를 달래는 데 신경을 썼다. 포르텔라는 간혹 죽일 필요까지는 없는 사람도 죽이는 등 비이성적이고 잔인한 면이 있어서 위험했다.

포르텔라가 어떻게 1990년대 FBI의 철통 같은 수사망을 피했는지는 모두에게 수수께끼였다. 미국 태생의 마피아 두목인 그는 다혈질에다 경솔하고 불 같은 성질을 가졌으며 섬세함이 부족했다. 엄청나게 배가 나온 거구에 팔레르모의 어린 견습생 킬러처럼 화려한 실크로 만든 옷을 입고 다녔다. 그는 불법적인 마약 보급책으로 권력을 잡았다. 결혼을 한 적은 없지만 쉰이라는 나이가 무색하게 지금도 여자라면 사족을 못 썼다. 하지만 지능이 약간 모자란, 자신 못지않게 성격이 거친 동생 부르노를 위하는 마음만은 끔찍했다.

돈 아프릴레는 포르텔라를 신뢰하지 않았고 그와 거래한 적도 없었다. 그러나 사람은 약점이 있으면 위험에 빠지기 쉽기 때문에 그 약점을 보완할 필요가 있었다. 포르텔라와의 회담을 주선한 것도 그런 이유에서였다.

포르텔라는 동생 브루노와 함께 도착했다. 아프릴레는 평소와 마찬가지로 조용하고 예의바르게 그들을 맞았지만 쉽사리 본심을 드러내지는 않았다.

"나는 이제 은행을 제외하고 다른 사업에서는 손을 뗄 작정이오. 하지만 당신은 나와는 달리 사람들의 눈에 자주 노출될 테니 각별히 조심해야 할 거요. 내게 어떤 조언이든 필요하면 도움을 청하시오. 내가 그만한 힘도 없이 완전히 물러나는 건 아니니까."

돈 아프릴레의 명성을 두려워하기는 형과 마찬가지인 브루노는 아프릴레가 자기 형에게 깎듯이 대하자 으쓱해져서 싱글벙글이었다. 그러나 티모나는 그 말이 무슨 뜻인지 단박에 알아차렸다. 그는 지금 경고를 하고 있는 것이다.

티모나는 돈 아프릴레를 바라보며 공손하게 고개를 끄덕였다.

"당신은 항상 우리 모두에게 최선의 판단이 무엇인지 보여주었습니다. 당신이 내린 결정에 경의를 표합니다. 나를 친구로 생각해주십시오."

"좋소, 좋고 말고. 그럼 선물 삼아 이런 경고를 해주고 싶소. FBI 수사관인 킬케는 음흉한 사람이오. 어찌됐든 그를 믿지 마시오. 그는 지금 자신의 성공에 도취해 있소. 당신은 그의 다음 표적이 될 거요."

"하지만 당신과 나는 이미 놈에게서 벗어난 게 아닙니까? 비록 놈이 우리 친구들을 모두 감옥에 잡아넣었지만 두렵지 않습니다. 어쨌든 충고 고맙습니다."

두 사람은 축배를 들었다. 잠시 후 포르텔라 형제는 자리에서 일어났다. 차 안에서 동생 브루노는 아프릴레가 정말 대단한 사람이라고 말했다.

"그래, 그는 위대한 두목이지." 티모나도 맞장구쳤다.

돈 아프릴레는 두목으로서 자신의 역할에 만족했다. 티모나의 눈빛에서 경고를 받아들이는 모습을 보았고 그가 어떤 위험도 가하지 않을 거라고 확신했다.

돈 아프릴레는 뉴욕의 FBI 지국장 커트 킬케에게도 개인 면담을 요청했다. 놀랍게도 킬케는 돈 아프릴레가 찬사를 보내는 사람 중 한 명이었다. 그는 동부 지역의 마피아 두목 대부분을 감옥으로 보내고 그들의 권력 조직을 붕괴시켜 버린 장본인이었다.

다행히 돈 아프릴레는 킬케의 비밀 정보원을 알아내어 그와 내통한 덕분에 FBI의 칼날을 피할 수 있었다. 사실 돈 아프릴레는 킬케를 높이 평가하고 있었다. 그는 공정하게 판단했고, 무고한 사람에게 죄를 뒤집어씌우거나 공권력으로 상대를 괴롭힌 적이 없으며 아프릴레의 자식들을 공개적으로 낙인찍지도 않았다. 그래서 자신에게 경고를 했을 때도 당연하게 생각했다.

면담은 몬타우크에 있는 돈 아프릴레의 교외 주택에서 이루어졌다. 킬케는 FBI 수칙을 어기고 혼자 왔다. FBI 국장은 킬케가 혼자 움직이는 것을 승인해주었지만 대신 특별한 녹음 장치를 착용하도록 강요했다. 이 장치는 늑골 아래쪽에 부착해 겉으로는 전혀 표시가 나지 않았다. 제작자가 생산을 엄격히 통제하기 때문에 일반인들에게는 판매되지 않는 것이었다. 킬케는 상부에서 이런 녹음 장치를 사용하도록 명령하는 것이 자신이 마피아 두목과 나누는 대화를 듣기 위해서라는 것을 알고 있었다.

두 사람은 10월의 황금빛 햇살이 눈부시게 쏟아지는 어느 날 오후 돈 아프릴레의 집 발코니에서 만났다. 킬케는 감청 장치를 착용하고 이 집을 통과한 적이 한 번도 없었다. 늘 감시자가 철저히 몸수색을 했다. 그런데 이 날은 놀랍게도 돈 아프릴레의 부하들이 전혀 수색을 하지 않았다. 분명히 돈 아프릴레는 그에게 불법적인 제안을 하지 않을 거라는 생각이 들었다.

여느 때와 마찬가지로 킬케는 자신을 대하는 돈 아프릴레의 모습을 보고 의아스럽고 혼란스러웠다. 킬케는 그가 백여 건이 넘는 살인을 명령하고 수없이 법을 어긴 악당이라는 사실을 알면서도 증오할 수가 없었다. 다만 사회 조직을 파괴하는 암적인 존재라는 생각만 들었을 뿐이다.

돈 아프릴레는 검정색의 양복과 타이 그리고 흰 셔츠 차림이었다. 그는 근엄하면서도 인자한 표정을 지었으며 얼굴선은 도덕을 사랑하는 사람인 양 부드러웠다. 킬케는 어떻게 이런 얼굴을 가진 사람이 그렇게 무자비한 행동을 할 수 있는지 의아했다.

돈 아프릴레는 킬케가 당황할까봐 악수를 청하지 않았다. 대신 손짓으로 의자에 앉으라고 권하며 고개를 까딱하는 것으로 인사를 대신했다.

"나는 나 자신과 가족을 당신네 보호 하에 두기로 결심했소. 즉 사회의 보호를 받겠다는 말이오."

킬케는 몹시 놀랐다. 이 노인네가 지금 무슨 말을 하는 건가?

"지난 20년 동안 당신은 내 적이 되는 것을 자청했소. 끊임없이 나를 추적했지 않소. 하지만 난 항상 당신의 페어 플레이에 고마움을 느꼈소. 당신은 증인을 매수하거나 내게 불리한 위증을 이끌어 낸 적이 없었소. 물론 내 친구들을 대부분 감옥에 보냈고 나도 그렇게 만들려고 한 것은 알고 있지만 말이오."

킬케는 미소를 지었다.

"지금도 노력 중입니다."

돈 아프릴레는 알고 있다는 듯 고개를 끄덕였다.

"나는 몇 개의 은행을 제외하고 —그것은 합법적인 사업이요— 법에 저촉되는 사업은 처분하기로 했소. 내 발로 당신네 사회의 보호 아래 들어가기로 했단 뜻이오. 그리고 그 대가로 사회에 대한 의무를 이행할 것이오. 당신은 날 추적하지 않아도 되니 일이 한결 수월해질 거요."

킬케는 어깨를 으쓱했다.

"그건 상부에서 결정할 일이죠. 그런데 왜 갑자기 그런 결정을 내렸죠? 오랫동안 당신을 추적한 나로서는 좋은 거지만."

돈 아프릴레의 표정은 더욱 진지해졌고 다소 지쳐 보이기까지 했다.

"당신과 거래할 게 있소. 내 결정에는 지난 몇 년간 당신이 거둔 눈부신 성공이 절대적인 영향을 끼쳤소. 하지만 중요한 것은 내가 FBI의 일급 정보원의 정체를 알고 있다는 사실이오. 나는 그가 누군지 알고 있소. 아직은 누구에게도 말하지 않았지만."

킬케는 순간 당황했지만 바로 냉정을 되찾았다.

"내게 그런 정보원은 없습니다. 다시 말해 결정은 내가 아니라 당국에서 내립니다. 당신은 지금 시간 낭비를 하고 있는 겁니다."

"아, 아니오. 난 지금 협박이 아니라 화해를 청하는 거요. 이 나이 먹도록 내가 터득한 것들을 말해주고 싶을 뿐이오. 손쉬운 방법이라고 해서 권력을 섣불리 행사하지 마시오. 비극의 소지를 조금이라도 감지하면 섣불리 승리를 확신해 행동하지 마시오. 내가 당신을 적이 아닌 친구로 생각하거나 말할 수 있게 해주시오. 그리고 내 제안을 거절할 경우 당신이 무엇을 얻고 잃을 것인지 생각해보시오."

"당신이 정말로 은퇴한다면 당신의 우정이 무슨 쓸모가 있겠습니까?" 킬케가 웃었다.

"당신은 내 호의를 받아들이게 될 거요. 상대가 아무리 하찮은 존재라도 그건 가치 있는 것이오."

얼마 후 킬케는 부관인 빌 벅스턴에게 테이프를 들려주었다.

"도대체 무슨 얘길 하는 겁니까?"

"자네도 알아두어야 하네. 그는 내게 자신이 완전히 무방비 상태가 아니다, 계속해서 나를 주시하겠다, 뭐 이런 말을 하고 있는 거야."

"제기랄, 지깟 놈들이 어떻게 감히 연방수사국을 건드릴 수가 있단 말이죠?"

"그렇지. 은퇴했건 안 했건 내가 계속해서 그를 주목하는 것도 그 때문이지. 경계를 늦춰선 안 돼. 아직은 완전히 확신할 수 없어."

돈 아프릴레는 사회의 법과 윤리를 깨뜨려가며 무자비하게 부를 축적한 노상강도 출신의 미국 명문가들의 역사를 연구했다. 그리고 그들과 마찬가지로 누구에게나 후원자가 되었다. 그리고 그들처럼 자신만의 제국을 거느렸다. 세계 열 군데 대도시의 개인 은행을 소유한 것이다. 그리고 가난한 이들을 위해 병원을 지어서 기부했다. 예술 발전에도 기여했는데 르네상스 연구를 위해 콜럼비아대학교에 강좌를 개설하기도 했다.

사실 돈 아프릴레는 예일대학교와 하버드대학교에도 당시 학계에서 평판이 나빴던 크리스토퍼 콜럼버스의 이름을 딴 기숙사를 짓는데 2천만 달러를 기부하겠다고 제안했지만 거절당했다. 예일대학교 측은 한 사코 기숙사의 명칭을 사코와 반제티(1920년대 이탈리아 이민자 N. 사코와 생선 행상인 B. 반제티는 무정부주의자로 징병을 거부했다는 정치적인 이유로 미국 매사추세츠주에서 일어난 살인사건 재판에서 범인으로 몰림)로 해야 한다고 주장했다. 그렇지만 돈 아프릴레는 사코와 반제티에게 별 관심이 없었다. 아니 그들을 경멸한다고 보는 게 정확한 표현일 것이다.

속 좁은 사람이라면 모욕감을 느끼고 원망했겠지만 돈 아프릴레는 달랐다. 대신 매일 성당에 나가 25년 전에 세상을 떠난 아내를 위해 기도하고 헌금을 했다.

그는 뉴욕 경찰 자선 협회에 백만 달러를 기부하고 불법 이민자들의 보호 시설에도 백만 달러를 기부했다. 은퇴 후 3년 동안은 세상 사람들에게 축복을 내려주었다. 그의 지갑은 단 하나의 경우를 제외하면 어떤 요청에도 흔쾌히 열렸다. 그것은 사형제도 폐지 운동을 위해 기금을 마련해달라는 딸 니콜의 간청이었다. 그녀는 사형제도 폐지 운동에 열성적으로 참여하고 있었다.

놀랍게도 그는 3년 간의 선행과 관대함으로 지난 30년 동안의 잔악한 행위로 얻은 불명예를 거의 씻을 수 있었다. 하지만 위대한 사람들일수록 친구를 배신하거나 치명적인 판단을 내렸던 자신을 쉽게 용서하고 망각한다. 돈 아프릴레 역시 그러한 보편적인 약점을 갖고 있었다.

돈 아프릴레는 나름대로 특별한 도덕적 규칙을 엄격하게 지키며 살아왔다고 자부했다. 그런 엄격함 덕분에 30년이 넘게 사람들의 존경을 받았으며 그가 가진 권력의 원천도 특별한 경외심에서 비롯된다고 믿었다. 하지만 엄격함을 신조로 삼다보니 무자비해질 수밖에 없었다.

그가 무자비한 것은 심성이 잔악하거나 정신병적인 가학성 때문이 아니라 인간은 태생적으로 복종을 거부한다는 절대적인 확신에서 비롯되었다. 천사인 루시퍼도 신에게 도전하다 하늘에서 내동댕이쳐지지 않았던가.

따라서 권력욕이 큰 사람에게는 별 다른 방법이 없다. 물론 누군가를 설득해서 내게 양보해달라고 요청할 수도 있다. 이것이 정당한 방법일 것이다. 그러나 그것이 실패할 경우에는 죽음에 의한 단죄라는 방법을 쓸 수밖에 없다. 다른 형태의 위협은 복수를 불러오게 마련이다. 이 세상에서 추방해버려야만 더 이상 다른 계산을 하지 못한다.

특히 배신은 치명적이었다. 배신자의 가족은 물론 친구들도 고통을 겪었다. 배신자가 쌓아올린 세계도 완전히 붕괴되었다. 자신의 이득을 위해서라면 목숨을 담보로 내놓을 만큼 용감하고 자신만만한 사람들도 사랑하는 사람이 위험에 처한다면 다시 한 번 생각했다. 돈 아프릴레는 그런 식으로 부하들을 다루기 때문에 엄청난 두려움을 불러일으켰다. 다만 두려움보다 덜 필요한 사랑을 얻기 위해서는 물질적인 지원을 아끼지 않았다.

그러나 그는 자신에게도 가혹했다. 어마어마한 권력을 소유한 그였지만 세 아이를 낳은 아내가 젊은 나이에 죽는 것을 막을 수는 없었다. 아내는 6개월이나 남편이 지켜보는 앞에서 암으로 고통을 받다 서서히 죽어갔다. 그는 구원받을 수 없는 죄를 저지른 자신을 대신해서 아내가 벌을 받고 있는 거라고 생각했다. 그래서 속죄하는 의미로 재혼은 절대 하지 않겠다고 결심했다. 그리고 자식들은 합법적인 사회교육을 받도록 떠나보내야 한다고 생각했다. 증오와 위험으로 가득한 자신의 세계에서 자라게 하고 싶지는 않았다. 아이들 스스로 자신들의 길을 찾게 도와주리라, 아이들이 절대 내 일에 연루되지 않게 하리라, 아이들에게는 결코 아버지의 진정한 모습을 보여주지 않겠노라고 결심했다.

그래서 니콜과 발레리우스, 마르칸토니오를 사립 기숙 학교에 입학시켰다. 그리고 절대 자신의 개인적인 삶 속으로 끌어들이지 않았다. 아이들은 명절 때만 집에 돌아왔다. 그럴 때면 그는 애정은 있지만 왠지 거리감 있는 아버지 노릇만 했을 뿐 아이들이 자기 세계의 일부가 되도록은 하지 않았다.

자식들은 아버지의 평판에 대해 모든 것을 알게 된 후에도 아버지를 사랑했다. 뿐만 아니라 자신들끼리 모인 자리에서도 절대 아버지에 관한 일을 입에 올리지 않았다. 그것은 가족 간의 비밀 아닌 비밀이었다.

누구도 돈 아프릴레가 다정하다고 말하지는 않았다. 그는 사적인 친구들도 별로 없고 애완동물도 키우지 않았다. 가능하면 명절을 즐기거나 사교 모임에 나가는 것도 피했다. 오래 전에 딱 한 번 미국의 동료들을 깜짝 놀라게 할 만큼 열정적인 행동을 보여준 일만 빼면 말이다.

시칠리아에서 아스토레라는 어린아이를 데리고 돌아온 돈 아프릴레는 아내가 암으로 죽어가고 있고 아이들은 따로 떨어져 살고 있는 것을 알게 되었다. 그는 아버지를 잃고 가뜩이나 예민해져 있는 아스토레를 이런 환경에서 키울 수는 없다고 생각하고는 프랭크 비올라와 그의 아내에게 맡기기로 했다. 그러나 그것은 현명하지 못한 선택이었다. 당시 프랭크 비올라는 돈 아프릴레의 후계자가 되려는 야심을 품고 있었던 것이다.

아내가 세상을 뜨자마자 당시 세 살이었던 아스토레 비올라는 아프릴레의 집으로 오게 되었다. 그의 양아버지 비올라가 자동차 트렁크에서 자살하고 양어머니도 뇌출혈로 죽었기 때문이다. 돈 아프릴레는 아스토레를 자신의 가족으로 입적시키고 삼촌이 되었다.

아스토레가 부모에 대해 질문할 만큼 자라자 돈 아프릴레는 그가 고아라는 사실을 알려주었다. 그러나 호기심 많은 아스토레는 자세한 것까지 꼬치꼬치 캐물었고, 돈 아프릴레는 하는 수 없이 부모가 시칠리아 작은 마을의 가난한 농부여서 자식을 먹여 살릴 수가 없었고 지금은 죽었으며 이름은 모른다고 설명해주었다. 그도 이런 설명으로는 아이를 만족시킬 수 없다는 것을 알았고 또 아이를 속이는 것에 대해 죄책감을 느꼈지만 친아버지가 마피아였다는 사실을 털어놓기에는 아이가 아직 어리다는 점이 더 중요했다. 그건 아스토레의 안전은 물론 자기 자식들의 안전을 위한 것이기도 했다.

\* \* \*

돈 아프릴레는 자신의 성공이 영원하지 않으리라는 것을 알 만큼 선견지명이 있는 사람이었다. 세상은 배신이 횡행했으며 또한 불안정했다. 그는 처음부터 언젠가는 진로를 바꿔 조직적이고 안전한 사회에 편입하겠다는 계획을 세웠다. 그가 어떤 목적 의식이 있었던 것은 아니었다. 다만 위대한 사람들은 미래가 요구하는 게 무엇인지 본능적으로 알았다. 이번 일만 해도 연민이나 동정심에서 그런 결정을 내린 것은 아니었다. 이제 세 살밖에 안 된 아스토레에게 무슨 감정이 있고 또 그가 장차 어떤 어른으로 자랄지 어떻게 알겠는가? 혹은 패밀리에서 얼마나 중요한 역할을 맡게 될지도 알 수 없는 노릇이었다.

돈 아프릴레는 미국의 영광은 위대한 가문이 등장하면서 가능했고, 사회의 최고 계급은 최초로 그 사회에 반대하여 위대한 범죄를 저지른 사람들 가운데서 탄생한다고 이해하고 있었다. 그런 사람들이 부를 축적하면서 미국이란 나라를 세웠고, 그 와중에서 그들의 악행은 한낱 먼지처럼 망각 속으로 사라져버렸다는 것이다. 그렇지 않으면 어떻게 미국이란 나라가 탄생했겠는가? 3층 높이 이상의 건물에 대한 개념조차 없는 인디언들에게 미국의 대평원을 맡겼더라면 어떻게 되었을까? 기술에 대한 지식도 없고 육지에 물을 공급하여 수많은 사람들이 번영의 삶을 누릴 수 있게 하는 대수로에 관한 비전도 없는 사람들에게 캘리포니아를 맡겼더라면 어떻게 되었을까? 미국은 전 세계의 가난한 노동력을 끌어 모아 철도와 댐과 마천루를 건설하는 데 천재적인 능력을 발휘했다. 자유의 여신상이야말로 흥행에 결정적인 역할을 하지 않았던가? 그런데 미국행이 최선이 아닌 것으로 밝혀진다면? 분명 거기에는 비극이 존재할 테지만 그것도 인생의 한 부분이었다. 어쨌든 미국은 인류 역사상 가장 풍요로운 땅이 아닌가? 그에 비하면 어떤 부당함이 있더라도 그것은 치러야 할 아주 작은 대가일 것이다. 언제나 그랬듯이 문명과 사회가 발전하려면 개인의 희생이 따르기 마련인 것이다.

그러나 위대한 사람을 정의 내리는 또 다른 기준이 있다. 그런 사람은 무엇보다 그런 희생에 굴복하지 않는다. 범죄를 저지르든 부정한 행위를 하든 또는 교활한 속임수를 동원하든 그는 희생당하지 않고 인류가 발전하는 방향의 파도에 당당하게 몸을 싣는다.

돈 아프릴레는 그런 사람이었다. 그는 현명한 두뇌와 가차없는 무자비함으로 스스로 권력을 만들어냈다. 사람들이 함부로 범접할 수 없는 경외감을 만들어내고, 전설이 되었다. 그러나 자식들은 그런 잔학한 이야기를 절대 믿으려 하지 않았다.

패밀리의 두목으로서 그가 처음 만든 계율은 전통이 되어 내려왔다. 당시 돈 아프릴레는 부하인 토미 리오티가 경영하는 건설 회사에 관여하고 있었다. 그가 시에서 발주하는 건설 공사 계약을 독점하다시피 하는 바람에 토미 리오티는 젊은 나이에 부자가 되었다. 돈 아프릴레도 잘 생긴 얼굴에 유머가 넘치고 매력적인 토미와 동업하는 것을 좋아했다. 그에게 한 가지 단점이 있다면 술을 너무 많이 마시는 것이었다.

토미의 아내 리자는 돈 아프릴레의 아내와 절친한 친구 사이였다. 얼굴은 예쁘지만 잔소리가 심한 구식 여자로 남편이 몸에 해로운 쾌락에 빠지지 못하도록 통제하는 것이 자신의 의무라고 여겼다. 그래서 가끔 불행한 사태가 벌어지곤 했다. 토미도 정신이 멀쩡할 때는 아내의 잔소리에 수긍했지만 만취하면 아내가 자기 혀를 깨물어야 할 만큼 뺨을 세게 때리곤 했던 것이다.

젊은 시절에 공사판에서 막노동을 오래 한 탓에 토미의 힘이 너무 센 것도 불행의 단초가 되었다. 실제로 그는 자신의 우람한 팔과 멋진 근육을 과시하려고 소매 없는 셔츠를 자주 입었다.

안타깝게도 이런 일은 점점 더 잦아졌다. 어느 날 밤 토미는 리자의 코뼈와 이를 몇 개 부러뜨려 막대한 비용을 들여 수술을 받아야 할 지경으로 만들었다. 그런데 리자는 감히 돈 아프릴레의 아내에게 보호를 요청했다. 이런 요청은 자칫하면 그녀를 과부로 만들 수도 있었다. 그러나 그녀는 여전히 남편을 사랑했다.

돈 아프릴레는 공연히 부하의 가정사에 끼어 들고 싶지 않았다. 이런 일은 절대 해결이 나지 않기 때문이었다. 남편이 아내를 죽였다면 그는 차라리 걱정하지 않았을 것이다. 그러나 폭력 행사는 그의 사업에도 해로운 영향을 끼칠 수 있었다. 격분한 아내가 특정한 증거를 제시하고 남편을 음해하는 정보를 누설할 지도 모르기 때문이다. 당시 토미는 시와 공사 계약을 앞두고 필요할 경우 뇌물을 제공하기 위한 거액의 현금을 집에 보관해두고 있었던 것이다.

그래서 돈 아프릴레는 즉각 토미를 호출했다. 그는 최대한 예의를 갖춰 사업에 해가 되지 않는다면 남의 가정사에 간섭하고 싶지 않다고 설명했다. 그러면서 아내를 당장 죽이거나 이혼하라고 했다. 아니면 다시는 아내를 때리지 말라고 경고했다. 토미는 다시는 그런 일이 없을 거라고 약속했다. 그러나 돈 아프릴레는 의심이 많은 사람이었다. 그는 토미의 눈에서 이상한 낌새를 보았다. 내 맘대로 하겠다는 그런 눈빛이었다. 희생이 뻔히 보이는데도 하고 싶은 대로 하려는 인간의 의지, 이것이 인간의 가장 큰 미스테리가 아닐까? 그는 이런 생각을 했다. 위대한 사람들은 자신이 어떤 끔찍한 대가를 치르더라도 천사와 손을 잡는다. 그러나 악한 인간들은 지옥의 불구덩이로 떨어질 운명을 알면서도 작은 만족을 위해 하찮은 기분에 사로잡힌다.

토미 리오티의 경우도 그랬다. 1년이 지나도록 그는 술버릇을 고치지 않았고 아내의 잔소리는 더욱 심해졌다. 돈 아프릴레의 경고도 아랑곳하지 않고 아내와 아이들을 사랑했음에도 불구하고 토미는 몹시 흥분한 상태에서 아내를 마구 때렸다. 결국 아내는 부러진 갈비뼈에 폐를 찔려 입원을 하게 되었다.

토미는 부와 정치인들과의 연줄을 이용해 돈 아프릴레와 친분 있는 부정한 판사를 거액의 뇌물을 주고 매수했다. 그런 다음 아내에게는 자기에게 돌아와달라고 애원했다.

그 모습에 분노한 돈 아프릴레는 마음이 아프지만 이 일을 직접 처리하기로 결심했다. 그는 무엇보다 현실적으로 접근했다. 부하들이 작성한 남편의 유서 사본에는 토미가 다른 훌륭한 가장들처럼 아내와 아이들에게 재산을 모두 남긴 것으로 되어 있었다. 그의 아내는 부유한 미망인이 될 것이다. 그는 특수조에게 특정한 지시 사항을 내렸다. 그리고 1주일이 못되어 아프릴레는 리본으로 묶은 길다란 상자를 하나 건네 받았다. 그 안에는 값비싼 실크 장갑을 끼고 있는 토미의 우람한 두 팔이 들어 있었다. 한쪽 손목에는 돈 아프릴레가 몇 해 전에 그의 충성에 탄복하여 선물한 고가의 롤렉스 시계가 채워져 있었다. 이튿날 아침 베란자노 다리 근방에서는 나머지 몸뚱이가 수면 위에 떠 있는 것이 발견되었다.

돈 아프릴레와 관련된 또 다른 전설은 어린아이들이 좋아하는 유령 이야기처럼 진실을 확인할 수 없는 것 때문에 더욱 오싹하게 만들었다. 그의 세 자녀가 기숙학교에 다니던 시절이었다. 유명인들의 뒷 얘기를 추적하여 흥미위주로 까발리고 가십거리를 만들어내는 것으로 이름을 날렸던 연예 기자가 있었다. 그가 한번은 돈 아프릴레의 자녀들을 취재 대상으로 삼았다. 기자는 그들의 순진함과 고급스런 옷차림, 더 나은 세상을 만들기 위한 10대 특유의 유치한 이상주의 따위를 기사로 실었다. 그러면서 돈 아프릴레가 실제 유죄 판결을 받은 적이 한 번도 없다는 사실을 인정하면서도 그들이 아버지의 평판과 대조적이라는 식으로 표현했다.

그 기사는 세상에 나오기도 전에 미국의 전 뉴스 편집실에 회자되었다. 모든 기자들이 꿈꾸는 일종의 특종이 된 셈이었다. 모두 그 기사에 깊은 흥미를 보였다.

자연애호가인 그 기자는 매년 추수감사절이면 아내와 아이들을 데리고 뉴욕주 북부에 있는 한 오두막에서 사냥이나 낚시를 하며 휴가를 보냈다. 그런데 어느 토요일 읍내에서 10마일 가량 떨어진 그 오두막에 화재가 발생했다. 2시간이 지나서야 소방차와 구급차가 도착했지만 오두막은 숯으로 변해 있었다. 기자와 그의 가족은 형체를 알아볼 수 없을 만큼 불타서 쉽게 바스러지는 뼛조각만 발견되었다. 그 끔찍한 사건은 사회적으로 대단한 충격을 주었고 정밀한 수사가 있었지만 단서는 발견되지 않았다. 경찰은 가족들이 오두막에서 빠져 나오지 못하고 연기에 질식사한 것으로 추정했다.

그런데 이상한 일이 일어났다. 그 참사가 일어나고 몇 달 후 이상한 소문이 떠돌기 시작한 것이다. 익명의 제보자가 FBI와 경찰, 언론사에 그 화재가 악명 높은 돈 아프릴레가 저지른 복수극이라고 제보한 것이다. 기사거리를 찾아 헤매던 언론들은 당장 사건을 재조사해야 한다고 떠들어댔다. 그러나 끝내 재기소하는 일은 일어나지 않았다. 분명히 증거가 있는데도 불구하고 이 사건은 돈 아프릴레의 잔학성을 설명하는 또 다른 전설이 되었을 뿐이었다.

그러나 그것은 보통 사람들의 생각이었다. 당국에서는 돈 아프릴레가 이번 사건으로 비난의 화살을 피하게 된 것을 만족스럽게 생각했다. 모두가 기자란 존재는 어떠한 복수도 면제를 받는다, 기자는 수천 명도 죽일 수 있는 권력을 가졌다, 그러니 한 명을 죽였다고 해서 그게 무슨 대수냐는 생각들이었다. 게다가 돈 아프릴레는 영리해서 그런 위험을 감수할 사람이 아니라는, 두둔하는 말까지 나왔다. 전설은 아직도 죽지 않았던 것이다. FBI의 어떤 수사관들은 심지어 돈 아프릴레가 자신에 대한 두려움을 조장하려고 일부러 그런 소문을 퍼뜨렸을지 모른다는 추정까지 했다. 어쨌든 소문은 그렇게 커져만 갔다.

그러나 돈 아프릴레에게는 또 다른 면이 있었다. 바로 관대함이었다. 그는 누구라도 자신에게 충성을 다하면 부자로 만들어주고 어떤 어려움에 부딪히더라도 전지전능한 보호자가 되어주었다. 엄청난 보상이 아니면 최후의 심판을 내리는 사람이 그였다. 그것이 그에 대한 전설이었다.

 포르텔라와 킬케를 만나고 난 뒤 돈 아프릴레에게는 처리해야 할 자잘한 문제들이 많았다. 그는 먼저 1년 전에 시칠리아로 떠난 아스토레 비올라를 불러들이기 위해 모종의 계획을 가동시켰다.
 돈 아프릴레는 아스토레가 필요했다. 사실 이 순간을 위해 그를 훈련시켜왔다. 그는 자기 자식들보다 아스토레를 각별히 사랑했다. 아스토레는 어렸을 때부터 골목대장 역할을 했고 붙임성도 좋았다. 그 역시 돈 아프릴레를 좋아했고 어떤 때는 그의 친자식들보다도 그를 덜 어려워했다. 게다가 발레리우스와 마르칸토니오는 각각 스무 살, 열 여덟 살에 독립했지만 아스토레는 겨우 열 살에 가족들로부터 독립했다. 사실 발레리우스는 군대 교관답게 군기를 잡으려고 했지만 아스토레는 즉각 반격을 가했다. 마르칸토니오는 아스토레를 귀여워하는 편이어서 노래 부르는 것을 좋아하는 그에게 밴조를 사다주기도 했다. 아스토레는 이 선물을 어른끼리의 호의의 표시로 받아들였다.
 아스토레가 고분고분하게 대하는 유일한 상대는 니콜이었다. 니콜은 겨우 두 살 위였지만 아스토레를 원고(原稿) 대하듯이 했고 그 역시 어린 남동생처럼 굴었다. 니콜은 아스토레에게 심부름도 시키고 그가 불러주는 이탈리아 연가를 진지하게 들어주곤 했다. 그러다 그가 키스하려고 하자 뺨을 때린 적도 있었다. 아스토레는 비록 어렸지만 아름다운 니콜의 모습에 넋을 잃곤 했다.
 니콜은 아름다웠다. 크고 검은 눈에 관능적인 미소를 지녔으며, 모든 감정이 얼굴에 그대로 드러났다. 그녀는 어떤 남자라도 자신을 여자라고 하찮게 대하면 바로 도전을 했다. 그리고 자신이 신체적으로 오빠들은 물론이고 아스토레보다도 강하지 않다는 것, 그리고 자신의 의지를 아름다운 외모가 아닌 힘으로 관철시킬 수 없다는 사실을 증오했다. 그래서 니콜에게는 두려운 것이 없었고, 다른 사람들 심지어 아버지의 무시무시한 평판까지도 조롱의 대상이었다.

 아내가 세상을 떠나고 아이들이 아직 어렸을 때 돈 아프릴레는 여름 한 달 동안 시칠리아에서 보내는 것을 원칙으로 삼았다. 그는 특히 몬텔레프레 근처에 있는 고향 마을에서 지내는 것을 좋아했으며 아직도 그곳에 어떤 백작이 별장으로 사용했던 빌라 그라치아라는 이름의 저택과 토지를 소유하고 있었다.
 몇 년 후 그는 시칠리아 출신의 과부인 카테리나를 가정부로 고용했다. 아름다운 얼굴에 부유한 농사꾼의 아내처럼 강인해 보이는 그녀는 토지를 어떻게 이용하는지, 어떻게 해야 마을 사람들의 존경을 받을 수 있는지 잘 알았다. 그녀는 바로 돈 아프릴레의 정부가 되었다. 나이 마흔에 자기 세계에서는 왕처럼 군림하는 아프릴레였지만 이런 사실을 가족이나 친구에게는 철저히 비밀로 했다.
 돈 아프릴레가 시칠리아 여행길에 아스토레를 처음 동반한 것은 그가 겨우 열 살 때였다. 그는 코를레오네 코스카와 클레리쿠지오 코스카 간의 심각한 갈등을 중재해달라는 요청을 받고 가는 길이었다. 게다가 빌라 그라치아에서 한 달쯤 조용히 묵는 것도 그에게는 커다란 즐거움이었다.
 열 살의 아스토레는 귀엽고 상냥했다(그 외에는 달리 표현할 말이 없다). 언제나 명랑했고 올리브색 피부의 둥글고 잘 생긴 얼굴은 사랑스럽기 그지없었다. 게다가 높은 톤의 달콤한 목소리로 끊임없이 노래를 재잘거렸고 노래를 부르지 않을 때는 귀찮을 정도로 말을 걸었다. 그러나 아스토레에게는 타고난 반항기와 불 같은 성질이 있었고 또래의 남자아이들을 겁먹게 만드는 위엄도 있었다.

그 후로 돈 아프릴레는 시칠리아로 여행할 때마다 그를 데려갔다. 중년인 그에게는 그 나이의 소년이 가장 적당한 동행인이었지만 그가 자기 자식들을 어떻게 키웠는지 아는 사람들은 그 사실을 두고 추잡한 뒷말을 수군거렸다.

일단 자신의 업무부터 처리한 돈 아프릴레는 두 코스카의 분쟁을 중재하고 일시적이나마 평화 협정도 맺게 했다. 이제는 고향에서 어린 시절의 추억에 잠겨 일상을 즐길 일만 남았다. 그는 레몬이나 오렌지, 소금에 절인 올리브를 먹고 아스토레와 함께 수많은 바위와 돌집을 뜨겁게 달구는 시칠리아의 강렬한 햇살을 받으며 오래도록 산책을 했다. 그러면서 아스토레에게 시칠리아의 로빈 훗으로 불렸던 사람이 무어인이나 프랑스인, 스페인 사람들 또는 교황과 전투를 벌였던 옛날 이야기를 들려주었다. 그것은 다름 아닌 이 지역의 영웅 위대한 돈 제노의 이야기였다.

어느 날 밤 그들은 빌라 그라치아의 테라스에 나와 앉아 시칠리아의 하늘을 바라보았다. 무수한 별들이 발하는 빛과 가까운 산 너머에서 비치는 불빛으로 밤하늘은 푸르스름했다. 아스토레는 금세 시칠리아의 사투리를 배웠고 단지에서 사탕 꺼내 먹듯 까만 올리브를 꺼내 먹었다.

아스토레는 시칠리아에 오자마자 며칠 만에 마을 소년들 무리에서 대장 노릇을 했다. 시칠리아의 아이들이 자부심이 강하고 겁이 없다는 사실을 아는 돈 아프릴레는 그 점이 참으로 신기했다. 게다가 이곳 아이들은 열 살쯤 되면 이미 시칠리아 고유의 엽총인 루파라 총을 익숙하게 다루었다.

돈 아프릴레와 아스토레 그리고 카테리나는 오렌지나 레몬의 상큼한 향기가 배어 있는 밤 공기를 맡으며 호화스런 정원에서 먹고 마시며 즐겼다. 이따금 아프릴레의 어린 시절 친구들을 초대해 저녁을 먹고 카드 게임을 즐기기도 했다. 그럴 때면 아스토레는 카테리나를 도와 마실 것들을 날랐다.

카테리나와 돈 아프릴레는 사람들 앞에서는 결코 애정표현을 하지 않았지만 마을 사람들은 이미 모든 것을 눈치채고 있었다. 그래서 어떤 남자도 카테리나에게 감히 추근거리지 못하고 이 집의 여주인으로 대하며 예의를 갖추었다. 그들이 돈 아프릴레의 환심을 살 수 있는 일은 그것이 전부였다.

그런데 시칠리아 방문을 끝내고 미국으로 돌아오기 3일 전에 상상도 못했던 일이 벌어졌다. 마을을 거닐던 돈 아프릴레가 납치를 당한 것이다.

시칠리아에서 가장 낙후된 오지인 이웃 키네시 지역의 마피아 두목은 흉악하고 두려움을 모르는 피솔리니라는 자였다. 그 지역에서 절대적인 권력을 행사했던 그는 실제로 시칠리아의 다른 마피아들과는 전혀 교류가 없었다. 그래서 돈 아프릴레의 명성과 엄청난 권한에 대해서는 아무것도 알지 못했을 뿐만 아니라 그 영향력이 외딴 곳에 있는 자신의 세계에까지 미칠 거라는 생각을 하지 못했다. 그는 돈 아프릴레를 납치해서 몸값을 받아낼 작정이었다. 그가 규칙을 어겼다면 이웃 코스카의 영역을 침범한 것뿐이었다. 그에게 미국인은 위험을 감수하더라도 충분한 보상을 받을 수 있을 만큼의 부자처럼 보였다.

코스카는 마피아 집단의 기본 단위로 보통 혈연 관계로 이루어져 있었다. 변호사나 의사들처럼 법을 준수하는 일반인들도 자신의 이권 보호를 위해 자발적으로 코스카에 기생했다. 모든 코스카는 영향력이 더 크고 강한 코스카 조직의 일부로 편입하거나 동맹을 맺었다. 이렇게 서로 연결된 조직을 흔히 마피아라고 불렀다. 그러나 전체 조직을 지배하는 우두머리나 명령권을 가진 이는 없다.

코스카는 보통 특정한 지역에서 특정한 돈벌이에 종사했다. 물을 장악하고 있는 코스카는 중앙 정부가 물 가격을 낮추기 위해 댐을 건설하는 것을 방해했다. 그런 식으로 정부의 독점권을 파괴하는 것이다. 또 어떤 코스카는 식품이나 공산품 시장을 장악했다. 당시 시칠리아에서 가장 강력한 코스카는 팔레르모의 클레리쿠지오 코스카였다. 그들은 시칠리아에서 신규로 발주되는 대부분의 건설 공사를 도맡아 했다. 그런가하면 코를레오네 지역의 코를레오네시 코스카는 로마의 정치가들과 협잡하여 전 세계 마약 거래 시장을 장악하고 있었다. 그밖에도 사랑하는 여인의 집 발코니 밑에서 세레나데를 부르는 낭만적인 청년들에게서 세금을 갈취하며 허송세월을 보내는 코스카도 있었다. 한편 모든 코스카는 범죄를 단죄했다. 코스카에게 꼬박꼬박 세금을 바치는 순진한 사람들을 상대로 강도질을 하는 게으르고 쓸모 없는 건달들은 결코 용서하지 않았다. 지갑을 소매치기하거나 여자를 강간하는 조직원들도 가차없이 죽음으로 벌했다. 코스카 내에서 간통하는 일도 눈감아주지 않았다. 남자나 여자나 모두 처형을 당했다. 모두들 그것을 당연시했다.

피솔리니의 코스카는 옹색하게 살아가고 있었다. 그들은 성상(聖像) 거래를 장악하고 농부들의 가축을 보호해주는 대가로 돈을 받거나 조심성 없는 부자들을 납치해 몸값을 받아내는 일로 생계를 꾸려갔다.

돈 아프릴레와 어린 아스토레도 마을을 거닐고 있다가 그런 변을 당했다. 무지한 피솔리니와 그의 일당은 두 사람을 납치해 낡은 미국 트럭에 태웠다.

옷차림이 농사꾼 같은 열 명의 사내는 모두 총을 들고 있었다. 그들은 돈 아프릴레를 땅바닥에 무릎 꿇게 한 다음 첫 번째 트럭으로 밀어 넣었다. 아스토레는 망설임 없이 트럭에 올라타 아프릴레의 옆자리에 앉았다. 놈들이 아스토레를 바깥으로 떨어뜨리려고 했지만 그는 나무 기둥을 단단히 잡고 매달렸다. 트럭은 한 시간쯤 달려 몬텔레프레 근처 산기슭에 닿았다. 그리고 말과 당나귀로 갈아탄 다음 다시 지평선 쪽에 있는 암벽 위에 있는 고원으로 올라갔다. 가는 동안 아스토레는 커다란 초록색 눈으로 주위의 풍경을 놓치지 않고 관찰했다. 그러나 말은 한마디도 하지 않았다.

그들이 산 속 깊이 자리잡은 어떤 동굴 앞에 다다랐을 때는 벌써 땅거미가 지기 시작했다. 그들은 그곳에 내려 구운 양고기와 집에서 만든 빵과 포도주로 저녁 식사를 했다. 야영지에는 커다란 성모 마리아상을 넣은 수제 목각 상자가 잔뜩 쌓여 있었다. 피솔리니는 성격은 포악했지만 신앙심은 돈독했다. 또 농부답게 소탈한 면이 있어서 직접 돈 아프릴레와 소년의 시중을 들었다. 그렇지만 그가 패거리의 두목이라는 사실은 의심의 여지가 없었다. 그는 고릴라처럼 키가 작고 다부진 체격에 손에는 권총을 들고 허리춤에도 따로 두 자루의 총을 차고 있었다. 얼굴은 시칠리아 사람답게 무표정했지만 반짝거렸다. 두 눈은 쾌활해 보였다. 인생을 즐겁게 사는 그는 온몸이 금덩어리라고 해도 과언이 아닐 만큼 부자인 미국인을 납치했다는 사실이 자랑스러운 듯 농담을 했다. 그러나 그에게 해를 끼칠 마음은 없어 보였다.

"신사양반." 그가 돈 아프릴레에게 말했다.

"이 어린애 걱정일랑은 붙들어 매쇼. 이 아이는 내일 아침 몸값을 적은 쪽지를 들려 돌려보낼 테니까."

아스토레는 이렇게 맛있는 양고기 구이는 처음 먹어보는 것처럼 게걸스럽게 먹었다. 그러다 실컷 먹었는지 예의 쾌활한 말투로 입을 열었다.

"난 레이몬드 삼촌이랑 있을 거예요."

피솔리니가 웃었다.

"오, 배가 부르니 용기가 생기나보군. 신사양반을 위해 내가 특별히 저녁을 지었지. 난 우리 어머니의 뛰어난 요리솜씨를 물려받았거든."

"난 삼촌이랑 함께 있을래요." 아스토레의 낭랑하고 당돌한 목소리가 숲 속에 울려 퍼졌다.

돈 아프릴레는 단호하지만 부드러운 목소리로 피솔리니에게 말했다.

"맛있는 음식과 맑은 산 공기, 정말 멋진 밤이오. 난 진작에 이런 시골의 신선한 공기를 맡고 싶었소. 하지만 충고하는데, 날 마을로 돌려보내는 게 좋을 거요."

피솔리니는 그를 보며 공손하게 고개를 까닥했다.

"당신이 부자라는 건 나도 알아. 하지만 정말 대단한 존재인가 보군. 난 미국 돈으로 10만 달러만 요구할 작정이오."

"그건 나에 대한 모욕이오. 내 명성을 더럽히는 거란 말이오. 그것보다 두 배는 불러야지. 저 어린애는 5만 달러쯤 부르고. 아마 어렵지 않게 받아낼 수 있을 거요. 하지만 그렇게 되면 당신은 무사하지 못할 거요." 그는 잠시 말을 멈췄다 다시 이었다.

"당신이 이렇게 무모한 짓을 한다는 게 믿어지지가 않소."

피솔리니가 한숨을 내쉬었다.

"내 말을 이해하지 못하는군, 부자양반. 난 가난하단 말이요. 물론 내 지역에서도 원하는 걸 얻을 수는 있지만 이 놈의 시칠리아에서는 나 같은 부자라도 먹고살기 힘들단 말씀이야. 당신은 내가 한몫 잡을 수 있는 운 좋은 상대라는 사실을 알아주었으면 좋겠소."

"그럼 진작 나를 찾아오지 그랬소. 난 항상 재능 있는 인재를 찾고 있소."

"그러니까 당신 말은 지금은 힘도 없고 도와줄 수도 없다는 말이군. 약한 사람일수록 언제나 관대한 척 한다니까. 하지만 난 당신의 충고에 따라 두 배를 부를 작정이오. 미안하지만 당신만큼 가치가 있는 사람도 드물거든. 대신 저 아이는 풀어주지. 난 어린애들에겐 약하거든. 우리 집에도 내가 먹여 살려야 할 입들이 넷이나 있소."

돈 아프릴레는 아스토레를 바라보았다.

"가겠느냐?"

"아뇨." 아스토레는 고개를 떨구며 말했다. "난 여기 있을래요."

그는 고개를 들어 삼촌을 쳐다보았다.

"저 아이를 함께 있게 해주시오." 돈 아프릴레가 두목에게 말했다.

피솔리니는 고개를 가로 저었다.

"아니오. 아이는 돌려보낼 거요. 이건 내 명예와 관련된 일이오. 어린아이 납치범으로 알려지는 건 싫거든. 어쨌거나 내가 지금은 당신에게 최대한 예의를 갖추지만 만일 몸값을 안 가져오면 갈기갈기 찢긴 채 돌아갈 줄 아시오. 물론 돈을 가져오면 털끝 하나 건드리지 않을 것이고, 이 피솔리니가 경의를 표하지."

"돈은 틀림없이 지불할 거요." 돈 아프릴레가 침착하게 말했다.

"이제 긴장을 풀어봅시다. 아스토레, 이 신사 분들을 위해 노래 한 곡 불러보거라."

아스토레가 노래를 부르자 그들은 완전히 매료되어 사랑스럽다는 듯 아스토레의 머리카락을 만졌다. 사실 그 순간 모두가 마법에라도 걸린 듯 했다. 아스토레의 부드러운 목소리가 사랑의 노랫가락에 실려 온 산을 휘감았다.

이윽고 근처 동굴에서 담요와 슬리핑백이 전달되었다.

피솔리니가 말했다.

"부자양반, 내일 아침에 뭘 드시고 싶소? 갓 잡은 신선한 생선도 아마 먹을 수 있을 거요. 점심에는 스파게티와 송아지 고기 어떻소? 우리가 접대하는 거요."

"고맙소. 치즈 몇 조각과 과일이면 충분하오."

"이제 주무시오."

그는 아이의 불안한 표정을 보더니 마음이 누그러졌는지 머리를 쓰다듬어주었다.

"내일이면 침대에서 편안히 잘 수 있을 거다."

아스토레는 삼촌의 곁에 바짝 붙어 잠을 청하려고 눈을 감았다.

"내 곁에서 자거라." 그는 팔을 뻗어 아이의 몸을 감쌌다.

아스토레는 잉걸불 같은 빨간 해가 떠오르고 덜커덕거리는 소리가 들릴 때까지 푹 잠을 잤다. 다음날 자리에서 일어난 아스토레는 공터를 가득 채운 50여 명의 무장한 남자들을 둘러보았다. 돈 아프릴레는 넓적한 바위에 앉아 여유 있게 커피를 마시고 있었다. 그가 아스토레를 바라보며 눈짓을 보냈다.

"아스토레, 커피 좀 마시겠니?"

그는 손가락으로 앞에 있는 남자를 가리켰다.

"내 친구 비앙코란다. 우리를 구해주었지."

아스토레는 덩치가 소만한 남자를 발견하고는 피솔리니를 보았을 때보다 더욱 놀랐다. 뚱뚱한 몸매의 비앙코는 정장에 넥타이까지 맸는데 무기는 가지고 있지 않았다. 백발의 곱슬머리에 커다란 분홍색 눈동자를 가진 그의 온 몸에서 힘이 느껴졌다. 그러나 부드럽고도 걸걸한 목소리로 말을 할 때면 그런 힘을 담요 속에 감춘 것처럼 보였다.

옥타비우스 비앙코가 말했다.

"돈 아프릴레, 농부처럼 땅바닥에 자게 해서 미안하네. 하지만 소식을 듣자마자 달려온 걸세. 멍청한 피솔리니가 이런 짓을 할 줄 몰랐네."

그때 망치질 소리가 나기 시작하면서 몇몇 사람들이 아스토레의 시야 밖에서 분주하게 움직였다. 두 젊은이가 십자가를 만들기 위해 못을 박고 있었다. 공터 한쪽에 누워 있던 아스토레는 피솔리니와 그의 부하 열 명이 모두 나무에 묶여 있는 것을 보았다. 그들은 팔다리가 엇갈린 채 철사와 밧줄로 어지럽게 묶여 있었다. 그들은 마치 고깃덩어리에 달라붙은 파리떼처럼 보였다.

비앙코가 물었다.

"돈 아프릴레, 이 쓰레기들 중 누굴 가장 먼저 처치할까?"

"피솔리니. 그가 두목이네."

비앙코는 돈 아프릴레 앞으로 피솔리니를 질질 끌고 왔다. 그는 여전히 미라처럼 단단히 묶여 있었다. 비앙코와 그의 부하 한 명이 피솔리니를 일으켜 돈 아프릴레 앞에 세웠다.

"피솔리니, 자네 어떻게 그렇게 멍청할 수가 있나? 돈 아프릴레가 내 보호를 받고 있다는 걸 몰랐나? 그렇지 않았더라면 진작에 내가 납치했지. 자넨 단지 기름통을 빌려왔을 뿐이라고 생각하는 건가? 아니면 식초라도? 내가 언제 자네 구역을 침범한 적 있었나? 평소에도 그렇게 고집불통이더니 언젠가는 자네가 이런 쓴맛을 보게 될 줄 알았네. 자넨 이제 예수처럼 십자가에 매달려서 돈 아프릴레와 어린 소년에게 용서를 구해야 하네. 나는 자네에게 자비를 베풀어 망치로 못을 박기 전에 총으로 쏘아주겠네."

"자네의 무례함을 변명해보게." 돈 아프릴레가 위엄 있는 목소리로 피솔리니에게 말했다.

피솔리니는 똑바로 서서 당당하게 말했다.

"나는 당신에게 무례하게 굴지 않았소. 다만 당신이 내 친구에게 얼마나 중요한 존재인지 몰랐을 뿐이오. 멍청한 비앙코가 내게 알려만 주었더라도. 어쨌든 부자양반, 내가 실수를 했으니 당연히 벌을 받겠소."

그는 잠시 말을 중단했다가 갑자기 화를 내며 비앙코에게 고함을 질렀다.

"제발 저놈의 못질 좀 멈추게. 귀머거리가 될 것 같아. 그렇게 되면 죽기 전에 두려움도 못 느끼게 될 걸세!"

피솔리니는 다시 말을 멈췄다. 그러더니 잠시 후 돈 아프릴레를 향해 말했다.

"나를 벌하시오. 하지만 내 부하들은 용서해주시오. 그들은 내 명령을 따랐을 뿐이오. 그들은 가정이 있소. 그들을 죽이면 마을 전체가 파괴되고 말 거요."

"그들도 책임이 있소. 그들이 당신과 운명을 함께 하지 못하면 경멸을 당할 거요." 돈 아프릴레가 빈정대듯 말했다.

아스토레는 비록 어렸지만 사람들이 삶과 죽음에 관해 말하고 있다는 것을 깨달았다. 그래서 '삼촌, 저 사람을 해치지 말아요'라고 속삭였지만 돈 아프릴레는 못들은 척 했다.

"계속하시오." 그가 피솔리니에게 말했다.

피솔리니는 순간 의심스런 표정을 지었지만 다시 당당하면서도 조심스런 태도를 보였다.

"내 목숨을 구걸할 생각은 없소. 하지만 저기 누워 있는 열 명은 모두 내 혈육이요. 만일 저들을 죽여버리면 그들의 아내와 아이들까지 죽이는 거요. 저들 중 셋은 내 사위요. 내 말에 절대적으로 복종하오. 그리고 내 판단을 철석같이 믿었소. 만일 당신이 저들을 풀어준다면 죽기 전에 저들에게 당신에게 충성을 맹세하라고 명령하겠소. 저들은 내 말에 복종할 거요. 그럼 당신은 열 명의 충성스런 부하를 얻게 되는 거요. 그것뿐이 아니오. 난 당신을 위대한 사람이라고 말했소. 그러나 당신이 만일 내게 자비를 베풀지 않는다면 당신은 진정으로 위대한 사람이 아니오. 물론 지금까지는 이런 일이 없었지만 이번 한번만 봐주시오."

그는 아스토레를 바라보며 씩 웃었다.

돈 아프릴레는 이런 순간에 익숙했고 자신이 내린 결정에 대해 한 번도 의심해본 적이 없었다. 그는 자비나 고마움 따위의 위력은 신뢰하지도 않을 뿐더러 죽음을 제외하면 타인의 자유 의지에 직접적으로 영향을 끼칠 수 있는 방법은 없다고 믿었다. 그래서 피솔리니의 부탁에 냉정하게 고개를 가로저었다. 그러자 비앙코가 피솔리니 앞으로 걸어갔다.

그때 아스토레가 삼촌에게 다가오더니 그의 눈을 똑바로 쳐다보았다. 아스토레는 모든 상황을 이해하고 있었다. 피솔리니를 구하기 위해 자신이 나서려는 것이었다.

"그는 우리를 해치지 않았어요. 단지 우리의 돈을 원한 것뿐이잖아요."

돈 아프릴레는 미소를 지으며 말했다.

"그게 아무것도 아니란 말이냐?"

"하지만 봐줄 수 있는 이유잖아요. 그는 가족을 먹여 살리기 위해 돈이 필요했어요. 그리고 나는 그가 좋아요, 삼촌."

"알았다."

돈 아프릴레는 웃으면서 말했다.

그는 이렇게 말하면서도 손을 잡아끄는 아스토레를 무시하며 한동안 입을 다물었다. 그도 난생 처음 자비를 베풀고 싶은 충동을 느끼고 있었다.

비앙코의 부하들이 작지만 독한 시가에 불을 붙이자 산바람을 타고 새벽 공기를 가르며 연기가 풍겨왔다. 부하 한 명이 앞으로 나오더니 자신의 사냥 조끼에서 새 시가를 꺼내 돈 아프릴레에게 건넸다. 아직 순진한 어린애인 아스토레도 이런 행동이 삼촌에 대한 예의를 갖추는 것뿐만 아니라 존경을 표하는 것임을 알 수 있었다. 그가 시가를 받아 들자 부하는 두 손바닥을 오목하게 만든 채 불을 붙여주었다.

돈 아프릴레는 느긋하게 천천히 시가를 한 모금 내뿜고 나서 입을 열었다.

"자네에게 자비를 베푸는 걸로 모욕하고 싶지는 않지만, 한 가지 조건이 있네. 난 자네에게 어떤 악의도 없어. 그리고 자네가 나와 내 조카에게 최대한 예우를 갖췄다는 걸 알고 있네. 그래서 자네를 살려주겠네. 자네 동료들도. 하지만 자네는 죽을 때까지 내 명령을 따라야 하네."

아스토레는 안도의 한숨을 내쉬더니 피솔리니를 보며 방긋 웃었다. 피솔리니는 땅에 무릎을 꿇고 아프릴레의 손에 입을 맞추었다. 주변에 있는 무장한 대원들도 요란하게 시가 연기를 내뿜었다. 심지어 산처럼 거대한 비앙코도 감격한 나머지 몸을 떨었다.

피솔리니가 중얼거렸다.

"틀림없이 복 받을 겁니다."

아프릴레는 시가를 가까이에 있는 돌에 비벼 껐다.

"고맙네. 하지만 이 점을 명심해야 하네. 비앙코가 나를 구해주러 온 것처럼 자네에게도 똑같은 의무가 주어질 걸세. 난 비앙코에게 돈을 주겠네. 자네에게도 매년 같은 액수의 돈을 주지. 하지만 배신을 하면 자네나 자네 조직은 무사하지 못해. 자네나 자네 아내, 아이들, 조카, 그리고 사위들도 모두 목숨을 부지하지 못할 걸세."

피솔리니는 무릎을 꿇은 채 허리를 폈다. 그리고 돈 아프릴레를 얼싸안으며 눈물을 흘렸다.

이 사건으로 돈 아프릴레와 아스토레는 정식으로 하나가 되었다. 돈 아프릴레는 자비를 베풀도록 자신을 설득한 조카를 사랑했고 아스토레는 피솔리니와 열 명의 부하를 살려준 삼촌에 대한 깊은 존경심이 생겼다. 그리고 이런 유대감은 그들이 살아 있는 동안 지속되었다.

시칠리아에서의 마지막 밤, 빌라 그라치아의 정원에서 돈 아프릴레는 에스프레소를 마셨고 아스토레는 절인 올리브를 단지에서 꺼내 먹었다. 아스토레는 평소 명랑하던 모습은 온데 간데 없이 시무룩해 보였다.

"시칠리아를 떠나기 싫으냐?"

"여기서 살고 싶어요." 그는 입에서 뱉어낸 올리브 씨를 주머니에 넣었다.

"여름마다 함께 오자꾸나."

아스토레는 현명한 옛 친구 같은 눈길로 삼촌을 쳐다보았다. 어린 얼굴에는 수심이 가득했다.

"카테리나 아줌마가 애인이죠?"

아프릴레는 껄껄 웃었다.

"그래. 아줌마는 좋은 친구지."

잠시 생각에 잠겼던 아스토레가 다시 입을 열었다.

"그럼 미국에 있는 사촌들도 알아요?"

"아니, 그 애들은 아직 몰라."

돈 아프릴레는 내심 놀라면서 그가 무슨 말을 할까 궁금했다.

아스토레는 매우 진지했다.

"사촌들은 삼촌에게 비앙코 아저씨처럼 힘센 친구들이 있다는 걸 알아요? 삼촌이 명령만 내리면 무슨 일이든 하는 친구들 말이에요."

"아니."

"그들에게는 어떤 말도 하지 않는 게 좋을 것 같아요. 납치 당했던 일도요."

돈 아프릴레는 마음 속 깊이 뿌듯함이 밀려왔다. 이 아이의 유전자 속에는 오메르타가 싹트고 있었던 것이다.

그날 밤 늦게 아스토레는 혼자 정원 모퉁이로 가서 맨손으로 구멍을 팠다. 그리고 주머니에 넣어 두었던 올리브 씨앗을 심었다. 그는 시칠리아의 검푸른 밤하늘을 올려다보며 삼촌처럼 나이가 들어 이런 밤에 정원에 앉아 많이 자란 올리브 나무를 바라보는 자신의 모습을 상상했다.

그날 이후 일어난 모든 일은 운명이었다. 돈 아프릴레는 그렇게 믿었다. 그는 아스토레가 열여섯 살이 될 때까지 매년 시칠리아로 함께 여행을 했다. 그의 마음 한구석에는 소년의 미래에 대한 윤곽이 희미하게 그려지기 시작했다.

아스토레가 그런 운명 속으로 뛰어들도록 만든 사람은 다름 아닌 돈 아프릴레의 딸이었다. 열여덟 살인 니콜은 자신보다 두 살 아래인 아스토레를 사랑하게 되었고 그런 사실을 숨기기에는 그녀의 성격이 너무 불같았다. 니콜의 적극적인 애정 공세에 감수성이 예민한 아스토레는 당황했다. 그리고 둘은 청춘의 열병을 앓기 시작했다.

돈 아프릴레는 이런 사실을 인정하기 어려웠지만 그는 지세에 맞춰 전략을 수정할 줄 아는 장군이었다. 그는 절대 둘의 관계를 알고 있다는 낌새를 드러내지 않았다.

어느 날 밤 아스토레를 서재로 불러들인 돈 아프릴레는 그에게 영국으로 유학을 가서 런던에 살고 있는 프라이어 밑에서 금융 업무를 배우지 않겠느냐고 물었다. 둘 사이를 떼어놓기 위해 영국으로 보낸다는 사실을 아스토레가 알고 있다고 짐작했기 때문에 더 이상의 이유는 대지 않았다. 그러나 니콜이 문 밖에서 엿듣고 있을 줄은 미처 생각하지 못했다. 니콜은 방으로 뛰어들어오더니 아버지에게 거세게 항의했다. 그런 니콜의 모습은 더욱 아름다워 보였다.

"아빠, 아스토레를 보내면 안 돼요. 그럼 우리 둘이 집을 나가버릴 거예요." 니콜은 아버지에게 소리를 질렀다.

돈 아프릴레는 딸을 달래기 시작했다.

"너희 둘은 학교를 졸업해야 한다."

니콜은 당황해서 얼굴이 빨갛게 달아오른 아스토레를 돌아보며 물었다.

"아스토레, 너 갈 거야? 정말 갈 거야?"

아스토레는 아무 대답도 하지 않았다. 니콜은 눈물을 글썽였다.

이런 모습을 보며 아버지로서 마음이 약해지지 않기는 힘든 일이었지만 그는 내심 흐뭇했다. 니콜은 몸도 생각도 마피아의 딸답게 당당하고 아름답게 자라주었다. 그럼에도 불구하고 니콜은 몇 주 동안 아버지에게 말 한마디 하지 않고 자기 방에 틀어박혀 지냈다. 그러나 그는 실연의 상처가 오래가지 않을 거라고 생각했다.

게다가 누구나처럼 사춘기의 덫에 걸린 아스토레를 지켜보는 것은 즐겁기만 했다. 분명히 아스토레는 니콜을 사랑했다. 그리고 니콜이 보여준 애정과 열정은 아스토레가 자신이 세상에서 가장 중요한 존재라는 생각을 갖게 해주었을 것이다. 어떤 젊은이라도 그런 유혹에는 굴복할 수밖에 없었을 것이다. 그러나 그런 분명한 사실만큼이나 아스토레는 인생의 진정한 영광을 얻기 위해 어떤 거추장스러운 방해물로부터도 자유로워지고 싶어했다. 돈 아프릴레는 그 점을 이해했다. 그는 슬며시 미소를 지었다. 아스토레는 올바른 사고를 갖고 있었다. 그렇다. 이제 그에게 진짜 훈련을 시켜야 할 때가 온 것이다.

은퇴한 지 이제 3년이 된 돈 아프릴레는 현명한 선택을 했다는 생각에 안도와 만족을 느꼈다. 그동안 자식들과의 관계도 더욱 돈독해졌고 아버지 대접을 받으면서 새삼 인생의 재미도 느끼는 중이었다.

발레리우스는 지난 20년간 외국 주둔지에서 근무했기 때문에 아버지와 가깝게 지낼 기회가 없었다. 이제는 웨스트 포인트에 배치를 받아 부자는 더 자주 만나고 마음을 터놓고 대화를 나누기 시작했다. 그러나 아직은 어려운 점이 많았다.

마르칸토니오와의 관계는 좀 달랐다. 돈 아프릴레는 둘째 아들과는 일종의 소통 통로가 있었다. 마르칸토니오는 TV 프로그램 제작이라든가 극적인 과정에서 벌어진 재미있는 일화, 시청자에 대한 자신의 의무, 세상을 좀 더 살 만한 곳으로 만들고 싶어하는 소망 따위에 대해 설명했다. 돈 아프릴레에게 그런 사람들의 이야기는 동화처럼 여겨졌다. 어쨌든 그는 그런 세상에 대해 흥미를 느꼈다.

가족끼리 저녁 식사를 하는 자리에서 부자는 드라마를 두고 종종 가벼운 말싸움을 벌였다. 한 번은 아프릴레가 마르칸토니오에게 이런 말을 했다.

"네 드라마의 인물들은 한없이 착하거나 악하던데 나는 실제로 그런 사람을 본 적이 없다."

"시청자들도 그렇게 생각해요. 우리가 말하고 싶은 것도 그 점이구요."

 가족 모임이 있을 때면 발레리우스는 페르시아만 전쟁의 정당성을 설명하려고 애썼다. 사실 그런 정당성 외에 경제적 이권이라든지 인권을 보호한다는 그럴듯한 명분은 마르칸토니오의 TV 방송의 시청률을 높이는 데도 큰 역할을 했다. 그러나 이런 이야기를 듣고 돈 아프릴레는 어깨를 으쓱했을 뿐이다. 고상한 명분으로 위장한 권력 투쟁에 그는 별 관심이 없었다.

 "어떻게 해야 전쟁에서 이길 수 있을까? 결정적인 요인이 뭐지?"
 돈 아프릴레가 발레리우스에게 물었다.
 잠시 생각에 잠겼던 발레리우스가 대답했다.
 "훈련이 잘 된 군대와 뛰어난 지휘관이죠. 큰 전쟁에서는 이기는 전투도 있고 지는 전투도 있어요. 제가 정보국에 있을 때인데, 모든 가능성을 분석하고 이런 결론을 내렸죠. 강철을 생산하는 국가가 전쟁에서 이긴다. 간단히 말하면 그거죠."
 아프릴레는 만족스러운 듯 고개를 끄덕였다.
 세 자녀 중 그가 가장 다정하게 대하면서도 마찰도 자주 일으키는 상대는 니콜이었다. 그는 니콜이 성취한 업적과 아름다운 외모, 정열적인 성격, 똑똑한 두뇌를 자랑스러워했다. 서른두 살인 니콜은 전도 유망하고 영향력도 클 뿐만 아니라 정치권과도 친분이 두터운 젊은 변호사였다. 재판에서는 엄청난 권력자를 등에 업은 상대를 만나도 두려워하지 않았다.
 사실 돈 아프릴레는 니콜을 비밀리에 도와주고 있었다. 니콜의 법률 회사가 그에게 많은 빚을 지고 있었던 것이다. 그러나 오빠들은 두 가지 이유 때문에 니콜을 신뢰하지 않았다. 그녀가 아직 미혼이라는 점과 무료 변호를 너무 많이 했다는 점이었다. 돈 아프릴레 역시 딸을 칭찬하면서도 세상사에 관한 니콜의 의견은 진지하게 받아들이지 않았다. 어쨌든 니콜은 여자이며, 남자들만이 인생의 쓴맛을 볼 수 있다는 믿음에서였다.

가족끼리 모이는 저녁 식사 시간이면 아버지와 딸은 끊임없이 논쟁을 벌였다. 두 사람을 보면 마치 고양이 두 마리가 위험스럽게 장난을 치다가 이따금 피가 나도록 할퀴는 모습이 연상되었다. 그들에게는 한 가지 심각한 불화의 씨앗이 있었는데, 그 때문에 아버지는 계속해서 인자한 모습만을 보여줄 수 없었다. 니콜은 인간의 생명이 존엄하다고 믿었고 사형제도를 혐오했다. 게다가 단체까지 만들어 상당히 조직적으로 사형제도 폐지 운동을 주도하고 있었다.

"도대체 왜 그런 일을 하는 게냐?" 아프릴레가 물었다.

이런 질문을 받을 때면 니콜은 언제나 그렇듯 흥분부터 했다. 그녀는 사형제도가 결국 인간성을 파괴하게 된다고 믿고 있었다. 만일 상황에 따라 살인이 용서가 된다면 또 다른 상황에서 사람을 죽이는 것이 정당화될 수 있고 그것이 하나의 믿음이 될 수 있다, 그리고 그것은 결국 문명의 진화를 가로막게 된다는 게 그녀의 주장이었다. 니콜은 그런 믿음 때문에 오빠인 발레리우스와도 끝없는 갈등을 겪었다. 니콜의 주장은 군인말고 누가 또 그렇게 많은 사람들을 죽이느냐는 것이었다. 어떤 대의명분도 니콜에게는 중요하지 않았다. 이유와 상관없이 사람을 죽이는 것은 죽이는 것이며 그렇게 되면 모두 식인종 시대, 아니 그보다 더 후퇴한 시대로 되돌아가게 된다고 생각했다. 니콜은 기회만 있으면 살인자에 대한 사형 언도를 막으려고 전국의 법정에 서서 싸웠다.

돈 아프릴레는 니콜의 이런 행동을 순진한 이상주의에서 비롯된 터무니없는 짓이라고 생각하면서도 딸이 무료 변론으로 승리를 거둔 뒤 갖는 가족 모임에서는 잊지 않고 축하해주었다. 한번은 니콜이 지난 10

년간 가장 흉악한 범죄자로 평가된 이를 사형 선고로부터 구한 적이 있었다. 그 범죄자는 절친한 친구를 살해하고 미망인이 된 친구의 아내를 강간했다. 게다가 친구를 만나러 가는 길에 들른 주유소에서 두 명의 직원을 살해하고 금품까지 강탈했다. 그 외에 열살 난 여자아이를 강간한 뒤 살해하고, 순찰 중인 경찰관 두 명까지 죽이려다 미수에 그치는 바람에 다행히 엽기적인 살인행각도 막을 내렸다. 그런데 니콜은 범인이 정신이상자임을 입증하여 승소했고, 범인은 평생 석방될 가망은 없어도 정신이상 범죄자를 위한 기관에서 여생을 보내게 되었다.

그 다음 가족 모임은 니콜이 또 다른 재판에서 이긴 것을 축하하기 위해 모인 자리였다(이번에는 그녀 자신의 재판이었다). 니콜은 최근 어떤 재판에서 개인적으로 엄청난 위험을 감수하고 까다로운 법 원칙을 지켜 이겼다. 그런데 그 후 변호사협회로부터 부당한 변론을 했다는 이유로 소송을 당했는데 마침내 무죄 판결을 받은 것이다. 니콜은 이제야 활기차 보였다.

흐뭇한 돈 아프릴레는 그답지 않게 이번 일에 각별한 관심을 보였다. 그는 딸이 무죄 판결을 받은 것을 축하하면서도 그런 상황이 벌어진 데 대해 다소 어이없다는 태도를 보였다(일부러 그런 척 했다). 니콜은 아버지에게 설명을 해야만 했다.

니콜은 열두 살 난 소녀를 강간하고 살해한 뒤 시신을 은닉한 혐의를 받고 있는 서른 살의 남자를 변호했다. 그가 범인이라는 정황 증거는 명백했지만 판사나 배심원은 시신을 찾지 못한 상태에서 그에게 사형 선고를 내리기는 어려웠다. 그러자 희생자의 부모는 경찰이 시신을 찾으려는 노력을 하지 않는다고 분노했다.

그런데 살인범은 자신의 변호사인 니콜에게 시신을 묻은 곳을 알려주며 거래 조건을 협상을 해달라고 부탁했다. 즉, 자신이 시신이 있는 곳을 알려주는 대가로 사형 대신 종신형을 받게 해달라는 것이었다. 그런데 니콜이 기소자와 협상을 하려고 하자 상대방은 그녀에게 만일 시신이 있는 곳을 바로 말하지 않으면 니콜을 기소하겠다고 협박했다. 니콜은 그럴 경우 변호사와 의뢰인 간 비밀 엄수 원칙에 어긋난다고 믿었기 때문에 거절했고, 저명한 판사는 그녀가 옳다고 손을 들어줬다.

그래서 기소자는 하는 수 없이 희생자의 부모와 상의를 한 뒤 마침내 거래에 동의했다.

살인범은 그들에게 시신을 절단하여 얼음 상자에 넣은 뒤 뉴저지 늪 근처에 묻었다고 실토했다. 검찰은 시신을 찾아냈고 살인범은 종신형을 선고받았다. 그러자 변호사협회에서는 니콜이 부당한 협상을 한 책임이 있다고 소송을 제기했다. 그리고 마침내 오늘 니콜은 무죄 판결을 받게 된 것이다.

돈 아프릴레는 자식들에게 축배를 제의하며 니콜에게 물었다.

"네가 한 일이 모두 정당하다고 생각하는 거냐?"

니콜은 갑자기 풀이 죽었다.

"모든 일엔 원칙이 있어요. 아무리 중대하고 신성불가침한 일이라도 정부가 변호사와 의뢰인 간의 특권을 침해할 수는 없어요."

"그럼 넌 희생자의 부모에 대해서는 아무런 생각도 하지 않았느냐?"

"물론 했어요." 니콜이 짜증스럽게 대답했다.

"하지만 설령 그렇다고 해도 법의 기본 원칙은 해칠 수 없어요. 저도 그 점 때문에 괴로웠어요. 저라고 왜 안 그랬겠어요? 하지만 앞으로 법의 희생양이 될 지도 모를 사람들을 위해서라도 그런 선례를 만들 수는 없었어요."

"그럼 변호사협회에서는 아직 너에 대한 소송을 취하하지 않은 상태냐?"

"자존심 때문이죠. 그건 정치적인 행동이에요. 복잡한 법 체계를 교육을 받지 않은 보통 사람들은 이런 법 조항에 대해 흥분을 하죠. 그래서 저에 대한 재판도 말이 많았어요. 어떤 유명한 판사는 이 사건을 공론화 시켜서 내가 의뢰인의 정보를 비밀로 한 것이 헌법 정신에 위배되지 않았다는 것을 설명해야 했어요."

"잘 했다!" 아프릴레가 유쾌하게 말했다.

"법에는 정말 상식을 뛰어넘는 일이 많구나. 물론 변호사들에게만 해당되겠지만 말야."

아버지가 자신을 비웃고 있다고 생각한 니콜은 날카롭게 맞받아 쳤다.

"법이 없으면 문명도 존재할 수 없죠."

"그건 네 말이 맞다." 아프릴레는 딸의 기분을 맞춰주려는 듯 맞장구를 쳤다.

"하지만 엄청난 죄를 저지른 사람의 생명까지 구해줘야 한다는 건 불공정해."

"그것도 맞아요. 하지만 우리 법에는 형량합의(검사로부터 관대한 형을 구형 받는다는 조건 하에 피고인이 유죄를 인정하는 제도) 제도가 있어요. 모든 범죄자는 마땅히 받아야 하는 형량보다 감형을 받는 게 현실이에요. 그것도 좋은 제도죠. 용서는 상처를 치유해주니까요. 결국 반사회적인 범죄를 저지른 사람도 더 쉽게 사회에 복귀할 수 있게 되죠."

돈 아프릴레는 다시 건배를 제의하면서 조롱 섞인 말을 했다.

"그런데 말이다. 넌 정말 정신 이상이라는 이유로 그 사람이 무죄라고 믿는 거냐? 결국 그는 자기 의지대로 행동한 것 아니냐?"

발레리우스는 니콜의 심리를 살피려는 듯 유심히 바라보았다. 40대

중년인 발레리우스는 키가 컸고 짧게 자른 수염과 머리는 벌써 회색으로 변해 있었다. 정보국 출신인 그는 인간의 도덕성이라는 것은 무시하기로 진작에 마음을 정한 상태였다. 그는 니콜이 어떤 논리를 펼지 궁금했다.

마르칸토니오는 니콜이 아버지의 수치스런 인생 때문에 도덕적인 삶을 추구하게 된 거라고 이해하고 있었다. 그래서 니콜이 경솔하게, 혹시 아버지가 도저히 용서할 수 없을 말을 내뱉지나 않을까 조마조마했다.

아스토레는 니콜의 모습에 정신이 멍할 정도로 놀라고 있는 중이었다. 니콜은 아버지가 자극하는 말에 눈에 불을 켜고 믿을 수 없을 정도로 흥분하고 있었다. 그는 10대 때 나누었던 사랑을 떠올리며, 자신에 대한 니콜의 마음이 변함없음을 느끼고 있었다. 그러나 이제는 그가 바뀌었다. 그는 더 이상 니콜과 사랑을 나누던 시절의 그가 아니었다. 그 점은 니콜도 눈치채고 있었다. 아스토레는 혹시 그녀의 오빠들이 오래전의 그 일을 알고 있지 않을까 궁금했다. 또 이런 불화로 자신이 가장 사랑하며 유일한 도피처인 가족 간에 유대가 깨지지 않을까 두려웠다. 그래서 제발 니콜이 너무 극단적으로 나오지 않기만을 바랐다. 하지만 그 역시 니콜의 가치관에 대해서는 동의할 수 없었다. 시칠리아에서 보낸 세월은 그에게 전혀 다른 가르침을 주었다. 어쨌든 자신이 세상에서 가장 사랑하는 두 사람이 저렇게 다를 수 있다는 게 신기하기만 했다. 그리고 설령 니콜의 말이 옳더라도 아버지에게 반항하는 딸의 편을 들 수는 없다는 생각이 더 컸다.

니콜이 당돌하게 아버지의 눈을 노려보았다.

"전 그가 자유의지를 가졌다고 믿지 않아요. 환경에 의해 강요받았던 거죠. 본인의 왜곡된 인식이라든지 유전적인 성질, 생화학적인 작용, 무지한 약물 복용 따위 말이에요. 그는 제정신이 아니었어요. 당연히 전 그렇게 믿어요."

돈 아프릴레는 잠시 생각에 잠겼다.

"그럼 말이다. 만일 그가 자신의 그런 핑계가 잘못이라는 것을 인정한다면 너는 그래도 그를 구명하기 위해 노력할 게냐?"

"그럼요. 개인의 생명은 신성한 거니까요. 국가는 그 생명을 빼앗을 권리가 없어요." 니콜이 당당하게 말했다.

돈 아프릴레는 조롱하는 듯한 미소를 지었다.

"니콜, 네게는 틀림없이 이탈리아인의 피가 흐르고 있구나. 현대 이탈리아에서 사형을 한 번도 집행한 적이 없다는 사실을 알고 있니? 아무리 극악무도한 범죄자도 사형을 당한 적이 없었어."

두 아들과 아스토레는 그의 조롱에 속으로 움찔했지만 니콜은 조금도 당황하지 않았다.

니콜은 단호히 말했다.

"국가가 법이라는 장막 아래 고의적인 살인자들까지 보호하는 것은 야만적이에요. 모두 그 점은 인정할 거라고 생각해요."

이것은 돈 아프릴레의 명예에 대한 언급으로 일종의 도전이었다. 니콜은 웃음을 띠며 더욱 침착하게 말했다.

"우리에겐 대안이 있어요. 범죄자들을 석방이나 가석방에 대한 가망 없이 교화기관이나 감옥에 수용하는 거예요. 그럼 더 이상 사회에 위협을 끼치진 못하죠."

돈 아프릴레는 냉담한 눈초리로 딸을 바라보았다.

"한 가지씩 말해보자. 나는 국가가 국민의 생명을 빼앗을 수 있다는 데 동의한 사람이다. 그리고 가석방이나 석방 가망이 없다는 네 말은 농담이겠지. 20년이 지나 새로운 증거가 나타나면, 또 사회에 복귀해도 될 만큼 선량한 사람으로 교화된다면 아무리 큰 잘못을 저지른 사람도 풀려나게 되어 있다. 하지만 이미 죽은 사람을 신경 쓰는 사람은 없어. 그 점은 정말 중요하게 여기지 않지."

니콜은 인상을 찌푸렸다.

"아빠, 제 말은 희생당한 사람이 중요하지 않단 말이 아니에요. 하지만 목숨을 빼앗는다고 해서 죽은 사람이 다시 살아올 순 없잖아요. 그리고 우리가 상황에 따라 면죄부를 주는 한 살인은 계속해서 일어나게 되요."

돈 아프릴레는 말을 멈추고 식탁에 둘러앉은 두 아들과 아스토레를 둘러보며 포도주를 한 잔 마셨다.

"너희들의 의견도 들어보고 싶다."

그는 다시 딸을 바라보았다. 그리고 보기 드물게 강력한 어조로 말했다.

"그래, 네 말은 인간의 목숨이 신성하단 말이지? 하지만 그런 증거가 어디 있지? 역사책 어디에 나와 있단 말이냐? 모든 정부와 종교가 수백만 명이 목숨을 잃는 전쟁을 옹호한다. 정치적 분쟁으로 또는 경제적 이권 다툼으로 수천 명의 적을 학살했던 기록이 얼마나 많이 남아 있느냐? 인간의 존엄한 생명보다 돈을 우위에 두었던 사례가 얼마나 많으냐? 게다가 너 자신도 네 의뢰인이 무죄 판결을 받으면 인간의 목숨을 빼앗은 행위를 용서받았다고 생각하지 않느냐?"

니콜의 검은 눈동자가 번뜩였다.

"전 속죄 받았다고 생각하지 않아요. 무죄를 증명 받았다고 생각하지도 않구요. 다만 사형은 야만적인 제도예요. 전 죽음으로 속죄하는 것에 반대할 뿐이에요."

돈 아프릴레는 좀 더 조용하고 차분한 목소리로 말했다.

"무엇보다 네가 그토록 소중하게 생각하는 희생자는 땅 속에 누워 있다. 그는 영원히 이 세상으로부터 격리되지. 우리는 다시는 그의 얼굴을 볼 수 없고 목소리를 들을 수 없으며 몸을 만질 수도 없다. 우리가 사는 이 세상과 떨어져 어둠 속에 묻히게 되는 게다."

돈 아프릴레가 포도주 한 모금을 마시는 동안 모두들 잠자코 듣고만 있었다.

"자, 니콜. 내 말을 들어봐라. 너의 의뢰인인 살인자는 평생 감옥에서 보내야 하는 형을 선고받았다. 네 말대로라면 그는 여생을 철창 속에서 또는 교화 기관에서 보내게 되겠지. 하지만 그는 매일 아침 떠오르는 해를 보고 따뜻한 음식을 먹으며 음악을 들을 수 있다. 혈관에는 따뜻한 피가 돌고 세상에 대한 관심도 여전하겠지. 또 그를 사랑하는 사람들은 여전히 그를 포옹할 수 있다. 내가 알기로 그런 사람들은 책도 읽을 수 있고 식탁이나 의자를 짜는 일도 배운다고 하더라. 다시 말해 그는 멀쩡히 살아 있는 거지. 그건 너무 불공평하지 않느냐?"

니콜은 완강했다. 그녀는 주춤거리지 않았다.

"아빠, 동물을 길들일 때는 날고기를 먹이지 않아요. 날고기 맛을 보면 점점 더 먹고 싶어하니까요. 마찬가지로 우리가 사람을 자주 죽이는 걸 허용하다보면 죽이는 게 더욱 쉬워져요. 아빠도 아시잖아요?"

돈 아프릴레가 아무 대답도 하지 않자 니콜은 계속해서 다그쳤다.

"아빤 무엇이 정당하고 부당한지를 어떻게 판단하시죠? 무엇을 기준으로 선을 그으세요?"

지금까지는 반항하려는 의도가 컸지만 이 질문만은 니콜이 평생 아버지에게 가졌던 의문을 풀고 싶은 간절한 마음에서 나온 것이었다.

모두들 돈 아프릴레가 딸의 오만함에 버럭 화를 낼 것으로 생각했지만 그는 의외로 미소 띤 표정으로 응수했다.

"나도 약점이 있지만 자식이 부모를 심판하는 건 내버려두지 않겠다. 자식은 부모의 고통이 없으면 아무것도 이룰 수 없어. 그리고 난 아버지로서 책망 받을 만한 일을 했다고 생각지 않는다. 나는 너희들 셋을 사회의 기둥으로 길러냈어. 모두 재능 있고 업적도 쌓은 훌륭한 사회인으로 키워냈다. 운명에 무력하게 주저앉지 않을 정도로 말이다. 너희들 중 내게 불만 있는 사람 있느냐?"

이 말을 들은 니콜은 화가 가라앉았다.

"없어요. 부모로서 아빠에게 불만 있는 사람은 없어요. 하지만 아빤 빠뜨린 게 있어요. 사형을 당하는 사람은 언제나 사회적 약자예요. 부자들은 어떻게든 사형을 면하죠."

돈 아프릴레는 매우 진지한 눈빛으로 니콜을 바라보았다.

"그렇다면 부자가 가난한 사람에게 사형을 선고하지 못하도록 법을 바꾸어야겠구나. 그게 더 현명한 것 같구나."

아스토레는 안도의 미소를 지으며 중얼거렸다.

"그게 바로 우리에게 주어진 일이죠."

이 한마디에 모두들 긴장이 풀어졌다.

"인간의 가장 큰 덕목은 자비예요. 문명 사회는 인간을 처형하지 않아요. 죄를 응징하는 걸 상식이나 정의 차원에서 해결해서는 안 되죠."

그러자 돈 아프릴레가 지금까지의 유머를 거두고 호통쳤다.

"넌 도대체 어디서 그런 생각을 주워 들은 거냐? 그건 자기 도취이고 비겁한 생각이야. 아니, 신성모독이다. 이 세상에 신보다 더 무자비한 존재가 어디 있느냐? 신은 절대 용서하지 않아. 벌도 금지하지 않지. 천국도 지옥도 신의 뜻에 따라 존재하는 거야. 신은 자기 세계에서 슬픔이나 눈물을 씻어주지 않아. 필요 이상으로 자비를 베풀지 않는 것, 그게 바로 전지전능한 신이 하는 일이다. 그런데 어떻게 네가 감히 그런 놀라운 은혜를 베풀려한단 말이냐? 그건 오만이다. 네가 그렇게 신성한 존재라서 더 나은 세상을 만들 수 있다고 생각하는 게냐? 명심해라. 성자만이 신의 귀에 대고 기도를 속삭일 수 있다. 그것도 순교를 통해 그럴 권리를 얻은 성자만이 할 수 있다. 그래, 우리 동족을 뒤쫓는 것이 우리의 의무다. 그렇지 않으면 그들은 얼마나 더 큰 죄를 저지를지 모른다. 우리의 세상을 악마에게 바칠 수도 있어."

니콜은 분노로 할 말을 잃었고 발레리우스와 마르칸토니오는 웃음을 지었다. 아스토레는 마치 기도라도 하는 것처럼 고개를 숙이고 있었다.

마침내 니콜이 입을 열었다.

"아빠가 도덕군자를 자처하시다니 정말 터무니없어요. 아빤 분명 따라야 할 본보기를 보여주지는 않았어요."

식탁에 둘러앉은 자식들은 과거 아버지와 서먹했던 기억을 떠올리며 한동안 말이 없었다. 니콜은 아버지에 관한 소문들을 믿지는 않았지만 내심 그게 사실이 아닐까 두려워하고 있었다. 마르칸토니오도 방송국 동료가 빈정거리며 "자네 아버지가 자네를 다른 녀석들 대하듯이 하나?"라고 물었던 일을 떠올렸다.

마르칸토니오는 그 동료가 아버지의 평판에 대해 언급한 거라는 점을 눈치채고는 꽤 진지하게 "아버지는 우리에게 아주 인자하시네."라고 대답했다.

발레리우스는 아버지가 자신이 섬겼던 여느 장군들과 매우 흡사하다고 생각하고 있었다. 어떤 도덕적인 가책 없이 자기 직분에 충실한 사람들, 자신의 의무에 대해 한치의 의심도 없는 그런 사람들 말이다. 그런 사람들은 신속하고 정확하게 자신의 표적에 화살을 맞히면 그뿐이다.

아스토레는 조금 생각이 달랐다. 돈 아프릴레는 항상 자신에게 애정과 신뢰를 보여주었다. 그는 집안에서 돈 아프릴레에 관한 평판이 사실이라는 것을 알고 있는 유일한 사람이었다. 그는 3년 전 유학을 마치고 돌아왔을 때를 떠올렸다. 돈 아프릴레는 그에게 특별한 지시사항을 내렸다.

"내 나이가 되면 문에 발가락이 채여도, 허리에 검은 사마귀 하나만 생겨도, 심박동이 한 차례만 멈춰도 죽을 수 있다. 1초마다 자신이 죽을지도 모른다는 생각을 하지 않는 게 오히려 이상할 정도지. 그러니 더 이상 적도 없어진단다. 하지만 이 나이가 되면 누구나 계획을 세워야 하지. 난 네게 내 은행 지분의 대부분을 상속할 거야. 네가 그것을 관리하고 우리 아이들과 수입을 나눠 갖도록 해라. 실은 페루의 총영사가 대표로 있는 어떤 세력이 내 은행을 사고 싶어한단다. 리코법이 발효되면서 정부가 나에 대한 수사를 하고 내 은행까지 몰수할 수 있게 되었어. 하지만 내가 그들을 위해 좋은 일을 할 필요는 없지. 아마 그들은 아무것도 찾아내지 못할 게다. 그러니 네게 강조하는데 절대 은행을 팔아서는 안 된다. 그 은행들은 과거보다 더 수익도 많이 내고 규모도 커질 거야. 그리고 시간이 지나면 과거는 잊혀지지."

"만일 예상하지 못했던 일이 일어나면 프라이어에게 연락해서 도움을 청해라. 넌 그를 잘 알 게다. 그는 충분한 자격이 있고 금융업으로 돈도 많이 벌었어. 내게도 진실한 친구다. 그리고 시카고의 베니토 크락시도 소개해주마. 그도 알아두면 큰 도움이 될 게다. 그 역시 금융업을 하고 있지. 믿을 만한 사람이기도 하고. 참, 네게 마카로니 사업도 맡길 작정이다. 거기서 먹고사는 데 걱정 없을 만큼 수입이 생길 거야. 내가 이렇게 네게 모든 것을 맡기는 이유는 내 자식들이 무사히 잘 살길 바라기 때문이다. 세상은 험난한데 난 그 애들을 너무 순진하게 키웠어."

3년이 지난 지금 아스토레는 그 말들을 곰곰이 생각했다. 시간이 흘러 이제는 돈 아프릴레의 역할이 필요 없을 정도가 되었다. 그렇지만 그의 제국은 산산조각 나지 않았다.

니콜은 아직 논쟁을 끝내지 않았다.
"그럼 자비는 어떤 거죠? 아빠가 믿는 기독교에서는 어떻게 가르치죠?"
돈 아프릴레는 주저 없이 대답했다.
"자비는 부도덕한 거야. 인간이 갖고 있지도 않은 힘을 갖고 있는 척하는 거지. 자비를 베푸는 것은 희생자에게 용서받을 수 없는 죄를 저지르는 일이나 마찬가지다. 그것은 땅에 발을 디디고 사는 인간이 해야 할 일이 아니야."
"그럼 자비를 베풀고 싶지 않으세요?"
"물론이지. 나는 자비를 베풀려고 노력하거나 그러고 싶은 마음도 없다. 만일 내가 그렇게 한다면 내가 저지른 죄에 대한 처벌을 달게 받을 게다."
이날 저녁 발레리우스는 자신의 열두 살 난 아들이 두 달 뒤에 견진성사를 받게 되니 참가해달라는 말을 할 참이었다. 그의 아내는 가족들이 다니는 성당에서 축하 파티를 성대하게 열고 싶어했다. 돈 아프릴레가 이런 초대에 응한 것도 그가 얼마나 변했는지 말해주는 것이었다.

레몬 빛의 햇살이 눈부신 12월의 어느 쌀쌀한 일요일 정오, 아프릴레의 가족은 뉴욕 5번가에 있는 성 패트릭 성당으로 향했다. 눈부신 햇살은 도로에 웅장한 성당의 그림자를 드리우고 있었다. 돈 아프릴레와 발레리우스, 그의 아내, 호시탐탐 도망갈 기회만 노리고 있는 마르칸토니오와 검은 정장을 차려입은 니콜은 추기경을 바라보고 있었다. 빨간 모자를 쓴 추기경은 포도주를 한 모금 마시고 성체 배령을 한 다음 하느님의 가르침을 명심하라는 의미로 뺨을 살짝 때리는 의식을 거행했다.

사춘기 문턱에 있는 소년들은 하얀 가운과 붉은 스카프 차림의 성숙한 소녀들이 석조 천사상과 성인의 조각상들이 내려다보이는 성당 복도를 행진하는 모습을 바라봤다. 그것만으로도 달콤하고 신비스런 즐거움을 주었다. 그곳은 평생 하느님을 섬길 것을 약속하는 자리였다. 니콜은 추기경의 설교를 한마디도 믿지 않지만 괜히 눈물이 났다. 그러면서도 그런 자신이 우스웠다.

아이들은 성당 계단을 내려오자마자 예복을 벗어 던지며 안에 입은 화려한 옷차림을 내보였다. 여자 아이들은 하늘하늘한 얇은 레이스 드레스 차림이고 남자 아이들은 검정색 정장에 눈부시게 새하얀 셔츠를 입고 그리고 목에는 악마를 쫓아준다는 전통적인 붉은 넥타이를 매고 있었다.

돈 아프릴레도 양쪽에 각각 아스토레와 마르칸토니오를 거느리고 성당을 걸어나왔다. 아이들은 이미 둥그렇게 원을 만들어 빙빙 돌고 있었고 발레리우스와 그의 아내는 아이들 가운을 팔에 걸친 채 그 모습을 열심히 카메라에 담고 있었다. 혼자 계단을 내려온 돈 아프릴레는 신선한 공기를 한껏 들이마셨다. 오늘은 매우 기쁜 날이었다. 모처럼 몸과 마음에 활력을 느꼈다. 금방 견진성사를 마친 손자가 그에게 다가오더니 포옹을 했다. 돈 아프릴레는 손자의 머리를 사랑스럽게 쓰다듬어주며 손바닥에 커다란 금화를 쥐어주었다. 견진성사를 받은 아이에게 주는 전통적인 축하 선물이었다. 그런 다음 그는 주머니에 손을 넣어 작은 금화를 한 움큼 꺼내 다른 아이들에게도 건네주었다. 아이들이 기뻐하며 함성을 지르며 떠나자 그는 나무처럼 죽죽 뻗은 회색 빌딩 숲 안에 혼자 남았다. 아스토레만이 몇 발짝 뒤에 있었다. 그때 아프릴레는 돌계단을 내려다보았다. 저만치 검정색 자동차가 미끄러지듯 들어오다 그를 태우기라도 하려는 듯 멈춰 섰다.

브라이트워터스의 어느 일요일 아침, 헤스코우는 일찌감치 일어나 빵을 굽고 신문을 가져다 놓았다. 그러고 나서 차고에 세워 놓은 훔친 검정색 세단에 총과 복면, 탄약 상자를 넣어 두었다. 바퀴 상태와 연료, 브레이크 따위도 점검했다. 모두 완벽했다. 그는 프랭키와 스테이스를 깨우러 갔다. 그들은 벌써 일어나 있었고 스테이스는 커피까지 마시고 있었다.

세 사람은 아무 말 없이 아침 식사를 마친 뒤 신문을 읽었다. 프랭키는 대학부 농구 경기의 팀 전적도 확인했다.

시계 바늘이 10시를 가리키자 스테이스는 자동차가 준비되었는지 물었고 헤스코우는 '모든 준비가 끝났다'고 대답했다.

그들은 자동차에 올라탔다. 헤스코우가 운전석, 프랭키는 그 옆에 앉고, 스테이스는 뒷자리에 앉았다. 시내까지는 한 시간 정도 걸리므로 그들에겐 아프릴레를 쏠 때까지 아직 한 시간이 더 남은 셈이었다. 중요한 것은 제 시간에 도착하느냐였다.

프랭키는 자동차 안에서 총들을 점검했다. 스테이스는 하얀 복면을 써 보았다. 양 옆에 끈이 달려 있어서 목에 두르고 있다가 결정적인 순간에 얼굴에 쓸 수 있도록 되어 있었다.

그들은 라디오로 오페라를 들으며 시내로 향했다. 헤스코우는 속도를 빠르게 하거나 늦추는 일 없이 일정한 속도로 조심스럽게 차를 모는 뛰어난 운전수였다. 앞차나 뒷차와의 간격도 적당하게 유지했다. 스테이스는 늘 그렇듯이 긴장을 풀기 위해 다소 투덜거렸다. 그들은 긴장했지만 불안하지는 않았다. 그들은 완벽하게 해치워야 한다는 것을 알고 있었다. 한 발의 실수도 용납되지 않는다.

시내로 들어가는 길은 순조롭지 못했다. 공교롭게도 가는 동안 모든 빨간 신호등에 걸렸던 것이다. 그들은 이윽고 5번가를 돌아 성당 정문에서 반 블록쯤 떨어진 곳에 일단 차를 세우고 기다렸다. 어느덧 교회 종소리가 들리기 시작했고, 금속으로 된 주변 마천루에 부딪혀 은은하게 울려 퍼졌다. 헤스코우는 다시 시동을 걸었다. 멀리서 아이들이 떼지어 거리로 몰려나오는 모습이 보였다. 순간 걱정이 스쳤다.

"프랭키, 머리를 쏴." 스테이스가 중얼거렸다.

이윽고 돈 아프릴레의 모습도 보였다. 그는 양쪽에 서 있는 남자들보다 앞질러서 계단을 내려오기 시작했다. 어쩐지 이쪽을 쳐다보는 것 같았다.

"복면을 쓰게."

헤스코우가 낮게 외치면서 속도를 약간 내기 시작했고, 프랭키는 문손잡이를 꽉 잡았다. 왼손에 우지 기관단총을 쥐고 있었고 보도로 뛰어내릴 자세를 취했다.

자동차는 속도를 내며 달리다 돈 아프릴레가 마지막 계단을 내려오는 순간 멈추었다. 뒷좌석에 앉아 있던 스테이스가 얼른 도로로 뛰어내렸다. 자동차를 사이에 두고 표적과 마주 본 그는 재빨리 자동차 지붕 위로 총을 올려 놓았다. 그리고 두 손으로 총을 쏘았다. 겨우 두 발뿐이었다.

첫 번째 총알은 돈 아프릴레의 앞 이마를 정확히 맞혔다. 두 번째 총알은 목을 관통했다. 노란 햇살이 쏟아지는 보도에 빨간 핏방울이 어지럽게 튀었다.

그때 보도에 있던 프랭키는 우지 기관단총으로 인파의 머리 위를 향해 총을 난사했다.

이윽고 두 사람이 자동차 뒷자리에 올라타자 헤스코우는 끼익 소리를 내며 도로를 달렸다. 몇 분 뒤 그들은 터널을 통과해 작은 공항으로 향했다. 그곳에는 그들을 해외로 탈출시켜 줄 개인용 제트기가 기다리고 있었다.


첫 번째 총소리가 들렸을 때 발레리우스는 아들과 아내를 잡아채어 땅바닥으로 밀친 뒤 자신의 몸으로 덮었다. 그래서 무슨 일이 일어났는지는 보지 못했다. 니콜도 아버지가 놀라는 표정만 보았을 뿐 무슨 일이 일어났는지 몰랐다. 마르칸토니오는 믿어지지 않는 듯 땅바닥만 내려보았다. 그것은 드라마에 나오는 픽션이 아니라 현실이었다. 총을 맞은 아버지 이마의 깨진 틈으로 멜론즙 같은 것이 새어 나왔다. 그리고는 바로 피와 함께 뇌가 줄줄 쏟아져 나왔다. 총알을 맞은 목은 마치 푸주한의 칼을 맞은 듯 살점이 뚝 떨어져 나가고 엄청난 피가 주변의 보도를 붉게 물들이고 있었다. 놀랍게도 사람의 몸 속에는 상상할 수 있는 것보다 더 많은 양의 피가 있었다. 마르칸토니오는 얼핏 계란 껍질 같은 복면을 쓴 두 남자의 모습을 보았다. 또 그들의 손에 쥐어져 있는 총도 보았지만 어쩐지 실감이 나지 않았다. 그밖에 옷차림이나 머리 모양에 대해서는 자세한 설명을 할 수 없었다. 그는 너무 놀라서 그 자리에 얼어붙어 버렸다. 심지어 그들이 흑인인지 백인인지 어떤 옷을 입었는지도 기억나지 않았다. 다만 키는 2미터가 훌쩍 넘어 보였다.

아스토레는 검정색 세단이 멈춰 섰을 때 뭔가 불길한 예감이 들었다. 그는 스테이스가 총을 쏘는 모습을 보았고 왼손으로 방아쇠를 당겼던 것도 기억했다. 또 한 사내는 우지 기관단총을 발사했고 역시 왼손잡이였다. 그는 또 재빨리 운전수를 보았다. 얼굴은 둥글고 몸은 뚱뚱한 편이었다. 두 명의 저격수는 운동선수처럼 몸놀림이 민첩했다. 아스토레는 돈 아프릴레를 호위하기 위해 쏜살같이 보도로 내려갔다. 그러나 1초도 안 되는 간발의 차이로 이미 늦어버렸다. 그의 몸은 돈 아프릴레의 몸에서 흘러나온 피로 범벅이 되었다.

아프릴레의 몸에서 많은 피가 흘러내리자 아이들은 공포의 소용돌이를 맞은 듯 우루루 이리저리 몰려다니며 비명을 질러댔다. 돈 아프릴레는 모든 뼈들이 탈구된 듯 계단 위에 맥없이 쓰러져 버렸다. 아스토레는 이 모든 일이 아프릴레와 그의 가장 가까운 사람들의 목숨을 노리고 일어난 일이라는 생각에 엄청난 두려움에 휩싸였다.

니콜은 아버지의 시신이 있는 곳으로 달려와 우뚝 멈췄다. 의지와 상관없이 다리가 접혀지며 니콜은 아버지 옆에 풀썩 무릎을 꿇었다. 그리고 말없이 손을 뻗어 피가 솟구치는 아버지의 목을 만졌다. 그리고 흐느끼기 시작했다. 그 순간 니콜은 영원히 울 것처럼 보였다.

# 3

 돈 아프릴레의 죽음은 그가 몸담았던 세상 사람들에게는 놀라운 사건이었다. 누가 감히 그런 인물을 죽일 수 있단 말인가? 도대체 목적이 뭐란 말인가? 자기 제국을 포기한 돈 아프릴레에게는 더 이상 강탈할 만한 영역도 없었다. 그런 그가 이제 죽었으니 운명 때문에 불행에 빠진 사람들에게 더 이상 인정을 베풀 수도, 엄청난 영향력을 이용해 도울 수도 없게 되었다.

 누군가 오랫동안 미뤄왔던 복수를 한 것일까? 아니면 숨겨두었던 재산이 드러난 것일까? 물론 여자 문제일 수도 있지만 그는 30년 넘게 가까이 지내온 과부가 있어도 함께 있는 모습을 들킨 적은 한 번도 없었다. 게다가 그는 여자를 밝히는 편도 아니었다. 그의 자녀들에게도 혐의를 둘 만한 이유는 없었다. 전문적인 암살범의 소행이지만 세 자녀 중 누구도 조직에 관여한 사람은 없었다.

 따라서 그의 암살은 수수께끼일 뿐만 아니라 신성을 모독한 죄악처럼 여겨졌다. 그토록 두려움을 불러일으켰던 사람, 그리고 30년이 넘게 광대한 범죄 제국을 지배해오는 동안 법도 악당도 우습게 알았던 사람이 어떻게 저런 죽음을 맞았을까? 더구나 합법의 길을 찾아 스스로 사회의 보호 아래 들어간 뒤 겨우 3년밖에 살지 못하고 죽은 것은 아이러니였다.

그런데 돈 아프릴레가 죽었는데도 이상하리 만큼 분위기는 조용했다. 언론은 곧 그 사건에 시들해졌고 경찰은 쉬쉬했으며 FBI는 지역 사건으로 치부해버렸다. 마치 돈 아프릴레의 명예와 권력은 그가 은퇴한 지 3년 만에 완전히 사라져버린 것 같았다.

지하 세계도 별 관심을 보이지 않았다. 보복 살인도 없었다. 돈 아프릴레의 친구들이나 충성을 다하던 전직 부하들도 그를 잊은 듯 했다. 심지어 돈 아프릴레의 자식들조차 언급을 삼가고 모든 것을 아버지의 운명으로 받아들이는 것 같았다.

그러나 단 한 사람은 예외였다. 커트 킬케였다. FBI 뉴욕 지부 책임자인 커트 킬케는 이 사건이 엄밀하게는 뉴욕 경찰 소관인 지역 살인 사건임에도 불구하고 직접 수사하기로 했다. 그는 우선 아프릴레의 가족과 면담을 하기로 했다.

돈 아프릴레의 장례식이 있고 한 달쯤 뒤 킬케는 부하인 빌 벅스턴에게 아프릴레의 둘째 아들 마르칸토니오 아프릴레와 연락을 취해보라고 지시했다. 마르칸토니오는 신중하게 대해야 했다. 그는 주요 TV 방송국의 제작국장으로 워싱턴에서는 내로라하는 실력자였다. 벅스턴은 최대한 예의를 갖춰 전화 통화를 한 다음 비서를 통해 약속 날짜를 잡았다.

마르칸토니오는 뉴욕 중심가의 화려한 본사 집무실에서 그들을 맞았다. 그는 점잖게 인사를 나눈 뒤 커피를 대접하려 했지만 그들이 거절했다. 큰 키에 올리브빛의 피부를 가진 미남인 그는 TV 앵커나 주연 배우들이 선호하는 유명 디자이너의 분홍색과 빨간색이 어우러진 독특한 넥타이에 깔끔한 검정색 정장 차림이었다.

"우리는 아버님의 사건을 지원 수사하고 있습니다. 그분에게 원한을 가질 만한 사람을 혹시 아십니까?" 킬케가 입을 열었다.

"난 전혀 모릅니다." 마칸토니오가 웃으면서 말했다. "아버지는 우리들은 물론 손자들과도 거리를 두시는 분이셨습니다. 우리는 아버지의 사업과는 완전히 격리된 채 자랐죠." 그는 변명하듯 손을 저었다.

킬케는 그런 몸짓이 마음에 들지 않았다.

"그렇다면 그런 일이 왜 일어났다고 보십니까?"

"당신들은 아버지의 과거 전력을 잘 아시지 않습니까? 아버지는 우리들이 자신의 사업에 관여하는 걸 원치 않으셨어요. 이 세상에 우리들만의 위치를 만들도록 어릴 때부터 타지에서 공부시키셨죠. 집으로 저녁 식사 초대를 해도 안 오시는 분이셨습니다. 졸업식 때만 겨우 오셨죠. 그뿐입니다. 물론 철이 들면서는 아버지에게 고마움을 느꼈습니다."

"당신은 정말 빠른 속도로 지금의 자리까지 오르셨더군요. 혹시 아버님의 도움을 받지는 않으셨습니까?"

마르칸토니오는 처음으로 불쾌한 표정을 지었다.

"천만에요. 이 업계에서는 젊은 나이에 고속 승진하는 일이 드물지 않죠. 아버지는 나를 명문 학교에 보내주셨고 생활비도 풍족하게 지원해주셨습니다. 난 제작자로서 재능을 쌓기 위해 그 돈을 사용했고 올바른 선택을 한 것입니다."

"아버님께서는 그런 점을 흐뭇해하셨겠군요."

킬케는 이렇게 물으며 상대의 표정을 하나라도 놓치지 않으려는 듯 자세히 살폈다.

"아버지께서 내가 하는 일을 완전히 이해하셨다고는 생각하지 않지만 아마 그러셨을 겁니다." 마르칸토니오가 얼굴을 찡그렸다.

"그렇군요. 전 아버님을 20년 동안이나 추적했지만 범죄 단서를 잡을 수 없었습니다. 워낙 영리한 분이라서 말입니다."

킬케가 농담하듯 웃으면서 물었다.

"혹시 시칠리아인 특유의 복수심 같은 건 없습니까? 혹시라도 그런 일을 마음으로라도 계획하고 있지는 않나요?"

"전혀요. 아버지는 우리가 그런 사고 방식을 갖지 않도록 가르치셨어요. 그렇지만 당신이 아버지를 쏜 사람을 검거해주기 바랍니다."

"아버님의 유산은 어떻게 됐죠? 대단한 부자였는데."

"그 일이라면 여동생 니콜에게 물어보시죠. 그 애가 집행을 하고 있으니까요."

"그 일에 대해 전혀 모른단 말입니까?"

"네."

마르칸토니오의 목소리는 단호했다.

이때 벅스턴이 끼어들었다.

"혹시 아버님을 해칠 만한 자에 대해 의심 가는 사람은 없습니까?"

"없습니다. 만일 그런 사람이 생각나면 말씀드리지요." 마르칸토니오가 공손하게 말했다.

"좋습니다. 만일의 경우를 대비해서 제 명함을 드리지요." 킬케가 말했다.

킬케는 돈 아프릴레의 다른 자식들을 만나러 가기 전에 시경의 형사 반장에게 연락을 취했다. 공식적인 기록을 남기고 싶지 않았던 그는 동부에서 가장 고급스런 이탈리아 음식점으로 폴 디 베네디토 반장을 초대했다. 디 베네디토는 자신의 지갑을 축내지 않는 한 최고급으로 즐겼다.

 두 사람은 지금까지 종종 수사 협조를 해왔고 킬케는 그와 동업하는 것을 좋아했다. 디 베네티토는 테이블에 놓인 여러 음식을 맛보았다.

 "연방 공무원은 이런 고급 음식은 자주 맛볼 수도 없지. 그래도 예전처럼 맛있는 건 아니야, 그렇지 않나? 그래, 용건이 뭔가?"

 디 베네니토가 물결치는 파도처럼 육중한 어깨를 으쓱거리더니 다소 심술궂게 웃었다. 거칠어 보이는 외모치고는 멋진 미소였다. 웃을 때면 그의 얼굴은 유명 디즈니 캐릭터처럼 변했다.

 "여기 음식은 온통 쓰레기 천지군. 어디 외계인들이 음식을 만드나? 모양은 이탈리아 음식 같고 냄새도 그럴 듯한데 맛은 화성 음식처럼 달기만 하군. 분명 이 놈들은 외계인이야."

 킬케가 낄낄거리며 웃었다.

 "하지만 포도주 맛은 봐줄 만하지 않나?"

 "이탈리아산 붉은 포도에 크림 소다를 섞지 않으면 약처럼 쓴맛만 날 거야."

 "자네는 정말 까다롭군."

 "천만에. 내 입맛은 소탈한 편이지. 그래서 더 문제지."

 킬케가 한숨을 내쉬었다.

 "젠장, 술 한 잔에 정부 돈 2백 달러군."

 "맙소사. 그냥 마시는 시늉이나 해야겠군. 그런데 대체 무슨 일인가?"

 킬케는 에스프레소를 주문했다. 그리고 본론으로 들어갔다.

 "요즘 돈 아프릴레 저격 사건을 수사하고 있네. 실은 자네가 맡을 사건이지. 그런데 몇 년째 그를 추적해왔는데 아무 단서도 못 잡았어. 그는 은퇴했고 정상적으로 살았어. 누가 탐낼 만한 재산이 있는 것도 아닌데 도대체 왜 죽였을까? 그를 죽인다는 건 매우 위험한 일인데 말야."

"전문가의 소행이야. 아주 완벽한 한 편의 작품이지."

"그런데?"

"나도 쉽게 이해가 안 가는 사건이네. 자넨 마피아의 거물들을 대부분 소탕했지 않았나. 대단한 업적이야. 나도 경의를 표하고 싶을 정도야. 돈 아프릴레를 은퇴하게 만든 것도 어떻게 보면 자네가 아닌가? 그러니 지금 남아 있는 녀석들은 그를 해칠 만한 이유가 없네."

"그가 소유한 은행 관계자들은 어떤가?"

디 베네디토는 시가를 흔들었다.

"그건 자네 영역이야. 우린 그저 조무래기들이나 뒤쫓을 뿐이지."

"그의 가족은 어떤가? 마약이나 여자 문제 또 그 밖의 문제는 없나?"

"그런 건 없네. 자식들은 모두 각자의 분야에서 대단한 성공을 거둔 보통 사람들이야. 돈 아프릴레는 자식들이 완전히 평범한 인생을 살도록 키웠지."

디 베네디토는 말을 멈추더니 갑자기 심각해졌다.

"원한 문제는 아닐 거야. 그는 모든 사람들에게, 모든 일에 공정했어. 그런 감정적인 문제로 일어난 사건은 아니네. 분명히 이유가 있을 거야. 누군가 이득 보는 사람이 있겠지. 그나저나 그건 우리가 수사해야 할 문제야."

"유산 문제는 어떤가?"

"그의 딸이 내일 제출하기로 했네. 내가 요청했더니 기다리라고 하더군."

"자넨 아직도 그 말을 믿나?"

"물론이지. 그녀는 톱 클래스 변호사야. 지명도도 있고. 그녀의 법률회사는 정치권에도 영향력을 행사하고 있어. 그러니 굳이 껄끄러운 사이가 될 필요는 없지 않겠나? 그저 그녀의 말을 믿는 수밖에."

"그렇다면 나도 그래야겠지."

"당연하지."

커트 킬케는 아스피넬라 워싱턴 형사와 10년 넘게 알고 지내왔다. 바짝 자른 머리에 조각상처럼 뚜렷한 이목구비를 지닌 그녀는 키가 180센티미터나 되는 흑인으로 부하 경찰들이나 범인들에게 두려움의 대상이었다. 일부러 공격적으로 행동했고 킬케나 FBI에도 결코 우호적이지 않았다.

그녀는 자신의 사무실에서 킬케를 보자마자 얼굴색이 변하며 물었다.

"커트 씨, 또 내 흑인 형제를 부자로 만들어주기 위해 오신 건가요?"

킬케는 껄껄 웃었다.

"아니오, 아스피넬라. 정보를 좀 얻으러 왔소."

"그래요? 공짜로? 5백만 달러는 시경이 대신 지불하라고요?"

가죽 바지 위에 걸친 그녀의 사파리 재킷 안으로 권총집과 권총이 보였다. 오른손에 낀 다이아몬드 반지는 마치 사람의 얼굴 피부를 면도칼처럼 예리하게 자를 것처럼 보였다.

FBI가 형사들의 과잉 수사를 입증하는 바람에 오히려 범인이 인권 사건의 희생자가 되어 재판에서 승소하고 자기 부하 두 명은 감옥에 가게 된 일 때문에 아스피넬라는 아직도 킬케에게 반감을 갖고 있었다. 졸지에 희생자가 된 범인은 뚜쟁이에 마약 밀매인으로 과거 아스피넬라에게 심하게 두들겨 맞은 적이 있었다. 아스피넬라는 흑인 유권자들을 의식한 정치적인 유화책 덕분에 반장보라는 자리에까지 임명되었지만 백인보다는 흑인 범죄자들에게 더욱 가혹하게 굴었다.

"무고한 사람을 구타하진 마시오. 나도 그럴 테니."

"난 아무나 죄인 취급하지 않아요." 그녀는 웃었다.

"돈 아프릴레의 저격범을 조사하고 있소."

"그건 당신이 관여할 사건이 아닐 텐데요? 이 지역 폭력배들의 총기 사건이에요. 설마 그 사건을 빌어먹을 인권 사건으로 둔갑시키려는 건 아니죠?"

"글쎄, 금융법이나 마약 거래와 관련이 있지 않겠소?"

"어떻게 그걸 알죠?"

"우리에게도 정보원이 있소."

순간 아스피넬라는 흥분했다.

"흥, 당신네 FBI는 정보를 갖고 있으면서도 우리에게는 아무런 귀띔도 해주지 않는군요. 당신들은 맹세코 경찰 발뒤꿈치도 못 따라와요. 지능적인 화이트칼라 범인들만 체포하려고 돌아다닐 뿐 더러운 사건에는 절대 발을 담그지 못할 걸요? 진짜 지옥이 어떤 것인지도 모르는 사람들이니까요. 내 방에서 썩 꺼져요."

킬케는 면담 결과에 만족했다. 두 사람이 보인 반응은 일정한 형태가 있었다. 디 베네디토와 아스피넬라는 돈 아프릴레의 저격범에 대한 수사를 시작하려 하고 있었다. 아마 그들은 FBI에 협조하지 않을 것이다. 그저 저격 사건 자체만 수사할 것이다. 다시 말해 그들은 이미 매수된 것이다.

그가 그렇게 믿는 데는 한 가지 근거가 있었다. 마약 거래는 경찰이 뒤를 봐주지 않으면 절대 불가능하다는 사실을 그는 알고 있었다. 사실 디 베네디토와 아스피넬라가 마약의 황제로부터 상납을 받는다는 정보도 이미 갖고 있었다.

* * *

킬케는 돈 아프릴레의 딸을 면담하기 전에 큰아들인 발레리우스부터 만나보기로 했다. 그와 벅스턴은 웨스트 포인트까지 자동차를 타고 갔다. 미 육군 대령인 발레리우스는 그곳에서 군사 전략에 관한 강의를 하고 있었다. 빌어먹을. 도대체 뭘 가르치는지 모르지만 이름 한번 거창하군. 킬케는 속으로 중얼거렸다.

발레리우스는 생도들이 행진 연습을 하고 있는 연병장이 내려다 보이는 널찍한 집무실에서 두 사람을 맞았다. 그는 무례하지는 않았지만 동생만큼 사근사근한 성격은 아니었다. 킬케는 그에게 아버지의 적에 대해 아는 바가 있는지 물었다.

"없습니다. 난 지난 20년간 조국을 위해 일해왔습니다. 또 가능하면 가족 모임에도 참석했죠. 아버지는 내가 장군으로 진급하는 일에만 관심을 보이셨습니다. 생전에 별을 다는 모습을 보고 싶어하셨는데 여단장이라도 되었으면 무척 기뻐하셨을 겁니다."

"아버지는 애국자였나요?"

"미국을 사랑하셨죠."

발레리우스가 무뚝뚝하게 대답했다.

"당신은 아버지가 손을 써서 사관후보생이 되셨죠?"

"아마 그럴 겁니다. 하지만 저를 장군까지는 못 만드셨죠. 펜타곤에는 영향력을 행사하지 않으셨습니다. 제가 그만한 자격을 갖추지 못했으니까요. 하지만 난 이 직업을 좋아합니다. 천직이라고 생각하죠."

"아버지의 적에 대해서는 어떤 단서도 없나요?"

"전혀요. 아버지는 날 장군으로 만들 수도 있으셨습니다. 은퇴하기 전에는 모든 걸 갖고 계셨으니까요. 아버지는 힘을 행사할 때면 언제나 선제 공격으로 상대의 힘을 빼놓았죠. 운도 좋았고 물질적 능력도 갖춘 분이었죠."

"그렇다면 아버지를 살해할 만한 이해관계를 가진 사람이 없다고 보시는군요. 복수할 만한 사람도?"

"전투에서 패한 동료 두목밖에 더 있을까요? 나도 이 사건에 관심이 많습니다. 자기 아버지를 죽인 인간을 알고 싶지 않은 사람은 없으니까요."

"유산에 대해 아시는 거라도 있습니까?"

"그 문젠 여동생에게 물어보십시오."

그날 오후 늦게 킬케와 벅스턴은 니콜 아프릴레의 사무실에 있었다. 이곳에서 그들은 완전히 다른 대접을 받았다. 니콜의 사무실은 비서실을 세 군데나 통과해야 들어갈 수 있었다. 사설 경비소 같은 관문을 통과했는데도 니콜은 킬케와 벅스턴을 얼마간 샅샅이 훑어보는 것 같았다. 킬케는 니콜이 힘을 기르기 위해 남자들처럼 운동으로 몸을 단련했음을 알 수 있었다. 그녀의 근육은 옷 밖으로도 드러날 정도였다. 가슴은 무언가로 꼭 조인 듯 보였고, 스웨터 위에 아마 재킷을 걸치고 검정색 바지를 입고 있었다. 오트 쿠튀르 스타일의 짙은 보라색 재킷을 차려입은 니콜의 모습은 무척이나 매력적이었지만 손님을 맞는 모습은 별로 다정하지 않았다. 귀에는 커다란 금 귀걸이가 달랑거렸고 까만 머리카락은 길고 윤이 났다. 조각같이 단아하면서도 엄격해 보이는 얼굴에 부드러운 갈색의 커다란 눈은 어쩐지 어울려 보이지 않았다.

"어서 오세요. 그런데 전 20분밖에 시간을 낼 수 없어요."

니콜은 연보라색 재킷 안에 프릴이 달린 블라우스를 입고 있었는데 킬케의 명함을 받기 위해 내민 손은 블라우스의 소매부리로 거의 덮여 있었다. 그녀는 조심스럽게 명함을 훑어보았다.

"특수 수사관이시군요. 이렇게 사소한 것들을 조사를 하기에는 꽤 고위직 같은데요?"

니콜은 킬케에게 전혀 낯설지 않은, 그러나 항상 불쾌하게 생각하는 말투로 말했다. 흔히 연방 변호사가 자신이 감독하는 수사 기관을 다룰 때 쓰는 약간 꾸짖는 듯한 말투였다.

"아버님은 상당히 중요한 인물이셨습니다."

"네, 스스로 법의 보호를 받겠다고 은퇴하시기 전까지는요."

니콜이 빈정거리듯 말했다.

"바로 그 점이 아버님의 죽음을 더욱 수수께끼로 만들어주는 겁니다. 우리는 아버님에게 원한을 가질 만한 사람들에 관한 정보가 필요합니다."

"수수께끼가 아니에요. 당신도 알다시피 아버지의 일생은 저보다 훨씬 대단하셨죠. 그만큼 적도 많았어요. 당신을 포함해서요."

"아무리 우릴 비난하는 사람이라도 성당 계단에서 저격당한 것까지 FBI의 탓으로 돌리진 않을 겁니다." 킬케가 냉담하게 말했다. "게다가 난 그분의 적도 아니었습니다. 법을 집행했을 뿐입니다. 그리고 아버님은 은퇴 뒤에는 적이 없었습니다. 오히려 그들과 잘 지내셨죠."

킬케는 잠시 말을 중단했다가 이내 이렇게 말했다.

"나는 당신, 아니 당신의 오빠들이 왜 아버지의 저격범을 수사하는 데 별 관심을 보이지 않는지 궁금합니다."

"우린 위선자가 아니니까요. 아버지는 분명 성자는 아니었어요. 아버지는 게임을 했고 대가를 치른 것뿐이에요." 니콜은 잠시 멈췄다 말을 이었다.

"그리고 내가 관심을 갖지 않는다고 생각하는 건 오해예요. 난 정보

공개법에 따라 아버지에 대한 FBI의 기록을 열람하기 위해 신청서를 낼 작정이에요. 혹시 우리가 서로 적이 된다고 해서 지연되는 일은 없었으면 좋겠네요."

"그건 당신의 권리입니다. 하지만 유언장 내용을 알려주면 내게도 도움이 될 겁니다."

"난 유서를 작성하지 않았어요."

"하지만 당신이 집행자라고 들었소. 유언의 내용을 알고 있을 텐데요."

"내일 검인을 받기 위해 서류를 준비하고 있어요. 그럼 곧 발표하게 될 거예요."

"그럼 우리 수사에 도움이 될 만한 단서를 줄 순 없습니까?"

"전 조기 은퇴할 마음이 없어요."

"오늘 말해주면 안 됩니까?"

"그럴 필요가 없기 때문이에요."

"난 당신 아버지를 잘 알고 있죠. 그분이라면 합리적으로 판단했을 겁니다."

니콜은 상대가 아버지를 정확히 판단하고 있다는 사실에 경탄하며 처음으로 그의 얼굴을 바라보았다.

"그건 사실이에요. 아버지는 돌아가시기 전에 많은 재산을 포기하셨죠. 우리에게 남겨주신 것이라곤 은행뿐이에요. 오빠들과 나는 49퍼센트의 지분을 갖고 나머지 51퍼센트는 사촌인 아스토레 비올라에게 남기셨어요."

"사촌되는 분에 관해 말씀 좀 해주시죠."

"아스토레는 나보다 어려요. 아버지의 사업에 관여한 적은 없지만 성격이 좋아서 모두 그를 사랑하죠. 물론 나는 지금은 그를 별로 좋아하지 않지만요."

킬케는 자신의 기억을 더듬었다. 그러나 아스토레 비올라에 관한 기록은 생각나지 않았다. 그러나 찾아보면 있을 것이다.

"사촌의 주소와 전화번호 좀 알려줄 수 있습니까?"

"물론이에요. 하지만 시간 낭비일 거예요. 틀림없어요."

"우리는 사소한 것까지 알아야 합니다."

"FBI는 어떤 점에 관심을 갖고 있죠? 이건 지역 살인 사건일 뿐인데."

"당신 아버지가 소유한 열 군데 은행은 국제적인 은행입니다. 외환 문제에 연루됐을 수도 있습니다."

"아, 그렇군요. 그럼 당장이라도 아버지에 대한 기록을 요청해야겠군요. 나도 그 은행을 일부 소유했으니까요."

니콜은 킬케를 의심스런 눈으로 쳐다보았다. 킬케는 니콜을 계속해서 주시해야 할 것 같은 예감이 들었다.

이튿날 킬케와 벅스턴은 아스토레 비올라를 만나기 위해 웨체스터 카운티로 향했다. 그곳은 고급 저택과 마구간이 세 개나 있는 전원주택이었다. 허리 높이의 철로 모양 울타리와 단단한 철로 만든 문으로 둘러싸인 목초지에는 여섯 마리의 말이 노닐고 있었다. 저택 앞에는 네 대의 자동차와 밴이 빽빽이 주차되어 있었다. 킬케는 그 중 자동차 두 개의 번호판을 암기했다.

일흔쯤 되어 보이는 노파가 그들을 집안으로 들이더니 녹음 장치가 들어찬 호화스런 방으로 안내했다. 네 명의 젊은 남자가 스탠드에서 악보를 읽고 있고 한 명은 피아노에 앉아 있었다. 색소폰과 베이스, 기타, 드럼으로 구성된 전문적인 소규모 밴드였다.

아스토레는 맞은편 마이크 앞에 서서 허스키한 목소리로 노래를 부르고 있었다. 킬케는 그 노래가 공개석상에서는 한 번도 부르지 않은 노래라는 것을 알 수 있었다.

아스토레는 노래를 멈추고 방문객들에게 말을 건넸다.

"녹음이 끝날 때까지 5분만 기다려주시겠습니까? 그 뒤에는 얼마든지 시간을 내지요."

"좋습니다." 킬케가 대답했다.

"커피 좀 대접해줘요."

아스토레가 노파에게 지시했다. 킬케는 공연히 기분이 유쾌해졌다. 아스토레는 친절할 뿐만 아니라 사람들을 기분 좋게 하는 재주를 가진 사람이었다.

그러나 킬케와 벅스턴은 좀 더 기다려야 했다. 아스토레는 밴조 연주를 곁들인 이탈리아풍의 민요를 녹음했는데 킬케는 알아들을 수도 없는 투박한 사투리로 노래를 불렀다. 하지만 욕실에서 자신의 목소리를 들을 때처럼 듣기 좋은 노래였다.

마침내 녹음이 끝나고 세 사람만 남게 되었다. 아스토레는 손으로 얼굴을 비비며 웃으며 말했다.

"노래 나쁘지 않았죠?"

킬케는 순간 아스토레를 좋아할 것만 같은 예감이 들었다. 서른 살쯤 되어 보이는 아스토레는 남자답고 쾌활하며 일부러 진지한 척 하지는 않는 것 같았다. 그리고 키가 크고 권투선수처럼 체격이 건장했다. 검게 그을린 피부가 보기 좋았고 18세기 초상화에서나 볼 수 있는 얼굴처럼 방탕해 보이면서도 예리한 면이 엿보였다. 또 허영심이 많은 것 같지는 않은데도 성모 마리아 메달이 달린 5센티 너비의 금목걸이를 두르고 있었다.

"대단하군요. 음반을 취입해서 팔기도 할 건가요?"

아스토레가 사람 좋아 보이는 웃음을 얼굴 가득 지으며 말했다.

"희망사항이죠. 그렇게 잘하지는 못해요. 노래 부르는 것을 좋아할 뿐이죠. 음반은 친구들에게 선물로 줄 계획입니다."

킬케는 곧 용건을 말하기로 했다.

"이건 의례적인 조사입니다만, 삼촌을 죽인 자에 대해 혹시 의심 가는 사람이 없습니까?"

"전혀요."

아스토레는 진지한 표정으로 말했다.

킬케는 또 다시 이런 대답을 듣자 은근히 짜증이 났다. 누구에게나 적은 있는 게 아닌가. 특히 레이몬드 아프릴레 같은 사람에게는 말이다.

"은행 지분을 상당히 많이 상속받으셨더군요. 삼촌과 그렇게 가까운 사이였습니까?"

"저도 그 점을 모르겠습니다. 제가 어렸을 때부터 그분의 귀여움을 많이 받긴 했죠. 게다가 내가 사업을 하도록 도와주셨습니다. 하지만 그 뒤로는 저를 멀리 하셨죠."

"어떤 종류의 사업이죠?"

"이탈리아에서 최상급의 마카로니를 수입하는 일입니다."

킬케는 의심스런 눈으로 그를 보았다.

"마카로니요?"

아스토레는 미소를 지었다. 이런 반응에는 이미 익숙해져 있는 그였다. 결코 대단한 사업이 아니라는 의미일 것이다.

"모두가 알다시피 리 아이아코카(포드자동차 회장을 역임한 인물)도 자동차라고 부르지 않고 그냥 차라고 불렀죠. 우리 회사도 파스타나 스파게티 대신 그냥 마카로니라고 부릅니다."

"그렇다면 이젠 은행가가 되는 거군요."

"한번 도전해봐야죠."

그곳을 떠나면서 킬케는 빌 벅스턴에게 아스토레에 대해서 물었다. 킬케는 벅스턴을 매우 좋아했다. 그와 마찬가지로 벅스턴도 FBI가 공정하고 부패하지 않았으며 효율성 면에 있어서 그 어떤 법 집행 기관보다 우월하다고 믿는 사람이었다. 요 며칠 사이의 면담은 그에게 큰 도움이 되었다.

"모두 솔직하게 얘기하는 것처럼 들리던데요. 하지만 반드시 그럴까요?"

그래, 그들은 분명 솔직했어. 킬케는 이렇게 생각했다. 그때 어떤 생각이 뇌리를 스쳤다. 그러고 보니 아스토레의 금목걸이에 매달려 있는 메달이 한 번도 움직이지 않았던 것 같았다.

마지막 면담은 킬케에게 아주 중요했다. 상대는 뉴욕의 마피아 보스로 군림하고 있는 티모나 포르텔라였는데 그는 돈 아프릴레를 제외하고 킬케의 마피아 소탕 작전에서 기소를 면한 유일한 마피아였다.

포르텔라는 동부에 소유한 빌딩 최상층에 호화스런 거처를 꾸며놓고 있었다. 빌딩 나머지 층에는 그가 경영하는 자회사들이 입주해 있었다. 경비는 포트 녹스(미국 연방의 금을 보관하고 있는 요새 도시) 못지않게 삼엄했고, 포르텔라 자신은 헬리콥터로 뉴저지에 있는 집 ―지붕은 헬리콥터가 뜨고 내릴 수 있도록 되어 있었다― 까지 이동했다. 따라서 그는 뉴욕의 도로에 발을 디딜 일이 거의 없었다.

포르텔라는 킬케와 벅스턴을 자기 사무실에서 반갑게 맞았다. 푹신한 안락의자와 시내 전경이 한눈에 들어오는 방탄유리 창문이 인상적인 방이었다. 거대한 체구의 포르텔라는 검정색 정장과 눈부신 흰색 셔츠의 완벽한 차림이었다.

킬케는 포르텔라의 두툼한 손을 잡고 흔들며 그의 두꺼운 목을 두르고 있는 짙은색 타이에 찬사를 보냈다.

"어떻게 도와드릴까요?"

포르텔라는 방안이 쩌렁쩌렁 울리도록 큰 소리로 말했다. 그에게 빌 벅스턴은 안중에도 없는 것 같았다.

"아프릴레 씨 문제로 몇 가지 확인할 게 있습니다. 뭔가 도움이 될 만한 정보를 얻을 수 있을 것 같습니다."

"그의 죽음은 정말 수치스런 일이오. 모두 돈 아프릴레를 좋아했는데 누가 감히 그런 짓을 했는지 내게도 수수께끼요. 그는 지난 몇 년간 정말 성실하게 살았소. 말 그대로 성자 같은 생활을 했소. 록펠러처럼 기부금도 많이 냈고. 아마 하느님이 그를 데려갈 때 영혼도 깨끗해졌을 거요."

"천만에요. 하느님은 그를 데려가지 않았을 겁니다." 킬케가 냉정하게 말했다. "그건 전문 저격수의 소행이었습니다. 분명 이유가 있을 겁니다."

포르텔라는 순간 눈꼬리를 치켜 떴지만 아무 말도 하지 않았다. 킬케는 계속 말을 이어갔다.

"당신은 오랫동안 그의 동료로 지냈으니 뭔가 아는 게 있을 것 같은데요. 은행을 상속받은 조카는 어떤 사람입니까?"

"돈 아프릴레와 나는 오래 전부터 함께 사업을 했소. 그는 은퇴하기 전 나 하나쯤은 쉽게 죽일 수 있었소. 하지만 내가 살아 있다는 사실은 우리가 적이 아니었다는 점을 증명하는 게 아니겠소. 그의 조카에 대해 알고 있는 것도 그가 가수라는 것 외에는 없소. 그는 결혼식이나 파티,

가끔 작은 나이트 클럽에서도 노래를 부르는데 나처럼 민요를 좋아하는 젊은이오. 이탈리아에서 고급 마카로니를 수입해 파는 걸로 알고 있소. 내 레스토랑에서도 그의 제품만 팔고 있소."

그는 여기까지 말하고 숨을 내쉬었다.

"어쨌든 그렇게 훌륭한 양반이 암살을 당했다니 정말 수수께끼요."

"도와준 것은 반드시 보답을 받을 겁니다."

"물론이오. FBI는 언제나 공정한 플레이를 하니까. 나도 내 도움이 보답을 받을 거라고 기대하고 있소."

그는 킬케와 벅스턴을 보며 이가 거의 다 보이도록 활짝 웃었다.

사무실로 돌아오는 길에 벅스턴이 말했다.

"포르텔라에 관한 기록을 읽어보겠습니다. 포르노와 마약 사업도 크게 벌이고 있고 게다가 살인 전과도 있는데 왜 감옥에 집어넣지 않는 거죠?"

"그는 다른 마피아처럼 악질은 아니야. 하지만 언젠가는 그자도 집어넣어야지."

커트 킬케는 니콜 아프릴레와 아스토레 비올라의 집에 도청을 명령했다. 그리고 그동안 친분을 쌓아온 연방 판사에게 부탁해 필요한 절차를 밟았다. 그렇다고 킬케가 그들을 의심하는 것은 아니었다. 그저 확인을 하고 싶을 따름이었다. 니콜은 천성이 반항적이고, 아스토레는 그런 짓을 저지르기에는 너무 선량해 보였다. 웨스트 포인트 내 관사에 살고 있는 발레리우스는 도청이 불가능했다.

킬케는 아스토레가 농장에서 기르는 말들을 무척 아낀다는 사실을 알게 되었다. 아스토레는 매일 아침 승마를 하기 전에 말들의 털을 빗겨주고 단장해주었다. 하지만 그가 영국 귀족처럼 검정 가죽으로 만든 사냥 모자와 빨간 승마복을 완벽하게 차려입고 말을 탄다는 사실 외에는 어느 것도 이상할 게 없었다.

그런 아스토레가 센트럴 파크에서 말을 타다 세 명의 괴한에게 어이없는 습격을 당했다는 사실은 믿기 어려웠다. 다행히 그는 피했다고 하지만 경찰의 보고서만으로는 그 후 괴한들이 어떻게 되었는지 정확히 알 수 없었다.

2주 후 킬케와 벅스턴은 아스토레 비올라의 집에 설치해 두었던 도청 테이프를 들을 수 있었다. 그 안에는 니콜과 마르칸토니오, 발레리우스, 아스토레의 목소리가 들어 있었다. 킬케는 이제야 그들이 가면을 벗어던진 진정한 인간처럼 느껴졌다.

"왜 놈들이 아빠를 죽였을까?"

니콜이 슬픔에 잠긴 목소리로 물었다. 킬케에게 보여주었던 냉정함은 느껴지지 않았다.

"이유가 있겠지."

발레리우스가 조용히 말했다. 그의 목소리는 가족과 대화할 때 훨씬 부드러웠다.

"난 아버지의 사업과 아무 관련이 없었기 때문에 걱정되는 건 없어. 그런데 넌 어떠냐?"

"아버지는 형이 너무 비실하다고 웨스트 포인트에 들어가게 해주셨잖아. 형이 더 강해지길 바라셨지. 그 뒤 해외 정보국에 있을 때도 도와주셨고. 그래서 형이 지금의 자리에 오른 거 아냐? 나중에는 형이 사령관이 되길 바라셨어. 아프릴레 장군, 그 소릴 듣고 싶어하셨어. 아버지가 뒤에서 조종한 걸 누가 알기나 할까?"

마르칸토니오가 조롱하는 투로 말했다. 그는 형을 좋아하지 않는 것이 분명했다. 그의 목소리는 실제 들었을 때보다 훨씬 활기차고 열정적이었다.

긴 침묵이 이어지다 마르칸토니오가 다시 입을 열었다.

"물론 아버지는 내 출발도 도와주셨어. 아버지 은행에서 내 프로덕션에 자금을 지원해주셨으니까 말야. 유명 연예인 에이전시에서 우리에게 스타급 연예인들을 공급해준 것도 어떻게 보면 아버지 덕분이야. 그러니까 우린 지금까지 스스로 인생을 살아온 게 아니야. 우리 뒤엔 항상 아버지가 계셨어. 니콜, 아버지는 네가 그 법률 회사에 들어간 뒤 10년이나 월급을 대신 지급해주셨어. 그리고 아스토레, 네가 수입한 마카로니를 유명 슈퍼마켓에 납품할 수 있게 된 것도 누구 덕이지?"

니콜이 흥분해서 말했다.

"내가 관문을 통과하도록 도와주신 건 아빠지만 변호사로 성공한 건 순전히 내 노력이었어. 난 오히려 그런 특혜 때문에 회사의 말 많은 사람들과 싸워야 했어. 난 지금도 1주일에 80시간이나 법전을 읽고 있어."

그녀는 말을 멈췄다. 어느덧 목소리는 낮고 냉정해져 있었다. 니콜은 아스토레에게도 이렇게 말했다.

"내가 궁금한 점은 왜 아빠가 네게 은행을 맡기셨느냐는 거야. 도대체 네가 왜 이 일에 관련되어야 하지?"

아스토레는 쩔쩔매며 변명했다.

"니콜, 난 아무것도 몰라. 내가 부탁드린 것도 아니야. 나는 내 사업이 있고 노래와 승마를 좋아해. 하지만 그건 너한테도 잘 된 일이야. 내가 은행을 맡더라도 수익은 우리 넷이 똑같이 나누게 되어 있어."

"하지만 모든 결정은 네가 하잖아. 넌 우리 사촌일 뿐인데 말이지."

니콜이 조롱하는 투로 덧붙였다.

"아빤 네 노래를 좋아하셨을 뿐이야."

발레리우스가 입을 열었다.

"네가 직접 은행을 경영할 작정이야?"

아스토레는 잔뜩 겁을 집어먹은 것처럼 말했다.

"아니요. 그럴려면 니콜이 나를 최고 경영자로 임명해야 해요."

니콜은 절망감으로 울먹이다시피 했다.

"난 지금도 모르겠어. 왜 하필 내게 이런 일을 맡기셨는지. 도대체 왜?"

"우리들 중 어느 한 명이 함부로 회사를 지배하지 못하도록 그러셨을 거야." 마르칸토니오가 말했다.

그러자 아스토레가 조용히 말을 받았다.

"여기 있는 어느 누구도 위험에 빠지지 않도록 하기 위해 그러셨을 거예요."

"연방수사관이라는 작자가 우릴 도와주는 척하면서 찾아온 일에 대해선 어떻게 생각해? 그는 몇 년 동안 아빠를 추적했어. 게다가 이젠 우리가 가족사를 모두 털어놓을 거라고 생각하고 있어. 생각만 해도 기분 나빠." 니콜이 말했다.

킬케는 자신도 모르게 얼굴이 화끈거렸다. 그는 그런 대접을 받고 싶지는 않았다.

"그는 자기 직무에 충실할 뿐이야. 결코 쉽지 않은 일이지만 말야. 그런데 분명 똑똑한 사람이야. 아버지 친구들을 모두 감옥에 보냈잖아. 그들은 아마 오랫동안 나오지 못할 거야." 발레리우스가 말했다.

"배신자 정보원 같으니라고." 니콜이 비웃었다. "빌어먹을 리코법은 지극히 선택적으로 집행되고 있어. 그런 법으로는 정치가들이나 5백대 부자들 가운데 반은 감옥에 보낼 수 있어."

"니콜, 넌 기업 변호사야. 그런 헛소린 그만 해." 마르칸토니오가 말했다.

아스토레는 생각에 잠긴 듯한 목소리로 말했다.

"FBI 수사관들이 어디에서 그런 멋진 정장을 얻어 입었을까? FBI 전용 재단사가 만든 옷인가?"

"그들은 그런 식으로 옷을 입어. 그건 비밀이야. 하지만 TV 드라마에도 절대 킬케 같은 역은 없을 거야. 아주 진지하고 정직하면서도 모든 면에서 뛰어난 사람이지. 하지만 절대 그를 믿어서는 안 돼." 마르칸토니오가 말했다.

"마르크, 그 엉터리 같은 TV 드라마 얘기는 그만 해. 우린 지금 위험한 상황에 놓여 있고, 두 가지 측면에서 정보가 필요해. 왜 아버지를 죽였을까? 그리고 누가 감히 그런 짓을 할 수 있었을까? 모두들 아버지에게는 적도 권한도 없었을 거라고 말하는데 말야." 발레리우스가 말했다.

"난 연방수사국에 가서 아버지에 관한 기록을 보여달라고 요청할 거야. 그걸 보면 어떤 단서를 얻을 수 있을 거야." 니콜이 말했다.

"왜? 그렇다고 우리가 할 수 있는 건 아무것도 없어. 아버지는 우리가 그 일을 잊기 바라실 거야. 이 문제는 수사기관에 맡기는 게 옳아."

마르칸토니오의 말에 니콜이 발끈했다.

"그럼 아버지를 죽인 놈을 내버려두란 말야? 아스토레 네 생각은 어때? 너도 그렇게 생각해?"

아스토레는 차분하고 이성적으로 반응했다.

"우리가 대체 무얼 할 수 있을까? 난 삼촌을 사랑했어. 내게 많은 유산을 남겨주셔서 고마울 따름이야. 하지만 무슨 일이 일어날지 더 기다려 봤으면 좋겠어. 사실 난 킬케란 사람이 마음에 들어. 단서가 있다면 그가 찾아낼 거야. 우린 지금 잘 해나가고 있어. 왜 그걸 무너뜨리려는 거지?"

그는 잠시 말을 멈추었다가 하청업체에 전화할 일이 있어서 가야 한다고 말했다.

테이프에서는 오랜 침묵이 흘렀다. 킬케는 순간 아스토레에게는 호감이 생긴 반면 다른 형제들에 대해서는 반감이 일었다. 어쨌든 이들은 위험하지도 않고 자신에게 해를 끼치지도 않으리라는 확신이 섰다.

"난 아스토레를 사랑해."

니콜의 음성은 다시 부드러워져 있었다.

"아스토레는 우리보다 아빠랑 더 가까웠어. 원래 괴짜야. 그런데 작은 오빠, 아스토레가 노래로 성공할 수 있을 것 같아?"

마르칸토니오는 웃었다.

"우린 사업상 저런 가수 지망생들을 수없이 봐. 아스토레는 시골 고등학교의 풋볼 선수 같아. 노래는 제법 하지만 뛰어난 재목은 아니야. 하지만 사업은 즐겁게 잘 하는 것 같아. 그럼 됐지 않니?"

"아스토레는 자산이 수십 억 달러인 은행을 손에 넣었어. 거기엔 우리 것도 포함되어 있지. 그런데 정말 관심을 갖는 것은 노래와 승마야." 니콜이 말했다.

"화려한 고급 옷을 입고 더러운 의자에 앉아 있는 격이군." 발레리우스가 빈정거렸다.

"도대체 아빠는 왜 그런 결정을 내리셨을까?" 니콜이 물었다.

"마카로니 사업에서 뛰어난 수완을 보였잖아." 발레리우스가 말했다.

"우린 아스토레를 보호해야 해. 그 애는 은행을 경영하기에는 너무 순해. 킬케를 너무 믿는 점도 마음에 걸려." 니콜이 말했다.

테이프가 다 돌아갈 때 쯤 킬케가 벅스턴을 돌아보며 물었다.

"어떻게 생각하나?"

"아스토레처럼 저도 지국장님이 멋진 사람이라고 생각해요."

"아니, 내 말은 이들에게 혐의점이 있는 것 같냐는 말이야." 킬케가 웃으며 물었다.

"아뇨. 무엇보다 자식들이잖습니까? 게다가 그 방면의 전문가가 아니에요."

"모두들 영리하게도 문제를 제대로 짚었군. 그런데 도대체 왜 죽였을까?"

"그건 우리가 고민할 문제가 아니죠. 지역 사건이니 연방 기관에서 수사할 사건이 아니잖아요. 혹시 지국장님은 어떤 커넥션이 있다고 보는 겁니까?"

"국제적인 은행이니까. 하지만 수사국의 예산을 더 낭비할 수는 없지. 전화 도청은 이제 중단시키게."


커트 킬케는 개를 좋아했다. 개는 음모라는 걸 모른다. 적개심을 숨기지 못하지만 남을 속일 줄도 모른다. 그리고 무엇보다 배신을 하지 않는다. 킬케에게는 집을 지키는 독일산 개 두 마리가 있었다. 밤이면 그는 개들과 완벽한 호흡을 맞춰 근처 숲을 산책하곤 했다.

그날 밤 킬케는 뿌듯한 마음으로 집에 돌아왔다. 일단 돈 아프릴레의 가족에게는 혐의점이 없었다. 가족 간에 피의 복수가 벌어질 가능성은 희박한 것이다.

킬케는 사랑하는 아내와 귀여운 열 살짜리 딸과 함께 뉴저지에 살고 있었다. 그의 집은 삼엄한 경비 시스템으로도 모자라 두 마리 경비견으로 무장했다. 모두 정부에서 마련해준 것이었다. 그의 아내는 총기 사용법도 일부러 배우지 않았지만 킬케는 익명으로 생활하고 있었다. 이웃

들뿐만 아니라 딸조차도 그가 변호사인줄로만 알고 있었다. 그는 항상 집안에 총과 탄약을 비치해 두었고 FBI 신분증은 집안 깊숙이 보관해 두었다.

그는 시내로 출근할 때도 절대 기차역까지 자동차를 타고 가지 않았다. 동네 건달이나 잡범들이 혹시 자동차 라디오라도 훔쳐갈지 몰라서였다. 뉴저지로 돌아올 때면 아내에게 전화를 걸어 자동차로 데리러 와달라고 부탁했다. 역에서 집까지는 5분밖에 걸리지 않았다.

조젯은 남편을 보자마자 기쁨의 키스를 퍼부으며 모처럼 육체의 온기를 느꼈다. 생기발랄한 딸 바네사도 아빠의 품에 뛰어들었다. 두 마리 개는 그의 주위를 어슬렁거리면서도 긴장을 늦추지 않았다. 그들은 대형 뷰익에 편안하게 올라탔다.

킬케가 소중하게 여기는 것은 바로 이런 인생의 행복이었다. 그는 가족의 안전을 확인할 때 비로소 마음의 평화를 느꼈다. 그는 아내가 자신을 얼마나 사랑하는지 알고 있었다. 아내는 남편의 장점을 치켜세울 줄 아는 여자였다. 남편이 악의나 술책을 사용하지 않고 자신의 임무에 충실하며, 아무리 도덕심이 부족한 동료라도 공정하게 대한다고 믿었다. 킬케는 그런 아내를 현명한 여자라고 평가했고 자신의 일에 대해 털어놓을 만큼 아내를 신뢰했다. 그렇다고 모든 것을 말하지는 않았다. 아내 역시 대학에서 윤리학을 가르치는 교수로, 역사적인 여성들에 관한 집필 활동과 또 사회 운동가로 바쁘게 지내기 때문이다.

킬케는 아내가 요리하는 모습을 바라보았다. 아내는 여전히 아름답고 매력적이었다. 그 옆에는 엄마 흉내내는 것을 좋아하는 바네사가 식탁을 차리고 있었다. 딸은 심지어 엄마처럼 발레하듯 몸을 움직이거나 걸음걸이도 닮으려고 애썼다. 조젯은 집안일을 도와주는 가정부를 두어야겠다고 생각한 적이 없으며 딸 역시 자립심 강한 여자로 키우고 싶어 했다. 그래서 바네사는 여섯 살 때부터 스스로 침대를 정리하고 자기 방을 청소하고 엄마가 요리하는 것을 도왔다. 늘 그렇듯이 킬케는 왜 조젯 같은 여자가 자신을 사랑하는지 의아해하면서도 그런 아내에게 고마움을 느꼈다.

얼마 후 두 사람은 바네사의 잠자리를 봐주었다. 킬케는 딸이 필요하면 부모를 부를 수 있도록 벨이 작동되는지 확인하고 침실로 돌아왔다. 킬케는 조젯이 옷을 벗을 때면 전율과 흥분을 느꼈다. 그녀의 지적인 커다란 회색 눈은 남편의 사랑을 원하고 있었다. 얼마 후 남편이 잠에 곯아떨어지자 그녀는 남편을 자신의 꿈 속으로 안내하려는 듯 남편의 손을 꼭 쥐었다.

킬케는 테러리스트 활동을 하는 것으로 의심되는 대학 급진파 조직을 수사하던 중 조젯을 만났다. 그녀는 뉴저지의 한 작은 대학에서 역사를 가르치는 정치 활동가였다. 수사 결과 그녀는 단순한 자유주의자일 뿐 급진적인 단체와는 아무런 관련이 없었다. 그래서 킬케는 그런 내용을 적어 보고서를 제출했다.

그가 조사차 면담을 요청했을 때 놀랍게도 그녀는 FBI 수사관인 그에게 어떠한 편견과 적개심도 갖고 있지 않았다. 킬케에게 그런 점은 신선한 충격이었다. 오히려 조젯은 자신의 일에 어떤 신념을 갖고 있으며 자신이 껄끄러운 질문을 던졌을 때 선선히 대답하는 그에게 호기심을 나타냈다. 킬케로 말할 것 같으면 규제가 없으면 사회도 존재할 수 없다는 신념을 가진, 사회의 수호자를 자처하는 사람이었다. 그는 반쯤 농담 삼아 그녀와 같은 신념을 가진 사람들과 자신의 의제를 달성하기 위해 그녀를 현혹시키는 사람들 사이에서 자신이 방패역할을 하겠다고 씩씩하게 말했다.

두 사람의 연애 기간은 짧았다. 말 그대로 결혼까지 속전속결이었다.

두 사람은 서로가 모든 면에서 반대라는 사실을 알았지만 일반적인 통념이 그들의 사랑을 방해하지 못할 거라는 확신이 있었다. 물론 킬케는 아내의 신념을 공유하지 않았다. 아내 역시 그가 살고 있는 세계에 대해 정확히 몰랐다. 남편이 자신이 몸담고 있는 조직에 얼마나 충성하고 공헌하는지 짐작하지 못했다. 그러나 국장인 J. 에드가 후버가 요인 암살 명령을 내린 일을 두고 남편이 불평할 때는 진심으로 귀를 기울여주었다.

"사람들은 그를 가리켜 동성애자라느니 열렬한 반동주의자라느니 하는 식으로 색깔을 씌우지. 하지만 그는 한마디로 말해 자유주의를 말살하려는 사람이야."

킬케는 이렇게 말하기도 했다.

"작가들은 FBI를 게슈타포나 KGB에 비유해. 그러나 우리는 고문을 하지도 않고, 예컨대 뉴욕 경찰처럼 아무에게나 죄를 뒤집어씌우지도 않아. 엉터리 증거를 제시한 적도 없고. 만일 우리가 없다면 대학생들은 지금의 자유나마 잃어버릴지도 몰라. 우익 단체에 의해 조직이 붕괴되고 따라서 정치적으로도 무력해질 거야."

그녀는 남편의 열정에 탄복해서 미소를 지었다.

"내가 변할 거라는 기대는 갖지 마세요. 만일 당신의 말이 옳다면 우린 싸울 필요가 없어요."

"나도 당신이 변할 거라고 생각하지 않아. 만일 FBI가 우리 관계에 영향을 준다면 난 기꺼이 다른 직업을 찾을 거야."

그는 아내에게 자신을 위해 희생하라는 말은 하지 않았다.

세상에 완벽하게 행복하다고 말할 수 있는 사람이, 자신을 완벽하게 믿어주는 누군가가 있다고 자신 있게 말할 수 있는 사람이 얼마나 될까? 그는 아내의 몸과 영혼을 보호해주고 충성을 다하는 데서 행복을 느꼈다. 조젯 역시 남편이 자신의 안전과 생존을 위해 매 순간 긴장을 늦추지 않는다는 것을 느낄 수 있었다.

킬케는 연수를 받는 동안 아내가 사무치게 그리웠다. 아내를 속이고 싶지 않았기 때문에 다른 여자의 유혹에도 절대 넘어가지 않았다. 그는 연수를 마치고 돌아올 남편을 기다리고 있을 아내의 육체를, 그 믿음직한 미소를 떠올렸다. 그러면서 자신의 직업에 관대하고, 그의 평생 축복인 아내에게 돌아갈 날을 손꼽아 기다렸다.

그러나 그가 누리는 행복은 직업상 연루된 추잡한 인간 관계나 그가 알고 있는 악독한 사람들이 뿜어대는 고름으로 가득한 세상, 그리고 그의 뇌리에 박힌 인간성의 오점들을 아내에게 비밀로 함으로써 가능했다. 그저 아내가 없는 세상은 살 가치가 없을 것 같았다.

그는 한때 행복을 놓치지나 않을까 하는 두려움과 불안으로 몹시 부끄러운 일을 저질렀다. 아내를 도청할 수 있는 비밀 마이크를 집안에 설치해놓고 몰래 지하실에서 녹음 테이프를 들었던 것이다. 그는 아내의 억양에까지 귀를 기울였다. 다행히 아내는 그 시험을 통과했다. 아내가 절대 악독하거나 천박하거나 배신할 여자가 아니라는 게 증명되었다. 그는 그렇게 1년 여를 보냈다.

조젯은 남편이 가진 불완전함과 교활함, 기적적인 성과를 안겨준 다른 인간에 대한 집요할 정도의 추적 욕구에도 불구하고 그를 사랑했다. 그러나 킬케는 아내가 자신의 본성을 알게 되면 혐오하게 되지 않을까 늘 두려웠다. 그래서 일을 할 때는 최대한 치밀하고 공정하다는 평가를 받으려고 노력했다.

조젯은 남편을 한 번도 의심한 적이 없었다. 어느 날 부부가 다른 열두 명의 손님과 함께 국장의 저녁 식사 초대를 받았을 때 그런 사실을 확인할 수 있었다.

반공식적인 성격의 영광스런 자리에서 국장은 킬케와 그의 아내 이렇게 셋만 따로 대화를 나눌 기회를 잠시 마련했다. 그때 국장이 조젯에게 말했다.

"전해 듣기로는 여러 자유주의 단체에 관여한다고 하던데요. 아, 물론 누구나 그럴 권리가 있다는 걸 존중합니다. 그러나 어떻게 생각하실지 모르지만, 그런 활동이 FBI 조직에서는 남편의 경력에 해가 될 수도 있죠."

그러자 조젯은 국장에게 미소를 보내며 진지하게 대꾸했다.

"그거라면 저도 대충 짐작하고 있어요. 하지만 만일 그런 일이 진짜 일어난다면 FBI는 불운을 자초하고 엄청난 실수를 저지르는 거예요. 아니 만일 그 점이 문제가 된다면 남편이 먼저 사표를 낼 거예요."

국장은 놀란 표정으로 킬케를 돌아다보았다.

"정말인가? 정말 그만둘 건가?"

킬케는 주저하지 않았다.

"네, 사실입니다. 그렇게 된다면 내일이라도 사표를 내겠습니다."

국장은 껄껄 웃었다.

"아, 그런 일은 없어야겠지. 자네 같은 인재는 흔히 만날 수 없으니까."

국장은 이렇게 말한 뒤 완고하고도 거만한 시선으로 조젯을 노려보았다.

"정직한 남자의 마지막 도피 방법은 애처가가 되는 길이군."

국장이 재치 있는 말로 어색한 분위기를 모면하려고 하자 두 사람은 호의를 보여주기 위해 애써 미소를 지었다.

# 4

돈 아프릴레가 세상을 뜬 뒤 5개월 동안 아스토레는 은퇴한 돈 아프릴레의 옛 동료들과 면담을 하느라 바빴다. 돈 아프릴레의 자식들이 해를 입지 않도록 보호 조치를 강구하고 저격 사건에 대한 정보를 얻기 위해서였다. 왜 그토록 대담하고 끔찍한 일을 저질렀을까? 도대체 그 유명한 돈 아프릴레를 저격하도록 명령한 사람은 누굴까? 아스토레는 이런 의문을 풀어야 했다. 게다가 자신도 조심해야 한다는 것을 알고 있었다.

아스토레가 가장 먼저 만난 사람은 시카고의 베니토 크락시였다. 크락시는 돈 아프릴레보다도 10년 먼저 불법적인 사업에서 손을 뗐다. 그는 미국 마피아 위원회의 콘실리에리였기 때문에 미국의 패밀리 조직에 대해 누구보다 잘 아는 사람이었다. 유명한 패밀리의 세력이 머지않아 쇠퇴할 거라고 처음 예견한 사람도 그였다. 덕분에 그는 법에 저촉될 위험 없이 어마어마한 돈을 긁어모을 수 있다던 주식 시장에서도 서서히 발을 뺄 수 있었다. 돈 아프릴레는 필요할 때 의논해야 할 상대 중 한 명이라며 진작에 크락시의 이름을 알려주었다.

일흔 살인 크락시는 두 명의 경호원과 운전기사 그리고 요리와 집안 일을 맡고 있는 젊은 이탈리아 처녀(섹스 상대라는 소문도 돌았다)와 함께 살았다. 그는 과식과 술을 자제하는 등 절제된 생활로 여전히 건강을 유지하고 있었다. 아침에는 과일과 치즈를 먹었고, 점심에는 오믈렛과 콩과 꽃상추로 만든 야채 수프, 저녁에는 양념을 하지 않은 소고기나 양고기 커틀릿과 양파, 토마토, 상추로 만든 샐러드를 먹었다. 시가도 저녁 식사 후에 커피나 이니스 술을 마시면서 한 대 피우는 게 고작이었다. 그는 아낌없이 그러나 현명하게 돈을 쓸 줄 아는 사람이었다. 자신에게 조언을 구하는 상대에게는 신중하게 대했다. 자칫하면 적보다 더한 오해와 원한을 살 수 있기 때문이었다.

크락시는 돈 아프릴레 생전에 빚을 많이 진 테라 아스토레에게도 관대하게 대해주었다. 은퇴한 뒤 벌인 사업에서 위기에 처할 뻔했을 때 돈 아프릴레가 보호해주었던 것이다.

만남은 아침 식사 시간에 이루어졌다. 식탁에는 먹음직스런 노란 배와 빨간 사과, 레몬만한 딸기, 백포도, 검붉은 체리가 담긴 과일 접시들이 놓여 있었다. 커다란 나무 식탁 위에 놓인 치즈 덩어리는 마치 황금빛 분화구처럼 보였다. 가정부는 커피와 이니스 술을 가져온 뒤 바로 자리를 떴다.

"들게, 젊은이. 자네는 돈 아프릴레가 선택한 수호신이군."

"그렇습니다."

"나도 그가 이런 일을 위해 자넬 훈련시켰다는 걸 알고 있네. 내 친구는 항상 앞날을 내다볼 줄 알았지. 우리 함께 의논해보세. 난 자네가 충분한 자격이 된다고 생각해. 문제는 자네에게 그만한 의지가 있느냐 하는 거지."

아스토레의 미소는 매력적이었고 표정은 솔직하고 선량해 보였다.

"돈 아프릴레는 제 생명을 구해주셨고 또 모든 걸 주셨습니다. 지금의 저를 있게 해주신 분이죠. 저는 그분께 가족을 지키겠노라고 맹세했습니다. 니콜이 법률 회사에서 해고당하거나 마르칸토니오의 방송국이 망해도, 발레리우스에게 무슨 일이 일어난다 해도 그들에겐 은행이 있습니다. 저는 지금까지 행복한 삶을 살았습니다. 제가 이런 일을 맡게 되어 유감이지만 전 그분께 약속을 했고 그것을 지켜야 합니다. 만일 그러지 못한다면 남은 인생 동안 제가 무엇을 믿을 수 있겠습니까?"

순간 아스토레는 즐거웠던 어린 시절의 기억을 떠올렸다. 삼촌에게 고마움을 느끼는 것도 그런 추억들 때문이었다. 어렸을 때 그는 삼촌을 따라 광대한 시칠리아의 산을 누볐고, 옛 이야기를 들었다. 그러는 동안 현재와는 다른 시대, 정의가 대접받고 충성심이 중시되며 힘있고 인자한 사람들이 존경받을 만한 행동을 하는 시대를 꿈꾸었다. 아스토레는 문득 돈 아프릴레와 시칠리아가 그리워졌다.

"그렇군."

크락시의 말에 아스토레는 몽상에서 깨어났다.

"자네는 그 현장에 있었지. 모든 걸 설명해보게나."

아스토레는 그때 일을 설명했다.

"그럼 틀림없이 저격범이 둘 다 왼손잡이였단 말이지?"

"한 명은 틀림없고, 다른 한 명도 그랬던 것 같습니다."

크락시는 천천히 고개를 끄덕이더니 잠시 생각에 잠겼다. 꽤 오랜 시간이 흐른 후 그가 아스토레를 정면으로 바라보며 말했다.

"저격범들이 누구인지 알 것 같네. 하지만 서두를 필요는 없어. 도대체 누가, 왜 그들을 고용했는지가 더욱 중요한 문제니까. 자네도 각별히 몸조심하게. 방금 이 문제에 대해 깊이 생각해봤네. 가장 의심이 가는 건 티모나 포르텔라야. 하지만 그가 도대체 무슨 이유로, 누구를 위해 그런 짓을 했는지 모르겠네. 티모나가 경솔한 편이긴 하지만 돈 아프릴레를 죽이는 것은 매우 위험한 짓인데 말야. 티모나는 돈 아프릴레가 은퇴한 뒤에도 여전히 그를 두려워했어."

"저격범에 대해서도 생각해봤는데 로스앤젤레스에 사는 형제인 것 같네. 미국에서 최고의 저격수로 손꼽히는 자들인데, 별로 알려져 있지는 않지. 그들이 쌍둥이라는 걸 아는 사람들도 별로 없을 거야. 둘 다 왼손잡이에 겁이 없고 천상 싸움꾼들이지. 그들도 위험한 일이라는 걸 알았을 텐데, 그러고 보면 엄청난 대가가 주어진 것이 틀림없어. 또 어떤 확답을 받은 게 분명하네. 이번 일로 관계 당국의 수사를 받지 않을 거라는 확답 같은 거겠지. 이상한 점은 견진성사를 받던 날 경찰이나 연방 수사관들의 감시가 없었다는 점일세. 돈 아프릴레는 은퇴 후에도 FBI의 감시망을 벗어난 적이 없거든. 하지만 내가 지금까지 말한 건 어디까지나 추측일세. 자네가 조사하고 확인해야 할 거야. 그리고 내 추측이 맞다면 자네는 있는 힘을 다해 싸워야 할 걸세."

"한 가지만 더요. 그럼 아프릴레의 자식들도 위험에 처하게 될까요?"

크락시는 어깨를 으쓱했다. 그는 조심스럽게 배 껍질을 벗겼다.

"그건 나도 모르네. 하지만 그들에게 도움을 청하지는 말게. 그건 교만이야. 자네도 위험을 각오해야 할 거야. 이제 자네에게 마지막 조언을 하지. 런던에서 프라이어를 초빙해 자네의 은행경영을 맡기게. 그는 모든 면에서 유능한 사람이니까."

"시칠리아의 비앙코는요?"

"그는 내버려두게. 자네가 계속 이 일에 관여하다보면 언젠가는 나를 또 만나게 될 거야."

크락시는 아스토레의 잔에 이니스 술을 따랐다. 아스토레는 한숨을 내쉬며 말했다.

"이상하게도 전 돈 아프릴레를 위해 일할 거라고는 꿈에도 생각해본 적이 없어요."

"그럴 테지. 자네 같은 젊은이에게는 너무 가혹하고 힘든 일이지."


지난 20년 동안 허구의 세계에서 살아온 마르칸토니오와는 달리 발레리우스는 군사 정보국에서 청춘을 보냈다. 그래서 아스토레가 무슨 말을 하고 어떻게 반응할 것인지 충분히 예상하고 있었다.

"도움이 필요해요. 어쩌면 형님의 엄격한 행동 수칙을 깨뜨려야 할지도 모릅니다."

발레리우스는 냉담하게 말했다.

"마침내 네가 본색을 드러내는구나. 안 그래도 얼마나 걸릴까 궁금했다."

"무슨 뜻이죠?" 아스토레가 다소 놀라서 되물었다. "삼촌의 죽음은 뉴욕 경찰과 FBI가 관련된 음모예요. 제가 무슨 공상을 한다고 생각할지 모르지만 들은 얘기가 있어요."

"불가능한 일은 아니다. 하지만 내 직책으로는 비밀 문서에 접근하지 못해."

"하지만 정보국에 친구들이 있잖아요. 그들에게 몇 가지 물어볼 수는 있을 텐데."

"아니, 안 된다." 발레리우스는 표정을 누그러뜨렸다. "그들은 까

치처럼 말들이 많아. 모두 그 놈의 빌어먹을 호기심 때문이지. 그런데 대체 네가 알고 있다는 그 내용은 뭐냐?"

"삼촌을 죽인 자에 관한 정보예요."

발레리우스는 의자 뒤로 몸을 젖히고 시가 —흡연은 그의 유일한 단점에 가까웠다— 를 한 모금 깊이 빨았다.

"그만 웃겨라, 아스토레. 난 정보분석가 출신이야. 물론 그 사건은 갱단의 복수나 앙갚음 같은 소행일 수도 있어. 하지만 난 은행을 장악하게 된 너에 대해 생각해봤다. 아버지에겐 계획이 있었어. 난 이렇게 분석했다. 아버진 가족을 위해 널 정찰병으로 만드셨어. 그 다음엔 뻔한 거 아니냐? 아버진 네가 이런 결정적인 순간에 활약할 수 있도록 훈련을 시키셨지. 네 인생에는 11년의 공백기가 있었고, 넌 그동안 아마추어 가수와 승마선수라는 멋진 가면을 뒤집어썼어. 난 항상 네가 차고 있는 그 금목걸이가 의심스러웠어. 이제 솔직히 말해."

그는 말을 멈추고 깊이 숨을 들이마셨다.

"자, 너에 대한 내 분석이 어떠냐?"

"대단하시군요. 하지만 형님 혼자만 간직하길 빌어요."

아스토레가 빈정거렸다.

"당연하지. 하지만 넌 위험 인물이야. 어떤 극단적인 행동을 취하게 될 지도 몰라. 그러나 몇 가지 충고하지. 너의 가면은 너무 얇아서 머지 않아 벗겨질 거야. 게다가 난 네게 공조하기에는 너무나 완벽한 삶을 살고 있어. 따라서 네가 생각하는 모든 것에 반대해. 지금으로선 내 대답은 '노'야. 지금은 널 도와줄 순 없어. 혹시 상황이 바뀌면 뛰어들게 될지 몰라도."

한 여자가 나오더니 아스토레를 니콜의 사무실로 안내해주었다. 니콜은 아스토레와 반갑게 포옹하며 키스를 했다. 니콜은 여전히 그를 좋아했다. 10대 시절의 로맨스는 어떤 쓰라린 상처도 남기지 않은 것 같았다.

"은밀히 할 말이 있어."

"헬렌, 좀 나가줄래? 이 사람과 함께 있으면 안전하니까."

니콜이 경호원에게 지시했다.

헬렌은 아스토레를 뚫어지게 바라봤다. 자의식이 강해 보이는 아스토레의 모습에 깊은 인상을 받은 헬렌은 곧 자리를 비켜주었다. 킬케가 그랬듯이 아스토레도 헬렌에게서 대단한 신뢰감을 느꼈다. 카드게임에서 궁지에 몰렸을 때 에이스를 내놓거나 비장의 무기를 감추고 있는 사람에게 받을 수 있는 확신 같은 것이었다. 그는 헬렌의 어디에 그런 무기가 숨겨져 있는지 자세히 살펴보았다. 몸에 착 달라붙는 바지와 재킷 밖으로 몸매가 그대로 드러나 보였다. 겉으로 봐서 총은 소지하지 않은 것 같았다. 그때 헬렌의 바지 가랑이 옆면으로 찢어진 틈을 발견했다. 그녀는 발목에 권총집을 차고 있었는데 그다지 현명한 방법 같지는 않았다. 아스토레는 헬렌이 자리를 뜨려하자 특유의 매력적인 웃음을 지어 보였다. 그녀는 고개를 돌리더니 눈을 찡긋했다.

"누가 채용했어?"

"아빠야. 뛰어난 보디가드지. 뒤에서 습격하는 강도나 난봉꾼들을 얼마나 잘 처리하는지 놀라워."

"그럴 것 같아. 그런데 FBI에서 아버지에 관한 문서를 입수했어?"

"응, 그런데 내가 읽어본 것 중 최악의 기록이었어. 도저히 믿지 못하겠더라구. 증명할 수 없는 것들 투성이야."

아스토레는 죽은 돈 아프릴레가 자신이 진실을 말하지 않기를 바랄 거라고 생각했다.

"2, 3일 동안만 그 서류를 보게 해주겠어?"

니콜은 변호사 특유의 표정으로 무덤덤하게 그를 바라보았다.

"당장은 안 될 것 같아. 내가 자세히 읽어서 분석하고 중요한 부분은 표시한 뒤에 보여줄게. 사실 너에게 도움될 만한 내용은 없어. 어쩌면 너와 오빠들은 안 보는 게 좋을지도 몰라."

아스토레는 생각에 잠긴 표정으로 니콜을 바라보다 미소를 지었다.

"그렇게 나빠?"

"내가 더 읽어볼게. 여하튼 FBI는 나쁜 놈들이야."

"네가 어떻게 말하든 난 괜찮아. 하지만 이번 일이 위험하다는 것은 잊지마. 너도 몸조심해야 해."

"알았어. 하지만 내겐 헬렌이 있어."

"그리고 나도 있잖아. 네가 필요로 한다면."

아스토레는 위로해주려는 듯 니콜의 팔에 손을 댔다. 그러자 니콜은 민망할 정도로 갈망하는 눈빛으로 그를 쳐다보았다.

"언제든지 전화해."

아스토레의 말에 니콜은 미소를 지었다.

"그럴게. 하지만 난 괜찮아."

사실 니콜은 그날 저녁 아주 매력적인 외교관과의 데이트 약속을 앞두고 있었다.

마르칸토니오 아프릴레는 여섯 대의 TV가 죽 놓여 있는 호화스런 사무실에서 뉴욕에서 가장 영향력 있는 광고 에이전시의 대표를 만나고 있었다. 큰 키에 귀족적인 용모의 리처드 해리슨은 전직 모델답게 옷차림도 완벽했지만 낙하산부대 출신이어서인지 강렬한 인상을 풍겼다.

해리슨의 무릎 위에는 작은 비디오 테이프 케이스가 놓여 있었다. 강한 확신에 차 있는 그는 허락도 구하지도 않고 TV 수상기 앞으로 걸어가더니 테이프 하나를 넣었다.

"보시죠. 저희 고객은 아니지만 정말 대단합니다."

미국의 피자 광고였다. 광고 속에서 지껄이고 있는 사람은 다름 아닌 소련의 전직 대통령 미하일 고르바초프였다. 고르바초프가 한마디 말도 없이 손자들에게 피자를 먹여주고 다른 사람들이 맛있다고 탄성을 지르는 광고였다. 고르바초프는 말도 없이 그렇게 자신의 권위를 팔고 있었다.

마르칸토니오는 해리슨을 보며 웃음을 지었다.

"자유주의의 승리로군요. 그런데 이게 어쨌단 말이죠?"

"소련의 전직 지도자가 지금은 미국 피자 회사를 위한 상업광고로 사람들의 주목을 다시 받는다. 놀랍지 않소? 그에게 50만 달러를 지불했다는 소문을 들었소."

"그렇군요. 그런데 왜?"

"왜 자존심 상하는 그런 일을 했냐는 말이죠? 돈이 절실하게 필요했겠죠."

마르칸토니오는 불현듯 아버지 생각이 났다. 그렇게 거대한 제국을 다스렸던 아버지도 자기 가족을 풍족하게 부양하지 못했으면 그런 수치감을 느꼈을 것이다. 즉, 천하의 돈 아프릴레도 자신이 세상에서 가장 못난 남자라고 생각했을 것이다.

"역사와 인간 심리에 대해 좋은 교훈을 주는군요. 그런데 이 광고가 도대체 어쨌단 말이오?"

해리슨은 비디오 테이프가 가득 들어 있는 상자를 툭툭 쳤다.

"나한테 테이프가 더 있어요. 경우에 따라선 저항감을 불러일으킬 수도 있는 감각적인 것들이죠. 당신과 나는 오랫동안 사업을 함께 해 왔소. 그래서 당신이 이 광고를 틀어줄 거라고 확신하고 이렇게 찾아 왔소. 나머지도 반드시 틀어줘야 하오."

"무슨 말인지 감이 안 잡히는군요."

해리슨은 또 다른 테이프를 넣으며 설명했다.

"우린 광고를 만들기 위해 고인이 된 명사들의 초상권을 사들였소. 죽은 유명인들이 우리 사회에서 더 이상 어떤 기능도 하지 못하는 건 낭비가 아니겠소? 우린 그들을 변화시켜 그들이 누렸던 과거의 영광을 복원할 계획이요."

테이프가 돌아가기 시작했다. 테레사 수녀가 캘커타에서 병들고 가난한 사람들을 돌보는 사진이 연이어 나왔다. 수녀가 성녀처럼 온화하고 겸손한 표정으로 노벨상을 받는 모습도 나왔다. 그리고 걸인들을 위해 큰 솥에서 수프를 퍼주는 사진이 나왔다.

그런데 뭔가 번쩍이는가 싶더니 갑자기 화면 색상이 바뀌었다. 옷을 잘 차려입은 부유한 남자가 빈 그릇을 들고 솥이 있는 쪽으로 다가왔다. 그는 젊고 아름다운 여자에게 '수프 좀 주시겠습니까? 맛이 기가 막히다고 들었습니다.'라고 말했다. 여자는 그를 보며 살짝 미소를 짓더니 국자로 수프를 떠서 그의 그릇에 담았다. 남자는 수프를 단숨에 마신 다음 맛있다는 듯한 표정을 지었다.

화면은 이내 슈퍼마켓의 모습으로 바뀌고 '캘커타'라는 상표가 붙은 통조림 수프가 빽빽한 진열대를 비추었다. 그리고 광고음이 흘러나왔다. "캘커타 수프, 부자나 가난뱅이에게나 똑같이 생명을 줍니다. 여러분도 스무 종류의 맛있는 수프를 맛보실 수 있습니다. 테레사 수녀의 수프 맛을 그대로 재현한 수프!"

"어때, 괜찮지 않소?"

마르칸토니오는 눈썹을 치켜 떴다.

해리슨은 또 다른 비디오 테이프를 넣었다. 화면 가득 웨딩드레스를 입은 다이애나 왕세자비의 모습이 비치더니 이어서 버킹엄 궁전 안에 있는 다이애나의 모습이 나왔다. 그녀가 궁중 수행인들에 둘러싸여 왕세자와 현란하게 춤을 추는 모습이었다.

"이 세상의 모든 공주는 왕자의 주목을 받습니다. 그러나 이 공주에게는 특별한 비결이 있습니다."

젊은 모델이 제품의 상표가 똑똑히 보이도록 크리스탈 병에 담긴 향수를 들어올렸다. 코멘트는 계속되었다.

"이 프린세스 향수 한 방울이면 여러분도 자신의 왕자를 사로잡을 수 있답니다. 은밀한 곳의 체취에 대해서도 걱정하실 필요 없습니다."

마르칸토니오는 책상 위의 벨을 눌러 TV를 껐다.

"잠깐만, 더 보여줄 게 있소." 해리슨이 소리쳤다.

마르칸토니오가 고개를 저었다.

"당신은 깜짝 놀랄 만큼 기발하지만 가끔 할 말을 잃게 만드는군요. 이런 광고는 우리 방송국에서 내보낼 수 없습니다."

"수익의 일부는 자선단체에 기부할 거요. 이래뵈도 건전한 광고요. 난 당신이 앞서가는 사람이라고 생각했소. 아니 그보다도 우린 친구 사이가 아니오?" 해리슨이 항변했다.

"그야 그렇지요. 하지만 제 대답은 역시 '노' 입니다."

해리슨은 고개를 가로 저으면서 비디오 테이프를 상자에 천천히 담았다.

마르칸토니오가 웃으면서 물었다.

"그런데 고르바초프 사진은 어떻게 입수한 겁니까?"

해리슨은 어깨를 으쓱했다.

"젠장, 불쌍한 양반 같으니. 피자 광도도 글러먹었군."

그날 마르칸토니오는 남은 일을 모두 처리하고 저녁 모임에 나갈 준비를 했다. 그는 에미상 시상식에 참가할 예정이었다. 그의 방송국은 간부급 직원들과 스타들이 앉을 테이블 3개를 배정 받았는데 그의 방송 프로그램은 여러 부문에 후보로 올라 있었다. 오늘 데이트 상대는 마틸다 존슨이라는 유명 뉴스 캐스터였다.

마르칸토니오의 사무실에는 욕조와 샤워실이 딸린 침실과 옷들로 가득 찬 옷장이 있었다. 그는 늦게까지 일을 해야 할 때면 종종 사무실에서 밤을 지샜다.

시상식장에서는 몇몇 수상자들이 자신의 성공에 중요한 역할을 했다는 식으로 마르칸토니오의 이름을 언급했다. 그런 말들은 언제 들어도 흐뭇했다. 그러나 박수를 치고 뺨에 입을 맞추는 의례적인 행동을 하는 동안 그는 지난 1년간 자신이 참여한 수상 축하 파티나 만찬에 대한 기억을 떠올렸다. 오스카상, 피플지에서 선정하는 초이스상, 미국영화연구소의 공로상, 그밖에도 연로한 스타들이라든지 제작자와 감독들에게 주는 특별상 시상식까지. 그는 자신이 마치 초등학생들의 숙제에 별표를 매겨주는 교사처럼 여겨졌다. 아이들은 선생님이 준 별표를 엄마에게 자랑하려고 집으로 달려간다. 하지만 그는 곧 자신의 오만이 부끄러워졌다. 이 사람들도 돈을 필요로 하는 것만큼이나 남들의 인정을 중시하며 이만한 명예를 누릴 자격이 있다는 생각이 들었던 것이다.

시상식이 끝난 뒤 마르칸토니오는 하찮은 증명서 한 장으로 업계의 영향력을 가진 인사들에게 자신을 부각시키려고 애쓰는 배우들이라든지 프리랜서 작가들에 둘러싸인 유명 잡지의 편집자를 보며 쓴웃음을 지었다. 마치 더 유명한 구혼자를 기다리는 오딧세우스의 아내 페넬로페처럼 편집자의 얼굴에서 경계심과 신중함 그리고 섬뜩할 정도의 성실함이 엿보였다.

그 자리에는 앵커, 업계 거물들, 똑똑하고 카리스마 넘치고 재능 있는 사람들이 많이 참석했다. 어떻게 하면 스타들에게 아양을 떨어 말이라도 한마디 나눠보고 반대로 별 볼일 없는 사람들은 어떻게 떨어져나가게 만들 것인지 나름대로 고충을 겪고 있는 사람들이었다.

스타급 배우들은 기대와 욕망으로 눈에 불꽃이 튀었다. 이제 TV를 발판으로 영화계에 진출할 만큼 충분히 성공을 거두었으니 다시는 TV로 돌아오지 않겠다고 마음먹고 있을 것이다.

마침내 마르칸토니오는 지쳤다. 계속해서 관심 있는 척 미소를 짓고 탈락한 이들에게는 격려의 말을 건네고, 수상자들과 함께 기뻐해주다보니 기운이 다 빠져버렸다. 마틸다가 그에게 속삭였다.

"오늘밤에 우리 집에 올래요?"

"오늘은 정말 피곤해."

"알았어요."

그녀는 이해한다는 표정으로 대답했다. 두 사람 모두 오늘은 스케줄이 빡빡했던 것이다.

"난 1주일 내내 시내에 있을 거예요."

두 사람은 서로 상대를 이용하지 않기 때문에 좋은 친구 사이를 유지할 수 있었다. 마르칸토니오는 마틸다와 함께 있으면 마음이 편안했다. 그녀는 정신적 지주라든지 후원자 따위를 필요로 하지 않았다. 마르칸토니오 역시 그녀가 방송국과 계약을 협상하는데 개입한 적이 없었다. 그는 어디까지나 방송국 경영자로서의 본분에만 충실했다.

게다가 두 사람의 만남은 결혼으로 이어질 가능성이 적었다. 마틸다는 여러 지역을 돌아다녔고, 그는 하루에 15시간을 일에 매달렸다. 두 사람은 이따금 밤을 함께 보내는 사이일 뿐이었다. 사랑을 나누거나 비즈니스에 관해 의견을 나누고 사교 모임이나 사회적인 행사가 있으면 서로 파트너가 되어주었다. 사람들에게 두 사람은 친구 사이로 받아들여졌다. 마틸다는 몇 번인가 다른 남자와 사랑에 빠진 적이 있는데, 그럴 때면 두 사람은 밤에는 만나지 않았다. 마르칸토니오는 다른 여자를 사귄 적은 없지만 그녀의 연애 사실이 그에게 문제가 된 적은 없었다.

마르칸토니오는 오늘밤엔 괜히 자신이 속한 세계에 대해 어떤 염증을 느꼈다. 그래서인지 아파트 로비에서 기다리고 있는 아스토레를 보자 유난히 반가웠다.

"아니, 네가 웬일이냐? 그동안 잘 지냈어?"

"바빴어요. 올라가서 한 잔 마셔도 되죠?"

"물론이지. 그런데 첩보 영화라도 찍는 것처럼 왜 전화도 없이 왔어? 몇 시간씩이나 로비에서 기다릴 셈이었어? 파티에 갈 수도 있었는데."

"괜찮아요."

사실 그는 그날 저녁 내내 사촌을 미행했다. 마르칸토니오는 집에 들어서자마자 술을 두 잔 마련했다.

아스토레는 다소 어색했다.

"형님이 방송 프로젝트를 결정하는 것 맞죠?"

"항상 내가 기획하지."

"내게 아이디어가 있어요. 삼촌의 죽음과 관련된 거예요."

"그건 안 돼."

그는 더 이상 논의하고 싶지 않을 때 단호히 거절하는 것으로 업계에도 정평이 나 있었다. 그러나 아스토레는 그런 모습이 익숙하지 않았다.

"그렇게 무조건 거절부터 하지 말아요. 난 형에게 뭘 팔려는 게 아니에요. 큰 형과 니콜의 안전을 위해서라구요. 물론 형도 마찬가지구요." 아스토레는 씩 웃었다. "그리고 내 안전을 위해서이기도 하구요."

"뭔지 말해봐."

그는 내심 놀라며 아스토레를 새로운 눈으로 바라보았다. 낙천적으로만 보이는 녀석이 대체 무슨 생각을 하는 걸까?

"형님도 FBI의 문서를 읽어봐요. 특히 커트 킬케가 그 많은 마피아 패밀리들을 어떻게 붕괴시키려고 했는지. 시청자들의 관심을 끌 만한 소재 아닌가요?"

마르칸토니오는 고개를 끄덕였다.

"네 목적이 궁금해."

"내 힘으로는 킬케에 관한 자료를 입수할 수 없어서 그래요. 내가 시도하다가는 어떤 일이 벌어질지 몰라요. 하지만 형님이 다큐멘터리를 제작하겠다고 하면 정부 기관도 통제할 수 없을 거예요. 그럼 형님은 그가 어디에 살고, 어떤 전력을 가졌으며, 어떻게 활동하고 FBI 조직 내에서 어떤 위치에 있는지 알아낼 수 있을 거예요. 난 그런 정보가 필요해요."

"FBI와 킬케는 절대 협력하지 않을 걸. 그런 프로그램은 제작하기 힘들 거야." 그는 잠시 말을 멈췄다가 이어 말했다.

"하긴 후버 국장 시절과는 많이 달라졌지. 그래도 그들은 요즘 패를 절대 안 내보인단 말씀이야."

"할 수 있어요. 아니, 해야 돼요. 형님은 제작자들과 기자 군단을 거느리고 있잖아요. 난 킬케에 관해 모든 걸 알아야 해요. 난 그자가 삼촌과 우리 가족에 대한 음모에 어느 정도 가담했다고 믿어요."

"그건 말도 안 되는 소리야."

"물론 그렇지 않을 수도 있어요. 하지만 그 사건은 단순한 갱단의 살인이 아니란 건 알아야 해요. 게다가 킬케는 수사만 하는 게 아니에요. 그자는 범인들이 발각되지 않도록 범행 흔적을 지우고 있다구요."

"알았다, 알았어. 정보 얻는 걸 도와주지. 그런 다음에는 어쩔 셈인데?"

아스토레는 두 손바닥을 쭉 펴 보이며 웃었다.

"내가 무엇을 하겠어요? 다만 알고 싶을 뿐이예요. 어쩌면 일종의 거래를 할 수도 있겠죠. 어쨌든 난 그 문서를 봐야 해요. 사본은 만들지 않을게요. 형을 위태롭게 하는 일은 없을 거예요."

마르칸토니오는 아스토레를 응시했다. 아스토레의 쾌활하고 매력적인 얼굴에 그의 마음은 어느새 움직이고 있었다. 그는 생각에 잠긴 듯한 표정으로 말했다.

"아스토레, 난 네게 궁금한 점이 많아. 아버지는 네게 모든 권한을 주셨어. 왜 그러셨을까? 넌 마카로니 수입업자에 불과한데 말이야. 내가 보기에는 승마나 하고 시시한 밴드를 거느린 매력적인 괴짜일 뿐인데. 하지만 아버지는 너를 그렇게 취급하지 않으셨어."

"더 이상 노래는 부르지 않아요. 말도 별로 타지 않구요. 삼촌은 날 항상 좋게 봐주셨죠. 나를 신뢰하셨구요. 형님도 그렇게 봐줬으면 좋겠어요."

아스토레가 웃으면서 말했다. 그리고 잠시 말을 멈췄다가 이내 진지한 목소리로 말했다.

"삼촌은 당신의 자식들이 죽음을 당하지 않도록 대신 나를 선택하셨어요. 나를 선택해 훈련시키셨죠. 그분은 나를 사랑하셨지만 알고 보면 난 소모품인 셈이죠. 간단한 논리예요."

"넌 그들을 반격할 능력이 있어."

"알아요."

아스토레는 이렇게 말하면서 몸을 뒤로 젖히고 사촌을 향해 야릇한 미소를 지었다. 드라마 속의 배우들이 흔히 악당처럼 보이려고 짓는 묘하고도 불길한 미소였지만 이런 모습에 익숙한 마르칸토니오는 빙긋 웃는 것으로 호응해주었다.

"내가 할 일은 그게 전부냐? 더 이상은 관여하지 않아도 되는 거야?"

"그 이상은 도와줄 일이 없어요."

"며칠만 생각할 시간을 줘."

"형님이 거절하면 우리가 그들보다 불리해져요."

마르칸토니오가 고개를 끄덕였다.

"아스토레, 난 널 좋아한다. 하지만 그 일은 할 수 없어. 너무 위험해."

아스토레가 니콜의 사무실에서 커트 킬케를 만난 것은 뜻밖의 결과를 가져왔다. 킬케는 니콜에게 소개한다며 빌 벅스턴을 데려갔다. 킬케는 역시 단도직입적으로 말을 꺼냈다.

"티모나 포르텔라가 당신의 은행에 10억 달러의 펀드를 개설한다는 정보를 입수했는데 사실입니까?"

"고객과의 일은 비밀이에요. 왜 우리가 그걸 말해야 하죠?" 니콜이 쌀쌀맞게 대꾸했다.

"내가 알기로 그는 당신 아버지에게도 똑같은 제의를 했소. 그런데 당신 아버지는 그걸 거절했소."

"도대체 이런 일에 FBI가 관심을 갖는 이유가 뭐죠?" 니콜은 냉큼 꺼지라는 투로 말했다.

킬케는 조금도 개의치 않고 아스토레에게 물었다.

"그가 마약 거래로 번 돈을 세탁하려 하는 게 아닐까요? 우리가 그자의 음모를 수사할 수 있도록 당신들이 협력해주셔야 합니다. 당신 은행에 우리 연방 회계사들의 자리를 마련해주시오."

킬케는 자신의 서류 가방을 열었다.

"내가 아예 서류를 준비해왔으니 서명해주시죠. 그럼 우리 둘 다 법적으로 보호받을 수 있게 됩니다."

니콜은 킬케의 손에서 서류를 빼앗더니 두 페이지를 재빠르게 읽어 내려갔다.

"아스토레, 서명하지 마. 은행 고객들은 비밀을 보호받을 권리가 있어. 포르텔라를 수사하려면 영장이 있어야 해."

아스토레는 서류를 건네 받아 읽기 시작했다. 그러고는 킬케를 보며 미소를 지었다.

"난 당신을 믿습니다."

그는 이렇게 말하면서 서류에 서명한 뒤 킬케에게 다시 건넸다.

"대가가 뭐죠? 우리가 당신에게 협력해서 얻는 게 뭐냐구요?" 니콜이 소리쳤다.

"당신들은 선량한 시민으로서 의무를 다하는 겁니다. 대통령의 표창장도 받게 되죠. 게다가 당신네 은행들이 유리처럼 투명하지 않은 다음에야 세무조사는 골칫거리일 수밖에 없겠죠. 안 그렇습니까? 그렇게 되면 그에 대한 혜택이 있을 수 있죠."

"삼촌을 죽인 자에 대한 어떤 정보라고 갖고 있습니까?" 아스토레가 물었다.

"물론이죠."

"왜 견진성사 때 경찰의 감시가 없었죠?"

"그건 폴 디 베네디토 형사반장의 결정이었소. 그의 오른팔이랄 수 있는 아스피넬라 워싱턴이라는 형사도 그렇게 결정했소."

"그렇다면 왜 FBI에서는 감시를 하지 않았죠?"

"그건 내 판단이었소. 나는 그럴 필요를 못 느꼈소."

아스토레는 고개를 설레설레 흔들었다.

"당신의 제안을 받아들일 수 없을 것 같군요. 몇 주만 생각할 시간을 주시죠."

"당신은 이미 서류에 서명을 했소. 이 문서는 이제 기밀문서로 보관될 것이오. 당신이 오늘 합의를 누설한다면 기소될 수도 있소."

"내가 왜 그래야 하죠? 난 FBI나 포르텔라와 금융 거래를 하고 싶지 않을 뿐입니다."

"곰곰이 생각해보시오."

두 수사관이 떠나자 격분한 니콜은 아스토레에게 따졌다.

"어떻게 감히 내 결정을 무시하고 그 따위 서류에 서명할 수 있어? 얼마나 멍청한 짓을 했는지 알아?"

아스토레는 눈을 부릅뜨고 니콜을 노려보았다. 니콜은 아스토레가 이렇게 화내는 모습은 처음 보았다.

"그는 내가 서명한 종이 한 장에 안심하고 있어. 내가 노린 건 바로 그거야."

# 5

　마리아노 루비오는 알짜배기로 알려진 사업체 여러 개를 소유하고 있었다. 게다가 뉴욕에서 평생을 보내다시피 했는데도 불구하고 엄연히 페루 총영사라는 직책을 갖고 있었다. 그는 남미의 여러 국가를 비롯해 공산주의 국가인 중국과 관련된 다국적 기업의 대표도 맡고 있었다. 뿐만 아니라 콜롬비아 제1의 마약거래상 조합 대표인 인시오 튤리파와도 절친한 친구 사이였다.

　루비오는 사업뿐만 아니라 개인적인 삶에서도 운이 좋은 편이었다. 마흔다섯 살의 노총각인 그는 소문난 바람둥이였지만 절대로 동시에 두 여자를 만나는 일은 없었다. 더 젊고 아름다운 여자로 바꿀 때는 온갖 물질공세와 후원을 아끼지 않았다. 미남인데다 언변이 좋고 춤까지 잘 추었다.

　운 좋은 사람들이 흔히 그렇듯 루비오도 운명은 개척하는 거라고 믿었다. 그는 특히 위험 인물들과의 힘 겨루기를 좋아했고 위험을 무릅 쓰고라도 색다른 맛을 즐기고 싶어했다. 그것이 그가 인생을 사는 방식이었다. 그래서 불법이었지만 중국에 기술을 파는 일에도 관여했다. 마약업자를 위해 고위층에 줄을 대주기도 하고 미국의 과학자들에게 남미 이민을 주선하고 수수료를 받기도 했다. 심지어 인시오 튤리파만큼 특이한 이력을 가진 위험 인물인 티모나 포르텔라와도 거래를 했다.

큰 위험을 감수하는 도박꾼들처럼 루비오도 곤경에 빠지면 스스로 에이스가 되었다. 외교관의 면책특권 덕분에 법적인 위험으로부터는 비교적 안전했지만 또 다른 위험이 있다는 것을 알기 때문에 항상 몸조심을 했다.

그는 수입이 막대한 만큼 아낌없이 돈을 썼다. 그리고 사랑을 포함해 세상에서 원하는 것은 무엇이든 손에 넣었다. 지금은 친구로 지내는 예전의 애인들을 돕는 것도 좋아했다. 그는 자신에게 딸린 이들의 선의를 소중하게 생각할 줄 아는 관대한 고용주이기도 했다.

루비오는 니콜 아프릴레와의 저녁 약속을 위해 페루 영사관의 관저처럼 사용하고 있는 뉴욕의 한 아파트에서 옷을 갈아입고 있었다. 비즈니스 겸 재미도 보는 이런 식의 만남은 그에게는 일상적인 일이었다. 그는 니콜의 특별한 기업 고객이 초대한 워싱턴에서의 만찬장에서 그녀를 만났다. 그리고 첫눈에 니콜의 독특한 아름다움에 매료되었다. 지적인 눈과 입매에서 풍겨나는 날카롭고 당돌해 보이는 인상과 자그맣지만 관능적인 몸매 그리고 무엇보다 유명한 마피아 두목 돈 아프릴레의 딸이란 사실에 구미가 당겨졌다.

니콜 역시 루비오에게 매력을 느꼈지만 이성을 잃은 맹목적인 열정은 아니었다. 루비오는 오히려 그런 그녀가 더욱 사랑스러웠다. 그는 로맨틱하면서도 총명한 여자를 좋아했다. 달콤한 말이 아닌 능력으로 그녀의 존경을 얻어내야 했다. 그는 자신의 부자 고객을 소개해주겠다는 말로 그녀의 환심을 사기 위한 작전에 돌입했다. 그는 니콜이 사형수들을 위한 무료 변론을 많이 하기로 유명하며 심지어 악명 높은 살인범이 사형선고를 받지 않도록 변호했다는 사실까지 알고 있었다. 그에게 니콜은 이상적인 현대 여성상이었다. 아름답고 전문적인 직업이 있으며 정열적이기까지 했다. 일종의 성기능 장애만 없다면 지난 1년 동안 만난 여자 중에 가장 마음에 드는 파트너였을 것이다.

이 모든 일은 돈 아프릴레가 죽기 전에 일어난 일이었다. 지금 그가 니콜에게 잘 보이려고 하는 중요한 목적은 니콜과 그녀의 두 오빠가 은행을 포르텔라와 튤리파에게 넘길 마음이 있는지 알아보려는 것이었다. 매각할 의향이 있다면 굳이 아스토레 비올라를 죽일 필요가 없기 때문이다.

인시오 튤리파는 그동안 충분히 기다렸다. 돈 아프릴레가 죽은 지 벌써 9개월이 지났는데 여전히 은행의 상속자들과 변변한 협상도 시작하지 못하고 있었다. 이미 들어간 비용만도 엄청났다. 뉴욕 경찰과 FBI에게 뇌물을 주고, 스투르조 형제를 고용하는 데 들어간 돈이 수백만 달러에 달했지만 계획대로 이루어진 건 아무것도 없었다.

튤리파는 영향력 있는 여느 마약 거래상들처럼 천박하고 거친 사람은 아니었다. 그는 평판도 좋고 부유한 집안 출신으로 아르헨티나의 고향에서는 폴로선수로 활약했었다. 지금은 코스타리카에 살고 있으며 코스타리카 외교관 여권을 소지하고 있어서 외국 어느 국가에서 기소를 당하더라도 면책특권이 있었다. 그는 콜롬비아의 마약 카르텔과 터키의 마약 재배농가 그리고 이탈리아의 제조업자 사이에서 거래를 조율하는 역할을 했다. 운송 수단을 마련하고 고위층부터 하위층 관리들에게 필요하면 뇌물도 주었다. 막대한 양의 마약을 미국으로 밀수해오는 일에도 관여했다. 게다가 미국의 핵물리학자를 꾀어 남미로 데려오고 그들의 연구 성과에 따라 막대한 돈을 지불하기도 했다. 그는 모든 방면에서 신중하고 유능한 사람이었으며 엄청난 부를 축적했다.

그는 매우 혁신적이기도 했다. 그는 마약 판매를 강력히 옹호했다. 마약은 인간의 정신을 구제해주고 가난과 정신질환으로 절망에 빠진 사람들에게는 도피처가 되어준다. 그리고 상사병에 걸린 사람들, 정신적으로 빈곤한 세상에서 영혼을 잃어버린 사람들을 구원해준다. 더 이상 신을 믿지 않는 사람들이나 자신이 속한 사회와 자신의 가치를 믿지 못하는 사람들이 절망에 빠지면 어떻게 해야 할까? 자살? 마약은 그런 사람들이 꿈과 희망을 버리지 않고 살아가게 해준다. 따라서 마약을 할 때는 약간의 절제가 필요할 뿐이다. 과연 마약이 술이나 담배, 가난이나 절망만큼 많은 사람들을 죽게 만들까? 그건 아니라는 게 그의 주장이었다. 그런 도덕적 근거 때문에 튤리파의 생각은 확고했다.

인시오 튤리파는 세상 사람들에게 한 가지 별명으로 알려져 있었다. 바로 '백시네이터(예방접종기구라는 뜻)'였다. 석유 회사든 자동차 제조업체든 곡물 업계든 남미에 막대한 지분을 갖고 있는 외국 기업이나 투자자들은 간부급 직원을 현지에 파견하게 마련이었다. 그들은 주로 미국 출신들이 많았다. 그런데 그들의 가장 큰 문제는 자기 회사 임원들이 외국에서 납치되어 수백만 달러의 몸값을 치르게 되는 일이었다.

인시오 튤리파는 바로 그런 납치를 막아주는 회사를 운영하고 있으며 매년 기업들과 계약을 맺기 위해 미국을 방문했다. 물론 돈을 받는 것만이 목적이 아니라 기업에 대한 산업 및 기술 정보 수집도 겸했다.

다시 말해 그는 기업에 예방접종을 해주는 일을 했다. 이 사업은 그에게 매우 중요했다.

그러나 튤리파 자신은 더 위험한 기행의 소유자였다. 그는 전 세계적으로 마약 산업을 불법 취급하는 것을 자신에 대한 성전(聖戰)쯤으로 여겼다. 그래서 자신의 제국을 보호하기 위해 터무니없는 야망을 갖고 있었다. 자신이 겪게 될 재앙에 대비하여 핵무기 제조 능력을 갖고 싶어한 것이다. 설령 최후의 수단을 사용하게 될 일이 일어나지 않더라도 효과적인 협상 무기는 될 수 있을 거라고 생각했다. 하지만 그를 감시하고 있는 뉴욕 FBI의 킬케를 빼면 누구나 이 계획을 허황된 것으로 생각했다.

\* \* \*

커트 킬케는 FBI에 들어온 후 반(反)테러 학교에서 연수를 받은 적이 있다. 16개월 과정의 연수생으로 선발되면서 그는 국장과 같은 고위직과 동등한 자격을 얻게 되었다. 국가 기밀급의 문서라든지 소수 국가의 테러리스트들이 사용할 가능성이 있는 핵무기들에 관한 사례별 시나리오들을 접할 수 있게 된 것이다. 그 파일에는 각 국가가 보유한 무기에 관한 정보가 상세하게 들어 있었다. 일반적으로 알려진 러시아와 프랑스, 영국 외에 핵무기 보유 가능성이 있는 국가로 인도와 파키스탄을 꼽았다. 이스라엘은 핵무기 제조 능력을 갖춘 것으로 추정됐다. 킬케는 만약 아랍 연합체가 이스라엘을 압도하는 때가 오면 이스라엘도 핵무기를 사용할 거라는 가상 시나리오가 흥미로웠다.

그럴 경우 미국이 취하게 될 해결 방법은 두 가지였다. 만일 이스라엘이 공격을 받는다면 미국은 핵무기가 사용되기 전에 이스라엘을 지원할 것이다. 그렇지 않고 결정적인 순간에 이스라엘을 구하지 못하게 되면 미국은 이스라엘의 핵무기 제조 능력을 아예 제거할 것이다.

영국과 프랑스는 별로 문제될 게 없었다. 그들은 결코 위험부담을 안은 채 핵전쟁을 일으키지 않을 것이다. 인도 역시 핵무기를 사용할 생각이 없으며, 파키스탄의 경우에는 언제라도 핵무기를 제거할 수 있다. 중국도 감히 핵무기를 사용하지 못할 것이다. 우선 경제 성장부터 챙겨야 할 처지다.

그렇다면 가장 시급한 위험을 안고 있는 나라는 이라크, 이란, 리비아 같은 군소 국가였다. 이런 국가의 지도자들은 무모하기 때문에 얼마든지 핵무기를 사용할 수 있었다. 따라서 그에 대한 해결책에 대해서는 이의가 없었다. 필요에 따라 핵무기를 제조하지 못하도록 폭격을 가할 수도 있다는 것이다.

단기간에 일어날 수 있는 가장 큰 위험은 외국 단체로부터 은밀히 자금 지원을 받는 테러리스트 조직이 미국으로 핵무기를 몰래 들여와 대도시를 폭파하는 일이다. 아마도 워싱턴 D.C.나 뉴욕이 표적이 될 것이다. 이런 일은 불가피하다. 그래서 제시된 해결책이 방어 임무를 수행하는 태스크 포스팀을 구성해 테러리스트나 그들을 지원하는 단체를 최대한 응징할 수 있는 권한을 부여하는 것이다. 그러려면 미국 시민들의 권리를 축소시키는 특별한 법률이 필요하다. 시나리오상 이런 법은 누군가 미국의 대도시에 상당히 위협적인 폭발을 일으키기 전까지는 발효가 불가능하다. 만약 그런 일이 일어나면 쉽게 통과될 것이다. 하지만 시나리오에서도 명쾌하게 지적했듯이 운이 좋아야 발효될 것이다.

핵무기를 범죄에 사용하는 시나리오는 거의 없었다. 제조 능력이라든지 원료 조달 그리고 그에 관계되는 다양한 사람들이 정보를 누설할 가능성 등을 근거로 고려 대상에 넣지도 않았다. 이에 대한 대책으로 법원에서 범죄자에 대한 재판을 거치지 않고 바로 사형을 집행하는 방법이 있다. 어쨌든 킬케는 이런 시나리오는 모두 공상일 뿐이라고 생각했다. 아니, 생각할 가치도 없는 것이었다. 국가는 그런 일이 일어날 때까지 기다릴 것이다.

그러나 몇 년이 흐른 지금 킬케는 어떤 조짐을 느끼고 있었다. 인시오 튤리파는 자신만의 소규모 핵폭탄을 꿈꾸고 있었다. 그는 미국 과학자들을 남미로 데려가 실험실을 제공하고 연구비를 지원했다. 게다가 연구 장비와 원료를 구입하는 데 필요한 10억 달러의 군자금을 마련하기 위해 돈 아프릴레의 은행을 접수하려 하고 있었다. 그래서 킬케는 독자적으로라도 조사를 하기로 마음먹었다.

그렇다면 이제 어떻게 해야 할까? 그는 다음번에 워싱턴의 FBI 본부로 출장을 가면 국장과 이 문제를 논의해야겠다고 생각했다. 그러나 그들이 이 문제를 해결할 수 있을지 의심스러웠다. 인시오 튤리파 같은 악질은 절대 자기 계획을 포기하지 않을 것이다.

※ ※ ※

인시오 튤리파가 미국에 온 것은 티모나 포르텔라를 만나 돈 아프릴레의 은행건에 대해 의논하기 위해서였다. 그와 동시에 시칠리아에 있는 코를레오네 패밀리의 두목 미카엘 그라치엘라도 국제적인 불법 마약 공급에 관한 자세한 내용을 튤리파, 포르텔라 두 사람과 의논하려고 뉴욕에 왔다. 두 사람의 방문 풍경은 사뭇 대조적이었다.

튤리파는 50명의 수행원과 경호원을 거느리고 개인 비행기로 뉴욕에 도착했다. 이들은 흰색 정장에 푸른색 셔츠, 분홍색 타이, 헐렁한 노란 파나마 모자까지 똑같이 맞춰 입었다. 그들 중 일부는 남미 룸바다 밴드의 일원이었다. 튤리파와 일행은 모두 코스타리카 여권을 소지하고 있었다. 물론 튤리파는 코스타리카 외교관의 신분이었다.

튤리파는 일행과 함께 곧장 페루 영사관 소유로 되어 있는 작은 개인 호텔로 이동했다. 튤리파는 여느 마약 거래상처럼 남의 눈을 피해 다니지 않았다. 어쨌든 그는 일종의 백시네이터였기 때문에 오히려 미국 대기업의 대표들이 그가 체류하는 동안 서로 잘 보이려고 애를 썼다. 그래서 브로드웨이의 오프닝 쇼에 초대받거나 링컨센터에서 열리는 발레 공연, 메트로폴리탄 오페라 극장, 남미의 유명 음악가들의 콘서트에도 참석했다. 심지어 농장 노동자 조합의 남미 연맹 대표 자격으로 토크쇼에도 나가고, 마약을 옹호하는 불법적인 집회에도 참가했다. 특히 PBS 방송의 찰리 로즈와 가진 인터뷰로 더욱 악명을 떨치게 되었다.

튤리파는 미국이 세계적으로 코카인이나 헤로인, 마리화나 복용에 반대하는 것은 일종의 부당한 식민주의 정책이라고 주장했다. 남미의 노동자들은 살기 위해 마약에 의지할 수밖에 없다. 마약을 복용해서 몇 시간이나마 위안을 얻고 꿈의 세계로 들어가는 가난한 사람들을 누가 비난할 수 있겠는가? 그것은 비인간적인 처사이다. 반면 담배나 알코올은 어떤가? 그것들의 폐해는 더욱 크다.

튤리파가 이렇게 주장하자 스튜디오에 앉아 있던 50명의 수행원들은 무릎에 파나마 모자를 내려놓고 열렬히 박수를 쳤다. 찰리 로즈가 마약이 주는 피해에 관해 묻자 튤리파는 더욱 진지해졌다. 우리 조직은 피해를 최소화하기 위해 마약 성분 완화에 막대한 돈을 쏟아 붓고 있다. 즉 우리는 마약을 처방약처럼 만들려고 한다. 이런 프로그램은 미국 의학 협회의 하수인들보다도 더 저명한 의사들이 운영하고 있다. 오히려 아무것도 모르는 이들이 비이성적으로 마약에 반대하거나 미국 마약청 따위를 두려워한다. 마약은 인간에게 또 다른 축복일 수도 있다. 이 말이 떨어지자마자 수행원들은 모두 노란 파나마 모자를 공중 위로 던졌다.

그러는 사이 코를레오네 패밀리의 두목 미카엘 그라치엘라는 또 다른 모습으로 미국을 방문했다. 그는 단출하게 두 명의 경호원만 데리고 조용히 입국했다. 호리호리하고 수척한 편인 그라치엘라는 파우니(그리스신화에 나오는 반인반양의 목축의 신)처럼 생긴 두상에 입가에는 칼자국이 나 있었다. 젊은 마피아 단원 시절 팔레르모에서 맞은 총알 파편이 다리에 박혀 있어 지금도 지팡이를 짚고 걸었다. 그는 극악무도하고 교활한 것으로 악명이 높았다. 시칠리아에는 아직도 그가 마피아에 반대하는 거물급 지사 두 명을 살해했다는 소문이 떠돌았다.

그라치엘라는 손님 자격으로 포르텔라의 저택에 머물렀다. 포르텔라의 마약 거래 사업은 그에게 달려 있기 때문에 안전에 대해서는 불안할 게 없었다.

튤리파와 그라치엘라는 아프릴레의 은행을 접수하기 위한 전략 회의를 가질 계획이었다. 마약 거래를 통해 벌어들인 수십억 달러를 돈세탁하고 뉴욕의 금융 시장에 대한 영향력을 획득하기 위해서는 이보다 중요한 일이 없었다. 더구나 인시오 튤리파로서는 마약 자금 세탁뿐만 아니라 핵무기 개발 자금을 마련하기 위해서도 은행이 필수적이었다. 백시네이터로서의 역할을 안전히 수행하는 데도 도움이 될 것이다.

회담은 안전하고 외교관 면책권까지 보장되는 페루 영사관에서 갖기로 했다. 총영사 마리아노 루비오는 마음 좋은 주인이었다. 그는 손님들이 미국에 투자한 기업들의 합법적인 대표로 있으면서 수입을 축소 보고하는 식으로 중간에서 이득을 취해왔기 때문에 그들에게 온갖 호의를 베풀었다.

작은 타원형 탁자에 둘러앉은 사람들은 흥미진진한 광경을 연출했다. 그라치엘라는 장의사처럼 광택 나는 검정색 정장에 흰색 셔츠, 얇은 검정색 타이를 매고 있었다. 그는 6개월 전에 어머니를 여의어서인지 웅얼웅얼하는 발음에 낮고 슬픈 목소리로 말했지만 알아들을 수는 있었다. 시칠리아의 경찰관을 백여 명이나 죽인 사람치고는 수줍고 온순한 인상을 주었다.

네 명 중 유일하게 모국어가 영어인 티모나 포르텔라는 다른 사람들은 모두 귀머거리인양 큰 소리로 악을 쓰듯 말했다. 고함을 치는 말투와 달리 단정한 회색 정장 차림으로 연두색 셔츠에 번쩍거리는 청색 실크 타이를 매고 있었다. 재킷의 재단 솜씨가 보통은 넘는 게 청색 멜빵이 보이지 않도록 단추를 채우면 거대한 배가 감쪽같이 가려졌다.

인시오 튤리파는 주름 많은 헐렁한 흰색 실크 셔츠에 분홍색 손수건을 목에 두른 모습이 전형적인 남미인처럼 보였다. 그는 노란 파나마 모자를 얌전히 손에 들고 있었다. 그의 영어 억양은 경쾌해서 노래를 부르는 듯 했고, 목소리는 나이팅게일처럼 매력적이었다. 그러나 오늘따라 인디언 분위기가 나는 날카로운 얼굴에 험악하게 주름까지 짓고 있었다. 일이 잘 풀리지 않아 잔뜩 화가 나 있었던 것이다.

마리아노 루비오는 유일하게 즐거워 보였다. 그는 사교적이고 싹싹한 성격으로 모두들 그를 좋아했다. 몸에 밴 듯한 영어 발음이 유창했고, 자칭 잠옷 패션이라는 초록색 실크 파자마에 짙은 군청색 가운을 걸치고 있었다. 게다가 발에는 흰색 털로 테를 두른 부드러운 갈색 슬리퍼를 신고 있었다. 어쨌든 자기 집이므로 최대한 편안한 복장이었다.

튤리파가 포르텔라에게 정중하게 말을 건네는 것으로 회의가 시작되었다.

"친애하는 티모나, 난 돈 아프릴레를 제거해준 대가로 두둑히 돈을 지불했네. 그런데 아직 은행을 넘겨받지 못했어. 벌써 1년째 기다리고 있는데 도대체 어찌된 일인가?"

총영사가 분위기를 부드럽게 만들려는 듯 차분한 태도로 말을 받았다.

"존경하는 인시오, 나도 은행을 인수하려고 애썼네. 그건 포르텔라도 마찬가지일 거야. 하지만 생각지도 않았던 걸림돌을 만났네. 돈 아프릴레의 조카인 아스토레 비올라라는 놈이네. 그놈이 경영권을 물려받았는데 좀처럼 팔려고 들지 않고 있어."

"그래? 아직 그놈이 살아 있단 말인가?" 인시오가 의아한 표정을 지었다.

포르텔라는 거대한 배를 들썩이며 웃었다.

"그놈은 쉽게 죽일 수 없어. 그놈의 집에 네 명의 감시조를 투입했는데 어느 날 감쪽같이 사라져 버렸지. 지금은 어디에 있는지도 모르는 데다 놈은 외부로 나다닐 때 경호원을 구름처럼 몰고 다니지."

"죽이기 힘든 놈은 세상에 없어."

튤리파가 경쾌하고 매력적인 목소리로 유행가 한 구절을 흉내내며 말했다.

그라치엘라가 처음으로 입을 열었다.

"아스토레는 몇 년 전까지만 해도 시칠리아에 배후가 있었네. 운이 좋은 녀석이야. 게다가 지금은 두목이 되었지. 우리도 시칠리아에서 놈을 저격한 적이 있는데 죽은 줄로만 알았네. 놈을 다시 죽이려면 이번에는 확실히 해야 해. 아주 위험한 놈이야."

튤리파가 포르텔라에게 말했다.

"자네 FBI 수사관에게 월급을 준다고 하지 않았나? 그자를 이용하면 되지 않을까?"

"아니, 그는 그럴 사람이 아니야. FBI는 뉴욕 경찰보다 수준이 높아. 직접 사람을 죽이는 일은 절대 하지 않네." 포르텔라가 말했다.

"알았네. 그럼 우리가 돈 아프릴레의 자식 중 한 명을 납치해서 아스토레와 홍정을 벌이도록 하지. 마리아노, 자네도 그의 딸을 잘 알지?" 그는 윙크를 해 보였다. "자네가 그녀를 맡게."

그러나 루비오는 이런 제안에 냉담한 반응을 보였다. 그는 식후에 즐겨 피우는 가느다란 시가를 한 모금 내뱉으며 단호하게 말했다.

"그건 안 돼. 난 그녀를 좋아해. 그녀를 이런 일에 휘말리게 할 수는 없어. 난 반대야."

다른 사람들은 모두 미간을 찡그렸다. 사실 루비오는 그들에 비해서 세력이 약했다. 얼른 사람들의 반응을 살핀 루비오는 슬며시 웃으며 다시 이전의 싹싹한 모습으로 돌아왔다.

"나도 이게 내 약점인 줄은 알고 있네. 그렇지만 난 사랑에 빠졌어. 나 좀 봐줘. 대신 난 강력하고 틀림없는 정치적 배경이 있어. 인시오, 납치가 자네 전문 분야인 건 알고 있어. 하지만 미국에서는 통하지 않아. 특히 여자를 인질로 잡는 건 더욱. 차라리 두 형제 중 하나를 납치해서 아스토레와 신속하게 협상하는 편이 훨씬 승산이 있을 거야."

"발레리우스는 안 돼. 그는 군 정보국 소속이고 CIA에 친구들도 많아. 그런 무리수는 두고 싶지 않네." 포르텔라가 말했다.

"그럼 마르칸토니오가 되겠군. 내가 아스토레와 협상을 벌이지." 루비오가 말했다.

"차라리 은행을 인수하기 위해 더 좋은 조건을 제시하게." 그라치엘라가 부드럽게 말했다.

"폭력은 금물이야. 나도 이런 일을 해봐서 알아. 나를 믿게. 난 돈보다는 총을 이용했는데 그때마다 손해가 더 컸어."

모두가 놀란 눈으로 그를 쳐다보았다. 잔인한 폭력으로 악명 높은 그라치엘라다운 말이 아니었다.

"미카엘, 자네가 수십억 달러를 얘기했지? 아마 아스토레는 그 정도로는 팔지 않을 걸세." 루비오가 말했다.

그라치엘라는 어깨를 으쓱했다.

"만일 행동으로밖에 보여줄 수 없다면 그렇게 해야겠지. 하지만 정말 조심해야 해. 자네들이 협상 중에 그를 밖으로 유인할 수만 있다면 제거하는 일은 우리가 맡으면 될 텐데."

튤리파는 얼굴 가득 웃음을 지었다.

"내가 듣고 싶은 말도 바로 그거야. 그리고 마리아노, 함부로 사랑에 빠지지 말게. 그건 세상에서 가장 위험한 짓이야."


마리아노 루비오는 마침내 니콜과 그녀의 오빠들을 설득하여 자신의 동업자들을 만나 은행 매각건에 관한 협상을 하도록 주선했다. 니콜은 장담할 수는 없지만 아스토레 비올라도 참석하게 될 거라고 말했다.

아스토레는 상대들과 만나기 전에 니콜과 두 형제에게 어떻게 해야 하는지 간단히 설명을 했다. 그들은 아스토레의 전략을 이해했다. 그들로 하여금 은행 매각에 반대하는 건 아스토레뿐이라고 믿게 만드는 것이었다.

그들은 페루 영사관의 회의실에서 만났다. 음식 시중을 드는 사람은 없었지만 미리 뷔페가 준비되어 있었고 루비오가 손수 포도주를 따라주었다. 서로 스케줄이 달라서 모임은 밤 10시에 시작되었다.

루비오가 사람들을 소개하고 모임을 이끌었다. 그는 니콜에게 서류 뭉치를 건넸다.

"이건 자세한 제안서요. 요지를 말하면, 우리가 시장가격에 50퍼센트를 더 얹어주겠다는 내용이오. 은행에 대한 완전한 경영권은 우리가 갖게 되지만 아프릴레 가문은 향후 20년간 우리 수익의 10퍼센트를 받게 될 거요. 당신들은 모두 부자가 되고, 이런 골치 아픈 비즈니스 때문에 스트레스 받지 않고 여가 생활을 즐길 수 있게 되는 거요."

그들은 니콜이 서류를 간단히 훑어보는 동안 아무 말없이 기다렸다. 이윽고 니콜이 고개를 들고 말했다.

"상당히 인상적이네요. 그런데 왜 이렇게 좋은 조건을 제시하는 거죠?"

루비오는 그녀를 보고 다정하게 미소를 지었다.

"시너지 효과 때문이오. 요즘 모든 사업은 시너지 효과가 있어야 돼요. 이를테면 컴퓨터 사업과 항공기 사업, 서점과 출판사, 음반과 마약, 스포츠와 TV 방송국이 제휴하는 것도 그런 경우죠. 모두 시너지 효과가 있는 사업이오. 은행만 있으면 우리는 국제 금융 분야에서 시너지 효과를 거둘 것이고 그렇게 되면 각 도시의 부동산과 정부의 선거까지도 장악할 수 있게 되는 거요. 우리 인수단은 국제적인 조직이고, 당신네 은행이 필요하오. 그래서 이렇게 파격적인 조건을 부르는 거고."

니콜은 다른 사람들에게도 말을 건넸다.

"그럼 당신들은 모두 동등한 자격인가요?"

니콜의 우수에 젖은 아름다운 얼굴과 단호한 말투에 압도당한 툴리파는 최대한 그녀에게 잘 보이려고 애쓰면서 대답했다.

"우리는 이번 인수에 법적으로 동등한 자격을 갖고 있습니다. 아프릴레 가문과 관련을 맺게 된다면 더 없는 영광이라는 걸 꼭 말하고 싶습니다. 우리는 평소 당신의 아버지를 존경해마지 않았습니다."

돌처럼 무덤덤한 표정의 발레리우스는 단호한 말투로 튤리파에게 직접 말했다.

"오해하지 마십시오. 난 은행을 팔고 싶은 사람이오. 하지만 지분 없이 완전히 팔고 싶소. 개인적으로는 이번 기회에 완전히 정리하고 싶소."

"그렇다면 얼마든지 팔겠다는 말씀이오?" 튤리파가 반색하며 물었다.

"물론입니다. 난 은행에서 손떼고 싶소." 발레리우스가 말했다.

포르텔라가 뭔가 말하려는데 루비오가 말을 가로막았다.

"마르칸토니오 씨, 우리 제안을 어떻게 생각하시오? 솔깃하시오?"

마르칸토니오는 고분고분한 말투로 대답했다.

"나도 형과 같소. 조건 없이 거래합시다. 협상을 끝내고 바로 결정을 내릴 수도 있소."

"좋습니다. 그럼 그런 식으로 협상을 하죠." 루비오가 말했다.

그때 니콜이 차분하게 말했다.

"하지만 그렇다면 가격을 올려주서야죠. 그렇게 하실 거죠?"

"물론입니다."

튤리파가 대답했다. 그는 니콜의 아름다움에 매료된 듯 몽롱한 표정을 지었다. 걱정스런 표정의 그라치엘라는 부드러운 목소리로 물었다.

"아스토레 비올라 씨의 의견은 어떠신지? 동의하십니까?"

아스토레가 당황스런 표정으로 허허 웃었다.

"당신들도 알다시피 나는 금융 비즈니스에 슬슬 재미를 붙여가고 있습니다. 게다가 돈 아프릴레와 매각은 절대 하지 않겠다고 약속을 했습니다. 이 자리에서 우리 가족의 의견에 반대하고 싶지는 않지만 거절 의사를 밝혀야겠습니다. 게다가 전 의결권을 가진 최대주주입니다."

"하지만 돈 아프릴레의 자제분들도 지분을 갖고 있소. 저분들도 법원에 소송을 낼 수 있소."

루비오의 말에 아스토레가 큰 소리로 웃었다. 그러자 니콜이 단호하게 말했다.

"절대 그런 일은 없을 거예요."

발레리우스는 언짢은 표정을 지었고 마르칸토니오는 애써 즐거운 일을 생각하려는 듯 보였다.

"젠장."

포르텔라가 이렇게 중얼거리며 자리를 뜨려고하자 아스토레는 사람들을 달래려는 듯 말했다.

"인내심을 가지시죠. 어쩌면 저도 조만간 은행일에 싫증을 느끼게 될지도 모르니까요. 그럼 몇 달 뒤에라도 다시 만나게 될 겁니다."

루비오가 말했다.

"좋소. 하지만 그때까지도 우리의 협상 조건이 그대로라고는 기대하지 않는 게 좋을 거요. 아마 가격이 대폭 내려갈 거요."

그들은 악수도 나누지 않고 헤어졌다.

아스토레와 아프릴레 형제들이 자리를 떠나자 미카엘 그라치엘라가 동료들에게 말했다.

"그자는 시간을 벌려하고 있어. 절대 팔지 않을 거야."

튤리파도 한숨을 내쉬었다.

"아주 영리한 녀석이군. 좋은 친구가 될 수 있을 것 같은데. 그를 코스타리카의 농장으로 초대해야겠어. 평생 최고의 즐거움을 맛보여주겠어."

이 말에 모두 웃었다. 포르텔라가 천박하게 말했다.

"인시오, 놈은 자네와 허니문을 즐기려하지 않을 걸? 난 여기서 녀석을 손보겠어."

"그러기 전에 좋은 결과가 나와야지." 튤리파가 말했다.

"내가 녀석을 과소평가했어. 결혼식에서 축가나 부르는 놈을 내가 어떻게 제대로 알았겠나? 하지만 난 돈 아프릴레를 완벽하게 해치운 몸이야. 그때만 해도 아무런 문제가 없었는데 말야." 포르텔라가 말했다.

그 점을 인정한다는 듯 루비오는 미소 띤 표정으로 말했다.

"정말 완벽하게 처리했네. 티모나, 우리 모두 자네를 믿어. 하지만 이번 일은 가능하면 빨리 해결해야 해."

협상 장소를 나온 아프릴레 형제들과 아스토레는 늦은 저녁을 먹기 위해 파르트니코 레스토랑으로 향했다. 그곳은 돈 아프릴레의 옛 친구가 운영하는 작은 음식점으로 별도의 내실이 마련되어 있었다.

"모두들 훌륭했어요. 놈들은 형님들과 제가 생각이 다르다고 믿을 거예요." 아스토레가 말했다.

"우리가 네 생각에 반대하는 건 사실이야." 발레리우스가 말했다.

"그런데 왜 우리가 이런 게임을 해야 하는 거지? 나는 정말 이런 게임이 싫어." 니콜이 말했다.

"그들은 삼촌의 죽음과 관련이 있는 장본인들이에요. 난 놈들에게 형들이나 니콜, 그 누구를 해쳐도 은행을 빼앗을 수 없다는 걸 보여줄 거예요."

"그럼 넌 그들이 어떻게 하든 당하지 않을 자신이 있는 거야?" 마르칸토니오가 말했다.

"그건 아니에요. 하지만 난 인생을 망치지 않고 어디론가 숨어서도 잘살 수 있어요. 다코타로 가면 놈들은 절대 날 찾아내지 못할 거예요."

이렇게 말하며 활짝 웃는 아스토레의 표정에서는 상대가 돈 아프릴레의 자식들이기에 이런 위험을 감수한다는 확신 같은 게 엿보였다.

"이제 놈들이 직접 접촉하려고 하면 제게 꼭 알려주셔야 해요."

"난 디 베네디토 형사에게서 여러 차례 전화를 받았어." 발레리우스가 말했다.

"도대체 그가 왜 전화를 걸었죠?" 아스토레가 놀라서 물었다.

발레리우스는 그를 보며 미소를 지었다.

"정보국 시절부터 우린 소위 '정보 교환' 전화라는 걸 주고받았어. 어떤 사람이 조건부로 네게 정보나 도움을 주고 싶다고 말했다더구나. 하지만 그들이 정말 알고 싶은 건 네 계획이 어떻게 진행되고 있는지야. 디 베네디토는 자기 수사 결과에 대해 내게 알려준다고 계속해서 전화를 걸어대는데, 그러면서 슬쩍 너에 대해 묻지. 그는 너에게 대단한 흥미를 갖고 있어."

"괜히 아첨하는 소리일 거예요. 그 사람도 내가 어디선가 노래 부른다는 얘길 들었을 걸요." 아스토레가 히죽 웃었다.

"아니야." 마르칸토니오가 심드렁하게 말했다.

"디 베네디토는 내게도 전화를 자주 걸어. 그러면서 자기가 경찰 시리즈에 관한 아이디어를 제공하겠다는 거야. TV에서는 경찰 드라마라면 얼마든지 환영하니까 나는 그를 부추기지. 그런데 아이디어라는 것들이 그저 그런 수준이야. 도무지 진지하지가 않아. 그저 우리와 끈을 놓치지 않으려고 하는 거지."

"그렇군요." 아스토레가 말했다.

그때 니콜이 끼어들었다.

"아스토레, 넌 그들이 우리가 아닌 널 표적으로 삼길 바라는 거지? 그건 너무 위험하지 않아? 그라치엘라란 작자가 내게 접근하고 있어."

"나도 알고 있어. 하지만 그는 매우 이성적인 사람이야. 루비오는 진짜 외교관이고. 나는 튤리파를 조종할 수 있어. 지금 가장 걱정스런 상대는 포르텔라야. 그자는 너무 멍청해서 얼마든지 사고를 칠 수 있어. 이번 일도 일상적인 사업 분쟁처럼 얘기하더군."

"그런데 이 일을 언제까지 끌고 갈 작정이야?"

"내게 몇 달만 더 시간을 줘. 그때는 어떤 합의점을 찾게 될 거야. 약속해."

아스토레의 말에 발레리우스는 경멸의 눈초리를 보냈다.

"넌 언제나 낙관적이구나. 만일 네가 정보국 직원이고 내 부하라면 일찌감치 정신 차리라고 보병대로 보냈을 거야."

그다지 즐거운 저녁 식사가 아니었다. 니콜은 무슨 비밀이라도 캐려는 듯 줄곧 아스토레를 살폈다. 발레리우스는 아스토레에 대한 확신이 분명 부족해 보였고, 마르칸토니오는 판단을 유보한 상태였다. 마침내 아스토레는 포도주 잔을 높이 쳐들고 쾌활하게 말했다.

"모두 우울해 보여요. 하지만 전 걱정하지 않아요. 아주 재미있게 전개될 테니까요. 자, 삼촌을 위하여!"

"위대한 돈 아프릴레를 위하여!" 니콜이 빈정거렸다.

아스토레는 그녀를 보고 웃으며 말했다.
"맞아, 위대한 돈을 위하여!"

아스토레는 항상 저녁 늦게 말을 탔다. 그 시간이 되면 마음이 느긋해지고 식욕도 좋아졌다. 사귀고 싶은 여자가 생기면 함께 말을 타기도 했다. 만일 여자가 말을 탈 줄 모르면 한 수 가르쳐주었다. 그러나 상대가 승마를 좋아하지 않으면 더 이상 만나지 않았.

그는 집 근처 숲을 통과하는 승마로를 특별히 만들었다. 그는 새들이 재잘거리거나 작은 동물들이 부스럭거리는 소리를 좋아했다. 이따금 꼼짝 않고 서 있는 사슴을 발견하는 것도 즐거웠다. 그러나 무엇보다 말을 타기 위해 옷을 입을 때가 가장 좋았다. 그는 옅은 빨간색 재킷을 걸치고 갈색 승마 장화를 신고 사용하지 않을 게 뻔한 채찍을 손에 쥐었다. 거기에다 검정색 가죽 사냥 모자를 쓴 뒤 거울 앞에 서서 스스로 영국 장원의 영주가 된 듯한 상상을 하며 웃음을 짓곤 했다.

아스토레는 여섯 마리의 말이 있는 마구간으로 갔다. 조련사 알도몬차는 주인을 위해 미리 한 녀석을 준비시켜 두었다. 아스토레는 말 잔등에 올라 서서히 숲속으로 말을 몰았다. 울긋불긋한 나뭇잎들이 마치 레이스 커튼처럼 저무는 햇살을 가려주고 있었는데 그 사이로 황금빛 햇살이 가늘게 들어왔다. 말발굽이 닿는 곳마다 낙엽 썩는 냄새가 풍겼다. 그는 어디에선가 거름으로 사용하는 밀짚 냄새를 맡고는 그 쪽으로 말을 몰아 짚더미를 뛰어 넘었다. 그러다 생각지도 않게 엉뚱한 길을 따라 집 주변을 돌게 되었다. 햇살은 어느새 자취를 감추고 없었다.

그는 말고삐를 단단히 잡았다. 그때 갑자기 사내 둘이 앞에 나타났다. 농장 인부 같은 허름한 옷차림에 복면을 쓰고 번쩍이는 은색 무기를 들고 있었다. 아스토레는 급하게 말머리를 돌리며 재빨리 머리를 말 옆구리 쪽으로 기울였다. 순간 숲은 번쩍거리는 빛과 총탄 터지는 소리로 가득했다. 두 사내는 매우 가까운 거리에 있었고, 아스토레는 총알이 옆쪽과 뒤쪽에서 날아오는 것을 느꼈다. 놀란 말이 질주하기 시작하자 아스토레는 안장에서 떨어지지 않으려고 온 신경을 집중했다. 그는 있는 힘껏 말을 몰았다. 그때 앞에서 또 다른 두 사람이 나타났다. 그들은 복면을 쓰지 않고 무기도 없었다. 순간 아스토레는 의식을 잃고 말에서 미끄러져 내려와 그들의 팔에 안겼다.

한 시간도 안 돼 커트 킬케는 감시조가 아스토레를 구출했다는 보고를 받았다. 놀라운 것은 아스토레가 승마복 안에 빨간 승마 재킷 길이와 똑같은 방탄 조끼를 입고 있었다는 것이었다. 일반적인 케블라 섬유로 만든 게 아니라 특수 방탄복이었다. 도대체 아스토레 같은 녀석이 왜 그런 방탄복을 입었단 말인가? 마카로니 수입업자에, 클럽의 무명 가수, 괴짜 기수에 불과한 녀석이 아니던가? 아스토레는 총을 맞은 충격으로 잠시 정신을 잃었지만 총알이 관통한 것은 아니었다. 그는 이미 퇴원한 후였다.

킬케는 아스토레의 어린 시절에 관한 기록을 읽기 시작했다. 어쩌면 그가 모든 열쇠를 쥐고 있는지도 모른다. 하지만 한 가지만은 분명했다. 누군가가 그를 살해하려 했다는 것이었다.

아스토레는 발레리우스의 집에서 사촌들을 만났다. 그는 자신이 총에 맞은 것에 대해 털어놓았다.

"내가 도움을 청했지만 형들은 거절했어요. 나도 그땐 이해했죠. 하지만 이젠 다시 생각해야 해요. 우리 모두 위험에 빠질 수 있어요. 물론 은행을 팔아버리면 간단히 해결되겠죠. 그렇게 되면 저쪽이나 이

쪽이나 이기는 게임이겠죠. 모두 자신들이 원하는 걸 갖게 될 테니까요. 하지만 한쪽은 얻고 다른 한쪽은 잃는 상황이 될 수도 있어요. 우리가 은행을 계속 소유하고 적들이 누구든 싸워 이기는 거죠. 헌데 그러다간 양쪽 모두 잃게 될 수도 있어요. 우리가 어떤 상황에 놓일지 신중히 생각해야 해요. 우리가 이기더라도 정부에서 가만두지 않을 거예요."

"그럼 선택은 간단하구나. 은행을 팔면 돼. 그러면 둘 다 이기는 거니까." 발레리우스가 말했다.

"우린 시칠리아인이 아니야. 복수를 위해 모든 것을 버릴 순 없어." 마르칸토니오가 말했다.

"하지만 은행을 팔면 우리의 미래도 포기하는 거예요." 니콜이 차분하게 말했다. "마르크 오빠, 언젠가는 오빠도 방송국을 갖고 싶겠죠? 큰오빠도 막대한 정치 자금을 기부하면 대사도 되고 국방부장관도 될 수 있지 않아요? 아스토레, 너도 롤링 스톤스와 함께 노래할 수 있어."

니콜은 그를 보며 미소를 지었다. 하지만 이내 말투를 바꿨다.

"그래, 하지만 너무 섣부른 생각일지도 몰라. 농담이니 잊어버려. 그런데 말야, 아빠가 살해된 게 우리에게 아무것도 아닌 거야? 우리도 그들을 죽이는 것으로 갚아줘야 하는 거 아니야? 우린 최대한 아스토레를 도와야 해."

"니콜, 네가 지금 무슨 말을 하려는지 알아?" 발레리우스가 말했다.

"알고 있어." 니콜이 조용히 대답했다.

아스토레는 모두를 바라보며 조용히 말했다.

"삼촌은 다른 사람이 자기 목숨을 함부로 여기지 못하게 하라고 하셨어요. 전쟁과 마찬가지죠, 그렇죠?"

"전쟁은 양쪽이 모두 패자가 되는 결정이야." 니콜이 날카롭게 말했다.

발레리우스는 불쾌한 표정을 지으며 말했다.

"자유주의자들이 어떻게 말하든 전쟁은 승자와 패자의 상황이야. 이왕 전쟁을 한다면 이기는 게 훨씬 좋지. 패배는 생각할 수도 없는 끔찍한 결과를 가져오니까."

"삼촌은 그런 과거를 가지셨어요. 이제 우리가 그 과거를 평가해드려야 해요. 그러니 제가 다시 도움을 청하겠어요. 명심할 건 제가 돈 아프릴레의 명령을 받았다는 것이고 제 의무는 가족을 보호하는 것, 다시 말해 은행을 지키는 것이에요."

"한 달 안에 네게 정보를 줄게." 발레리우스가 말했다.

"마르칸토니오 형은?" 아스토레가 물었다.

"바로 프로그램 제작에 들어가겠어. 두세 달 뒤에 다시 얘기하자."

아스토레가 니콜을 바라보았다.

"니콜, FBI 자료 분석 다 끝났어?"

"아직 못했어. 그런데 이번 일 말야, 킬케의 도움을 받아야 하는 거 아냐?" 니콜이 풀죽은 목소리로 말했다.

아스토레는 미소를 지었다.

"킬케는 용의자 중 하나야. 모든 정보 분석이 끝나면 어떻게 할지 결정할 거야."


그 후 한 달이 안 되서 발레리우스는 몇 가지 정보를 전해주었다. 예상치도 않았고, 반갑지도 않은 소식이었다. 발레리우스는 CIA를 통해 인시오 튤리파의 실체에 관해 알게 되었다. 인시오 튤리파는 시칠리아, 터키, 인도, 파키스탄, 콜롬비아 그밖에 라틴 아메리카의 여러 국가들과도 접촉하고 있었다. 심지어는 시칠리아의 코를레오네 패밀리와도 다른 사람들보다 깊게 내통하고 있었다.

발레리우스에 말에 따르면 튤리파는 남미의 핵무기 연구소에 자금을 대고 있었다. 게다가 장비와 원료를 구입하기 위해 미국에 막대한 펀드를 조성하려고 애쓰는 중이었다. 어떻게 사소한 실수만으로도 최악의 결과를 초래할 수 있다는 것을 뻔히 알면서도 단지 자신을 방어하기 위해 국가를 상대로 그런 끔찍한 무기를 소유하려는 꿈을 꿀 수 있을까? 그런 튤리파를 위해 최전선에서 활약하는 이가 티모나 포르텔라였다. 아스토레에게는 다행스런 소식이었다. 요컨대 게임에는 다른 선수가 등장하고, 싸워야 할 전선도 따로 있다는 의미였기 때문이다. 아스토레가 물었다.

"튤리파가 계략을 꾸미고 있을까요?"

"틀림없이 그럴 거야. 게다가 놈의 연구소는 정부 관리의 보호를 받고 있어."

"고마워요, 형."

아스토레가 사촌의 어깨를 다정하게 쓰다듬었다.

"천만에. 하지만 이게 내가 도와줄 수 있는 전부라는 걸 알아둬."

마르칸토니오는 6주나 걸려 커트 킬케에 대한 방송국 자료를 수집했다. 그리고 그 거대한 정보 파일을 아스토레에게 직접 건넸다. 아스토레는 하루 종일 읽어본 다음 되돌려주었다.

오직 니콜만 그의 애를 태웠다. 니콜은 돈 아프릴레에 관한 FBI의 파일 사본을 그에게 보여주었지만 검게 칠한 부분이 곳곳에 있었다. 아스토레가 그 이유를 묻자 니콜은 처음부터 그런 상태로 받았다고 대답했다.

아스토레는 서류를 세밀하게 살폈다. 검게 칠해진 부분은 자신이 두 살 때의 이야기인 것 같았다.

"좋아. 옛날 일이니 별로 중요하진 않겠군."

아스토레는 더 이상 늦출 필요가 없다고 생각했다. 전쟁 개시를 하는데 정보는 이것으로 충분했다.

니콜은 마리아노 루비오의 구애에 정신이 멍할 지경이었다. 사실 니콜은 소녀 시절 아스토레가 아버지의 말에 복종하기 위해 자신을 배신한 것을 한 번도 잊은 적이 없었다. 비록 거물급의 남자들과 짧지만 진지한 연애를 몇 차례 했지만 어쩐지 남자들은 여자를 정복하기 위해 음모를 꾸미는 것만 같았다.

그러나 루비오는 예외였다. 그는 니콜의 스케줄이 부하 직원들과의 계획에 방해가 될 때도 결코 화를 낸 적이 없었다. 게다가 그녀의 일을 우선으로 생각해주었다. 여느 남자들처럼 질투를 진정한 사랑의 증거로 착각하는 우스꽝스런 생각에 빠져 있지도 않았다.

그는 자신의 재능을 개발하는 데도 아낌없이 투자했다. 자신이 관심있는 문학과 연극에 대해 대화하는 것을 좋아했다. 그러나 무엇보다 가장 큰 장점은 침대에서의 기술이 뛰어난 정열적인 연인이라는 점이었다. 그렇다고 해서 그녀의 시간을 너무 많이 빼앗지도 않았다.

어느 날 루비오는 자기 친구 몇 명과 니콜을 데리고 르 써크로 저녁을 먹으러 갔다. 그들 중에는 넘치는 위트와 엉뚱한 유령 이야기로 니콜을 즐겁게 해주는 남미 출신의 세계적인 소설가와 음식이 나올 때마다 콧노래로 흥겹게 아리아를 부르면서 곧 전기 의자에 앉으러 가는 사람처럼 게걸스럽게 음식을 먹어치우는 유명한 오페라 가수, 뉴욕타임즈에 세계 정세에 관해 궤변을 늘어놓는 보수적인 칼럼니스트—그는 자유주의자뿐만 아니라 보수주의자에게서도 비판받는 것을 대단한 자랑처럼 여겼다— 도 있었다.

저녁 식사 후 루비오는 페루 영사관 내 호화스런 관저로 니콜을 데려갔다. 그곳에서 그는 달콤한 말과 몸짓으로 적극적인 사랑을 표현했다. 그런 다음 침대에서 그녀의 벗은 몸을 안아 올리더니 스페인어로 시를 읊으면서 춤을 청했다. 그는 말없이 샴페인을 따라주면서 진지한 표정으로 진심으로 사랑한다고 말했다. 그의 잘 생긴 코와 눈썹은 진지함을 표현하는 데 효과적이었다. 남자들은 어쩜 저렇게 뻔뻔스러울까. 니콜은 그를 완벽히 속인 것 같아 만족스러웠다. 아버지도 그런 딸을 자랑스럽게 여길 것이다. 그녀는 마피아의 딸답게 행동했다.

FBI의 뉴욕 지국장인 커트 킬케는 사실 돈 아프릴레 살인 사건보다 더 시급한 사건들을 맡고 있었다. 그 중 하나가 컴퓨터를 포함해 금지된 기계류를 적성국가인 중국으로 불법 수출하는 6대 기업에 대한 광범위한 수사였다. 두 번째 사건은 국회 조사 위원회 앞에서 위증을 한 주요 담배 회사들의 음모를 수사하는 일이었다. 세 번째는 브라질이나 페루, 콜롬비아 같은 남미 국가들로 이민을 떠나는 중간급 과학자들에 대한 조사였다. 국장은 이런 사건들의 수사 결과를 듣고 싶어 했다.

워싱턴으로 떠나는 비행기 안에서 벅스턴이 말했다.

"담배회사 놈들의 부정행위도 밝혀냈고 중국 수출 건도 정보원들이 계속해서 관련 서류를 보내주고 있습니다. 우리가 해결 못한 건 그 놈의 과학자들 사건입니다. 하지만 그것만 해결되면 부국장으로 승진하실 겁니다. 지국장님의 실적을 모른 척할 순 없을 테니까요."

"그야 국장 마음에 달렸지."

킬케는 과학자들이 남미로 떠난 이유를 알고 있지만 벅스턴에게는 말해주지 않았다. 후버 빌딩에서 열린 회의에 벅스턴은 제외되었다.

\* \* \*

돈 아프릴레가 세상을 떠난 지도 11개월이 흘렀다. 킬케는 수사 보고서를 완벽하게 준비했다. 돈 아프릴레 사건은 그렇게 끝났지만 더 중요한 다른 사건들은 비교적 좋은 성과를 거두었다. 이번이야말로 아무리 못해도 부국장 정도의 자리에는 올라갈 수 있는 기회였다. 그는 유능한 일 처리로 깊은 인상을 남겼으며, 일에도 많은 시간을 쏟아부었다.

국장은 키가 크고 점잖은 사람으로 메이플라워호를 타고 미국에 건너온 선조의 후예였다. 자수성가로 엄청난 부자가 되었으며 공무원으로 일하다 정계에 입문했다. 그는 국장 취임 초부터 엄격한 원칙을 적용했다.

"괜히 허튼짓 하지 말게."

그는 양키 특유의 콧소리로 이런 농담을 했다.

"FBI 권리장전에는 빠져나갈 구멍이 없단 말일세. 연방수사관은 언제나 예의바르고 공정해야 하네."

FBI는 아내를 때리거나 술주정을 하거나 지역 경찰들과 너무 가까이 지내는 따위의 저급한 행동을 하거나 설령 삼촌이 국회의원이라고 해도 스캔들을 일으켜서는 안 되었다. 그리고 지난 10년간 이런 규칙은 예외 없이 지켜졌다. 뿐만 아니라 좋은 일이라도 언론에 많이 오르내리는 사람은 알래스카에 보내 이글루를 감시하게 할 거라고 엄포를 놓았다.

국장은 킬케에게 육중한 오크 책상 맞은 편에 놓인 안락해 보이는 소파에 앉으라고 권했다.

"여러 가지 이유에서 자넬 불렀네. 그렇지 않아도 뉴욕 마피아를 소탕한 자네의 특별한 업적을 인사 고과에 반영했네. 자네 덕분에 우린 그자들의 배후를 붕괴시켰어. 자네가 자랑스럽네."

그는 몸을 기울여 킬케에게 악수를 청했다.

"하지만 개인의 성과를 조직의 성과로 간주하기 때문에 지금은 그 사실을 공표할 수 없네. 또 자칫 자네가 위험에 빠질 수도 있는 일이고."

"그렇다면 미친놈들이죠. 일개 범죄 조직도 연방 수사관을 해칠 수 없다는 건 압니다."

"자네 말은 우리 수사국이 개인적인 복수를 하고 있다는 뜻이군."

"아, 아닙니다. 다만 우리가 더욱 주의를 기울여야 한다는 뜻입니다." 킬케는 얼른 화제를 돌렸다.

그렇다. 거기까지가 경계였다. 미덕을 지키려면 항상 좁은 길을 조심스럽게 걸어야 했다.

"자네가 곤란한 상황에 처하는 건 옳지 않아. 그래서 난 자네를 이곳 워싱턴의 본부의 부국장으로 불러들이지 않기로 했네. 물론 지금 당장 그럴 수 없다는 말이지. 이유는 여러 가지야. 무엇보다 자넨 정말 현장 체질이야. 게다가 현장에서 해야 할 일도 많고. 뭐라고 할까, 마피아는 여전히 뿌리까지 뽑힌 건 아니야. 그리고 두 번째, 자네에게는 우리 수사국의 우두머리에게도 제대로 보고를 하지 않는 정보원이 있어. 물론 자네가 언질을 주기는 했지만 말야. 비공식적으로는 아무런 문제가 없네. 이건 마지막 이유인데 자네가 뉴욕의 특정 형사들과 너무 가깝게 지낸다는 말이 돌고 있다는 것도 문제야."

국장과 킬케에게는 그밖에 또 다른 회담 의제가 있었다.

"우리의 '오메르타' 작전은 어떻게 돼가고 있지? 우리 작전에 법적인 하자가 없도록 주의해야 하네."

"물론입니다."

킬케는 진지한 표정으로 대답했다. 국장은 지름길로 가야 한다는 것까지 염두에 두고 있었다.

"몇 가지 걸림돌이 있었지. 특히 돈 아프릴레는 우리에게 협조하는 걸 거부했어. 물론 이젠 더 이상 존재하지 않지만 말야. 아프릴레는 간단히 처치했더군." 국장이 냉소적으로 말했다. "자네에게 그런 대단한 아이디어가 있었는지 몰랐다면 자네에게 모욕이 되겠지? 그런데 자네 친구 포르텔라는 어떤가?"

"모르겠습니다. 이탈리아인들은 절대 국가 기관에 하소연하지 않습니다. 우린 그저 시체만 수사하죠. 저는 요즘 아스토레 비올라라는 자에게 접근하고 있습니다. 그는 서류에 흔쾌히 서명했으면서도 협조하지는 않고 있습니다. 아마 포르텔라에게도 협조하지 않고 은행도 팔지 않을 겁니다."

"그럼 어떻게 해야 하지? 자네도 이 일이 얼마나 중요한지 알고 있을 걸세. 우리가 리코법에 따라 은행소유주를 기소하게 되면 그 은행을 정부 소유로 만들 수 있네. 그럼 1억 달러라는 돈을 범죄 소탕에도 쓸 수 있게 되고, 우리 수사국으로서는 대단한 성공을 거두게 되는 걸세. 그땐 자네도 포르텔라와의 관계를 끝낼 수 있을 거야. 그자는 소용가치보다 오래 살았어. 우린 매우 미묘한 상황에 처해 있네. 부국장급들과 나만 자네가 포르텔라와 협력하고 있다는 사실을 알고 있네. 그들은 자네가 그자에게서 월급을 받고 있다는 사실 때문에 자넬 한패로 생각하고 있어. 자네는 위험에 처할 수도 있어."

"감히 연방수사관을 해치지는 못합니다. 제정신은 아니지만 그렇게까지 미치지는 않았습니다."

"그건 그렇고, 포르텔라는 이번 작전에서 침몰시켜야 할 것 같은데 자네 계획은 어떤가?"

"아스토레 비올라는 여러 사람들이 말하는 것처럼 그렇게 만만하지 않습니다. 제가 그의 과거를 조사하고 있습니다. 그리고 아프릴레의 자식들에게 그의 의견을 무시하라고 설득할 작정입니다. 그런데 한 가지 걱정스런 점이 있습니다. 그들이 지난 10년간 벌인 일들에 대해 이제 와서 리코법 딱지를 붙일 수 있는 겁니까?"

"그건 연방검사가 할 일이네. 우린 이제 겨우 발을 들여 놓았네. 이제 수많은 변호사들이 따라붙겠지. 그러니 우리도 법정에서 인정받을 수 있도록 수사를 해나가야 하네."

"포르텔라가 돈을 넣는 저의 케이먼 은행 비밀 계좌에서 국장님이 돈을 인출해야 제가 그 돈을 쓰고 있다고 믿을 겁니다."

"그건 내가 알아서 하겠네. 그건 그렇고 티모나 포르텔라는 돈에는 째째한 편은 아닌 것 같더군."

"그는 정말로 제가 뇌물을 받는 걸로 믿고 있습니다."

킬케가 웃으면서 말했다.

"조심하게. 그들이 자네를 진짜 범죄에 끌어들여 공모자로 만드는 빌미를 주어서는 안 되네."

"걱정마십시오."

킬케는 이렇게 말하면서도 자신이 너무 쉽게 장담하는 건 아닐까 하는 생각이 들었다.

"그리고 불필요한 위험은 감수하지 말게. 남미와 시칠리아의 마약상들은 포르텔라와 연결되어 있고 아주 무모한 인간들이야."

"국장님이 매일 구두나 서류로 지시한 내용을 파일로 만들어 둘까요?"

"아니, 그럴 것까지야. 난 자네의 성실함을 절대적으로 믿네. 게다가 국회 분과위원회에서 거짓 증언을 하고 싶지는 않네. 부국장이 되려면 자네도 이런 일들을 깨끗이 처리하는 게 좋아."

국장은 이렇게 말하고 나서 킬케의 반응을 살폈다. 킬케가 국장의 마음을 읽고 면전에서 자기 생각을 그대로 표현한다는 것은 꿈도 꾸지 못할 일이었다. 그러나 여전히 반감이 생겼다. 누가 저 국장이라는 인간이 미국시민권연맹의 회원이라고 생각할까? 이탈리아인이라고 모두 마피아는 아니고, 무슬림이라고 해서 모두 테러리스트가 아니며 흑인들은 결코 범죄자 집단이 아니라는 말을 한마디 했다고 해서? 누가 저런 인간이 거리의 범죄를 조장한 장본인이라고 감히 상상이나 할까? 그러나 킬케는 조용히 말했다.

"알겠습니다. 만일 국장님이 제가 사퇴하기를 바란다면 조기 은퇴에 대비할 시간을 충분히 가져야겠지요."

"절대 그렇지 않아. 어서 내 질문에 답이나 하게. 자네, 경찰들과의 관계를 깨끗이 청산할 수 있겠나?"

"전 우리 수사국에 정보를 주고 있는 모든 정보원들에게 명함을 줬습니다. 단도직입적으로 말해 그건 해석의 문제입니다. 그리고 지역 경찰들과 가깝게 지내는 것은 우리 수사국을 홍보하는 일이기도 합니다."

"어쨌든 지금의 결과는 모두 자네가 자초한 걸세. 내년을 기약하세. 우리 계속해서 잘 해보자구."

국장은 한참을 말이 없다 한숨을 내쉬었다. 그런 다음 얼른 화제를 바꿔 다급하게 물었다.

"참, 자네 재판에서 위증해줄 담배회사 임원은 충분히 확보해 놓았나?"

"그건 쉽습니다."

킬케는 이렇게 말하면서도 왜 국장이 이런 질문까지 할까 의아했다. 킬케는 이미 모든 파일을 갖고 있었다.

"어떻게 보면 그건 그들의 개인적인 신념일 수도 있네. 우리도 미국인의 절반이 그들에게 동조한다는 여론조사 결과를 갖고 있네."

"그건 이번 사건과 관련이 없습니다. 여론조사에 참여한 사람들은 의회에 대해 위증할 의도가 없었을 겁니다. 그게 아니라도 우린 담배회사 임원들이 알면서도 거짓말을 했음을 증명해줄 테이프와 내부 문서를 갖고 있습니다. 그들은 음모를 꾸몄습니다."

"자네 말이 옳아."

국장은 이렇게 말하며 한숨을 내쉬었다. "그런데 말일세. 법무장관이 협상을 제의했네. 범죄를 기소하지 않으면 감옥에 갈 일도 없지 않겠나. 대신 그들은 수십억 달러의 벌금을 물게 될 걸세. 그럼 수사도 종결되고 그 사건은 우리 손에서 떠나게 될 거야."

"알겠습니다. 남는 인력을 투입할 사건은 얼마든지 있습니다."

"그래, 그게 자네에게도 이로울 거야. 더 기쁜 소식 알려줄까? 중국으로의 불법 기술 유출 사건 말일세, 문제는 아주 심각한데 말야."

"거기엔 선택의 여지가 없습니다. 그런 기업은 이득을 위해 연방 법망을 교묘하게 빠져나가고 보안법도 위반하죠. 그런 기업의 우두머리들이 서로 공모하고 있습니다."

"우리도 그들에 대한 증거를 확보하고 있네. 하지만 자네도 알다시피 그 음모란 게 아주 잡다하네. 너도나도 모두 음모를 꾸미고 있어. 이 사건은 하루 빨리 수사를 종결하고 인력을 아끼는 게 낫네."

킬케가 의심스러운 듯 물었다.

"그럼 이 사건도 협상을 하시겠다는 말씀입니까?"

의자에 등을 기댄 국장은 뻣뻣하게 구는 킬케의 태도에 눈살이 찌푸려졌지만 잠자코 있었다.

"킬케, 자네는 가장 유능한 수사관이지만 정치적인 감각이 부족해. 내 말 잘 듣고 명심하게. FBI는 60억 달러의 억만장자를 감옥에 보낼 수는 없어. 특히 민주주의 국가에선 말야."

"그렇다면?"

"무거운 경제적 제재가 내려질 걸세. 그 문젠 그렇고 다른 문제로 넘어가지. 이건 극비 사건인데 연방 감옥 죄수 하나를 콜롬비아에 인질로 잡혀 있는 우리 정보원들과 교환하려고 하네. 그 정보원들은 마약 거래 소탕작전을 벌이고 있는 우리에게는 없어서는 안 될 귀중한 자산이네. 이 사건에 대해선 자네도 알고 있을 걸세."

국장은 4년 전 한 마약 판매상이 여자 한 명과 아이들 넷을 인질로 잡았던 사건을 언급하고 있었다. 범인은 인질들을 살해하고 FBI요원 한 명까지 살해했다. 그는 결국 변론도 받지 못하고 사형 선고를 받았다.

"내 기억에 그때 자넨 단호하게 사형 선고를 주장했었지. 그런데 그를 석방할 생각이야. 자네가 기분 나빠할 거라는 건 알아. 하지만 명심하게, 이 모든 것은 비밀이네. 결국은 언론에서 파헤치고 비난 여론이 들끓게 되겠지만 말야. 어쨌든 자네와 자네 요원들은 절대 비밀로 해야 하네. 알았나?"

"FBI 요원을 살해한 자를 풀어줄 순 없습니다."

"그런 태도는 연방 수사관으로 적합하지 않네."

단호한 킬케는 화를 내려다 그만두었다.

"그럼 수사관들은 앞으로 더욱 위험해질 겁니다. 그런 일은 백주대낮에도 일어납니다. 인질을 구하려던 우리 수사관은 목숨을 잃었습니다. 냉혈한에게 잔인하게 말입니다. 살인자를 풀어주는 것은 그의 희생에 대한 모욕입니다."

"우리에게 그런 감상적인 복수심 따위는 필요치 않네. 그렇다면 우리가 그들보다 나을 게 없지 않겠나. 이제, 남미로 이민간 과학자들 건에 대해 이야기해보게."

순간 킬케는 자신이 더 이상 국장을 신뢰하지 않는다는 사실을 깨달았다.

"새로운 건 없습니다."

킬케는 거짓말을 했다. 그는 이제부터 FBI의 정치적인 협상에는 동조하지 않겠다고 결심했다. 모든 것을 혼자서 해결할 것이다.

"이제 인력이 충분하니 그 문제를 신경 쓰게. 그리고 티모나 포르텔라는 자네가 처리하게. 그 일만 끝나면 자네를 여기 내 밑으로 불러들일 계획이야."

"고맙습니다만 포르텔라를 제거하면 전 은퇴하기로 결심했습니다."

국장은 깊은 한숨을 쉬었다.

"그 결심은 재고하기 바라네. 나도 수사관이란 직업이 얼마나 큰 부담을 주는지 알고 있어. 하지만 이 점을 명심하게. 우린 범법자들로부터 사회를 수호할 뿐만 아니라 사회 전체의 이익을 위해 행동한다는 것을 말야."

"학교에서 그렇게 배웠던 기억이 납니다. 그런 목적이 수단을 합리화하기도 하구요."

국장은 어깨를 으쓱했다.

"때로는 그렇지. 어쨌든 은퇴는 재고하게. 자네 인사 파일에 추천서를 넣어두지. 자네가 떠나든 떠나지 않든 대통령 훈장은 받을 수 있을 걸세."

"고맙습니다."

국장은 악수를 하고 그를 문까지 배웅했다. 방을 나가려는데 국장이 물었다.

"아프릴레 저격 사건은 어떻게 되어 가나? 벌써 몇 달이 지났는데 아무런 진척이 없는 것 같군."

"그건 우리가 아니라 뉴욕 경찰이 관여할 사건입니다. 물론 저도 조사하고 있지만 지금까지 아무런 동기를 발견하지 못했습니다. 단서도 없구요. 해결될 기미가 보이지 않습니다."

그날 밤 킬케는 빌 벅스턴과 함께 저녁 식사를 했다.

"반가운 소식이 있어." 킬케가 말을 꺼냈다. "담배와 중국 기계 수출 사건은 종료됐어. 법무장관이 유죄처리 하지 않고 재정적 제재로 끝낼 모양이야. 그렇게 되면 많은 인력이 필요 없어지겠지."

"빌어먹을, 전 국장이 원칙대로 처리할 줄 알았어요. 원칙주의자가 아닙니까? 그래서 국장도 단념한대요?"

"세상에는 정말로 공정한 사람도 있고, 이 빠진 칼을 들고 공정한 척 하는 사람도 있지."

"다른 소식은요?"

"포르텔라를 파멸시키면 날 부국장으로 임명하겠다더군. 보증한대. 하지만 그러고 나면 난 물러날 거야."

"그러실 거면 그 일을 제가 했다고 한마디 해주시죠."

"소용없을 걸. 국장은 자네가 상스런 말을 즐겨 쓴다는 걸 꿰고 있거든."

"젠장." 벅스턴은 실망한 척하며 이렇게 내뱉었다. "빌어먹을, 이런 욕은 어때요?"


이튿날 밤 킬케는 기차역에서 집까지 걸어갔다. 그는 택시를 좋아하지 않았다. 조젯과 바네사는 1주일 동안 처가가 있는 플로리다에 가 있었다. 마당에 들어섰는데 이상하게 개들이 짖는 소리가 들리지 않았다. 개들의 이름을 불렀지만 아무런 기척이 없었다. 아무래도 이웃집이나 근처 숲을 돌아다니고 있는 게 분명했다.

킬케는 특히 식사 시간이면 가족이 그리웠다. 혼자 저녁을 먹지 않으면 미국 전역의 도시에 흩어져 있는 —그들은 어떤 종류든 항상 신변의 위협을 느꼈다— 수사관들과 함께 저녁식사를 했다. 그는 아내가 가르쳐준 대로 야채 샐러드를 곁들인 간단한 스테이크를 손수 만들어 먹었다. 커피 대신 작은 술잔으로 브랜디를 한 잔 마셨다. 그런 다음 이층으로 올라가 샤워를 하고 아내에게 전화를 걸고 나서 잠들기 전까지 책을 읽었다. 독서를 좋아하는 그였지만 FBI를 잔인한 악당처럼 묘사한 범죄 소설을 읽을 때면 마음이 언짢았다. 도대체 사람들이 뭘 알기나 하는 걸까라는 생각에서였다.

킬케가 침실 문을 열자마자 비릿한 피 냄새가 풍겨왔다. 순간 머리 속이 혼란스러워지면서 여러 가지 생각으로 어지러웠다. 그동안 숨어 있던 모든 두려움이 한꺼번에 엄습했다.

그의 침대에 독일산 셰퍼드 두 마리가 누워 있었다. 털에는 빨간 얼룩이 배어 있고 다리는 묶여 있었다. 그리고 주둥이에는 거즈가 물려 있었다. 도려내어진 심장은 배 위에 올려져 있었다.

킬케는 가까스로 마음을 진정시켰다. 그리고 본능적으로 아내에게 전화를 걸어 무사한지 확인했다. 그러나 아내에게는 아무 말도 하지 않았다. 그는 다시 FBI 부국장에게 전화를 걸어 특수 법의학 팀과 청소반을 보내라고 요청했다. 그들은 침대보와 매트리스, 바닥의 깔개까지 새것으로 갈아주었다. 그러나 뉴욕 경찰에게는 신고하지 않았다.

여섯 시간 뒤 FBI 수사관들이 현장을 떠나고 나자 그는 국장에게 제출할 보고서를 작성했다. 그는 보통 크기의 술잔에 브랜디를 가득 따른 뒤 상황을 분석하려고 애썼다.

우선 개가 사라진 것에 대해 아내에게 둘러댈 거짓말부터 생각했다. 그런데 깔개와 침대보가 바뀐 것은 어떻게 설명해야 하지? 아내를 속이는 것은 옳지 않다. 아내가 선택하게 해야 한다. 무엇보다 그녀는 거짓말하는 자신을 절대 용서하지 않을 것이다. 차라리 아내에게 모든 사실을 털어놓는 게 나을지 모른다.

이튿날 킬케는 국장과 의논하기 위해 비행기로 워싱턴에 갔다. 그리고 다시 플로리다로 내려갔다. 아내와 딸은 그곳에서 처가식구들과 휴가를 보내고 있었다.

식구들과 점심 식사를 한 후 킬케는 아내와 함께 해변을 산책했다. 반짝거리는 푸른 바다를 보면서 킬케는 아내에게 개들이 살해됐다고 말했다. 그것은 시칠리아의 마피아들이 경고를 위해 흔히 쓰는 방법이었다.

"신문을 보니 당신이 마피아를 소탕하는 데 큰 공적을 세웠다면서요?"

조젯은 생각에 잠긴 표정으로 말을 꺼냈다.

"어느 정도는. 하지만 아직 마약 거래 조직이 몇 군데 남아 있어. 내 생각에 이번 일도 그들이 저지른 것 같아."

"어떻게 사람들이 그렇게 잔인할 수 있죠? 국장한테는 말했어요?"

킬케는 아내가 죽은 개들을 너무 안쓰러워하는 것 같아 공연히 짜증스러웠다.

"국장이 내게 세 가지 선택권을 주더군. FBI를 그만 두고 다른 국가 기관으로 배치받는 것. 난 그 제안을 거절했어. 두 번째는 이 사건이 끝날 때까지 내 가족이 FBI의 보호를 받을 수 있도록 다른 지역으로 이주하는 방안. 세 번째 안은 아무 일도 일어나지 않았던 것처럼 우리 가족이 그대로 그 집에 사는 건데 그러면 우린 24시간 경호를 받게 될 거야. 여자 수사관이 우리 집에 상주하고 당신이나 바네사가 외출할 때마다 두 명의 경호원이 따라붙게 될 거야. 그리고 집 안팎에 최소한의 경보 장치를 갖춘 경비 초소가 들어설 테고. 당신 생각은 어때? 6개월이면 이 사건도 모두 끝날 거야."

"당신은 그게 괜한 협박이라고 생각하죠?"

"누구도 감히 연방 수사관이나 그 가족을 해칠 순 없어. 그건 자살 행위나 다름없거든."

조젯은 밀려들어온 잔잔한 푸른 물결을 응시했다. 그리고 남편의 손을 더욱 꽉 잡았다.

"그냥 집에 있겠어요. 당신이 너무 보고싶었어요. 당신이 이번 사건을 포기하지 않으리란 것도 알아요. 그런데 어떻게 6개월 안에 끝날 거라는 걸 확신하죠?"

"난 확신해."

조젯은 고개를 설레설레 흔들었다.

"난 당신이 그렇게 자신만만한 게 마음에 들지 않아요. 제발 무슨 일이든 그렇게 죽기살기로 하지 말아요. 그리고 한 가지 약속해요. 이번 사건이 끝나면 FBI를 그만 두겠다고. 변호사 사무실을 차리던가 강사 일을 시작해요. 남은 인생을 이런 식으로 살 수는 없어요."

조젯은 무척 진지했다. 무엇보다 킬케는 아내가 자신을 무척 그리워했다는 말이 뇌리에 깊이 남았다. 자신도 아내가 그리웠지만 이따금 과연 아내 같은 여자가 나 같은 남자를 사랑할 수 있을까 의심스러웠다. 그러나 언젠가는 아내가 이런 요구를 할 거라고 예상하고 있었다. 킬케는 한숨을 내쉬며 말했다.

"알았어. 약속할게."

두 사람은 해변을 계속 걷다가 햇살이 쏟아지는 작은 풀밭에 앉았다. 만에서 불어오는 서늘한 바닷바람에 머리카락이 날리자 아내가 새삼스레 젊고 행복해 보였다. 킬케는 아내와의 약속을 절대 깰 수 없다는 것을 알고 있었다. 또 목숨을 걸고 남편의 곁에 머물겠다고 말하면서 적절한 기회에 자신에게서 은퇴 약속을 받아낸 아내의 교활함이 자랑스럽기까지 했다. 그러나 아무것도 모르는 아내에게 사랑 받고 진정으로 행복해하는 남자가 있을까? 킬케는 아내가 자신의 생각을 알면 불쾌해하고 모욕감을 느낄 거라는 걸 알고 있었다. 아마 아내가 교활한 건 아무것도 모르기 때문일 것이다. 그가 감히 누굴 심판할 수 있단 말인가? 아내도 결코 그를 심판하지 않았고 또한 악의가 없다고는 할 수 없는 그의 교활함을 의심한 적도 없었다.

# 6

쌍둥이 형제 프랭키와 스테이스는 L.A.에 커다란 스포츠 용품점과 말리부 해변에서 5분 거리의 산타 모니카에 호화 저택을 소유하고 있었다. 두 사람 모두 이혼하고 지금은 같이 살고 있었다.

그들은 하나같이 낙천적인 사고방식에 운동 신경이 뛰어났지만 친구들에게조차 자신들이 쌍둥이라는 사실을 숨겼다. 사실 프랭키가 더 매력적이고 성격도 다혈질이었다. 스테이스는 다소 무신경한 면이 있지만 차분한 편이었다. 두 사람 모두 붙임성이 좋았다.

그들은 L.A.에서 흔히 볼 수 있는 고급 스포츠센터의 회원이었다. 그곳에는 전자식 보디 빌딩 기구들이 갖춰져 있고 대형 스크린의 벽걸이용 TV가 있어서 운동을 하면서 시청할 수 있게 되어 있었다. 또 농구 코트, 수영장, 심지어 권투장도 있었다. 트레이너들은 하나같이 조각처럼 반듯하고 잘 생긴 남자들이거나 아름답고 몸매가 좋은 여자들이었다. 프랭키와 스테이스는 이 스포츠센터에 드나드는 여자들과 사귀었다. 몸매를 아름답게 가꾸고 싶어하는 여배우 지망생들이나 영화계의 실력자들을 남편으로 둔 가엾은 아내들이 득실거리는 이곳은 쌍둥이 형제 같은 남자들에게는 최고의 사냥터였다.

그러나 프랭키와 스테이스는 몸매를 가꾸기보다는 농구 경기를 하며 시간을 보내는 경우가 많았다. 스포츠센터에는 괜찮은 선수들이 많았는데 이따금 L.A. 레이커스의 후보 선수들도 있었다. 두 사람은 그들과 겨루면서 자신들의 운동 실력을 확인할 뿐만 아니라 고등학교 시절 만능 스포츠 스타였던 즐거운 기억을 떠올리곤 했다. 그러나 실제 경기에서도 그렇게 운이 좋을 거라는 환상은 버린 지 오래였다. 게임이 끝날 때쯤 두 사람은 기진맥진했지만 레이커스의 후보 선수들은 여전히 쌩쌩했다.

그들은 스포츠센터 안에 있는 건강식 레스토랑에서 여자 트레이너나 스포츠센터 회원들, 때로는 유명 인사들과도 친분을 나누었다. 그럴 때면 항상 유쾌한 시간을 보냈지만 그것은 그들의 일상에서 아주 작은 부분에 지나지 않았다. 프랭키는 지역 초등학교의 농구팀 감독을 맡고 있는데, 그 일을 가장 열심히 했다. 그는 아이들 중에서 슈퍼스타로 키울 재목을 발굴하고 싶어했고, 엄격하지만 특유의 친화력으로 인기가 좋았다. 코치로서 그가 즐겨 쓰는 전략이 있었다.

"좋아, 우리 팀이 20점 지고 있다고 가정해. 이번이 마지막 쿼터다. 너희들이 기선을 잡고 우선 10점을 올리는 거야. 그런 다음 원하는 위치에서 상대를 포위하는 거야. 그럼 얼마든지 역전할 수 있어. 침착하고 자신감만 가지면 돼. 우리가 이길 수 있어. 10점 뒤지다가 5점, 4점, 3점 그러다가 동점이 되는 거야. 그리고 결국 이기는 거지!"

그는 늘 이런 식으로 말했다. 물론 그대로 이루어지는 경우는 거의 없었다. 아이들은 아직 신체적으로 충분히 발달하지 않은 데다 정신력도 약했다. 아이들은 아이들일 뿐이었다. 그러나 프랭키는 정말로 재능 있는 아이라면 이 교훈을 절대 잊지 않을 것이며 훗날 실제 경기를 할 때도 도움이 될 거라고 생각했다.

스테이스는 가게를 운영하는 데 주로 시간을 쏟았고 청부 살인 의뢰를 받았을 때 수락 여부를 마지막으로 결정하는 역할을 했다. 위험은 최소이고, 대가는 최대여야 했다. 이 일은 늘 수입이 좋았고 그의 우울한 기질과도 맞아 떨어졌다. 형제는 자신들을 위한 일에 있어서 의견이 달랐던 적이 거의 없었다. 그만큼 취향이 비슷했고, 운동 능력도 비슷했다. 그래서 권투를 하든 일대일 농구를 하든 서로 적수가 되었다. 덕분에 형제의 우애는 남달랐고, 서로를 절대적으로 신뢰했다.

이제 마흔세 살이 된 두 사람은 자신의 삶에 만족을 느꼈지만 종종 재혼을 해서 가정을 꾸리는 일에 대해 대화를 나누곤 했다. 프랭키는 샌프란시스코에 정부가 있었고, 스테이스도 라스베거스 쇼걸인 여자 친구가 있었다. 그러나 두 여자 모두 결혼에는 별 관심이 없었고 그들도 더 마음에 드는 여자가 나타나기를 바라며 그저 그런 교제를 지속하고 있었다.

상냥한 성격의 두 사람은 친구들도 쉽게 사귀었고 사교 생활로 바빴다. 그러나 돈 아프릴레를 살해한 후 1년 동안은 몸조심을 해야 했다. 돈 아프릴레와 같은 거물은 위험을 감수하지 않고는 죽일 수 없는 상대였던 것이다.

11월 경 스테이스는 두 번째 사례금으로 5백만 달러를 받는 문제로 헤스코우에게 미리 전화를 걸었다. 전화를 걸면 간단할 뿐만 아니라 용건을 직접 말하지 않아도 되었다.

"잘 지내나? 이제 한 달 남았군."

헤스코우는 반갑게 전화를 받았다. "모든 일이 완벽하게 준비되었네. 자네들이 여기에 올 수 있는 시간을 정하게. 혹시 내가 시내에 나갔을 때 자네들이 올지도 모르니까."

스테이스는 웃으며 가볍게 응수했다.

"우리가 기다리지 뭐. 그건 그렇고 한 달 남았네."

이렇게 말하고 그는 전화를 끊었다. 사실 거래할 때 이런 식으로 돈을 받는 것은 다소 위험한 방법이다. 목적을 달성한 뒤에는 돈을 지불하지 않으려는 비열한 상대도 있기 때문이다. 하지만 어떤 사업이든지 그런 일은 일어날 수 있다. 그럴 때 사람들은 과대망상에 빠지기 쉽다. 자신들이 마치 전문가처럼 대단하게 생각되는 것이다. 그러나 헤스코우는 그럴 위험이 적었다. 그는 믿을 만한 브로커였다. 그러나 돈 아프릴레 건은 돈의 액수 못지않게 특별한 경우였다. 그래서 그들은 헤스코우가 계획을 바꾸지 않기만을 바랐다.

스테이스와 프랭키는 작년에 테니스를 배웠는데, 유일하게 그들이 좌절을 느낀 운동이 바로 테니스였다. 운동에는 자신 있었던 그들은 이 상황을 인정할 수가 없었다. 테니스는 말을 배우는 것처럼 어릴 때 스트로크부터 제대로 배워야 하고, 실제로 특정한 메커니즘에 좌우된다는 설명을 들었지만 소용없었다. 그래서 그들은 3주 동안 아리조나의 스콧츠 데일에 머물며 기초부터 강습을 받기로 했다. 그리고 거기에서 곧장 헤스코우를 만나러 뉴욕으로 갈 계획이었다. 그들은 테니스 강습을 받는 동안 저녁에는 이따금 스콧츠 데일에서 비행기로 1시간 남짓 걸리는 라스베거스에서 시간을 보내기로 했다.

테니스 클럽은 초호화판이었다. 프랭키와 스테이스는 에어컨과 인디언풍의 식당, 발코니가 있는 거실과 작은 부엌을 갖춘 흙벽돌로 지은 방 2개짜리 오두막에서 묵기로 했다. 창밖으로는 아름다운 산 풍경이 한눈에 들어왔다. 집안에는 바와 대형 냉장고, TV까지 있었다.

그러나 3주간의 교습은 첫날부터 만만치 않았다. 특히 강사 한 명이 프랭키에게 고된 연습을 시켰다. 프랭키는 초보자들 중에서도 가장 우수했고 정통적인 방법은 아니지만 특히 강력한 서브에 자신이 있었다. 그러나 레슬리라는 강사는 그 점이 마음에 들지 않는 것 같았다.

어느 날 아침 프랭키는 상대방이 공을 받을 수 없는 지점으로 공을 쳤다. 그는 자랑스럽게 레슬리에게 말했다.

"이만하면 에이스죠, 그렇죠?"

"아니에요. 발 동작이 잘못됐어요. 발끝이 서브 라인을 넘었어요. 다시 서브를 제대로 해봐요. 프랭키 씨는 선 안보다 밖에서 서브하는 경우가 많아요."

레슬리가 냉정하게 지적했다. 프랭키는 다시 한 번 빠르고 정확하게 서브를 했다.

"이제 됐죠?"

"발 동작이 또 틀렸어요. 그리고 서브도 엉망이에요. 그냥 공을 코트 안으로 쳐요. 당신은 초보자나 상대해야겠어요. 득점을 해봐요."

프랭키는 기분이 상했지만 참았다.

"그럼 초보자가 아닌 상대와 경기하게 해주시오. 내 실력을 보여줄 테니까." 그리고 뭔가 생각하는 듯 말을 멈추더니 이윽고 이런 제의를 했다.

"내 상대가 되는 건 어떻소?"

레슬리는 아니꼽다는 표정으로 그를 바라보았다.

"난 초보자는 상대하지 않아요."

레슬리는 이렇게 말하더니 20대 후반이나 30대 초반쯤 되어 보이는 젊은 여자를 가리켰다.

"로지 양, 프랭키 씨와 한 판 붙어보겠어요?"

여자는 별 말 없이 코트로 걸어왔다. 아름답게 그을린 피부에 흰색 반바지와 테니스장 고로가 새겨진 분홍색 셔츠를 입고 있었다. 얼굴은 장난기가 있어 보이지만 예뻤고 말총머리를 하고 있었다.

"내게 핸디캡을 줘야 해요. 당신, 꽤 잘하는 것 같은데 여기 강사요?"

프랭키가 스스럼없이 물었다.

"아뇨. 그냥 가끔 서브 레슨을 받으러 와요. 레슬리가 절 가르쳐요."

"저분에게 핸디캡을 줘요. 당신보다 몇 단계는 아래니까." 레슬리가 소리쳤다.

"4세트로 해서 두 게임만 치는 거 어때요?" 더 줄여야 할 것 같은데도 불구하고 프랭키는 재빨리 이렇게 말했다.

로지는 싱긋 웃으며 말했다.

"안 돼요. 2점 차로 승부를 내야 하니까 당신은 어차피 유리할 게 없어요. 듀스가 되면 당신은 2점 차로, 나는 4점 차로 이기는 걸로 해요."

프랭키는 로지에게 악수를 청하며 좋다고 말했다. 그리고 로지 곁으로 바짝 다가섰다. 그녀의 몸에서 좋은 냄새가 났다. 그때 로지가 조그맣게 속삭였다.

"내가 져줄까요?"

프랭키는 가슴이 두근거렸다.

"천만에요. 아마 핸디캡 때문에 날 이길 수 없을 거요."

두 사람은 레슬리가 지켜보는 가운데 게임을 했다. 레슬리는 더 이상 발 동작을 지적하지 않았다. 처음 두 게임은 프랭키가 이겼지만 결국은 로지에게 역전을 당했다. 로지의 그라운드 스트로크는 완벽했다.

게다가 프랭키의 서브도 어려움 없이 척척 받아쳤다. 언제나 프랭키가 친 공이 닿는 지점에 미리 와서 서 있는 것처럼 느껴질 정도였다. 프랭키가 여러 번 듀스를 만들었지만 결국 로지에게 6대 2로 패했다.

"초보자치고는 잘하는데요? 그런데 어릴 때 배우지는 않았죠, 그렇죠?"

"그래요."

프랭키는 초보자라는 말에 기분이 언짢았다.

"스트로크나 서브는 어렸을 때 배워야 하는데."

"그렇소? 하지만 내가 이 곳을 떠나기 전에 당신을 이기고 말 거요." 프랭키는 계속해서 빈정거렸다.

로지는 싱긋 웃었다. 작은 얼굴에 비해 큰 입은 다소 헤픈 느낌을 주었다.

"좋아요. 당신에게는 최고의 날이 내게는 최악의 날이 되겠군요."

그녀의 말에 프랭키는 껄껄 웃었다.

이때 스테이스가 걸어오더니 자신을 소개한 뒤 이렇게 말했다.

"오늘 함께 저녁 식사하는 거 어때요? 프랭키는 당신한테 졌다고 초대하고 싶지 않겠지만 오기는 할 걸요."

"아니, 그렇지 않아요. 프랭키 씨가 방금 절 초대했어요. 8시 괜찮아요?"

"좋아요." 스테이스는 이렇게 말하며 라켓으로 프랭키를 툭 건드렸다.

"나도 갈게요." 프랭키가 말했다.

세 사람은 유리벽에 사막과 산이 한눈에 들어오는 천장이 높고 둥근 테니스 클럽 내 식당에서 저녁을 먹었다. 프랭키가 나중에 스테이스에게도 말한 것처럼 로지는 뜻밖에 만난 횡재였다. 로지는 두 사람과 흥겹게 농담을 주고받거나 각종 스포츠에 관해 이야기를 나누었다. 그녀는 과거와 현재의 유명한 챔피언십 경기라든지 훌륭한 선수들의 전성기 때의 일화에 대해서도 풍부한 화제거리를 갖고 있었다. 게다가 상대방의 말을 들어주고 대화를 이끌어내는 데도 능숙했다. 프랭키는 로지에게 자신이 가르치는 아이들에 관한 이야기라든지 자신의 가게에서 아이들에게 얼마나 좋은 장비를 제공하는지에 대해 말했다. 로지는 흥미진진한 표정을 지으며 대단하다고 말했다. 두 사람은 자신들이 고등학교 시절 농구 올스타였던 사실도 자랑스럽게 털어놓았다.

로지는 여자치고는 식성도 좋았다. 천천히 우아하게 먹으면서 자기 이야기를 할 때면 고개를 약간 숙이거나 옆으로 갸우뚱하면서 수줍은 척 했다. 그녀는 뉴욕대학교에서 심리학 박사과정을 공부하고 있었다. 유복한 가정에서 태어났고 유럽 여행도 해보았다고 했다. 고등학교 시절에는 테니스 스타였다. 이런 말들을 스스로를 깎아내리는 듯한 투로 말하는 점이 그들에게는 더욱 호감을 주었다. 게다가 로지는 말을 할 때 친근감을 나타내려는 듯 그들의 손을 만지기도 했다.

"졸업하면 뭘 해야 할지 아직도 모르겠어요. 책에서 배운 지식만 가지고는 현실 속에서 사람들을 파악하기 어려운 것 같아요. 여기 두 분처럼 말이에요. 두 분의 얘기를 듣자하니 남부러울 게 없는 매력적인 분들이신데 왜 이렇게 힘들게 운동을 하는지 모르겠어요."

"그런 건 너무 걱정하지 말아요. 아가씨가 보는 대로 이해하면 돼요." 스테이스가 말했다.

"내겐 그런 골치 아픈 질문하지 말아요. 난 지금 테니스에서 어떻게 하면 아가씨를 이길까만 생각하고 있으니까." 프랭키가 말했다.

저녁 식사 후 쌍둥이 형제는 붉은 황토길을 지나 로지를 숙소까지 바래다주었다. 로지는 형제의 뺨에 가볍게 키스해주고 집으로 뛰어 들어갔다. 사막에 덩그러니 남은 그들의 뇌리에는 달빛을 받아 환하게 빛나는 로지의 마지막 표정이 오래도록 지워지지 않았다. 스테이스가 말했다.

"정말 멋진 여자야."

"정말 굉장해." 프랭키도 맞장구쳤다.

로지는 테니스 클럽에서 머무는 나머지 2주 동안 스테이스와 프랭키의 친구가 되었다. 테니스를 끝내고 늦은 오후에는 두 사람과 골프를 쳤다. 로지의 골프 실력은 좋은 편이지만 그들에 비할 수는 없었다. 그들은 비거리도 좋을 뿐만 아니라 퍼팅 그린에서 클럽을 다루는 감각도 뛰어났다. 한 번은 포섬(2인 1조로 대결하는 방식) 경기를 위해 중년 남자 한 명을 더 끌어들였는데, 그가 한사코 로지와 한 팀이 되겠다고 고집을 부리며 한 홀에 10달러를 걸었지만 실력이 좋은데도 불구하고 게임에는 졌다. 그는 그날 밤 테니스 클럽에서의 저녁 식사 자리에도 끼려고 애썼다. 그러나 로지는 형제의 환심을 사려고 일부러 그 남자에게 퇴짜를 놓았다.

"난 이 두 남자 중 한 명으로부터 프로포즈를 받아낼 거예요."

로지는 단호하게 거절했다.

첫 번째 주말에 로지와 함께 잔 사람은 스테이스였다. 그날 저녁 프랭키는 스테이스를 위해 자리를 비켜주려고 라스베거스에 도박을 하러 갔다. 그가 자정 무렵 돌아왔을 때 스테이스는 집에 없었다. 이튿날 아침에 나타난 스테이스에게 프랭크가 물었다.

"어제 로지 어땠어?"

"대단했어."

"나도 로지와 자도 괜찮겠지?"

"물론이야."

이런 일은 처음이었다. 두 사람이 한 여자를 공유한 적은 한 번도 없었다. 그들의 취향이 정반대였기 때문이다. 스테이스는 곰곰이 생각해 보았다. 로지는 두 사람 모두에게 완벽한 상대였다. 그러나 만약 자신이 로지와 사귀고 프랭키는 그렇지 못한다면 세 사람은 함께 붙어 다닐 수 없을 것이다. 프랭키가 다른 여자를 데려오지 않는 한 그들의 관계는 유지될 수 없을 게 뻔했다.

그래서 다음 날 밤에는 스테이스가 라스베거스로 가고 프랭키는 로지와 잤다. 로지는 전혀 거북해하지 않았고 침대에서도 즐거워했다. 거짓으로 꾸미는 것이 아니라 진심으로 즐기는 것 같았다. 마치 이런 상황이 전혀 문제될 게 없는 것처럼 보였다.

그러나 다음날 세 사람이 함께 아침 식사를 하는 동안 프랭키와 스테이스는 어떻게 행동해야 할지 몰라 허둥거렸다. 두 사람의 행동은 부자연스럽기만 하고 예전의 다정함은 찾아보기 어려웠다. 서로를 지나치게 의식했고 완벽한 조화를 이루던 분위기는 온데간데 없었다. 로지는 달걀과 베이컨, 토스트를 얼른 먹어 치운 뒤 의자 뒤로 몸을 젖히고 즐거운 듯이 말했다.

"당신들과 껄끄러운 사이가 될까봐 걱정스러워요. 난 우리가 친구 사이라고 생각했는데."

"우리 둘 다 당신에게 빠져 있기 때문이오. 우린 이 상황을 어떻게 처리해야 할지 잘 모르겠소." 스테이스가 진지하게 말했다.

그러자 로지가 웃으면서 말했다.

"내가 해결할게요. 난 두 분 모두 아주 좋아해요. 우린 즐거운 시간을 보내고 있잖아요. 하지만 난 결혼할 생각이 없어요. 아마 이 테니스 클럽을 떠나면 다시는 만날 일이 없을 거예요. 난 뉴욕으로, 두 분은

L.A.로 갈 테니까요. 두 분이 질투가 심한 타입이 아니라면 지금 이 순간을 망치지 마세요. 저와 잔 기억은 지워버리세요."

두 사람은 갑자기 로지가 편안하게 느껴졌다.

"다시 만날 기회는 새털처럼 많아요." 스테이스가 말했다.

"우린 질투 같은 거 없어요. 그리고 이 곳을 떠나기 전에 테니스 게임에서 당신을 꼭 이기고 말 거요." 프랭키가 말했다.

"그럴려면 스트로크를 더 연습해야 해요."

로지는 이렇게 말하며 두 손을 뻗어 그들의 손을 각각 잡았다.

"오늘 그 문제를 해결합시다." 프랭키가 제안했다.

로지가 수줍은 듯 고개를 갸웃했다.

"제가 한 게임에 3점을 드릴게요. 만일 당신이 지면 더 이상은 허풍은 떨지 않기에요."

"난 로지에게 백 달러 걸 거야." 스테이스가 말했다.

프랭키는 두 사람을 보며 늑대처럼 교활한 웃음을 지어 보였다. 자신이 3점을 더 얻고도 로지에게 질리는 없다는 듯 자신만만한 태도였다. 그러면서 스테이스에게 말했다.

"5달러만 걸지 그래."

로지는 얼굴 가득 장난기 어린 미소를 지었다.

"내가 이기면 스테이스와 오늘밤을 보낼래요."

두 남자는 큰 소리로 웃었다. 로지가 그렇게 완벽한 여자가 아니라는 점과 마음 속에 음흉한 생각이 조금은 숨겨져 있다는 것이 그들을 즐겁게 했다.

테니스 코트에서 프랭키에게 유리한 것은 아무것도 없었다. 회오리바람 같은 서브도, 잔뜩 기교를 부린 리턴도, 3점의 핸디캡도 그를 구해주지 못했다. 로지는 지금까지 사용하지 않았던 강한 스핀으로 프랭키를 완전히 꺾어놓았다. 결국 그녀가 6대 0으로 이겼다. 세트가 끝나자 로지는 프랭키의 뺨에 키스하며 속삭였다.

"내일 밤에는 당신에게 기회를 줄게요."

로지는 그들과 저녁 식사를 마친 뒤 약속대로 스테이스와 자러 갔다. 그리고 그 주일 내내 그렇게 교대로 두 사람과 잠자리를 가졌다.

로지가 떠나는 날 그들은 공항까지 바래다주었다.

"혹시 뉴욕에 올 일 있으면 꼭 제게 연락하세요."

프랭키와 스테이스는 이미 로지에게 언제라도 L.A.에 오면 들러달라고 당부해놓은 터였다. 그때 로지가 그들을 놀래주려는 듯 작은 선물 상자 두 개를 꺼냈다.

"선물이에요."

로지는 즐거운 듯 미소지었고 그들은 상자를 열어보았다. 청석(青石)으로 만든 반지였다.

"절 기억해달라는 뜻이에요."

그녀를 보내고 시내로 쇼핑을 나온 형제는 그 반지의 가격이 3백 달러라는 사실을 알았다.

"5달러짜리 넥타이나 우스꽝스런 카우보이 벨트를 사줄 수도 있었는데 말야."

프랭키의 말에 두 사람은 모두 기분이 우쭐했다.

두 사람은 테니스 클럽에서 1주일을 더 보냈지만 테니스는 별로 치지 않았다. 주로 골프를 치거나 저녁에는 라스베거스로 날아갔다. 하지만 도박장에서 밤을 새우지는 않기로 규칙을 정했다. 체력이 소진되고 판단력이 흐려지는 새벽녘이 되면 자칫 큰돈을 잃을 수 있기 때문이었다.

저녁 식사 때 두 사람은 로지에 관해 이야기를 나누었다. 그들은 내심 자신들 모두와 잠을 잤다는 이유로 로지를 하찮게 생각하는 마음이 있으면서도 홍보지는 않았다. 프랭키가 먼저 말했다.

"그 여자는 정말 그 짓을 좋아하나봐. 하고 난 뒤에도 결코 불쾌해하거나 후회하는 것 같지 않았어."

"그러게 말이야. 정말 특별한 여자야. 진짜 완벽한 창녀라고나 할까?"

"하지만 그런 여자도 얼마든지 바뀔 수 있지."

"우리 뉴욕에 가면 로지에게 전화할까?"

"그러지 뭐."

\* \* \*

그들은 1주일 뒤 스콧츠 데일을 떠나 맨해튼의 셰리 네덜란드에 여장을 풀었다. 그리고 이튿날 아침에 자동차를 빌려 롱아일랜드의 존 헤스코우를 찾아갔다. 그들이 마당으로 차를 몰고 들어갔을 때 헤스코우는 농구골대 아래 쌓인 두터운 눈더미를 쓸어내고 있었다. 헤스코우는 그들을 보더니 손을 들어 반가움을 표시했다. 그리고 집에 딸린 차고에 주차시키라고 손짓을 했다. 그의 차는 이미 집 밖에 주차되어 있었다. 스테이스가 차고로 향하기 직전 프랭키는 자동차에서 뛰어내려 헤스코우에게 악수를 청했다. 만일 무슨 일이 일어났더라면 이렇게 다시 헤스코우를 만나지 못했을 것이다.

헤스코우는 현관문을 열고 두 사람을 집안으로 들였다.

"준비는 다 되었네."

헤스코우는 이렇게 말하며 두 사람을 이층으로 안내했다. 이층의 침실 문을 열고 들어가자 커다란 트렁크가 보였다. 트렁크 안에는 옷가방 정도 크기의 접이식 가죽 가방과 함께 고무줄로 묶은 15센티미터 두께의 돈다발이 차곡차곡 쌓여 있었다. 스테이스는 돈다발을 침대 위에 쏟았다. 그리고 그 돈이 모두 백 달러짜리인지, 위조지폐가 섞여 있지는 않은지 돈다발을 샅샅이 훑어본 다음 한 묶음에 백 달러짜리 지폐가 몇 장 들어 있는지 세어보고 거기에다 백을 곱했다. 그런 다음 돈다발을 다시 가죽 가방에 차곡차곡 넣었다. 계산이 모두 끝나자 두 사람은 헤스코우를 바라보았다. 헤스코우는 웃으면서 두 사람에게 물었다.

"커피나 한 잔 마시고 가지? 화장실은 안 가도 되나?"

"고맙네. 우리가 알아둬야 할 일은 더 없나? 무슨 문제라도?" 스테이스가 물었다.

"아니, 전혀 없네. 모든 게 완벽하네. 돈 자랑이나 너무 하지 말게."

"그건 과거 얘기지."

프랭키의 말에 스테이스가 빙그레 웃었다.

"돈 아프릴레의 자식들은 어떤가? 아직 아무 말썽도 없나?" 프랭키가 물었다.

"그들은 정상적인 사람들이야. 시칠리아 방식으로 자라지 않았지. 모두 성공한 전문직 종사자들이고 무엇보다 법을 믿어. 누구를 의심하기에는 너무 운이 좋은 사람들이지."

쌍둥이 형제는 껄껄 웃고 헤스코우는 빙그레 웃었다. 그것은 대단한 농담이었다.

"어쨌든 난 정말 놀랐네. 그런 거물급 인사가 죽었는데 이렇게 조용하다니." 스테이스가 말했다.

"이제 1년이 다 되었는데도 아무런 기척도 없네." 헤스코우가 말했다.

형제는 커피를 마신 다음 헤스코우와 작별의 악수를 나누었다.
"잘 지내게. 또 전화하지." 헤스코우가 말했다.
"그러게." 프랭키가 말했다.

시내로 돌아온 형제는 은행의 공동 비밀 금고에 돈을 넣었다. 금고는 두 개였다. 그들은 그 돈에서 지폐 한 장 꺼내지 않았다. 그리고 호텔로 돌아온 뒤 로지에게 전화를 걸었다.

로지는 이렇게 빨리 연락이 올 줄 몰랐다며 놀라면서도 반가워했다. 그러면서 들뜬 목소리로 당장 자신의 아파트로 오라고 졸랐다. 자신이 뉴욕 관광도 시켜주고 대접도 하겠다고 했다. 프랭키와 스테이스는 그날 저녁에 로지의 아파트로 가서 음료수나 마시다가 시내로 나가 식사를 하고 영화도 보기로 했다.

로지는 뉴욕에서 최고급 레스토랑이라는 르 써크로 그들을 데려갔다. 음식도 훌륭했고 메뉴판에는 있지 않은데도 프랭키의 특별 주문으로 지금껏 맛보지 못한 최고의 스파게티를 맛볼 수 있었다. 쌍둥이는 이렇게 고급 레스토랑에서 자신들이 좋아하는 음식을 주문할 수 있다는 것이 신기하기만 했다. 게다가 레스토랑 관리인이 로지에게 특별하게 접대하는 모습을 보고 깊은 인상을 받았다. 흥겨운 시간을 보내고 있을 때 문득 로지가 두 사람에게 개인적인 이야기를 들려달라고 졸랐다. 그 순간 로지는 무척이나 아름다웠다. 그녀가 이렇게 성장(盛裝)한 모습을 보기는 처음이었다.

커피가 나오자 형제는 로지에게 선물을 주었다. 그날 오후 티파니 보석점에서 구입한, 단순한 금줄에 다이아몬드와 백금으로 장식된 로켓이 달린 목걸이였다. 그들은 5천 달러를 지불한 뒤 빨간색 벨벳 상자에 넣어 포장을 했다.

"스테이스와 내가 선물하는 거요. 각자 돈을 모았소."

로지는 순간 멍한 표정을 짓더니 이내 눈물을 글썽거렸다. 조명을 받아 눈물이 반짝거렸다. 로지는 목걸이를 건 다음 로켓이 가슴 중앙에 오도록 줄을 조절했다. 그런 다음 두 사람에게 몸을 기울여 가볍게 키스했다. 짧지만 꿀처럼 달콤한 키스였다.

스테이스와 프랭키가 로지에게 한 번도 브로드웨이 뮤지컬을 본 적이 없다고 말했더니 그녀는 다음 날 밤에 레미제라블을 보여주겠다고 약속했다. 그녀는 틀림없이 재미있을 거라고 말했다. 예약석은 거의 남아 있지 않았지만 그들은 이튿날 운 좋게 뮤지컬을 볼 수 있었다. 뮤지컬을 보고 로지의 아파트에 돌아온 프랭키가 소감을 말했다.

"난 장발장이 기회가 있었는데도 쟈베르 경감을 죽이지 않은 게 이해 안 돼."

"그러니까 뮤지컬이지. 뮤지컬은 영화보다도 더 엉터리야."

그러자 로지가 반박했다.

"그건 장발장이 그만큼 선한 사람이 되었다는 것을 의미해요. 속죄했다는 뜻이죠. 죄를 짓고 도둑질을 한 사람도 교화될 수 있어요."

이 말을 들은 스테이스는 짜증이 났다.

"잠깐! 그 남자는 처음부터 도둑이었소. 한 번 도둑이면 끝까지 도둑이오. 그렇지 않아, 프랭키?"

"어쩌면 장발장 같은 사람에 대해 그렇게 잘 아는 것처럼 말하죠?" 로지가 발끈했다.

그 말에 그들은 당황했다. 그러자 로지는 미안한 듯 특유의 장난꾸러기 같은 미소를 지으며 말했다.

"오늘은 누가 여기서 자고 가죠?"

두 사람이 선뜻 대답을 하지 않자 로지가 말했다.

"난 셋이 함께 자는 건 싫어요. 순서를 정하세요."

"네가 자고 갈래?" 프랭키가 물었다.

"그런 식으로 하지 말아요." 로지가 발끈했다. "차라리 영화에서처럼 아름다운 관계로 남는 건 어때요? 섹스는 하지 말구요. 전 그런 거 싫어하지만요."

그녀는 이렇게 말한 뒤 어색한 분위기를 누그러뜨리려고 웃으면서 한마디 덧붙였다.

"전 두 사람 모두 좋아해요."

"내가 집으로 돌아가겠어."

프랭키가 말했다. 그는 로지가 자신을 지배할 수 없다는 걸 깨닫게 해주고 싶었다.

로지는 프랭키에게 작별 키스를 하고 문까지 배웅해주었다. 그리고 이렇게 속삭였다.

"우리 내일 밤은 특별하게 보내요."


그들은 엿새를 함께 지냈다. 로지는 낮에는 논문을 쓰기 위해 공부를 해야 했지만 저녁에는 자유로웠다.

하루는 매디슨 스퀘어 가든에서 열리는 뉴욕 닉스의 농구 게임을 봤다. 마침 L.A. 레이커스가 뉴욕에 체류 중이었다. 두 사람은 로지가 게임의 벌점 규칙에 대해 잘 아는 모습을 보고 흐뭇했다. 시합이 끝나고 근사한 제과점에 갔는데 그 자리에서 로지는 돌연 다음날, 즉 크리스마스 이브 전날에 1주일 예정으로 여행을 가야 한다고 말했다. 두 사람은 로지에게 크리스마스를 가족과 함께 보내러 가는 거냐고 물었다. 로지는 전과 달리 우울해 보였다. 이런 모습은 처음이었다.

"부모님이 북부에 소유하고 있는 집에서 혼자 보낼 거예요. 억지로 즐거운 척 하는 크리스마스 행사는 피하고 싶어서요. 조용한 곳에서 공부하고 제 인생에 대해 생각하려구요."

"그럼 다른 계획은 취소하고 우리와 함께 크리스마스를 보내요. 우리도 L.A.로 돌아가는 비행기를 취소할 테니까." 프랭키가 말했다.

"그럴 순 없어요. 공부할 것도 많은데 그러기에는 그 곳이 제격이거든요."

"혼자서요?" 스테이스가 물었다.

로지는 고개를 숙이며 대답했다.

"제가 원래 그래요."

"우리가 당신과 단 며칠만이라도 함께 지내주면 어떨까요? 크리스마스 다음날 떠나면 되니까." 프랭키가 말했다.

"그럼 우리도 조용하게 편히 쉴 수 있어 좋고." 스테이스가 말했다.

로지의 얼굴이 밝아졌다.

"정말 그러시겠어요? 정말 재미있겠네요. 우리 크리스마스에는 스키 타러 가요. 그 집에서 30분 거리에 리조트가 있거든요. 제가 크리스마스 만찬을 준비할게요."

그녀는 갑자기 입을 다물더니 못 믿겠다는 듯한 표정으로 되물었다.

"정말이죠? 크리스마스 지나서 떠나겠다고 약속할 수 있죠? 제가 진짜 공부할 게 많거든요."

"물론이오. 우리도 L.A.로 돌아가야 해요. 가게도 챙겨야 하고." 스테이스가 말했다.

"두 분은 정말 좋으신 분들이에요."

로지의 말에 스테이스가 무심코 말했다.

"프랭키와도 얘기했는데, 우린 유럽에 한 번도 가보지 못했소. 그래서 말인데 당신이 이번 여름 학교를 졸업하면 우리와 함께 유럽 여행

가는 거 어때요? 우리 안내원 노릇을 해주는 거요. 모든 면에서 우리보다 우수하니까. 한 2, 3주 정도가 좋아요. 당신만 같이 가준다면 우리는 얼마든지 환영인데."

"우린 둘만은 못 가요."

프랭키의 어리광 섞인 말투에 모두 웃음을 터뜨렸다.

"멋진 계획이에요. 제가 런던과 파리, 로마를 안내해드릴게요. 아마 베니스를 보면 한눈에 반하실 걸요? 돌아오고 싶지 않을지도 몰라요. 하지만 여름까지는 너무 멀어요. 그때쯤이면 두 분이 다른 여자 꽁무니를 따라다닐지도 모르고."

"우리에겐 당신뿐이오."

프랭키가 화를 낼 듯 큰 소리로 말했다.

"알았어요. 그럼 전 연락만 기다리고 있을게요."

12월 23일 아침, 로지는 형제를 태우러 그들이 묵고 있는 호텔로 왔다. 그녀는 커다란 캐딜락을 타고 왔는데, 트렁크에는 이미 커다란 옷가방과 화려하게 포장된 선물 꾸러미 몇 개가 들어 있었고, 두 형제의 짐이 들어갈 공간이 남아 있었다.

스테이스는 뒷좌석에 앉고 프랭키는 로지와 함께 앞좌석에 앉았다. 그들은 한 시간 동안 라디오만 들을 뿐 별 말은 하지 않았다. 그것은 로지를 위한 배려였다.

사실 두 사람은 로지가 자동차로 태우러 오는 동안 아침 식사를 하며 기다렸다. 스테이스는 프랭키가 자신을 대하는 태도가 어쩐지 불편해 보인다고 생각했다. 전에는 좀처럼 없는 일이었다.

"어서 털어놔."

"나쁘게 생각하지 말아줘. 난 정말 질투 같은 건 하지 않아. 그런데 그곳에 있는 동안 로지를 건드리지 않을 자신 있어?"

"물론이야. 난 라스베거스에서 성병에 걸렸다고 말할 거야."

프랭키는 씩 웃으며 말했다.

"그렇게까지 할 필요는 없어. 나는 그저 참으려고 노력할 거야. 만약 내가 건드린다면 그땐 네가 그녀를 가져."

"난 참을 거야. 잠깐이니까."

"알았어. 내가 형이니까 널 감시하겠어."

이 말은 그들이 즐겨 쓰는 농담이었지만 그럴 때마다 비록 10분 먼저 태어났지만 스테이스가 프랭키보다 몇 살은 더 나이 들어 보였다.

"하지만 로지는 즉각 네 마음을 알아챌 걸? 로지는 영리한 여자야. 네가 자기를 사랑한다는 사실을 눈치챌 거야."

프랭키는 놀란 표정으로 형을 쳐다보았다.

"내가 그녀를 사랑한다고? 맙소사."

두 사람은 웃음을 터뜨렸다.


자동차는 도심을 빠져나와 웨체스터 카운티의 농장지대를 달리고 있었다. 프랭키가 먼저 침묵을 깼다.

"내 평생 이렇게 많은 눈은 처음 보는 걸? 도대체 사람들이 어떻게 여기서 살까?"

"생활비가 적게 드니까요." 로지가 말했다.

"아직 멀었어요?" 스테이스가 물었다.

"한 시간 반 정도. 잠깐 쉬어갈까요?" 로지가 물었다.

"아니오. 빨리 갑시다." 프랭키가 말했다.

"쉬어가야 할 필요가 없으면 그냥 가요." 스테이스가 말했다.

로지는 고개를 저었다. 그녀는 손으로 핸들을 꽉 쥐고 천천히 내리는 눈을 뚫어지게 쳐다보며 결연한 표정을 짓고 있었다.

한 시간쯤 뒤 그들은 작은 읍내를 통과했다. 이때 로지가 말했다.

"15분 정도만 더 가면 되요."

자동차가 가파른 경사를 올라가는가 싶더니 작은 언덕 위에 덩그러니 서 있는 코끼리 같은 회색 집이 나타났다. 주위에는 눈밭이 펼쳐져 있었다. 사람 발자국이나 자동차 바퀴자국조차 없는 완전무결한 순백의 눈이었다.

로지가 현관 앞에 차를 세우자 두 사람이 차에서 내렸다. 그녀는 그들에게 옷가방과 크리스마스 선물 꾸러미를 내려주었다.

"어서 들어가세요. 문은 열려 있어요. 우린 문을 잠가놓지 않거든요."

프랭키와 스테이스는 뽀드득 뽀드득 소리를 내며 눈 쌓인 계단을 올라가 현관문을 열었다. 박제한 동물 머리로 벽을 장식한 커다란 거실이 한눈에 들어왔다. 한쪽 벽에는 동굴만큼이나 커다란 벽난로가 있었다.

그때 갑자기 등 뒤에서 캐딜락 엔진의 굉음이 울려 퍼졌다. 이윽고 여섯 명의 남자가 두 곳의 출입문을 통해 집안으로 들이닥쳤다. 그들은 총을 들고 있었고 우두머리인 듯한 수염을 무성하게 기른 덩치 큰 남자는 사투리 억양이 남아 있는 말투로 '움직이지 마. 짐도 내려놓지 마.'라고 외쳤다. 그들은 프랭키와 스테이스의 몸에 총구를 들이댔다.

스테이스는 즉시 상황을 파악했지만 프랭키는 로지 걱정만 하고 있었다. 그러나 바로 엔진 소리와 로지가 그 자리에 없다는 것이 하나로 연결되었다. 그걸 알아채는 순간 프랭키는 평생 최악의 기분을 느꼈다. 로지는 미끼였던 것이다.

# 7

## 1995

 크리스마스를 이틀 앞둔 날 아스토레는 니콜이 집에서 마련한 파티에 참석했다. 니콜은 사형 반대 단체의 회원들을 포함해 무료 변론을 해주는 변호사 동료들을 파티에 초대했다.
 아스토레는 파티를 좋아했다. 그는 처음 보는 사람들이나 자신과 전혀 다른 분야의 사람들과 대화를 나누는 것을 좋아했다. 그리고 이따금 호감 가는 여자를 만나 짧은 연애를 하기도 했다. 아니 그는 언제나 사랑에 빠지고 싶어했고 연애 자체를 즐겼다. 오늘밤 니콜은 그에게 자신들이 10대 시절에 단순한 불장난이나 어른 흉내를 낸 것이 아니라 성숙한 연애를 했다는 사실을 상기시켜주었다.
 "네가 아빠 말씀에 복종하고 유럽으로 떠나는 바람에 난 큰 상처를 입었어."
 "알아. 하지만 그렇다고 네가 그 일로 다른 남자들을 만나지 못한 건 아니잖아."

니콜은 오늘밤은 왠지 아스토레가 몹시 사랑스러웠다. 그래서 소녀처럼 그의 손을 잡으며 친근감을 나타내기도 하고 입술에 키스를 하고 그가 자신을 피하려한다는 것을 안다는 듯이 그에게만 매달렸다.

아스토레도 마음 속으로 옛 감정이 되살아나는 것 같아 혼란스러웠다. 그러나 니콜과 다시 시작하는 것은 그의 인생에서 치명적인 실수가 될 거라는 것을 알고 있었다. 절대 그런 일이 일어나서는 안 되었다.

파티에는 라이브 밴드도 와 있었다. 니콜이 아스토레에게 노래 한 곡을 청했다. 목이 쉰 상태였지만 노래 부르는 것을 좋아하는 아스토레는 부드럽고 경쾌한 목소리로 노래를 불렀다. 그러자 그 자리에 있던 사람들이 모두 이탈리아 연가를 따라 부르기 시작했다.

아스토레가 니콜을 위해 세레나데를 부르자 니콜은 그에게 가까이 다가와 그의 영혼에서 뭔가를 찾는 듯한 시선으로 한참을 바라보았다. 그러다 마침내 슬픈 입맞춤을 한 다음 그를 놓아주었다.

잠시 후 니콜은 아스토레를 놀라게 해주었다. 아스토레에게 조용하고 지적인 분위기를 풍기는 커다란 회색 눈동자의 여자 손님을 소개해 준 것이다.

"아스토레예요. 이 분은 조젯 킬케, 사형제도 폐지 위원회의 회장이셔. 가끔 같이 일해."

조젯은 아스토레에게 악수를 청하며 노래에 대해 칭찬했다.

"당신의 노래를 들으니 젊은 시절의 딘 마틴이 생각나는군요."

아스토레는 기분이 좋았다.

"고맙습니다. 저도 팬입니다. 그의 노래는 다 알죠."

"내 남편도 열렬한 팬이에요. 저도 그의 노래는 좋아하지만 여자를 대하는 태도는 마음에 들지 않아요."

논쟁에서는 자신이 없는 아스토레는 한숨이 나왔지만 발단이 된 장본인으로 어떻게든 응수해야 했다.

"인간적인 면모와 예술성은 별개로 봐야 하죠."

조젯은 아스토레의 당당함에 유쾌해졌다.

"그래야 할까요?" 그녀는 빈정거리듯 되물었다. "나는 그런 행동은 눈감아주면 안 된다고 생각해요."

아스토레는 조젯이 그 문제에 있어 절대 양보하지 않을 거라는 것을 알았다. 이제 그가 할 수 있는 일이라곤 디노의 유명한 이탈리아 연가를 몇 곡 부르는 것 뿐이었다. 그는 음악에 맞춰 몸을 흔들며 조젯의 회색 눈을 응시했다. 마침내 그녀의 표정에도 웃음이 돌기 시작했다.

"좋아요, 좋아. 노래 좋다는 점은 인정할게요. 하지만 아직 그를 용서해줄 준비가 되어 있지 않아요."

조젯은 자리를 떠나기 전에 아스토레의 어깨를 부드럽게 톡톡 쳤다. 아스토레는 파티가 끝날 때까지 그녀를 주시했다. 자신의 아름다움을 돋보이려 애쓰지 않아도 자연스럽게 배어나는 기품과 부드러움과 친절함은 자칫 아름다움이 줄 수 있는 위압감을 없애주었다. 그리고 파티장의 모든 사람들이 그렇듯 아스토레도 그녀에게 호감을 갖기 시작했다. 그러나 조젯은 자신이 사람들에게 어떤 느낌을 주는지 전혀 신경 쓰지 않는 것처럼 보였다. 그녀는 수많은 희롱 섞인 시선을 의식하지 않았다.

그 무렵 아스토레는 마르칸토니오가 준 킬케에 관한 자료를 읽고 있었다. 킬케는 누군가의 약점을 끝까지 물고 늘어져서 캐낼 만큼 일에 있어서 냉혹할 정도로 철저했다. 그리고 아내는 그런 그를 끔찍이 사랑한다는 내용을 읽은 기억이 났다. 이 점이 수수께끼였다.

파티가 중반으로 접어들었을 때 니콜이 아스토레에게 다가와 알도 몬차가 응접실에 와 있다고 속삭였다.

"미안해, 니콜. 나 가봐야겠어."

"알았어. 조젯에 대해 더 많이 알게 되길 바랄게. 내가 만난 여자들 중 가장 똑똑하고 괜찮은 여자야."

"게다가 아름답기까지 하지."

아스토레는 막상 이렇게 말했지만 한 번 만나고 환상을 갖는 자신이 바보처럼 느껴졌다.

응접실에는 알도 몬차가 튼튼해 보이지는 않지만 니콜의 아름다운 의자에 불편하게 앉아 있었다. 몬차는 아스토레를 보자 자리에서 일어나며 조그만 목소리로 속삭였다.

"쌍둥이를 잡았습니다. 처분만 기다리고 있습니다."

아스토레는 순간 가슴이 철렁 내려앉았다. 이제 시작이었다. 이제 다시 시험을 받게 될 것이다.

"거기까지 가는 데 얼마나 걸리지?"

"적어도 3시간은 걸립니다. 눈보라가 심합니다."

아스토레는 손목시계를 보았다. 10시 30분이었다.

"그럼 지금 출발하지."

그들이 사무실 건물을 나섰을 때 바깥은 온통 눈으로 뒤덮여 있었고 주차해놓은 자동차들은 눈에 반쯤 파묻혀 있었다. 도로에는 몬차의 검정색 뷰익이 대기해 있었다.

몬차가 운전을 하고 아스토레는 옆좌석에 앉았다. 차안에 냉기가 감돌자 몬차가 히터를 틀었다. 차안이 점점 훈훈해지면서 담배와 포도주 냄새가 풍겼다.

"좀 주무십시오. 도착하려면 아직 멀었습니다. 밤새 가야 할 겁니다."

아스토레는 몸을 편안히 기대고 생각에 잠겼다. 도로에는 눈발이 흩날리고 있었다. 시칠리아의 뜨거운 햇살과 돈 아프릴레가 이 마지막 의무를 수행하도록 그를 훈련시켰던 지난 11년간의 기억이 떠올랐다.

아스토레가 돈 아프릴레의 명령으로 런던으로 공부하러 떠난 것은 열여섯 살 때였다. 아스토레는 처음 유학 얘기를 들었을 때 별로 놀라지 않았다. 돈 아프릴레는 자기 자식들도 모두 사립학교에 보냈고, 그곳에서 곧장 대학에 진학시켰기 때문이다. 돈 아프릴레는 그것이 교육이라고 믿었을 뿐만 아니라 자식들이 자기 사업이나 일상에 연루되는 것을 극도로 꺼렸다.

런던에 간 아스토레는 수년 전에 시칠리아에서 영국으로 이민와 부유하게 살고 있는 어떤 중년 부부의 집에 머물렀다. 피리올라라는 이름을 프라이어로 바꾼 그들은 자식이 없었다. 영국 날씨 덕분에 피부가 하얘진데다 옷차림이나 행동거지가 시칠리아 사람답지 않게 점잖고 조용해서 마치 영국 토박이처럼 보였다. 프라이어는 외출을 할 때면 중절모를 쓰고 깔끔하게 접은 우산을 들었다. 또 프라이어 부인은 꽃무늬 원피스를 입고 중년의 영국 부인들이 즐겨 쓰는 보넷을 썼다.

그러나 집에 있을 때면 그들은 영락없는 시칠리아인으로 돌아왔다. 프라이어는 헐렁한 누더기 바지와 깃 없는 검정색 셔츠를 입었고, 프라이어 부인도 헐렁한 검정색 드레스 차림으로 이탈리아 전통 음식을 만들었다. 그는 아내를 '마리자'라고 불렀고 그녀는 남편을 '쥬'라고 불렀다.

프라이어는 팔레르모에 있는 한 대형 은행의 영국내 자회사인 민간 은행의 임원이었다. 그는 아스토레를 친조카처럼 대접하면서도 거리를 두었다. 프라이어 부인은 아스토레를 배불리 먹이는 것을 즐거움으로 생각했고 손자라도 되는 것처럼 귀여워했다.

프라이어는 아스토레에게 자동차를 마련해주고 용돈도 넉넉히 주었다. 학교는 이미 런던 근교의 별로 유명하지 않은 작은 대학으로부터 입학허가를 받은 상태였다. 경영과 금융 전문 대학으로 예술 분야에서도 제법 명성이 있는 대학이었다. 아스토레는 필수 과목을 수강했지만 정말로 관심 있는 공부는 연기와 노래였다. 그래서 선택과목은 온통 음악과 역사 과목으로 채웠다. 아스토레가 붉은색의 털가죽, 갈색 개나 검은 말 따위의 여우 사냥 — 여우를 죽이지 않고 쫓기만 했지만 사냥 모습이 장관이었다 — 과 관련된 이미지에 매료된 것도 런던에 체류하던 시절이었다.

아스토레는 연기 수업을 받는 동안 같은 또래의 로지 코너라는 여학생을 만났다. 청년들의 마음을 어지럽히고 중년 남자들에게는 도발적인 매력을 주는 백치미가 있는 꽤 예쁜 여학생이었다. 그녀는 재능도 뛰어나 연극반에서 주인공을 도맡아 했다. 그에 비해 아스토레는 늘 작은 배역을 전전했다. 외모는 주연을 맡아도 될 만큼 출중했지만 그는 성격상 자신의 재능을 마음껏 발휘하지 못했다. 로지에게는 그런 문제는 없어 보였다. 그녀는 관객 한 명 한 명을 자신에게 몰입하게 만드는 재주가 있었다.

둘은 성악 수업도 함께 들었는데 로지는 항상 아스토레의 노래를 칭찬했다. 그러나 교수는 로지와 생각이 다른 게 분명했다. 어느 날 교수는 그에게 음악 강의를 그만 들으라고 충고했다. 목소리는 좋지만 음악에 대한 이해가 부족하다고 지적했다.

아스토레와 로지는 만난 지 겨우 2주일 만에 사랑에 빠졌다. 아스토레는 열여섯 살 때도 그랬듯 로지에게 맹목적으로 빠져들었지만 사실은 로지에 의해 사랑이 시작되었다고 보는 게 옳았다. 아스토레는 니콜에 대한 일은 거의 잊은 상태였다. 로지는 정열적이라기 보다는 연애를 즐기는 편이었다. 그러나 생기발랄한 그녀는 아스토레와 함께 있을 때면 늘 그를 칭찬했다. 침실에서도 최선을 다했고 모든 면에서 너그러운 편이었다. 두 사람이 연인이 된 지 1주일 후 로지는 그에게 최고급 선물을 했다. 검정색 가죽으로 만든 사냥 모자와 최고급 가죽 채찍 그리고 붉은색 사냥 재킷이었다. 그녀는 그 선물을 장난스럽게 건네주었다.

젊은 연인들이 흔히 그렇듯 두 사람도 자신의 이야기를 털어놓았다. 로지는 부모가 미국 남부 다코타에 커다란 농장을 소유하고 있어서 어린 시절을 황량한 평원에서 보냈다고 말했다. 그녀는 영국에서 드라마를 공부하겠다고 고집을 피워 그곳을 도망 나올 수 있었다. 그러나 어린 시절의 기억이 모두 나빴던 것은 아니었다. 승마와 사냥, 스키 따위를 배웠고 고등학교 시절에는 연극반과 테니스 코트의 스타였다.

아스토레도 로지에게 속마음을 털어놓았다. 자신이 얼마나 가수가 되고 싶은지, 중세시대의 집들과 왕실의 전통과 관습, 폴로 경기, 여우 사냥과 같은 영국식 생활을 얼마나 동경하는지 고백했다. 그러나 어렸을 적 삼촌인 돈 아프릴레와 시칠리아에 갔던 이야기는 절대 하지 않았다.

로지는 그에게 사냥옷을 입혔다가 벗기며 말했다.

"넌 너무 잘 생겼어. 어쩌면 전생에 영국 군주였는지도 몰라."

하지만 아스토레는 환생을 진심으로 믿는 로지의 이런 점이 유일하게 거북했다. 그러나 그녀와 사랑을 나누고 난 뒤에는 모든 것을 잊어버렸다. 시칠리아에서 지내던 시절만 빼면 지금까지 이렇게 행복했던 적이 없는 것처럼 느껴졌다.

그러나 연말이 되자 프라이어는 아스토레를 자신의 서재로 불러 몇 가지 안 좋은 소식을 전했다. 프라이어는 헐렁한 바지와 농부들이나 입는 편물 윗옷을 입고 눈까지 가려지는 부리 모양의 체크무늬 모자를 쓰고 있었다.

"우린 너와 함께 지내서 정말 기쁘다. 내 아내도 네 노래를 좋아하지. 하지만 안타깝게도 이제 작별할 때가 온 것 같구나. 돈 아프릴레가 너를 시칠리아의 비앙코에게 보내라는 지시를 보냈다. 넌 거기에서 배워야 할 일들이 있어. 그는 널 시칠리아 사람으로 만들고 싶어해. 너도 그게 무슨 뜻인지 알겠지?"

아스토레는 그 소식을 듣고 당황했지만 반드시 복종해야 하는지는 묻지 않았다. 시칠리아에서 살게 되는 것이 기쁘기도 했지만 로지 생각을 하니 마음이 아팠다. 그래서 프라이어에게 물었다.

"한 달에 한 번쯤 런던에 오면 이곳에 머물러도 될까요?"

"물론이지. 아니, 네가 그렇게 하지 않으면 내가 화를 낼 거다. 그런데 그 이유가 뭐냐?"

아스토레는 로지에 대해 설명하고 그녀를 사랑한다고 털어놓았다. 프라이어는 흐뭇한 표정으로 대답했다.

"네가 사랑하는 여자와 헤어지게 된다니 얼마나 좋은 경험이냐. 그래야 진정한 사랑을 확인할 수 있는 법이다. 여자는 고통스럽겠지만 말이다. 하지만 걱정말고 가거라. 그 아가씨의 주소를 적어주렴. 그럼 내가 돌봐줄 테니."

아스토레와 로지는 눈물로 작별 인사를 나눴다. 그는 매달 런던으로 그녀를 만나러 오겠다고 맹세했다. 로지도 절대 다른 남자에게는 눈길도 주지 않겠다고 약속했다. 달콤한 이별이었다. 그러나 아스토레는 내심 로지가 걱정스러웠다. 로지의 아름다운 미소와 외모, 명랑한 성격은 늘 뭇 남자들의 시선을 끌었다. 그가 사랑하는 여자의 장점이 그를 불안하게 만들었다. 여느 연인들이 그렇듯 그도 이 세상의 모든 남자들이 자기가 사랑하는 여인에게 욕망을 품고, 그녀의 아름다움과 유머와 순결한 정신에 매력을 느낄 것 같은 두려움이 들었던 것이다.

아스토레는 비행기를 타고 이튿날 팔레르모에 도착했다. 오랜만에 만난 비앙코는 몰라보게 바뀌어 있었다. 거대한 몸집에 고급스럽게 재단된 실크 양복을 입고 챙이 넓은 흰색 모자를 쓰고 있었다. 과연 자기 지위에 맞는 옷차림이었다. 비앙코의 코스카는 전쟁으로 폐허가 된 팔레르모의 전지역에서 건설 사업을 벌이고 있었다. 덕분에 부유해졌지만 과거보다 더욱 복잡한 일이 많았다. 우선 코를레오네 코스카 같은 강력한 경쟁자로부터 자신의 영역을 지키기 위해서는 시와 로마의 정부 관료들에게까지 뇌물을 상납해야 했다.

비앙코는 아스토레와 포옹을 하면서 오래 전 납치 사건을 떠올렸다. 그리고 돈 아프릴레가 내린 지시사항을 일러주었다. 아스토레는 이제부터 비앙코의 경호원으로 사업에 관한 훈련도 받아야 했다. 그러자면 적어도 5년은 걸릴 것이며, 그 훈련 과정이 끝나면 돈 아프릴레가 신뢰할 수 있는 진짜 시칠리아인으로 태어나는 것이다. 어린 시절 시칠리아를 드나든 덕분에 사투리를 토박이처럼 구사할 수 있는 아스토레는 비교적 순조롭게 출발할 수 있었다.

비앙코는 팔레르모 근교의 대저택에서 여러 명의 하인들과 불철주야 집안을 지키는 경호원들을 거느리고 살고 있었다. 그는 부와 권력 덕택에 이제는 팔레르모의 상류층과도 밀접하게 연결되어 있었다. 아스토레는 낮이면 사격과 폭약 사용법, 로프 사용법 따위를 훈련받았고 저녁에는 비앙코와 함께 그의 친구 집이나 카페에 갔다. 이따금 사교 무도회에도 참석했는데, 그럴 때면 비앙코는 돈 많고 엄격한 과부들의 연인 노릇을 했고 아스토레는 그녀의 딸들에게 달콤한 사랑의 노래를 들려주었다.

그런데 무엇보다 아스토레가 가장 놀란 점은 로마의 고위급 관리들에게 뇌물을 주는 통로가 항상 열려 있다는 사실이었다.

어느 일요일에는 건설부의 고위 관리가 방문해서 한 점의 부끄러운 기색도 없이 서류 가방을 현금으로 채운 다음 비앙코에게 연신 고맙다는 인사를 했다. 그는 변명하듯 돈의 절반은 이탈리아의 수상에게 바칠 거라고 설명했다. 나중에 비앙코와 집으로 돌아오면서 아스토레는 어떻게 그런 일이 가능한지 물었다.

비앙코는 어깨를 으쓱했다.

"절반은 무슨 절반. 수상에게 조금이라도 바치면 좋겠다. 푼돈이라도 바칠 수 있으면 나야 영광이지."

이듬해부터 아스토레는 비행기를 타고 런던에 가서 하룻밤 자고 오는 식으로 로지를 만났다. 그에게는 가장 행복한 밤들이었다.

또 그 해에 그는 포화 세례를 받았다. 그동안 비앙코와 코를레오네 코스카는 휴전 상태였다. 코를레오네 코스카의 두목은 토스키 리모나란 자였다. 악성 기침을 달고 사는 데다 몸집은 왜소하지만 움푹 들어간 눈과 옆모습이 매처럼 사나웠다. 심지어 비앙코도 그를 보면 겁이 나서 목소리가 기어 들어갈 정도였다.

두 우두머리는 시칠리아 최고의 치안판사 한 명이 참석한 중립 지대에서 회담을 갖기로 했다.

'팔레르모의 사자'로 불리는 그 판사는 자신의 부패에 대해 강한 자부심을 갖고 있었다. 그는 마피아 단원들이 살인죄로 형을 받는 것을 축소시켜주고 기소를 거부했다. 그리고 자신이 코를레오네 코스카나 비앙코와 친분이 있다는 사실을 굳이 비밀로 하지 않았다. 그는 팔레르모에서 10마일 떨어진 곳에 으리으리한 저택을 소유하고 있었는데 폭력 사태가 일어나는 것을 방지하기 위해 회담을 이곳에서 열기로 되어 있었다.

두 지도자는 각자 네 명의 경호원만 대동할 수 있었다. 또한 회담을 준비하고 조정하고 집의 빌려주는 대가로 치안판사에게 지불할 비용을 공동 부담했다. 판사는 얼굴을 거의 가리는 갈기 같은 흰 머리카락 때문에 마치 법을 수호하는 화신처럼 보였다.

경호인단을 지휘하는 대장으로 회담에 참석한 아스토레는 두 지도자가 상대에게 보여주는 존경심에 깊은 인상을 받았다. 리모나와 비앙코는 서로 얼싸안고 뺨에 키스를 하고 나서 힘차게 악수를 했다. 그들은 판사가 정성껏 준비한 만찬을 들면서도 내내 웃음을 터뜨리거나 친근하게 속삭였다.

그래서 회담이 끝나고 비앙코와 둘만 남았을 때 그가 '조심해야 한다. 리모나란 놈이 우릴 모조리 죽이려하고 있어'라고 했을 때 어리둥절했다.

그러나 비앙코의 말은 옳았다. 1주일 후 비앙코에게 뇌물을 받는 경위 한 명이 정부(情婦)의 집에서 살해되었다. 또 1주일 후에는 비앙코의 건설 회사 동업자이자 팔레르모의 사교계 거물 한 명이 집안에서 복면을 쓴 남자의 총에 맞아 죽었다.

비앙코는 즉각 경호원의 숫자를 늘렸지만 진정제를 먹지 않으면 불안해서 자동차를 타는 것도 꺼렸다. 코를레오네 코스카는 폭발이 주무기로 알려져 있었던 것이다. 그래서 비앙코는 거의 집안에만 처박혀 있었다.

그러나 두 명의 시청 고위 관리에게 뇌물을 바치기 위해 부득이하게 팔레르모로 가야 할 날이 되자 비앙코는 이왕 나간 김에 그곳에 있는 좋아하는 레스토랑에서 저녁을 먹어야겠다고 생각했다. 그는 메르세데스 자동차와 최고의 운전수와 경호원을 선택했다. 아스토레는 비앙코와 함께 뒷좌석에 앉았다. 그들이 탄 자동차 앞뒤로 운전수 외에 2명의 무장 경호원을 태운 자동차가 호위했다.

그들이 대로를 달리고 있을 때 갑자기 도로 옆에서 두 명의 남자가 탄 모터사이클이 시야에 들어왔다. 그리고 그 중 한 명이 칼라시니코프 권총을 자동차 쪽으로 발사했다. 다행히 아스토레는 이미 비앙코를 바닥으로 밀어 넘어뜨린 후였다. 모터사이클이 시야에서 멀어졌을 때야 그들은 다시 몸을 일으켰다. 모터사이클은 어느새 다른 골목으로 사라져 보이지 않았다.

그런데 3주가 지난 어느 날, 한밤중에 다섯 명의 사내가 비앙코의 저택으로 잡혀들어 왔다. 그들은 꽁꽁 묶인 채 지하실에 갇혔다.

"코를레오네의 부하들이다. 나와 함께 지하실에 내려가보자."

포로들은 비앙코가 예전에 시골에서 즐겨 쓰던 방식대로 팔다리가 서로 얽힌 채 결박되어 있었다. 옆에는 무장한 경호원이 그들을 지키고 있었다. 비앙코는 경호원에게서 권총 한 자루를 건네 받은 다음 아무 말 없이 다섯 명의 뒤통수를 총으로 쏘았다.

"팔레르모 거리에 갖다 버려."

그는 이렇게 명령한 다음 아스토레를 바라보며 말했다.

"사람을 죽이기로 마음 먹었으면 절대 말을 걸어서는 안 된다. 그러다가는 둘 다 난처하게 되지."

"모터사이클을 탔던 놈들인가요?"

"아니야. 하지만 효과는 있을 게다."

정말 그랬다. 그때부터 팔레르모의 마피아 조직들과 코를레오네 코스카 사이에는 평화가 찾아왔다.

아스토레는 거의 두 달 동안 로지를 만나러 런던에 가지 못했다. 그러던 어느 날 이른 아침 로지에게서 전화를 받았다. 그가 급한 일이 있을 때 연락하라고 전화번호를 알려주었던 것이다.

"아스토레, 지금 당장 비행기 타고 와줄 수 있겠어?"

그녀가 낮게 가라앉은 목소리로 물었다.

"무슨 일이야?"

"전화로는 말할 수 없어. 날 진정으로 사랑한다면 와주겠지?"

아스토레는 비앙코에게 허락을 받아야 했다.

"돈 가지고 가거라."

비앙코는 지폐 뭉치를 건네주었다.

아스토레가 아파트에 도착하자 로지는 얼른 그를 집안으로 들어오게 한 다음 꼼꼼히 현관문을 잠갔다. 로지는 사색이 된 얼굴에 처음 보는 헐렁한 목욕 가운으로 온몸을 감싸고 있었다. 로지는 재빨리 아스토레에게 감사의 입맞춤을 했다.

"얘기를 들으면 나한테 화낼지도 몰라."

로지가 슬픈 표정으로 입을 열었다.

순간 로지가 임신을 한 거라고 생각한 아스토레는 재빨리 대답했다.

"아냐, 로지. 내가 어떻게 네게 화를 낼 수 있겠어."

그녀는 아스토레를 힘껏 껴안았다.

"알다시피 네가 떠난 지 1년이 됐어. 나도 네게 충실하려고 노력했어. 하지만 1년은 너무 길었어."

아스토레는 그 말을 듣자 머리 속이 차가워지면서 텅 비는 것처럼 느껴졌다. 그렇다. 로지는 배신한 게 틀림없었다. 하지만 그것 말고 또 다른 이유가 있다. 도대체 왜 내게 빨리 와달라고 한 걸까?

"그랬을 거야. 그런데 왜 날 불렀어?"

"나 좀 도와줘."

로지는 아스토레를 이끌고 침실로 들어갔다. 침대 위에 뭔가 있었다. 아스토레가 시트를 걷어내자 중년 남자가 알몸으로 엎드려 있었다. 귀티 나는 얼굴이었다. 은빛의 짧은 염소 수염 때문이거나 조각처럼 정교한 얼굴선 때문인 것 같았다. 고급스런 양털 매트 위에 가슴을 대고 누워 있는 그의 모습은 군살 하나 없이 마른 편이었다. 그런데 이상하게도 뜬 눈 위에 금테 안경을 쓰고 있었다. 머리는 몸에 비해 큰 편이었지만 어쨌든 잘 생긴 얼굴이었다. 몸에는 아무런 상처도 없지만 아스토레가 지금껏 경험해온 바에 의하면 죽은 사람 같았다. 안경이 비뚤어져 있어서 아스토레는 안경을 바로 씌어주기 위해 다가갔다.

로지가 조그맣게 말했다.

"섹스를 하고 있는데 이 사람이 갑자기 격렬한 발작을 일으켰어. 심장마비를 일으킨 게 분명해."

"언제였어?"

아스토레는 약간 충격을 받은 상태였다.

"간밤에."

"왜 병원 응급실에 연락하지 않았어? 이건 너의 잘못이 아니야."

"아냐, 그는 결혼한 몸이니까 내 잘못일 수도 있어. 우린 아밀 니트레이트(성적 자극을 위해 복용하는 약)를 사용했어. 발기부전이었거든."

로지는 전혀 부끄러움을 모르고 이렇게 털어놓았다.

아스토레는 침착하게 말하는 로지의 태도에 적잖이 놀라고 있었다. 그는 시체를 살펴보면서 묘하게도 이 남자에게 옷을 입히고 안경을 벗겨주어야 할 것 같은 생각이 들었다. 남자는 옷을 벗고 있기에는 너무 늙었다. 적어도 쉰 살은 되어 보였다. 그를 위해서도 좋은 모습은 아니었다. 아스토레는 로지에게 질투나 악의가 있어서가 아니라 젊은이다운 호기심에서 물었다.

"이 남자는 어떻게 만났어?"

"우리 학교 역사 교수야. 정말 친절하고 좋은 분이셨지. 하지만 그건 순간적인 충동이었어. 겨우 몇 초 사이에 일어난 일이야. 난 정말 외로웠어."

그녀는 잠시 말을 멈추더니 아스토레의 눈을 똑바로 쳐다보며 말을 이었다.

"나를 도와줘야 해."

"이 사람이 널 만난다는 사실을 아는 사람 없어?"

"없어."

"난 아직도 경찰에 연락해야 한다고 생각해."

"안 돼. 네가 두렵다면 나 혼자서 이 일을 처리할 거야."

"옷이나 입어."

아스토레는 결연한 표정으로 말했다. 그는 시체 위로 시트를 다시 덮었다.

1시간쯤 뒤에 두 사람은 프라이어의 집에 있었다. 프라이어는 손수 문을 열어주러 나왔다. 그리고 아무 말 없이 두 사람을 서재로 데려간 다음 그들의 이야기를 들어주었다. 프라이어는 로지의 처지를 동정하면서 손등을 부드럽게 토닥이고 위로해주었다. 그러자 로지는 울음을 터뜨렸다. 프라이어는 자신의 모자를 벗으며 진심으로 로지가 가여워서 어쩔줄 모르겠다는 표정을 지었다.

"내게 아파트 열쇠를 줘요. 그리고 여기서 한숨 자요. 내일 집으로 돌아가고. 모든 게 잘 될 거예요. 그 교수는 감쪽같이 사라질 테니까. 아가씨는 이 곳에 1주일쯤 묵었다 미국으로 돌아가면 돼요."

프라이어는 두 사람의 연애 전선에는 아무 일도 일어나지 않았다는 듯 그들을 침실로 안내해주었다. 그러고 나서 자신의 일을 보기 위해 그 방을 나왔다.

아스토레는 그날 밤을 영원히 잊지 못했다. 그는 침대에 누워 로지를 위로해주고 눈물을 닦아주었다.

"겨우 두 번 만났어. 아무런 의미도 없었어. 그냥 절친한 사제지간이었을 뿐이야. 난 네가 그리웠어. 난 그분의 인품을 존경했어. 그런데 그런 일이 일어난 거야. 그는 절정에 이를 수가 없었어. 그분은 내게 말하고 싶지 않았겠지만 발기부전이었어. 내게 니트레이트를 사용해도 되겠냐고 물었어."

엄청난 일에 놀라고 상처받고 절망해 있는 로지에게 아스토레가 할 수 있는 일이라곤 위로뿐이었다. 그러나 한 가지 그의 뇌리에서 떠나지 않은 게 있었다. 로지는 자신이 도착할 때까지 24시간이 넘게 죽은 사람과 함께 있었다. 그 점이 수수께끼였다. 하지만 만일 그것이 수수께끼라면 세상에 수수께끼는 얼마든지 있었다. 아스토레는 로지를 안심시키기 위해 눈물을 닦아주고 뺨에 키스했다.

"다시 만날 수 있는 거지?"

로지가 자신의 나긋나긋한 몸매를 느끼게 하려는 듯 아스토레의 어깨에 얼굴을 파고들며 물었다.

"물론이야."

아스토레는 이렇게 말했지만 확신하지는 못했다.

이튿날 아침에 나타난 프라이어는 로지에게 아파트로 돌아가도 좋다고 말했다. 로지는 감사의 포옹을 했고 그는 다정하게 받아들였다. 밖에는 프라이어의 자동차가 로지를 기다리고 있었다.

로지가 떠난 뒤 프라이어는 중절모와 우산을 들고 아스토레를 공항까지 데려다주었다.

"로지 걱정은 하지 말아라. 우리가 잘 보살펴줄 테니."

"결과를 알려주십시오."

"물론이지. 로지는 마피아의 여인이 되기에 손색없는 여자야. 작은 허물이 있어도 용서해줘야 해."

# 8

  시칠리아에서 여러 해를 보내는 동안 아스토레는 두목이 되기 위한 훈련을 받았다. 심지어 비앙코 코스카의 조직원 여섯 명을 이끌고 코를레오네 코스카의 최고 폭파 전문가를 처치하기도 했다. 그는 시칠리아에서 마피아 소탕을 가장 강력하게 주장하던 이탈리아 군장성을 일거에 제거한 폭파의 명수였다. 그 일로 비앙코의 세력 하에 있는 팔레르모의 마피아 지도자들 사이에서 아스토레의 명성은 자자해졌다.

  아스토레는 팔레르모의 카페나 나이트 클럽에도 자주 드나들며 아름다운 여자들을 만나는 등 사교활동도 활발히 했다. 팔레르모에는 다양한 코스카에 속해 있는 젊은 마피아 단원들이 넘쳐났다. 그들은 하나같이 남자다움을 과시할 뿐만 아니라 정장을 단정하게 차려 입고 손톱을 깔끔하게 손질하고 피부만큼 머리도 윤기있게 가꾸는 등 외모에도 신경을 썼다. 사람들에게 두려움을 주면서도 사랑 받는 존재로 이름을 떨치고 싶어했던 것이다. 그들 중에는 10대들도 끼어 있었는데,

잘 손질한 수염이나 산호처럼 붉은 입술을 보면 나이를 알 수 있었다. 단원들은 다른 남자들에게 한 치도 양보하는 법이 없기 때문에 아스토레는 되도록 그들을 피했다. 게다가 그들은 무모하게도 자기 세계의 상급자들까지 서슴없이 죽이기 때문에 언제 그들도 똑같은 죽음을 당할지 몰랐다. 마피아 단원이 동료를 죽이는 것은 그의 아내를 유혹하는 것과 마찬가지로 죽음으로써 그 죄의 대가를 치러야 했다. 아스토레는 단원들의 자부심을 키워주려고 우호적으로 대하고 존중해주었기 때문에 그들에게 인기가 있었다. 덕분에 그는 부지라는 클럽 댄서와 가벼운 연애를 즐기고, 중대한 사태가 벌어졌을 때 그들의 공격을 피할 수 있었다.

비앙코의 오른팔이 된 아스토레는 자동적으로 코를레오네 코스카와 적대 관계에 놓이게 되었다. 게다가 이제는 정기적으로 시칠리아를 방문하지 않는 돈 아프릴레에게서도 모종의 지시를 받고 있었다.

코를레오네 코스카와 비앙코 코스카가 불화를 일으킨 중요한 원인은 장기적인 전략상의 이견 때문이었다. 코를레오네 코스카는 정부 기관에 반대하는 테러를 주도하기로 결정을 내렸다. 그래서 자신들을 조사하는 치안판사들을 암살하고 시칠리아의 마피아를 소탕하기 위해 파견된 군인들에게 폭탄 테러를 자행했다. 비앙코는 이런 행위가 즉각적인 효과는 있을지 몰라도 장기적으로는 손해라고 생각했다. 하지만 그런 반대 때문에 부하들이 살해당하는 일이 벌어졌다. 격분한 비앙코는 복수를 했고 이내 대혈전으로 이어져서 두 코스카는 다시 휴전을 모색하게 되었다.

시칠리아에 있는 동안 아스토레에게는 절친한 친구 한 명이 있었다. 아스토레보다 다섯 살 많은 넬로 스파라인데, 팔레르모 나이트 클럽의 밴드 가수였다. 그 나이트 클럽에는 예쁜 여급들이 많았는데 일부는 콜걸로 매춘도 했다.

넬로는 수입이 다양한지 돈 씀씀이가 많았다. 그는 항상 세련된 팔레르모 마피아 스타일의 옷차림이었다. 게다가 활기가 넘치고 언제라도 모험을 떠날 준비가 되어 있었다. 나이트 클럽의 여자들은 그가 생일이나 기념일에 작은 선물을 잘 해줬기 때문에 그를 따랐다. 게다가 그가 클럽의 실제 소유주일지도 모른다는 추측이 난무했다. 만약 그렇다면 팔레르모의 모든 유흥업소를 장악하고 있는 마피아들의 철저한 보호 덕분에 이곳보다 일하는데 안정된 곳은 없었다. 그래서 여급들은 넬로와 아스토레가 여는 파티나 야유회에 동반하는 것을 커다란 행운으로 여겼다.

부지는 키가 크고 머리가 까만, 눈에 띄게 활달한 미인으로 넬로 스파라가 일하는 나이트 클럽의 댄서였다. 그녀는 남자와 사귈 때도 화끈하고 독립성이 강한 것으로 유명했다. 한 번도 남자에게 매달린 적이 없었다. 하지만 그녀에게 구애하는 남자들은 돈과 권력을 가져야 했다. 그녀는 마피아들 방식대로 솔직하고 노골적으로 돈을 요구하는 것으로 유명했다. 값비싼 선물을 요구하기도 했지만 그녀의 아름다움과 매력 때문에 팔레르모의 부유한 남자들은 너도나도 부지에게 잘 보이려고 안달이었다.

아스토레와 부지는 몇 년에 걸쳐 진정한 사랑의 수위까지 도달한 연인 관계였다. 부지는 이따금 자신의 이익을 위해 팔레르모의 부자 사업가들과 주말을 보내느라 그를 포기하는 일이 있었지만 아스토레를 가장 좋아했다. 아스토레는 그런 일을 처음 당했을 때 불쾌해서 그녀를 비난했지만 부지는 나름의 논리를 펴며 그를 굴복시켰다.

"난 겨우 스물한 살이에요. 내 미모가 자산이라구요. 난 서른 살이 되면 아이를 두셋 정도 둔 주부가 되어 작은 가게를 열 거예요. 당신과 있으면 행복하지만 당신은 언젠가는 미국으로 돌아갈 게 아닌가요? 나도 물론 따라가고 싶은 마음은 없지만 당신 역시 날 데려가고 싶지 않을 거예요. 우리 그냥 자유롭게 서로 즐기자구요. 내가 당신에게 싫증을 내지 않는 한 당신은 내가 가진 최고의 매력을 누리게 될 거예요. 그러니 제발 유치한 짓은 그만둬요. 난 스스로 벌어서 먹고 살아야 하니까."

부지는 이렇게 말하고 나서 영리하게도 한마디 덧붙였다.

"게다가 당신은 모든 걸 걸기에는 너무 위험한 조건을 가졌어요."

넬로는 팔레르모 근교 해변가에 고급 저택을 소유하고 있었다. 침실이 열 개나 있어 친척들이 얼마든지 묵을 수 있었다. 마당에는 시칠리아 섬의 모양을 본떠 만든 수영장과 거의 사용하지 않는 테니스 코트도 두 개나 있었다.

주말이면 저택은 시골에서 온 넬로의 먼 친척들로 꽉 들어차는 날이 많았다. 수영을 하지 못하는 아이들은 테니스 코트에서 장난감을 가지고 놀거나 낡은 라켓을 가지고 테니스를 쳤다. 또 테니스공을 축구공인 양 발로 차고 노는 바람에 노란 작은 새처럼 생긴 공은 온통 흙먼지를 뒤집어쓰기 일쑤였다.

아스토레는 자연스럽게 이 가족의 삶에 포함되었고 사랑스런 조카로 대접받았다. 넬로는 아스토레에게 형과 같은 존재였다. 넬로는 이따금 아스토레를 클럽 무대로 불러 올려 손님들 앞에서 이탈리아 연가를 부르도록 청했다. 그러면 손님들도 흥겨워했고 여급들에게서도 환호성이 터져 나왔다.

부패하기로 소문난 판사는 또 다시 자기 집을 제공하고 비앙코와 리모나가 회담을 갖는 자리에 합석했다. 이번에도 양측은 네 명의 경호원만 대동할 수 있었다. 비앙코는 평화를 위해 팔레르모의 건축 황제라는 자신의 권리 일부를 기꺼이 포기할 작정이었다.

아스토레 역시 모험을 할 마음이 전혀 없었다. 그래서 세 명의 경호원과 함께 회담장으로 향하기 전에 단단히 무장을 했다.

비앙코와 아스토레는 경호원들을 거느리고 리모나와 수행원들이 기다리고 있는 판사의 집에 도착했다. 식탁에는 각종 코스의 만찬이 준비되어 있었다. 경호원들은 아무도 의자에 앉지 않았고, 무성한 백발을 특이하게 분홍색 리본으로 묶은 판사와 비앙코, 리모나만 식탁에 앉았다. 리모나는 음식을 많이 먹지 않았지만 온화한 표정을 짓고 있는 비앙코에게 우호적이고 수긍하는 태도를 보여주었다. 그는 정부 관리 특히 비앙코에게서 돈을 받는 관리들을 더 이상 암살하지 않겠다고 약속했다.

만찬이 끝나고 마지막 협상을 벌이기 위해 거실로 들어가려 할 때 돌연 판사가 자리에서 일어나며 5분 뒤에 다시 돌아오겠다고 말했다. 그는 화장실이 몹시 급한 듯한 표정과 어색한 웃음을 지으며 양해를 구했다.

리모나가 새 포도주의 병마개를 따더니 비앙코의 술잔에 가득 따랐다. 아스토레는 무심코 창문가로 걸어가 마당 한가운데 나 있는 넓은 길을 힐끗 내려다보았다. 자동차 한 대가 주차되어 있었다. 그때 판사의 커다란 백발 머리가 보였다. 그가 올라타자 자동차는 속력을 내며 어디론가 달렸다.

아스토레는 그 순간 망설이지 않고 여러 갈래로 나뉘어져 있던 생각을 하나로 모았다. 그리고 더 생각할 것도 없이 총을 빼들었다. 리모나와 비앙코는 술잔을 든 손을 서로 엇갈리게 한 채 술을 마시려 하고 있었다. 두 사람에게 다가간 아스토레는 총을 치켜들고 리모나의 얼굴을 쏘았다. 유리잔을 관통한 총알이 리모나의 입 속으로 날아들었다. 식탁 위에 유리잔의 파편이 다이아몬드처럼 어지럽게 흩어졌다. 아스토레는 지체하지 않고 총구를 돌려 리모나의 경호원 네 명에게 발사하기 시작했다. 그의 경호원들도 각자 총을 발사했다. 이윽고 그들의 몸뚱이는 마루에 제멋대로 나동그라졌다.

비앙코는 얼빠진 표정으로 아스토레를 쳐다보았다.

"판사가 저택을 떠났어요."

아스토레의 말에 비앙코는 이 회담이 함정이었다는 것을 알아차렸다.

"몸 조심해라. 저놈의 친구들이 널 가만두지 않을 거야."

비앙코가 리모나의 시체를 가리키며 말했다.


고집스런 사람은 충성심은 강하지만 자칫 사건에 휘말리기 쉽다. 피에트로 피솔리니가 바로 그런 경우였다. 좀처럼 보기 힘든 돈 아프릴레의 자비심 덕택에 목숨을 구한 피솔리니는 절대로 두목은 배반하지 않았지만 자기 가족을 배신했다. 조카인 알도 몬차의 아내를 욕보인 것이다. 이 일은 돈 아프릴레에게 충성을 맹세한 후 여러 해가 지나 피솔리니가 예순 살이던 때에 벌어졌다.

피솔리니의 행동은 한마디로 앞뒤를 못 가린 무모한 짓이었다. 피솔리니는 조카의 아내와 불륜을 저지름으로써 코스카에 대한 지휘력과 영향력을 상당 부분 잃게 되었다. 여러 패거리로 나뉘어져 있는 마피아 세계에서 세력을 유지하려면 무엇보다 가족을 먼저 다스려야 했다. 그런데 하필이면 조카의 아내가 비앙코의 질녀뻘 되는 바람에 상황은 더욱 나쁘게 꼬였다. 비앙코는 남편이라는 자가 자기 질녀에게 어떤 식으로든 복수하는 것을 허용하지 않을 게 뻔했다. 또한 그 조카는 불가피하게 자기 코스카의 두목이자 좋아하는 삼촌인 피솔리니를 죽여야 했다. 그렇게 되면 두 마을은 혈투를 벌이게 될 것이며 그 와중에 여러 사람이 목숨을 잃게 될 것이다. 아스토레는 돈 아프릴레에게 조언을 구하기 위해 이 소식을 전했다. 그러자 답장이 왔다.

"일단 그의 목숨을 살려둬라. 그러고 나서 다시 결정해라."

알도 몬차는 코스카는 물론 그의 집안에서도 가장 쓸 만한 사람이었다. 그도 몇 년 전에 돈 아프릴레 덕분에 목숨을 건진 사람 중 하나였다. 그래서 아스토레가 돈 아프릴레의 별장으로 그를 호출하자 한걸음에 달려왔다. 아스토레는 비앙코에게는 조카딸을 보호해주겠다고 약속한 대신 몬차를 호출한 자리에는 얼씬도 못하게 했다.

몬차는 시칠리아 사람치고는 큰 편인 183센티미터였고, 어릴 때부터 노동으로 단련된 다부진 몸매를 갖고 있었다. 눈은 움푹 들어가고 얼굴에는 살집이 거의 없어서 해골 같은 느낌을 주었다. 그런 외모 때문에 흉악하고 위험하게 보이기도 하고 어떤 때는 슬퍼 보이기도 했다. 몬차는 피솔리니의 코스카에서 가장 영리하고 교육도 많이 받은 축에 속했다. 수의사가 되기 위해 팔레르모에서 교육을 받은 그는 항상 진료 가방을 들고 다녔다. 그는 동물들에게 진심으로 연민을 느꼈고 그의 도움을 요청하는 사람들도 항상 있었다. 그러나 몬차는 여느 농부와 마찬가지로 시칠리아인으로서 지켜야 할 명예로운 규칙에 철저하게 복종하는 사람이었다. 그는 피솔리니 다음으로 코스카에서 강력한 존재였다.

아스토레는 결정을 내렸다.

"피솔리니의 목숨을 구해주기 위해 자네를 여기로 부른 건 아니네. 자네 코스카에서 자네가 복수를 하도록 합의를 보았다는 사실은 나도 알아. 자네가 얼마나 상심했는지도 충분히 이해해. 하지만 자네 아이들의 엄마가 아닌가."

몬차는 아스토레를 노려보았다.

"그년은 나와 아이들을 배신했습니다. 그냥 둘 수는 없어요."

"내 말 좀 들어보게. 피솔리니에 대한 복수를 말리려는 사람은 없을 거야. 하지만 자네 아내는 비앙코의 조카야. 비앙코는 조카딸이 죽으면 가만 있지 않을 걸세. 그의 코스카는 자네 코스카보다 강력하다는 사실을 잊어선 안 돼. 그렇지 않으면 혈투가 벌어질 거야. 부디 아이들을 생각하게."

몬차는 격분한 듯 손사래를 쳤다.

"도대체 누가 내 심정을 알겠습니까? 그년은 창녀예요."

잠시 침묵이 흘렀다.

"그런 갈보년은 마땅히 죽어야 해요."

살기등등한 그의 얼굴은 이 세상을 모두 파괴해버릴 것처럼 보였다.

아스토레는 삼촌과 아내의 불륜으로 상처를 입은 몬차의 자존심과 홀아비로 살아가야 할 그의 인생을 상상해보려고 노력했다.

"내 말 좀 들어보게. 몇 년 전 돈 아프릴레는 자네의 목숨을 구해주셨어. 지금 이 일도 그분이 부탁하신 거야. 우리가 말하는 대로 피솔리니에게 복수하게. 대신 아내의 목숨을 살려주면 비앙코가 아내와 아이들이 브라질에 있는 친척집으로 갈 수 있게 도와줄 거야. 나는 개인적으로 돈 아프릴레에게 이 일에 대해 허락 받았네. 부하이자 친구로서 나와 함께 가세. 자네는 이제 부자로 멋지게 살 거야. 그리고 자네 고향에서 손가락질을 당하지 않을 테고. 또 피솔리니 친구들로부터 복수당할 염려도 없네."

몬차가 놀라거나 화내는 모습을 보이지 않자 아스토레는 내심 마음이 놓였다. 몬차는 5분 정도 말 없이 깊은 생각에 잠겼다. 이윽고 몬차가 입을 열었다.

"우리 가족은 계속해서 먹고살게 해주는 겁니까? 그럼 내 동생이 두목이 되는 겁니까?"

"물론이네. 모두들 내게 그럴 만한 가치가 있는 사람들이네."

"내 손으로 피솔리니를 죽이고 나면 당신을 따르겠습니다. 당신이나 비앙코나 어떤 식으로도 날 방해할 수는 없습니다. 그리고 내 마누라는 삼촌의 시체를 보기 전에는 브라질로 떠나지 못합니다."

"알았네."

아스토레는 이렇게 말하면서도 익살맞게 웃는 피솔리니의 얼굴이 떠올라 가책을 느꼈다.

"언제 할 텐가?"

"일요일입니다. 그 다음날 바로 찾아오겠습니다. 하느님이 시칠리아와 내 마누라를 천 개의 지옥 구덩이에 영원히 처넣기를 기도하겠습니다."

"내가 자네와 함께 자네 마을로 가겠네. 그리고 자네 아내는 내가 보호하게 될 거야. 자네나 조심하게."

몬차가 어깨를 으쓱했다.

"마누라의 몸을 빼앗은 놈에게 내 목숨을 빼앗길 순 없죠."

피솔리니 코스카의 단원들은 그 주 일요일 아침에 일찌감치 모였다. 조카들과 사위들은 복수를 막기 위해 피솔리니의 동생을 죽이느냐 마느냐 하는 문제를 결정해야 했다. 분명한 것은 자신들의 형이 간통을 저질렀고 차마 입 밖으로 말은 하지 못하지만 그에 상응하는 대가를 치러야 한다는 사실이었다. 아스토레는 그들이 논의할 때 어떤 역할도

맡지 않았다. 다만 아이 엄마와 아이들이 해를 입어서는 안 된다는 사실만은 분명히 했다. 하지만 아스토레는 이런 식의 결말에 어떠한 반대도 하지 않는 사람들의 잔인함에 피가 얼어붙는 것 같았다. 그리고 이제야 돈 아프릴레가 자신과 함께였을 때 얼마나 어렵게 자비를 베풀었는지 이해할 수 있었다.

아스토레는 이 일이 단순한 불륜의 문제가 아니라는 점을 이해할 수 있었다. 가령 여자가 정부와 공모해 자기 남편을 배신하려고 마음먹으면 코스카라는 정치적인 조직 안에 얼마든지 트로이의 목마를 들일 수 있다. 여자는 조직의 비밀을 누설하고 방어력을 약화시킨다. 그리고 자기 애인에게는 남편의 조직을 붕괴시킬 수 있는 힘을 준다. 다시 말해 전쟁 스파이가 되는 것이다. 하지만 사랑은 이런 배반 행위의 명분이 될 수 없었다.

피솔리니 코스카는 일요일 아침 알도 몬차의 집에 아침 식사를 겸해서 모였고 여자들은 아이들을 데리고 미사에 참석하러 성당에 갔다. 코스카의 남자 셋은 피솔리니의 동생을 들판으로 데리고 나가 그대로 죽여 버렸다. 그 사이에 나머지 사람들은 피솔리니가 늘어놓는 변명과 아부를 잠자코 듣고만 있었다. 알도 몬차는 피솔리니의 농담에 전혀 웃지 않았다. 손님으로 참석한 아스토레는 피솔리니 옆에 앉아 있었다.

"알도, 넌 생긴 것처럼 점점 더 까탈스러워지는구나."

피솔리니가 능글맞은 미소를 띠며 조카에게 말했다.

그러자 몬차는 삼촌을 노려보았다.

"난 삼촌처럼 그렇게 유쾌할 수가 없어요. 난 삼촌 마누라와 잘 수 없으니까요. 아셨어요?"

그 말과 동시에 코스카 단원 세 명이 피솔리니의 양팔을 붙잡아 의자에 앉혔다. 몬차는 부엌으로 가서 동물 치료 기구가 들어 있는 가방을 가져왔다. 그리고 이렇게 말했다.

"삼촌이 잊고 있던 걸 제가 가르쳐드리지요."

아스토레는 그만 고개를 돌리고 말았다.

화창한 일요일 아침, 유명한 성모 마리아 성당으로 향하는 진흙길에 커다란 흰색 말이 천천히 걷고 있었다. 말 위에는 피솔리니가 앉아 있었다. 커다란 나무 십자가에 허리를 기댄 채 안장 위에 꽁꽁 묶여 있는 모습이 마치 살아 있는 것처럼 보였다. 그러나 면류관을 쓴 것처럼 보이는 머리 위에 나뭇가지와 풀을 섞어 얼기설기 만든 둥지가 얹혀져 있었고 그 안에는 그의 음경과 고환이 들어 있었다. 그의 이마 위로 가느다란 거미줄처럼 피가 흘러내리고 있었다.

알도 몬차와 그의 아름다운 아내는 교회 계단에서 이 모습을 지켜보았다. 아내가 성호를 그으려 하자 몬차는 아내의 팔을 억지로 잡아채어 끌어내린 다음 얼굴을 똑바로 들어 바라보게 했다. 그런 다음 아내를 억지로 길가로 끌고 가 시체를 따라 걷게 했다.

이때 몬차의 아내를 팔레르모로 데려가기 위해 기다리고 있던 아스토레가 그녀를 자동차에 태우려고 했다. 그러자 몬차가 다가와 아스토레와 자기 아내의 앞을 가로막았다. 몬차의 얼굴은 증오로 이글거렸다. 아스토레는 조용히 몬차의 얼굴을 응시하며 경고하듯 손가락을 들어올렸다. 몬차는 말없이 그들이 가게 내버려두었다.

\* \* \*

리모나를 죽인지 6개월이 지난 어느 날 넬로는 아스토레에게 주말을 자기 집에서 보내자며 초대했다. 두 사람은 테니스와 해수욕을 하기로 했다. 그 지역에서 많이 잡히는 기막히게 맛있는 생선 요리도 배불리 먹고, 클럽에서 가장 예쁜 댄서인 부지와 스텔라를 데려가기로 했다. 마침 주말에 시골에서 집안 사람의 결혼식이 있어서 그 주에는 친척들이 한 명도 오지 않았다.

시칠리아의 날씨는 정말 아름다웠다. 특히 참기 힘들 정도로 뜨거운 햇살을 가려주는 그늘 아래서 바라보는 하늘은 더할 나위 없이 푸르렀다. 아스토레와 넬로는 여자들과 함께 테니스 시합을 했다. 여자들은 라켓을 난생 처음 잡아봤지만 열심히 공을 펜스 위로 넘겼다. 넬로는 사람들에게 해변까지 걸어가서 수영을 하자고 제안했다.

다섯 명의 경호원들은 베란다 그늘에서 하인들이 가져다주는 음료와 음식을 먹으며 나름대로 휴가를 즐겼다. 그렇다고 경계를 늦추지는 않았다. 그들은 수영복을 입은 두 여자의 미끈한 몸매를 감상하면서 침대에서는 둘 중에 누가 더 화끈할까 따위의 농담을 주고받다 만장일치로 부지일 거라고 결론을 내렸다. 이러한 왁자한 농담과 웃음소리는 무엇보다 주위를 환기시키는 데 각별한 효과를 발휘했다. 그렇게 웃고 떠들던 그들도 이제 바지단을 접어 올리며 해변으로 나갈 채비를 했다.

그때 아스토레가 그들을 호출했다.

"멀리 가지 않고 보이는 데 있을 테니까 거기 앉아서 음료수나 마시게."

네 사람은 파도가 밀려오는 곳까지 걸었다. 아스토레와 넬로가 앞장서고 두 여자는 그 뒤를 따랐다. 50야드쯤 왔을 때 두 여자는 갑자기 수영복을 벗어 던지기 시작했다. 어깨 끈을 내리자 햇볕에 그을리지 않은 동그란 컵 자국이 난 가슴이 드러났다.

그들은 한꺼번에 바다로 뛰어들었다. 파도는 잔잔하고 부드러웠다. 넬로는 수영을 아주 잘 했다. 그는 잠수한 채 스텔라의 다리 사이로 다가간 다음 그녀를 어깨에 태운 채 일어서기도 했다. 넬로가 아스토레를 보며 '이봐!' 라고 외치자 아스토레는 물살을 헤치며 넬로를 잡으려고 헤엄을 쳤다. 그때 부지가 뒤에서 그를 잡고 매달렸다. 아스토레는 부지를 물 속으로 밀어 넣으며 함께 잠수했다. 그러나 부지는 놀라기는커녕 엉덩이 쪽에서 아스토레의 수영복을 벗기려 했다.

그 순간 아스토레는 물 속에서 무언가 진동하는 소리를 들었다. 그와 동시에 부지의 새하얀 유방이 푸른 물 속에 둥둥 떠 있는 것이 보였고 이내 깔깔 웃는 그녀의 얼굴이 가까이 다가왔다. 진동소리가 점점 더 크게 들려오자 아스토레는 엉덩이에 부지를 매단 채로 수면 위로 튀어 올랐다.

그때 시야에 가장 먼저 들어온 것은 가까이 다가오는 보트였다. 물 속과 달리 바깥에서는 모터가 천둥 같은 굉음을 냈다. 넬로와 스텔라는 벌써 모래사장에 올라가 있었다. 어느새 저들이 물에서 나간 것일까? 멀리 바지단을 걷어올린 채 바다를 향해 달려오는 경호원들이 보였다. 그는 부지를 물 속으로 밀어 넣은 다음 해변으로 헤엄쳐 나오려고 했다. 그러나 너무 늦었다. 어느덧 보트는 지척에 다가왔다. 총을 겨눈 한 남자가 보트에 타고 있었다. 권총이 발사되었지만 모터 소리에 묻혀 들리지 않았다.

첫 번째 총알은 아스토레의 몸을 관통했다. 총잡이에게 그는 너무 쉬운 과녁이었다. 아스토레의 몸뚱이는 물 밖으로 튀어나갈 듯하다 다시 물 속으로 고꾸라져 버렸다. 이내 보트가 달아나는 소리가 들렸다. 부지는 아스토레의 몸을 끌어안은 채 물살을 헤치며 모래 위로 끌어올리려고 했다.

경호원이 도착했을 때 아스토레는 모래밭에 얼굴을 처박고 누워 있었다. 총알은 그의 목을 관통했다. 부지는 그 옆에서 울고 있었다.

아스토레가 부상에서 완전히 회복하기까지는 4개월이 걸렸다. 비앙코는 그를 팔레르모에 있는 작은 개인 병원에 숨겨놓고 경호를 해가며 최상의 치료를 받게 해주었다. 비앙코는 매일 그를 문병했고, 부지는 클럽이 쉴 때마다 찾아와주었다.

퇴원이 가까워졌을 무렵 부지는 아스토레에게 성모 마리아를 새긴 제법 큰 황금 원반이 달린 5센티미터 두께의 금목걸이를 선물했다. 그녀가 손수 채워준 목걸이는 마치 옷깃 같았고, 원반 덕분에 상처가 가려져서 보이지 않았다. 마침 상처 부위에 반창고를 붙여두었는데 원반 덕분에 반창고가 떨어질 염려가 줄어들었다. 원반은 1달러짜리 동전보다 작았지만 상처를 완전히 가려주면서도 마치 장신구처럼 보였다. 그렇다고 남자답지 못하다는 느낌은 주지 않았다.

"어때요? 정말 제격이네. 그 상처는 도저히 볼 수가 없었어요."

부지는 그에게 부드럽게 키스했다.

"이제 하루에 한 번만 반창고를 새로 붙이면 된다고 하더라."

비앙코가 말했다.

"황금을 탐내는 사람이 내 목을 베가는 거 아냐?" 아스토레가 장난스럽게 말했다. "그런데 이런 게 꼭 필요할까?"

"존경받는 사람은 적이 만든 상처를 밖으로 보여서는 안 된다. 게다가 부지 말대로 그 상처는 보기에도 끔찍해."

아스토레는 비앙코가 자신을 존경받는 사람이라고 불러준 사실만 뇌리에 맴돌았다. 마피아 두목 중에서도 비앙코가 이런 칭호를 붙여준 것이다. 아스토레는 놀라면서도 기분이 우쭐해졌다.

부지가 떠난 후 —그녀는 팔레르모에서 가장 부유한 포도주 상인과 주말 약속이 있었다— 비앙코는 아스토레에게 거울을 비춰주었다. 금으로 만든 목걸이는 꽤 공들여 만든 티가 났다. 아스토레는 성모 마리아를 생각했다. 시칠리아에서는 길가의 성소나 자동차 안, 집안, 심지어는 아이들의 장난감에서도 성모 마리아를 쉽게 볼 수 있었다.

"왜 시칠리아 사람들은 성모 마리아를 숭배하죠? 예수 그리스도 대신인가요?"

비앙코는 어깨를 으쓱했다.

"예수는 어쨌든 인간이니 완전히 신뢰할 수 없어서 그런 게 아니겠냐? 골치 아프니 그런 건 잊어라. 넌 미국으로 돌아가기 전에 런던에서 1년 정도 프라이어와 함께 지내면서 금융 사업에 대해 배우게 될 게다. 네 삼촌의 명령이야. 그리고 한 가지 명령이 더 있다. 넬로는 반드시 죽여야 한다."

아스토레는 병원에 있는 동안 넬로가 그 사건에 관여했을 거라는 확신을 가졌다. 하지만 무엇 때문에 그랬을까? 그들은 오랫동안 절친한 친구였고 진정한 우정을 나누어왔다. 그런데 그 와중에 조직원이 살해당하는 일이 일어났다. 그렇다면 넬로는 어떤 식으로든 코를레오네 코스카와 관계를 맺고 있다는 의미가 되고 그래서 선택의 여지가 없었을지도 모른다.

넬로가 한 번도 아스토레를 문병오지 않은 것도 그런 의심을 더욱 갖게 했다. 넬로는 팔레르모에서 사라졌는지 더 이상 클럽에 나오지 않았다. 그래도 아스토레는 여전히 자신의 추측이 잘못된 것이기를 바랐다.

"정말 넬로가 그랬을 거라고 확신하는 겁니까? 그는 가장 친한 친구예요."

"그렇지 않으면 누구겠느냐? 그는 너의 친구이기도 하지만 가장 위험한 적이다. 어쨌든 넌 존경받는 사람으로서 직접 그를 처단해야 한다. 그럼 몸조리나 잘 하거라."

다음 번에 비앙코가 방문했을 때 아스토레는 이렇게 말했다.

"우리에겐 넬로의 죄를 입증할 만한 증거가 없어요. 그 문제는 그냥 잊어버리고 코를레오네 측과 평화협정을 맺으세요. 제가 총에 맞아 죽었다는 소문을 퍼뜨리시구요."

비앙코는 처음으로 화를 내며 반대했지만 결국에는 아스토레의 지혜로운 조언을 받아들이면서 새삼 그가 현명하다는 생각이 들었다. 비앙코가 코를레오네 측과 평화협정을 맺음으로써 이제 승부는 같아졌다. 사실 넬로는 단순히 인질일 뿐 죽일 만한 가치도 없었다. 적어도 또 다른 그날이 올 때까지는.

일정을 조정하고 합의하기까지 1주일이 걸렸다. 아스토레는 런던에 들러 프라이어에게 얼마간 경영 수업을 받은 뒤 미국으로 돌아가기로 했다. 비앙코는 아스토레에게 알도 몬차가 미국으로 건너가 돈 아프릴레 수하에 있으면서 뉴욕에서 그를 기다리고 있을 거라고 말해주었다.

아스토레는 런던에서 프라이어와 1년을 함께 지냈다. 그것은 일종의 훈련 과정이었다.

프라이어는 서재에서 레몬을 첨가한 포도주를 마시면서 아스토레를 위한 특수 계획에 대해 설명을 해주었다. 아스토레가 시칠리아에 머물렀던 것도 돈 아프릴레가 아스토레에게 중요한 역할을 맡기기 위한 특수 계획의 일부였다.

아스토레는 로지의 안부를 물어보았다. 아름다울 뿐만 아니라 삶의 순수한 기쁨을 누릴 줄 알고 섹스를 비롯해 모든 것에 관대한 로지를 그는 한 번도 잊은 적이 없었다. 때로는 그녀가 미치도록 그리웠다.

프라이어는 눈을 치켜 떴다.

"로지는 마피아의 여자야. 자네도 로지를 잊어서는 안 돼."

"로지가 어디에 있는지 아세요?"

"물론이지. 지금 뉴욕에 있어."

"로지에 대해 많은 생각을 했어요. 우린 너무 오랫동안 떨어져 있었고 그녀는 너무 젊었죠. 그런 일이 일어난 건 지극히 당연해요. 다시 그녀를 만나고 싶었어요."

아스토레는 머뭇거리며 말을 꺼냈다.

"아무렴, 왜 그렇지 않았겠느냐? 저녁 식사 후에 네가 알고 싶어하는 소식을 들려주마."

그날 밤 늦게 아스토레는 프라이어의 서재에서 로지에 관해 자세한 이야기를 들었다. 프라이어는 전화 통화 내용을 녹음한 테이프를 들려주면서 로지가 자신의 아파트에서 여러 남자들과 만나고 있다는 사실을 알려주었다. 로지는 그들과 성관계를 갖고 그 대가로 값비싼 선물이나 돈을 받는 게 분명했다. 그녀가 오직 자신에게만 들려줬을 거라고 믿어왔던 말투며 웃음소리, 유머, 애교 섞인 목소리를 들은 아스토레는 심한 충격을 받았다. 로지는 매력 넘치는 여자지만 천박하거나 타락한 모습은 보이지 않았다. 그녀 자신도 학교 무도회에 참가하는 여고생 같다는 소리를 들으려고 노력했다. 그렇다면 그녀의 순수함은 완벽한 연기였단 말인가?

프라이어는 눈 바로 위까지 모자를 푹 눌러썼지만 시선은 아스토레를 향하고 있었다.

"정말 대단한 여자예요, 그렇죠?"

"타고났어."

"제가 로지와 함께 다닐 때도 이런 테이프를 만드셨나요?"

"널 보호하는 건 내 의무였다."

프라이어가 변명하듯 말했다.

"그런데 왜 한 번도 말씀하신 적이 없죠?"

"넌 사랑에 빠져 있었다. 내가 굳이 네 기쁨을 망쳐야 했겠느냐? 로지는 탐욕스럽지도 않고 너에게 잘해줬지. 내게도 젊은 시절이 있었지만 사랑에 있어서 진실은 별로 중요하지 않단다. 내 말을 믿거라. 어쨌든 로지는 대단한 여자야."

"고급 콜걸이죠."

아스토레가 냉소적으로 말했다.

"꼭 그렇지도 않아. 로지는 재주껏 살아가야 한다. 열네 살 때 집을 떠났지만 머리가 좋고 공부하고 싶어해. 또 행복하게 살고 싶어하지. 그건 모두 자연스런 소망이지. 게다가 로지는 남자들을 행복하게 해주는 흔치않은 재주를 가지고 있어. 그녀가 그에 대한 대가를 받는 것은 당연하다."

아스토레가 웃었다.

"아저씨는 개방적인 시칠리안이네요. 하지만 24시간 동안 죽은 연인의 시체와 함께 있었다면요?"

프라이어는 흐뭇한 웃음을 지었다.

"바로 그 점이 로지의 가장 큰 장점이지. 진짜 마피아의 여인이 될 자격이 있어. 로지는 따뜻한 마음과 냉철한 머리를 가졌어. 얼마나 완벽한 조합이냐. 정말 놀라워. 하지만 항상 로지를 조심해야 한다. 그런 여자는 위험해."

"그럼 아밀 니트레이트는요?"

"그 점에 대해선 로지도 몰랐을 게다. 로지는 너를 만나기 전부터 교수와 연애를 했고 그는 언제나 약에 의존했어. 우리가 알아야 할 것은 로지가 자신의 행복만 생각하느라 다른 것은 미처 생각하지 못했다는 거야. 로지에겐 의지할 사람이 없다. 웬만하면 연락하고 지내는 게 어떠냐? 아마 그녀의 재주를 요긴하게 이용할 때가 있을 게다."

"저도 그렇게 생각해요."

아스토레는 이렇게 말하면서 자신이 로지에 대해 어떤 분노도 품고 있지 않다는 사실에 놀랐다. 그녀의 매력 때문에 자신도 모르는 사이에 그녀를 용서하게 된 것이다. 그는 프라이어에게 모든 것을 용서할 거라고 말했다.

"잘 생각했다. 여기서 1년만 있다가 돈 아프릴레에게 가거라."

"그런데 비앙코는 어떻게 되는 거죠?"

프라이어는 고개를 저으며 한숨을 내쉬었다.

"아마 비앙코는 굴복할 거야. 코를레오네 코스카가 워낙 힘이 막강하니 말야. 하지만 그들은 이미 평화협정도 맺었고 너를 뒤쫓지는 않을 거야. 사실 비앙코는 성공하면서 너무 부드러워졌어."

아스토레는 계속해서 로지를 추적했다. 경계심 반, 평생 가장 사랑했던 여인에 대한 연민 반의 심정이었다. 학교로 돌아간 로지는 뉴욕대학교에서 심리학 박사과정을 밟으며, 아파트를 얻어 본격적으로 은밀하게 나이 많고 부유한 남자들의 정부 노릇을 하고 있었다.

그녀는 매우 영리했다. 동시에 세 남자를 만나면서 돈이나 보석, 부자들만 드나들 수 있는 고급 온천 이용권 —그녀는 그곳에서 또 다른 남자들을 만났다— 따위의 값비싼 선물을 적절히 배분해서 받기도 했다. 그런 선물은 거절하지는 않지만 노골적으로는 아무것도 요구하지 않기 때문에 그녀를 직업적인 콜걸이라고 부를 수 없었다.

그녀가 남자들과 사랑에 빠졌다고 생각하는 것은 섣부른 판단이었다. 로지는 한 번도 그들의 결혼 신청을 받아들이지 않았기 때문이다. 그녀는 줄곧 사랑하는 친구로 남고 싶으며 자신은 물론 상대를 위해서도 결혼생활은 적합하지 않다고 주장했다. 그러면 대부분의 남자들은 그녀의 말에 고마워하며 안도했다. 로지는 결코 돈을 노리고 남자를 유혹하는 여자가 아니었다. 돈에 집착하거나 탐욕스런 모습도 보여주지 않았다. 다만 부유하고 자유스럽게 살고 싶어했다. 또 만일을 대비해 돈을 모아 두어야 한다는 생각을 갖고 있었다. 그녀는 다섯 개의 은행 계좌와 두 개의 비밀 금고를 갖고 있었다.

아스토레가 로지를 다시 만나기로 결심한 것은 돈 아프릴레가 세상을 떠난 뒤 몇 달 만이었다. 자신의 계획에 로지의 도움이 필요하다는 생각이 들어서였다. 로지의 비밀을 알고 있는 한 그녀 때문에 마음이 혼란스러워지는 일은 없을 거라고 장담했다. 게다가 로지는 그에게 빚을 지고 있었다. 그것도 아주 치명적인 빚이었다.

아스토레는 그녀에게 어느 정도 바람기가 있다는 사실도 알고 있었다. 로지는 쾌락을 통해 정신이 고양된다는 거의 종교에 가까운 믿음을 갖고 있었다. 게다가 자신은 행복해질 권리가 있으며, 그것이 다른 어떤 것보다 중요하다고 확신했다.

그러나 아스토레는 무엇보다 그녀를 다시 만나고 싶었다. 많은 남자들이 그렇듯 그 역시 세월이 지나면서 배신에 대한 기억은 옅어지고 매력은 더욱 크게 느껴졌다. 이제 로지의 죄는 그를 사랑하지 않은 증거가 아니라 젊은 시절의 실수처럼 여겨졌다. 아스토레는 로지와 사랑을 나눌 때 분홍빛으로 물들던 새하얀 젖가슴이 떠올랐다. 수줍게 머리로 파고들던 모습하며 사랑스럽고 명랑한 분위기, 부드럽고 따뜻한 유머만 생각났다. 긴 다리로 가볍게 걷는 모습이라든지 그녀의 입술이 자기 입술에 닿았을 때의 뜨거운 감촉까지. 하지만 그는 이번 방문이 전적으로 사업상의 일일 뿐이라고 스스로 다짐했다. 그는 로지에게 부탁할 일이 있었다.

로지가 막 아파트로 들어가려고 할 때였다. 아스토레가 웃음 띤 얼굴로 앞을 가로 막으며 '잘 있었어?' 라고 인사했다. 로지는 너무 놀라 오른손에 들고 있던 책을 바닥으로 떨어뜨렸다. 얼굴은 이내 기쁨으로 홍조를 띠었고 눈동자는 반짝거렸다. 그녀는 아스토레의 목에 팔을 두르며 입맞춤을 했다.

"다시 만나게 될 줄 알았어. 네가 날 용서해줄 줄 알았어."

로지는 이렇게 소리치며 아스토레를 아파트 안으로 이끌더니 계단으로 안내했다.

방으로 들어간 로지는 자신이 마실 포도주와 아스토레를 위한 브랜디를 준비했다. 그리고 소파에 앉은 아스토레 곁으로 왔다. 방은 호화스럽게 꾸며져 있었다. 아스토레는 그 돈이 어디에서 나왔는지 짐작하고 있었다.

"왜 이렇게 오래 기다리게 했어?"

로지는 이렇게 말하면서 손에 끼고 있던 반지와 귀걸이를 뺀 다음 귓볼을 몇 차례 잡아당겼다. 그리고 왼손에 차고 있던 금과 다이아몬드로 장식된 팔찌 세 개를 오른손으로 밀어내 뺐다.

"나 바빠. 널 찾는데 오래 걸렸어."

로지는 부드럽고 은근한 눈길로 아스토레를 바라보았다.

"지금도 노래 불러? 아직도 그 우스꽝스런 빨간 사냥 재킷 입고 말도 타?"

로지는 그에게 다시 키스했다. 아스토레는 머리 속이 서서히 뜨거워지면서 자신도 모르게 반응하기 시작했다.

"안 돼, 로지. 우린 옛날로 돌아갈 수 없어."

그러나 로지는 막무가내로 아스토레를 일으켜 세우며 말했다.

"그때가 내 인생에서 가장 행복한 순간이었어."

두 사람은 곧 침실로 향했다. 그리고 알몸이 되었다. 로지는 침실 옆 탁자 위에 놓여 있는 향수병을 들어올려 먼저 자신에게 뿌린 다음 아스토레에게도 뿌려주었다.

"샤워할 시간도 없겠지?"

그녀는 이렇게 말하며 깔깔대고 웃었다. 두 사람은 함께 침대로 들어갔고, 그녀의 가슴은 서서히 분홍빛으로 물들어갔다.

아스토레는 난생 처음 영혼과 육체가 별개라는 사실을 경험했다. 그는 섹스 자체는 즐거웠지만 로지를 사랑할 수 없었다. 자꾸만 그날 하루 종일 죽은 교수의 시체를 지켰을 로지의 모습이 떠올랐다. 만일 교수의 목숨이 붙어 있었더라면 내가 그를 살리려고 애썼을까? 로지는 혼자서 교수의 주검과 무엇을 했을까?

로지는 바로 누운 채 손을 뻗어 아스토레의 뺨을 만졌다. 그리고 고개를 돌려 조그만 목소리로 흥얼거렸다.

"그 늙은 흑인 마법사의 마법도 더 이상 듣지 않네."

로지는 그의 목에 채워져 있는 황금 메달을 만지작거리다 흉칙한 보랏빛 상처를 발견하자 입을 맞추었다.

"괜찮아."

로지는 침대에서 일어나 알몸의 상체를 그의 몸 위로 올렸다.

"내가 그 교수를 죽게 내버려두었다고, 그와 함께 있었다고 날 용서 못하는 거지, 그렇지?"

아스토레는 아무 대답이 없었다. 그는 아마 지금 그녀에 대해 알고 있는 것을 영원히 말하지 못할 것이다. 그녀가 하나도 변하지 않았다는 사실을.

로지가 침대에서 나와 옷을 입는 동안 아스토레는 그대로 누워 있었다.

"넌 예전보다 훨씬 무서워졌어. 너 말야, 돈 아프릴레가 입양한 조카가 맞지? 그리고 런던에 있는 프라이어 씨가 내 일을 처리해준 것도 알아. 영국계 은행가인 그가 이탈리아 이민자라는 사실을 너도 모르지 않을 거야. 겉으로 분간하기는 힘들지만 말야."

그들은 거실로 나왔고 로지는 다시 술을 따랐다. 그녀는 갈망하는 눈빛으로 아스토레를 쳐다보았다.

"난 네 정체를 알고 있어. 하지만 개의치 않아, 정말이야. 우린 진짜 영혼이 통하는 친구야. 정말 완벽하지 않아?"

아스토레는 웃었다.

"나도 영혼이 통하는 친구를 원해. 오늘 찾아온 이유도 사업 때문이고."

로지는 어느새 냉랭한 표정을 짓고 있었다. 일시에 모든 매력이 사라져버린 것 같았다. 로지는 다시 손가락에 반지를 끼었다.

"잠깐 상대해주는 데 5백 달러야. 수표도 받아."

로지가 짓궂은 표정으로 농담을 했다. 아스토레는 로지가 생일이나 명절에만 선물을, 그것도 상당히 고가의 선물만 받는다는 사실을 알고 있었다. 이 아파트도 애인이 선물로 준 것이다.

"그렇게 심각한 일은 아니야."

아스토레는 이렇게 운을 띄운 다음 스투르조 형제에 관해 자세히 이야기하고 그녀가 할 일을 설명해주었다. 그리고 마지막으로 수고비에 대해 구체적인 조건을 제시했다.

"지금 당장 2만 달러를 주겠어. 그리고 일이 끝나면 나머지 10만 달러를 지불하지."

로지는 뭔가 생각하는 표정으로 아스토레를 바라보았다.

"그 뒤엔 어떻게 되는 거지?"

"넌 아무 걱정할 필요 없어."

"만일 내가 거절한다면 어떻게 할 거야?"

아스토레는 어깨를 으쓱했다. 그 점에 대해서는 생각하고 싶지 않았다.

"그건 생각해보지 않았어."

"설마 날 영국 사법기관에 넘기지는 않겠지?"

"그런 일은 없을 거야."

로지는 그의 목소리에 담긴 진지함을 의심하지 않았다.

"좋아."

로지는 한숨을 내쉬며 말했다. 그러나 이내 눈동자를 반짝거리며 애써 웃음을 지었다.

"또 다른 모험인 걸."


아스토레는 알도 몬차가 다리를 누르는 통에 과거의 기억에서 깨어났다. 자동차는 웨체스터를 통과하고 있었다.

"30분만 더 가면 됩니다. 스투르조 형제를 처단할 준비를 하십시오."

아스토레는 차창 밖으로 막 내리기 시작한 눈송이들이 흩날리는 모습을 뚫어지게 바라보았다. 눈 덮인 시골 들판에 서 있는 헐벗은 나뭇가지들은 마법사가 요술 지팡이를 휘두른 듯 반짝거렸다. 자갈밭에는 담요처럼 뒤덮은 눈이 밤하늘의 별처럼 반짝거렸다. 순간 차가운 고독이 밀려왔다. 오늘밤 이후로 그가 속한 세상을 비롯해 그 자신과 인생도 지금까지와 다른 방향으로 흘러갈 것이다.

이윽고 아스토레는 발이 푹푹 빠지도록 눈이 쌓인 언덕에 홀로 서 있는 을씨년스런 집에 도착했다.

집 안으로 들어가니 스투르조 형제가 손에는 수갑을 차고 다리에는 족쇄를 찬 채 몸통에 꼭 맞도록 조절이 되는 특수 구금 재킷을 입고 침실 바닥에 누워 있었다. 무장한 몬차의 부하들이 그들을 감시하고 있었다.

"이거 안 됐군. 당신들이 워낙 위험 인물들이라서 어쩔 수 없어."

아스토레가 동정하듯 말을 꺼냈다.

형제는 전혀 다른 반응을 보였다. 스테이스는 체념한 듯 담담했지만 프랭키는 평소의 유쾌한 표정은 온데간데 없고 증오 때문에 괴수처럼 변한 얼굴로 사람들을 노려보았다.

아스토레가 침대에 걸터 앉았다.

"이미 사태는 파악했겠지?"

스테이스가 중얼거렸다.

"로지가 미끼였군. 정말 좋은 여자였는데. 그렇지 않아, 프랭키?"

"암, 대단한 여자지."

신경이 곤두 선 프랭키는 애써 목청을 낮춰 말했다.

"그래서 로지가 당신들을 진심으로 좋아한 거군. 로지는 당신들 특히 프랭키에게 반한 것 같더군. 그녀로서도 정말 하기 힘든 일이었을 거야."

프랭키가 빈정거리듯 말했다.

"그런데 왜 이런 짓을 했소?"

"내가 거액을 제시했기 때문이오. 엄청나게 많은 돈이지. 거액이라면 어느 정도일지 프랭키, 당신도 알 걸."

"난 몰라."

"당신들처럼 영리한 사람들이 돈 아프릴레를 살해한 대가로 그만한 돈을 받지 않았을 리가 없지. 백만 달러요? 아니면 2백만 달러?"

"둘 다 틀렸소. 우린 그 일에 가담하지 않았소. 우린 그런 멍청이가 아니야." 스테이스가 말했다.

"당신들이 명사수라는 거 다 알고 있어. 특히 배짱이 좋기로 소문이 났더군. 내가 뒷조사를 다 해봤소. 내가 이제 알고 싶은 것은 브로커 이름이요."

"당신이 틀렸어. 도대체 왜 우리에게 이러는 거지? 당신은 도대체 누구야?"

"난 돈 아프릴레의 조카요. 그의 최종 청소부라고 할 수 있지. 난 지난 6개월 동안 당신들을 추적했어. 아프릴레가 저격을 당하던 날 당신들은 L.A.에 없었소. 1주일 동안 자취를 감추었지. 프랭키, 당신은 아이들 농구 수업을 두 번이나 빼먹었어, 그렇지? 스테이스, 당신은 가게에 코빼기도 보이지 않았어. 심지어 전화도 걸지 않았어. 그때 어디에 있었는지 어서 불어보시지."

"라스베거스에서 도박을 했어. 제발 이것 좀 벗겨줘. 그럼 더 자세하게 얘기해줄 테니. 우리가 무슨 후디니(헝가리 태생의 세계적 마술사. 특히 탈출 묘기로 유명했다)도 아니고 말야."

아스토레는 이해한다는 듯 미소를 지었다.

"알았소, 조금만. 스테이스, 당신은?"

"난 타호에서 여자 친구와 보냈소. 빌어먹을, 그걸 여태까지 기억하는 사람이 어디 있소?"

"아무래도 각자 이야기하는 게 더 낫겠군."

아스토레는 이렇게 말한 뒤 주방으로 내려갔다. 주방에서는 몬차가 그를 기다리며 커피를 마시고 있었다. 아스토레는 몬차에게 쌍둥이를 서로 다른 방에 가두고 각자 두 명의 경호원을 붙이라고 지시했다. 몬차는 여섯 명으로 구성된 경호대를 지휘했다.

"놈들은 제대로 잡은 것 같습니까?"

"그런 것 같네. 만일 놈들이 잘못 걸려들었다면 운이 없는 거지. 알도, 자네에게 부탁하고 싶지는 않지만 놈들이 입을 열도록 도와줘야겠어."

"놈들은 지금까지 아무 말도 하지 않았습니다. 고집이 보통이 아니에요. 힘든 상대인 게 틀림없습니다."

"그렇게 힘 빠지는 얘기할 텐가?"

아스토레는 1시간쯤 기다렸다가 프랭키가 있는 방으로 올라갔다. 밤은 벌써 깊었고 가로등 불빛 덕에 눈이 천천히 내리는 모습이 보였다. 프랭키는 구금 재킷을 입은 채 마루에 누워 있었다.

"브로커 이름만 말해주면 돼. 아주 간단해. 그럼 당신은 여기서 살아 나갈 수 있어."

프랭키는 증오심 가득한 눈으로 노려보았다.

"난 절대 말하지 않아. 네놈은 지금 실수하고 있는 거야. 네놈의 얼굴을 절대 잊지 않겠어. 로지 그년도."

"그렇게 말하는 당신이 실수하고 있는 거야."

"당신도 그년과 잤소? 당신도 뚜쟁이냐구?"

아스토레는 프랭키의 마음을 이해할 것 같았다. 그는 로지의 배신을 절대 용서하지 않을 것이다. 그렇지 않고서야 중대한 상황에서 그런 엉뚱한 반응을 보일 수 없을 것이다.

"당신 정말 어리석군. 소문은 꽤 영리하다고 났던데 말야."

"흥, 난 절대 네놈 생각대로 해주지 않을 거야. 네놈은 증거가 없으면 아무것도 할 수 없을 걸."

"그래? 그렇다면 당신과 시간 낭비를 하고 있을 순 없지. 스테이스에게 가보겠소."

아스토레는 스테이스에게 가기 전에 커피를 더 마시러 주방으로 내려갔다. 긴박한 상황에서도 프랭키가 건방지고 자신만만한 태도를 보이는 데 대해 곰곰이 생각해보았다. 어쨌든 그는 스테이스와 말해보는 편이 낫겠다고 생각했다. 스테이스는 침대에 불편한 자세로 앉아 있었다.

"재킷 벗겨. 수갑이나 족쇄는 단단히 잠겼는지 확인하고."

아스토레가 지시했다.

"난 당신의 목적을 알고 있소. 당신도 알다시피 우린 돈을 숨겨 놓았소. 난 당신에게 돈이 있는 곳을 알려주고 이 상황을 끝낼 수도 있소." 스테이스가 차분하게 말했다.

"방금 프랭키와 얘기했는데 그에게 실망했어. 난 당신들이 아주 현명하다고 생각했지. 돈 얘기를 했는데 그건 분명 아프릴레를 죽인 대가로 받은 돈이겠지?"

"잘못 알고 있소."

아스토레는 목소리를 부드럽게 바꾸었다.

"난 당신이 그때 타호에 없었다는 걸 알고 있어. 프랭키도 라스베거스에 가지 않았고. 당신들은 그런 일을 놓치지 않을 만큼 배짱이 좋은 프리랜서들이지. 저격수는 당신들처럼 왼손잡이였어. 내가 궁금한 건 당신의 브로커가 누구냐 하는 거야."

"왜 내가 말해야 하지?"

"이제 얘기는 끝났어. 당신들은 복면을 쓰지 않았어. 로지의 정체도 밝혀졌고."

"그러니 당신이 우리에게 무슨 약속을 하건 우리가 이곳에서 살아 나가지 못할게 분명해."

아스토레는 한숨을 내쉬었다.

"당신을 속일 생각이 없어. 당신 말이 맞아. 하지만 한 가지는 흥정할 수 있어. 쉽든 어렵든 말야. 나와 함께 일하는 살인 청부업자가 있어. 나는 그에게 프랭키를 처형하도록 지시를 내릴 참이야."

이렇게 말하는 동안 아스토레는 속이 메스꺼웠다. 몬차가 피솔리니에게 했던 짓이 떠올랐던 것이다.

"시간 낭비하지 마시오. 프랭키는 절대 말하지 않을 테니까."

"아마 그렇겠지. 하지만 사지가 갈기갈기 찢겨서 토막 난 시체를 당신에게 갖다줄 테니 확인해봐. 난 당신이 그런 꼴을 보고 싶지 않을 거라고 생각하는데, 왜 자꾸 그런 길로 가려는 거지? 스테이스, 왜 브로커를 보호해주려고 하는가 말이야. 그는 당신들을 보호해주겠다고 약속했지만 그러지 않았잖아."

스테이스는 아무 말도 하지 않더니 잠시 뒤에 입을 열었다.

"왜 프랭키에게 물어보지 않은 거요?"

"당신이 더 잘 알 것 같아서."

"내가 만약 거짓말을 한다면?"

"당신이 그럴 리가 없지. 그래서 얻어지는 게 뭔데? 스테이스, 당신은 프랭키가 정말로 끔찍한 꼴을 당하는 걸 막을 수 있어. 이 문제를 제대로 봐야 해."

"우린 그저 돈이나 받고 일하는 저격수일 뿐이요. 당신이 알고 싶은 건 더 높은 사람이겠지. 차라리 우리를 그냥 죽여주시오."

아스토레는 인내심을 발휘했다.

"당신들은 아주 중요한 사람을 죽였어. 대가가 큰 만큼 대단한 배짱이 필요한 일이었지. 그 일로 당신들 몸값도 올라갔을 거야. 하지만 이제 여기 이렇게 들어와 있는 이상 헛수고가 되었어. 자, 이제 당신들은 대가를 치러야 해. 그렇지 않으면 너무 불공평하잖아. 지금부터 한 시간 내에 당신은 프랭키의 가장 중요한 부분을 저 테이블 위에서 볼 수 있게 될 거야. 나를 믿어. 난 절대 그런 일이 벌어지는 걸 원치 않아. 정말이야."

"당신 말이 거짓이 아니란 걸 어떻게 믿지?"

"생각해봐, 스테이스. 난 당신들을 데려오기 위해 로지를 이용했어. 얼마나 많은 시간과 공을 들였는지 생각해보라구. 겨우 당신들을 이곳으로 데려왔고 일곱 명의 무장 경호원들에게 감시하게 했지. 그러는데 얼마나 많은 비용과 수고가 들어갔는지 알아? 그것도 이런 크리스마스 전날 밤에 말야. 당신도 곧 알게 되겠지만 난 진지한 놈이야. 1시간만 생각할 시간을 주겠어. 만일 당신이 말해준다면 프랭키에게는 앞으로 어떻게 될지 절대 모르게 해주겠어. 약속하지."

아스토레는 다시 주방으로 내려갔다. 몬차가 기다리고 있었다.

"알아냈습니까?"

"아니, 하지만 내일 니콜의 크리스마스 파티에 참석하려면 어떻게든 오늘밤에 끝장을 봐야 하는데."

"한 시간 이상은 걸리지 않을 겁니다. 털어놓지 않으면 죽을 테니까요."

몬차가 굳은 얼굴로 말했다.

아스토레는 벌겋게 타고 있는 난로가에서 잠시 휴식을 취한 뒤 다시 스테이스를 만나러 윗층으로 갔다. 스테이스는 체념한 듯 지쳐 보였다. 그는 계속 고민 중이었다. 스테이스는 프랭키가 절대 말하지 않으리라는 것을 알았다. 프랭키는 아직도 희망이 있다고 생각할 것이다.

그러나 스테이스는 아스토레가 모든 카드를 협상 테이블에 내놓았다고 믿었다. 그는 이제야 자신이 죽인 사람들이 느꼈을 두려움과 절망감, 혹시나 목숨을 건질 수 있을지도 모른다는 부질 없는 희망에 대해 이해할 수 있을 것 같았다. 어쨌든 일말의 가능성도 막아야 했다. 스테이스는 프랭키가 사지가 토막난 채 죽는 것을 원치 않았다. 그는 아스토레의 얼굴을 찬찬히 뜯어보았다. 아직 어리지만 단호하고 강직해 보였고 정확한 판단력과 엄정함을 지닌 것처럼 보였다.

창문 틀에는 눈이 휜털처럼 소복하게 쌓여 있었다. 프랭키는 로지와 함께 유럽여행을 떠난 자신들을 상상했다. 눈 쌓인 파리 시내를 거닐고 배를 타고 베니스의 운하를 관광하는 모습도 떠올렸다. 눈은 마법 같았다. 로마도 마법 같았다.

침대에 누워 있던 스테이스는 프랭키가 걱정스러웠다. 그들은 멋진 게임을 펼쳤다고 생각했지만 결국 패배했다. 그리고 그것으로 이야기는 끝났다. 하지만 스테이스는 프랭키에게는 우리가 겨우 20점 뒤진 거라고 말해주고 싶었다.

"좋소. 그럼 프랭키가 무슨 일이 일어날지 모르게 해줘야 하오. 알겠소?"

"약속하지. 그런데 만일 당신이 거짓말을 한다면?"

"그럴 일은 없을 거요. 그런데 당신이 뭘 물었더라? 아, 브로커는 헤스코우란 사람이오. 바빌론을 조금 지나 브라이터 워터라는 마을에 살고 있소. 이혼해서 혼자고, 농구를 아주 잘하는 열여섯 살짜리 아들이 있소. 헤스코우는 몇 년 전부터 일이 있을 때마다 우리를 불러줬소. 우린 어린 시절 친구 사이오. 수고비는 백만 달러였지만 나와 프랭키는 사실 그 돈을 모두 받을 수 있을지 의심했었소. 한 명을 죽이기에는 너무 큰 액수였거든. 하지만 FBI를 걱정할 필요가 없다는 말을 듣고 수락

했소. 경찰도 걱정할 필요 없다고 했소. 그러니 얼마나 수지맞는 일이오? 그는 또 돈 아프릴레에게도 더 이상 어떤 영향력 있는 배후도 없다고 말해주었소. 하지만 그건 명백히 거짓말이었소. 여기 당신 같은 사람이 있으니. 어쨌든 거절하기에는 그 대가가 너무 좋은 일이었을 뿐이오."

"당신이 알고 있는 얘기는 모두 엉터리야."

"내 말은 모두 사실이오. 믿어주시오. 내가 알고 있는 건 이게 전부요. 다시 말하지만 프랭키는 아무것도 모르게 해줘야 하오."

"그건 걱정 마시오."

아스토레는 주방으로 내려가서 몬차에게 지시를 내렸다. 그리고 형제의 신분증과 운전면허증, 신용카드 따위를 건네 받았다. 아스토레는 스테이스와의 약속을 지키기 위해 경고 한마디 없이 바로 프랭키의 뒤통수를 총으로 쏘아 죽이라고 지시했다. 스테이스도 고통 없이 죽이라고 했다.

아스토레는 뉴욕으로 돌아왔다. 어느새 눈은 비로 바뀌어 시골 들판에 쌓인 눈을 씻어내고 있었다.

* * *

좀처럼 명령을 무시하지 않는 몬차도 처형자로서 자신과 부하들을 보호할 권리는 있었다. 그는 총 대신 밧줄을 사용할 생각이었다.

그는 먼저 네 명의 경호원들에게 스테이스를 목 졸라 죽이라고 지시했다. 스테이스는 저항조차 하지 않았다. 그러나 프랭키는 달랐다. 그는 20여 분 동안이나 밧줄에서 빠져 나오려고 몸을 뒤틀었다. 그 고통스런 시간 동안 프랭키는 자신의 죽음을 눈치챘을 것이다.

두 사람의 시체는 담요에 싸여 비가 다시 눈으로 바뀔 무렵 빽빽한 숲으로 옮겨졌다. 바로 집 뒤에 있는 숲이었다. 울창한 잡목 숲 한가운데는 시체를 묻기에 좋은 장소였다. 아마 봄까지 아니, 영원히 발견되기 어려울 것이다. 그렇게 세월이 흘러 자연의 섭리에 따라 시체가 썩어 없어지면 사인도 밝혀내지 못할 거라고 몬차는 생각했다.

그러나 몬차가 상관의 명령을 따르지 않은 것은 그런 합리적인 이유 때문만은 아니었다. 그도 돈 아프릴레와 마찬가지로 자비는 오직 신에게서만 나온다고 믿었다. 그래서 살인청부업자를 고용해 다른 사람을 죽여놓고도 어떤 식으로든 자비로운 척하는 태도를 경멸했다. 인간이 다른 누군가를 용서하는 것은 주제넘은 짓이다. 용서는 신만이 할 수 있다. 자비로운 척 하는 사람들일수록 오만하기 짝이 없고 존경할 만한 가치도 없다. 몬차는 자신을 위한 자비는 어떠한 것도 베풀고 싶지 않았다.

# 9

## 1995

커트 킬케는 인간이 평화롭게 살기 위해 고안해낸 법을 신봉하는 사람이었다. 그래서 그는 사회질서를 파괴하는 이들과의 타협을 거부하고, 반국가적인 적들에게는 자비를 베풀지 않으려고 했다. 하지만 그렇게 20년을 분투해오는 동안 그는 신념의 많은 부분을 잃어버렸다.

오직 아내만이 그의 기대를 저버리지 않았다. 정치가들은 모두 거짓말쟁이고 부자들은 권력에 눈이 어두워 자비라곤 눈곱만큼도 찾아보기 힘들고, 가난뱅이들은 교활했다. 그뿐인가. 세상에는 타고난 사기꾼도 있고 위선자, 냉혈한 그리고 살인자도 있었다. 그나마 법을 집행하는 사람들은 조금 낫고 그 중에서도 자기가 속한 연방수사국이 가장 낫다고 진심으로 믿었다.

지난 세월 동안 그는 비슷한 꿈을 여러 번 꾸었다. 꿈 속에서 열두 남매 중 하나인 그는 하루 종일 치르는 중요한 학교 시험을 앞두고 있었다. 그가 시험을 보러 집을 나설 때 어머니는 눈물을 흘렸다. 그는 어머니가 우는 이유를 알고 있었다. 혹시라도 아들이 시험을 통과하지 못하면 다시는 만나지 못하게 되기 때문이었다.

살인자는 흉악했기 때문에 누구나 열두 살이 되면 장차 살인자가 될 것인지를 평가하는 정신과학회의 정신 건강 시험을 치르도록 법으로 정해져 있었다. 그리고 그 시험에 떨어진 사람은 도태시켜 버렸다. 의학계에서는 살인자가 쾌감을 맛보기 위해 사람을 죽인다는 사실을 인정했다. 정치적 범죄나, 반란, 테러리즘, 질투, 절도 따위는 표면적인 구실일 뿐이었다. 따라서 이런 유전적인 살인자는 싹부터 잘라낼 필요가 있었다.

꿈은 시험을 마치고 집으로 돌아오는 시점으로 건너뛰었다. 어머니는 그를 보듬고 입을 맞추었다. 삼촌과 사촌들은 거창한 축하 파티를 준비했다. 그 시간에 그는 침대에 홀로 누워 두려움에 벌벌 떨었다. 시험에서 실수한 것을 뒤늦게 깨달았기 때문이다. 그는 절대 시험에 통과하지 못할 것이며 앞으로 살인자가 될 거라고 생각했다.

킬케는 같은 꿈을 두 번이나 꾸었지만 아내에게 말하지 않았다. 그 꿈이 의미하는 그 무엇이든 자신의 생각을 아내에게 들키고 싶지 않았기 때문이었다.

킬케가 티모나 포르텔라와 관계를 맺게 된 것은 6년 전이었다. 포르텔라가 맹목적인 분노로 부하를 죽인 사건을 수사하면서 시작되었다. 킬케는 처음부터 그의 가능성을 눈여겨보았다. 그래서 포르텔라를 살인죄로 기소하지 않고 정보원으로 이용하기 위한 조치를 취했다. 국장은 그의 계획을 승인했고 그 후로 많은 일이 일어났다. 킬케는 포르텔라의 도움으로 뉴욕 마피아를 소탕하는 대신 마약 거래를 비롯해 포르텔라의 사업을 눈감아주어야 했다.

그러나 국장의 승인 아래 킬케는 다시 포르텔라를 파멸시킬 계획을 세우고 있었다. 포르텔라는 마약으로 벌어들인 돈을 세탁하기 위해 아프릴레의 은행을 이용하려고 했다. 그러나 돈 아프릴레는 완강하게 거부한 것으로 알려졌다. 한 번은 비밀 회담에서 포르텔라가 킬케에게 이런 질문을 했다.

"아프릴레 손자의 견진성사 때 FBI가 아프릴레를 감시할 겁니까?"

킬케는 그 말이 무슨 의미인지 즉각 알아차렸지만 선뜻 대답하지 못했다. 그러다 천천히 귀띔을 주었다.

"우리측 수사관이 감시하지 않는다는 것은 확실하오. 하지만 뉴욕 경찰은 또 어떤지 모르겠소."

"그건 그들이 알아서 할 일이죠."

킬케는 그가 살인을 공모할 거라는 낌새를 눈치챘다. 하지만 돈 아프릴레가 그럴 만한 가치가 있는 사람일까? 돈 아프릴레는 평생 잔인한 범죄를 저질렀다. 단 한 번도 법의 제재를 받지 않고 막대한 부를 쌓다가 은퇴했다. 그가 소유한 어마어마한 재산을 보라. 어쨌든 포르텔라는 돈 아프릴레의 은행을 손에 넣으려다 그가 파놓은 함정 속으로 곧장 걸어 들어가려 하고 있었다. 물론 그의 배후에는 자기만의 핵무기 병기고를 소유하려는 꿈을 가진 인시오가 있었다. 킬케는 운이 좋으면 모든 문제를 한꺼번에 매듭짓고 정부는 리코법에 따라 백억 달러대의 아프릴레 은행들을 인수하게 될 것이다. 돈 아프릴레의 상속자들이 포르텔라의 밀사들과 협상을 벌여 은행을 매각할 게 틀림없기 때문이었다. 그렇게 되면 백억 달러 내지 백십억 달러는 고스란히 범죄와의 전쟁을 치르는데 필요한 자금으로 쓰이게 될 것이다.

그러나 조젯은 그를 비난할 게 분명하므로 절대 이 사실을 모르게 해야 했다. 그녀는 남편과는 전혀 다른 세상에 살고 있었다.

킬케는 당장 포르텔라를 만나야 했다. 독일산 셰퍼드 사건의 배후에 누가 있는지 알아내야 했다. 그러자면 우선 포르텔라부터 조사해야 했다.

티모나 포르텔라는 이탈리아 출신으로 자수성가한 사람치고는 드물게 50대의 독신이었다. 그렇다고 해서 금욕주의자는 아니었다. 금요일이면 호송회사를 경영하는 그의 부하가 간택한 아름다운 여자들과 밤을 보냈다. 그가 내건 조건은 남자 경험이 많지 않은 젊은 여자로, 물론 아름답고 몸매도 늘씬해야 했다. 명랑하고 낙천적인 성격이되 똑똑할 필요는 없었다. 까탈스럽거나 변덕스런 성격을 가진 여자는 탈락 대상이었다. 티모나는 솔직담백하게 섹스를 하는 편이었다. 약간의 기벽이 있지만 별로 해롭지 않은 중년 특유의 성향으로 봐줄 만한 것이었다. 바로 상대 여자가 제인이나 수잔처럼 평범한 앵글로색슨계의 이름을 가져야 한다는 점이었다. 티파니나 멀 같은 이름은 그런 대로 봐주지만 소수 민족 느낌이 강한 이름의 여자는 사절이었다. 또 같은 여자를 두 번 만나는 일도 드물었다.

여자와의 밀회는 언제나 그의 자회사가 소유한 이스트 사이드의 한 작은 호텔에서 이루어졌다. 그는 두 개의 객실로 구성된 한 개 층을 몽땅 사용했다. 그 중 한 객실에는 주방 시설이 완벽하게 갖춰져 있었다. 그의 부모는 시칠리아 출신이었지만 그는 남부 이탈리아 요리에 더 능한, 타고난 아마추어 요리사였다.

오늘밤에도 호송 업체의 사장은 여자를 데리고 와서 술을 한 잔 마시고는 슬며시 사라졌다. 포르텔라는 두 사람이 이야기를 나누고 소개하는 동안 잽싸게 저녁 식사를 준비했다. 여자의 이름은 자넷이었다. 포르텔라는 효율적으로 요리하는 편이었는데 오늘은 특별식을 마련했다. 밀라노식 송아지 고기 요리, 그뤼에르 치즈가 첨가된 소스를 끼얹은 스파게티와 살짝 익힌 가지 그리고 토마토를 넣은 야채 샐러드였다. 디저트는 근처의 유명 프랑스 제과점에서 사온 갖가지 패스트리로 준비했다.

그는 외모와 딴판으로 자넷을 극진히 대접했다. 커다란 머리통에 거칠고 털투성이 피부, 덩치도 산만한 그였지만 저녁 식사 때는 언제나 셔츠에 넥타이를 매고 재킷을 입었다. 그리고 식사 내내 야성적인 외모에서는 기대하기 힘든 자상함으로 여자에 대해 이것저것 물었다. 특히 여자의 불행한 개인사를 들었을 때는 내심 구미가 당겼다. 여자는 아버지와 오빠들, 애인의 배신과 경제적인 압박 때문에 범죄의 구렁텅이에 빠질 수밖에 없었던 것과 원치 않는 임신을 통해 찢어지게 가난했던 집안을 구제했다는 따위의 이야기들을 늘어놓았다. 포르텔라는 자기 부하가 어떻게 이렇게 다양한 불행을 겪은 여자들을 고르는지 신기해 했고 그런 여자들에게 호의를 베풀 수 있게 된 것이 흐뭇했다. 그는 여자들에게 많은 액수의 돈뿐만 아니라 그 이상의 관대함을 베풀었다.

식사가 끝나자 포르텔라는 포도주를 거실로 내온 다음 자넷에게 여섯 개의 보석 상자를 보여주었다. 각각 금시계와 루비 반지, 다이아몬드 귀걸이, 비취 목걸이, 보석 팔찌, 진주 목걸이가 들어 있었다. 그는 자넷에게 그 중 하나를 선물로 고를 수 있다고 말했다. 하나같이 적어도 천 달러가 넘는 보석들이었다. 여자들은 대개 보석을 보면 탄성부터 질렀다.

그는 몇 년 전 부하 하나가 보석 운반 트럭을 강탈한 덕분에 보석 창고를 통째로 갖게 되었다. 따라서 선물 비용은 전혀 들지 않았다.

자넷은 한참 동안 무슨 선물을 고를까 고민하다 시계를 선택했다. 마침내 포르텔라는 여자를 욕실로 데려가 목욕물의 온도를 조심스레 확인한 뒤 그녀에게 자신이 좋아하는 향수와 파우더를 건넸다. 잠시 후 그녀가 샤워를 마치고 나오자 두 사람은 침대로 들어가 여느 행복한 부부처럼 정상적인 섹스를 했다.

만약 그가 호색한이라면 새벽 네다섯 시까지 여자를 그냥두지 않았겠지만 그는 절대 여자와 한 침대에서 잠을 자는 사람이 아니었다. 이날 밤에도 그는 일찌감치 자넷을 돌려보냈다.

그것은 건강을 위해서였다. 자신의 과격한 성질 때문에 사고 치기 쉽다고 생각하는 포르텔라는 이런 식으로 1주일에 한 번 섹스를 하면 그런 성질이 누그러진다고 믿었다. 여자가 심신의 안정을 주기 때문인데, 매주 토요일 주치의에게서 혈압이 정상으로 돌아왔다는 진단을 받을 때마다 자신의 전략이 주효했음을 확인했다. 그가 주치의에게 이런 말을 하자 의사는 '매우 흥미롭군요'라고 말했다. 포르텔라는 의사의 반응에 적잖이 실망했다.

포르텔라의 경호원들은 객실 앞을 지키고 서 있지만 뒷문을 통하면 복도를 지나 곧장 옆 객실로 들어갈 수 있었다. 이런 객실 배치는 또 다른 효과가 있었다. 포르텔라는 가까운 고문에게조차 비밀로 하고 싶은 만남이 있을 때는 항상 그 객실을 이용했다. 가령 마피아 두목이 FBI 특별 수사관을 개인적으로 만나는 것은 매우 위험스런 일이었다. 그는 FBI 끄나풀로, 킬케는 뇌물을 받는 공무원으로 의심 받을 게 뻔했다.

포르텔라는 도청 가능한 전화번호를 제공하거나 압력을 넣으면 굴복할 가능성이 높은 약자의 이름을 알려주거나 살인자를 검거할 수 있는 단서를 일러주고 사건의 경위를 설명해주는 역할을 했다. 그 대신 FBI는 부정한 사업을 하는 포르텔라를 법적으로 제재하지 않았다.

세월이 흐르는 동안 그들은 자연스럽게 면담 약속을 위한 암호명을 만들었다. 킬케는 복도 맞은편 객실의 열쇠를 갖고 있어서 포르텔라 경호원들의 감시를 받지 않고 출입할 수 있었고, 객실에 들어가면 작은 거실에서 기다리게 되어 있었다. 오늘밤 포르텔라는 여자를 돌려보내고 난 뒤에 그를 만날 예정이었다.

킬케는 이런 만남을 앞두면 항상 긴장이 되었다. 천하의 포르텔라도 감히 FBI 수사관을 해칠 수는 없다는 것은 알고 있지만 워낙 성질이 불 같아서 언제 이성이 마비될지 모르는 일이었다. 킬케는 단단히 무장을 했지만 자기 정보원의 정체가 밝혀지는 것을 막기 위해 경호원은 대동하지 않았다.

포르텔라는 포도주 잔을 들고 말을 꺼냈다.

"젠장, 무슨 일이라도 있는 거요?"

말투는 거칠었지만 유쾌한 웃음을 띠며 그는 킬케를 반쯤 포옹했다. 포르텔라의 육중한 배는 흰색 파자마 위에 걸친 우아한 중국식 가운 속에 감추어져 있었다.

킬케는 술을 거절하며 소파에 앉아 차분히 말을 꺼냈다.

"몇 주 전 퇴근하고 집에 돌아갔더니 기르던 개 두 마리가 심장이 도려진 채 죽어 있었소. 당신이 단서를 갖고 있을 것 같은데 말이오."

그는 포르텔라를 면밀히 살폈다. 포르텔라는 정말로 놀라는 것처럼 보였다. 안락의자에 앉아 있다 감전된 것처럼 의자에서 벌떡 일어났다. 얼굴은 노여움으로 일그러졌다. 반면 킬케는 표정의 변화가 없었다. 경험상 범인일수록 오히려 무죄인 것처럼 반응한다는 사실을 알고 있는 그였다. 킬케가 말을 이었다.

"혹시 내게 뭔가 경고하려고 그런 짓을 한 건 아니오? 그렇다면 왜 내게 직접 말하지 않았소?"

포르텔라는 거의 울음을 터뜨릴 것 같은 표정으로 말했다.

"커트 씨, 당신은 여기 무장을 하고 왔소. 나도 당신이 총을 갖고 있다는 걸 알고 있소. 하지만 난 총이 없소. 그러니 당신은 날 죽일 수도 있고 체포할 수도 있소. 하지만 난 당신을 신뢰하오. 게다가 당신의 케이먼 섬 은행 계좌에 백만 달러가 넘게 예치해 놨소. 우린 동업자인데 내가 왜 그런 시칠리아 수법을 쓴단 말이오? 분명 누군가가 우리 사이를 갈라놓으려 하고 있소. 당신이 수사해야 하오."

"누구 짓이라고 생각하시오?"

포르텔라는 잠시 생각에 잠기는 듯 하더니 소리쳤다.

"아스토레, 그 녀석밖에 없소. 녀석은 한 번 위기를 모면하더니 자신이 대단할 줄 착각하고 있소. 그놈을 조사해 오시오. 나는 나대로 놈을 죽일 방법을 생각해보겠소."

킬케도 수긍했다.

"좋소. 하지만 우리 모두 조심해야 하오. 그자를 절대 과소평가해서는 안 되오."

"걱정 마시오. 그건 그렇고 저녁은 먹었소? 송아지 고기와 스파게티, 샐러드, 최고급 포도주가 좀 있소."

킬케가 웃었다.

"난 당신을 믿소. 유감이지만 저녁 먹을 시간은 없소."

솔직히 그는 얼마 안 있으면 제 손으로 감옥에 넣을 상대와 밥을 먹고 싶지는 않았다.


아스토레는 이제 작전 계획을 세울 만한 충분한 정보를 얻게 되었다. 무엇보다 FBI가 돈 아프릴레의 죽음과 관련이 있다고 확신하게 되었다. 특히 킬케란 자는 직접 그 음모에 동조했다. 브로커의 정체도 알게 되었다. 살해를 직접 지시한 이는 티모나 포르텔라였다. 그러나 여전히 수수께끼는 남아 있었다. 총영사 역시 니콜을 통하기는 했지만 외국인 투자자들과 함께 은행을 인수하겠다고 제의했다. 킬케는 포르텔라를 배신하고 범죄를 저지르도록 유인하기 위해 거래를 제의했다. 이런 점들이 상황을 더욱 복잡하게 만들었고 또한 위험한 변수였다. 그는 시카고의 크락시를 만나 문제를 상의하고 그 자리에 프라이어도 초대하기로 했다.

아스토레는 프라이어에게 미국으로 건너와 아프릴레 은행경영을 맡아달라고 요청했다. 그의 제안을 받아들인 프라이어는 발빠르게 영국 신사에서 미국의 유력한 은행장으로 변신을 꾀했다. 보울러 모자 대신 홈버그 모자를 쓰고, 털 달린 우산 대신 접은 신문을 든 채 아내와 두 조카를 데리고 미국에 도착했다. 프라이어 부인도 영국 중년 부인에서 어느덧 세련된 미국 부인으로 변해 있었다. 시칠리아 태생이라는 그의 조카 둘은 영국식 영어를 완벽하게 구사했고 회계학을 전공했다. 둘 다 사냥을 좋아해서 형제가 함께 이용하는 리무진 트렁크에는 늘 사냥 도구가 들어 있었다. 그들은 프라이어의 경호를 맡고 있었다.

프라이어 가족은 사설 경찰들이 순찰을 도는 어퍼 웨스트 사이드의 한 주택가에 정착했다. 니콜은 처음에 프라이어가 은행경영을 맡는 것을 반대했지만 막상 그를 만나자 완전히 매료되었다. 특히 그가 자신을 그들의 먼 친척뻘이라고 소개하자 더욱 그런 것 같았다. 프라이어가 여자들에게 아버지처럼 푸근한 매력을 느끼게 해준다는 점은 부인할 수 없는 사실이었다. 로지도 그를 좋아했다. 게다가 그는 은행경영에 탁월한 능력이 있었다. 니콜은 특히 그가 국제 금융에 일가견이 있으며 외환 거래만으로도 은행 수익을 증가시킬 수 있다는 것에 깊은 인상을 받았다. 아스토레는 프라이어가 돈 아프릴레의 친구였다는 사실을 알고 있었다. 돈 아프릴레를 설득해 자신이 영국과 이탈리아에서 경영에 관계하던 은행들을 인수하도록 설득한 사람도 프라이어였다. 그는 돈 아프릴레와의 관계를 이렇게 설명했다.

"내가 네 삼촌에게 은행을 인수하면 지금하고 있는 사업보다 훨씬 위험도 적으면서 많은 돈을 벌어들일 수 있다고 충고했지. 예전의 사업은 한물 갔어. 정부가 너무 강력해져서 우리 같은 사람들에 대한 규제도 심해졌다. 이제 그만 손 털어야 해. 너처럼 경험 많고 우수한 인력과 정치적인 인맥만 있다면 은행만큼 돈을 벌기 쉬운 사업도 없다고 설득했지. 자랑이 아니라 나 역시 돈으로 이탈리아 정치가들의 환심을 샀지. 누구나 부자가 될 수 있고, 피해를 입지 않을 수도 있어. 그리고 감옥에서 최후를 맞지 않을 수도 있어. 난 어떻게 하면 법을 위반하지 않고 폭력을 쓰지 않으면서도 부자가 될 수 있는가에 대해 대학교수보다 더 잘 가르칠 자신이 있어. 이제부턴 반드시 올바른 법만 통과될 거야. 어쨌든 더 높은 수준의 문명을 누리려면 교육이 열쇠야."

프라이어는 장난스러운 면도 있지만 진지한 사람이었다. 아스토레는 그에게 깊은 친밀감을 느꼈고 절대적인 신뢰를 보냈다. 돈 크락시와 프라이어는 그가 의지할 수 있는 사람들이었다. 꼭 우정 때문만은 아니었다. 그들 역시 돈 아프릴레가 소유했던 열 곳의 은행을 통해 막대한 돈을 벌어들이고 있었던 것이다.

\* \* \*

프라이어와 함께 시카고에 있는 돈 크락시의 집에 도착했을 때 아스토레는 그 두 사람이 서로 따뜻하게 포옹하는 모습을 보고 놀랐다. 그들은 서로 아는 사이였던 것이다.

크락시는 과일과 치즈를 곁들인 식사를 내오게 한 다음 음식을 들면서 프라이어와 이야기를 나누었다. 아스토레는 호기심을 갖고 그들의 대화를 경청했다. 원래 그는 노인들이 들려주는 옛날 이야기를 좋아했다. 크락시와 프라이어는 옛날 방식으로 사업하는 것은 위험하다는 것에 동의했다.

"모두가 고혈압에 걸리고 심장병으로 고생했지. 너무 위험한 방식이었어. 그런데 요즘 놈들은 도무지 신의라는 게 없더군. 어쨌든 싹 쓸어버리는 꼴을 볼 땐 속이 다 시원했네." 크락시가 말했다.

"그렇지만 우리 모두 어쨌든 처음부터 다시 시작해야 했지. 지금 우리를 보라구." 프라이어가 말했다.

이런 이야기를 듣다보니 아스토레는 자신의 작전에 관해 말을 꺼내기가 망설여졌다. 도대체 이 두 노인의 생각은 무엇일까? 프라이어가 아스토레의 표정을 보며 싱긋 웃었다.

"걱정 말게. 우리 둘 다 아직은 성인(聖人)이 아니니까. 게다가 상황이 이렇게 되면 없던 도전심도 솟아나지. 자, 원하는 걸 말해보게. 우린 이미 사업할 준비가 되어 있으니까."

"경영이 아니라 두 분의 조언이 필요합니다. 경영은 제가 할 일이에요."

"그 일이 전적으로 복수를 위한 거라면 다시 노래나 부르라고 조언하고 싶네. 난 그 일을 자네 가족을 위험으로부터 보호하는 차원의 문제라고 이해하고 있네." 크락시가 말했다.

"둘 다입니다. 어떤 이유든 충분 조건입니다. 하지만 삼촌은 지금과 같은 상황을 대비해서 저를 훈련시키셨습니다. 전 그분의 기대를 저버릴 수 없어요."

"좋아. 하지만 이 점은 분명히 알아두게. 자네는 지금 하고 싶은 대로 하고 있어. 하지만 위험을 감수하는 것은 신중해야 해. 상대방의 작전에 휘말리면 자칫 목숨을 잃을 수도 있어." 프라이어가 말했다.

크락시가 부드럽게 말을 받았다.

"그래, 내가 뭘 도와주면 좋겠나?"

"스투르조 형제에 관한 판단은 옳으셨어요. 놈들이 죽였다고 자백을 했거든요. 게다가 브로커가 존 헤스코우라는 것까지 실토했는데, 한 번도 들어보지 못한 이름이에요. 제가 그놈을 찾아내겠습니다."

"그럼 스투르조 형제는 어떻게 되었나?" 크락시가 물었다.

"이 세상 사람이 아니죠."

두 노인은 말이 없었다. 먼저 크락시가 입을 열었다.

"헤스코우라면 내가 아네. 20년 동안 브로커 노릇을 해온 작자야. 놈이 몇몇 정치인의 암살도 중개했다는 소문이 돌긴 하는데 신빙성은 없네. 자네가 어떤 전략을 세웠는지는 모르겠지만 스투르조 형제가 한 말은 헤스코우를 다루는 데 별로 효과가 없을 걸세. 그자는 대단한 협상가야. 죽음을 모면하기 위해 자신이 손해봐야 한다는 걸 알 걸세. 아마 자신만이 자네가 원하는 정보를 줄 수 있다는 사실을 알고 협상을 하려 들 거야."

"그에겐 애지중지하는 아들이 있습니다. 농구 선수인데 목숨처럼 귀하게 여긴답니다."

"그건 케케묵은 카드야. 그가 중요한 정보는 함구하고 시시한 정보만 알려주면 그에게 승산이 크네. 자네는 헤스코우란 자를 이해해야 하네. 평생 죽음을 흥정해온 자야. 웬만하면 다른 방법을 찾아보게." 프라이어가 말했다.

"제가 진도를 더 나가기 전에 알아야 할 것들이 매우 많습니다. 암살의 배후에 누가 있는지, 무엇보다 왜 그래야 했는지에 대해 말입니다. 이건 어디까지나 제 생각인데 은행 때문인 것 같습니다. 누군가 은행을 필요로 해요."

"헤스코우도 그 정도는 알고 있을 걸." 크락시가 말했다.

"견진성사 때 경찰도 없었고 FBI의 감시도 없었다는 사실이 걸립니다. 스투르조 형제도 그 장소에 어떤 감시원도 없을 거라는 말을 들었다고 하더군요. 경찰과 FBI가 사전에 암살을 인지했다는 말을 믿어야 할까요? 어떻게 그런 일이 가능할까요?"

"얼마든지 가능하네. 그러니까 자네가 더욱 신중해야 한단 말일세. 특히 헤스코우와 관련해서는 말일세." 크락시가 말했다.

"아스토레, 자네의 일차 목표는 은행을 구하고 돈 아프릴레의 자식들을 보호하는 일이야. 복수 같은 작은 목표는 포기할 수도 있어야 해." 프라이어가 냉담하게 말했다.

"저도 모르겠습니다." 아스토레가 애매하게 대답했다. 그리고 두 사람을 보며 진지하게 웃었다.

"그 문제는 더 생각해보려고 합니다. 어떻게 될지 보면 알겠지요."

두 노인은 그렇게 말하는 아스토레를 믿을 수 없었다. 그들은 평생 아스토레 같은 젊은이들을 보아왔다. 아스토레에게는 초기의 위대한 마피아 지도자 모습이 보였다. 자신들은 카리스마가 부족해서 지도자가 못되었지만 그런 위대한 우두머리를 받든 적은 있었다. 지역을 장악하고 국가의 법에 도전하여 당당하게 승자로 나선 사람들이었다. 두 노인은 아스토레에게서 그런 의지와 마력과 본인은 의식하지 못하는 단호함을 확인할 수 있었다. 설령 그가 어리석은 짓을 하거나 노래를 부르고 말타는 것을 즐기는 인간적인 약점이 있더라도 그것이 그의 운명을 가로막을 수는 없을 것이다. 그런 행동은 젊은 시절의 유희이거나 소탈한 성격의 일면을 보여주는 사례인 것이다.

아스토레는 총영사 마리아노 루비오와 은행을 인수하려고 하는 인시오 튤리파 같은 사람들의 이야기를 들려주었다. 킬케가 포르텔라를 함정에 빠뜨리려고 자신을 이용하려한다는 것도 귀뜸해주었다. 두 노인은 아스토레의 이야기에 귀를 기울였다.

"기회가 되면 그들을 내게 보내게. 루비오는 세계적인 마약 거래상의 자금 관리책이라는 정보가 있어." 프라이어가 말했다.

"전 은행을 팔지 않을 겁니다. 그건 돈 아프릴레의 지시이기도 합니다."

"물론이네. 은행은 미래 사업이고 자네를 지켜줄 거야."

크락시는 잠시 생각에 잠긴 듯 말이 없다가 다시 말을 이어나갔다.

"자네에게 해줄 얘기가 있어. 은퇴하기 전 내게는 동업자이자 정직하고 사회적으로도 명성이 자자한 사업가 친구가 있었지. 그가 어느 날 점심을 내겠다며 나를 초대해서는 회사 식당으로 데려가더군. 거기에서 밥을 먹고 커다란 사무실을 보여주었는데 젊은 남녀 직원이 천 대나 되는 컴퓨터로 일을 하고 있었네. 그 친구가 내게 이런 말을 하더군. '이 사무실에서 내게 매년 10억 달러를 벌어준다네. 이 나라의 인구는 3억에 육박하는데 우리는 그들에게 어떻게 하면 우리 제품을 팔까 그 방법을 궁리하지. 특별한 추첨 행사라든지 경품, 보너스 계획을 세우기도 하고 솔깃한 약속도 내걸고, 어쨌든 사람들이 우리 회사를 위해 돈을 쓰도록 온갖 합법적인 방법을 동원하지. 그런데 결정적으로 뭐가 가장 필요한지 아나? 바로 은행이야. 3억의 사람들이 돈이 없더라도 쓸 수 있도록 돈을 빌려주는 은행을 가져야 한단 말일세.' 라고. 그 친구 말대로 은행이 가장 중요하네. 자네는 반드시 은행을 가져야 한다고 했지."

"맞는 말이야."

프라이어가 말했다.

"게다가 은행은 양쪽에서 돈을 벌어들이지. 이자율이 올라가면 채무자가 갚아야 할 돈도 많아지니 더욱 돈을 벌게 되지."

"은행을 팔지 않는 게 현명하단 말씀 같아 기쁘네요. 하지만 그게 중요한 이유는 아니에요. 삼촌은 제게 은행을 팔아서는 안 된다고 말씀하셨어요. 제겐 그 이유로 충분해요. 놈들이 삼촌을 살해했다고 해서 달라질 건 없어요." 아스토레가 웃으며 말했다.

"하지만 킬케 같은 사람에게 해를 끼쳐선 안 돼네. 지금 그런 극단적인 행동을 하기에는 정부가 너무 강력해. 다만 그가 일종의 위험인물이라는 데는 나도 동의해. 반드시 현명하게 행동해야 해." 크락시는 단호하게 말했다.

"그럼 다음 차례는 헤스코우군. 그도 중요한 인물이니 역시 조심해야 해. 명심하게. 언제든지 돈 크락시에게 도움을 청해. 나도 도와줄 방법을 찾겠네. 우린 완전히 은퇴한 게 아니니까. 게다가 은행에도 관심이 있네. 돈 아프릴레를 존경하는 마음은 말할 것도 없고. 그가 부디 천국에서 편안히 잠들었기를 바랄 뿐이네."

"알겠습니다. 헤스코우를 만난 뒤 다시 연락드리죠."

\* \* \*

아스토레는 자신이 위험에 처했음을 민감하게 느끼고 있었다. 저격범들을 응징하는 데는 성공했지만 이제 겨우 시작이라는 것을 알고 있었다. 그들은 돈 아프릴레의 살해 미스테리를 푸는 한 가닥 실마리일 뿐이다. 그는 시칠리아에서 끝없는 배반 행위를 목격하고 경험하면서 몸에 밴, 어떤 오류도 허용하지 않겠다는 편집증에 의존하고 있었다. 이제부터는 더 각별히 주의해야 했다. 헤스코우는 맞히기 쉬운 과녁처럼 보이지만 어쩌면 위장 폭탄일지도 모른다.

요즈음 그는 한 가지 사실에 스스로 놀라고 있었다. 전에는 작은 사업을 하며 아마추어 가수로 사는 삶이 행복하다고 느꼈지만 요즘 들어 과거에는 경험하지 못했던 자신감이 생겼다. 마치 자신이 속했던 과거의 세계로 돌아가는 듯한 느낌이었다. 그에게는 사명감이 있었다. 돈 아프릴레의 자식들을 보호하고 가장 사랑했던 사람의 죽음을 앙갚음해야 한다는 사명감이었다. 이제는 적의 의도만 알아내면 되었다. 알도 몬차는 시칠리아의 고향에서 열 명의 젊은 친구들을 데려왔다. 아스토레의 지시를 받은 그는 친구들에게 어떤 일이 일어나건 남은 가족의 생계를 평생 책임지겠다고 약속했다.

"네가 과거에 어떤 도움을 주었는지 생각하지 말아라. 그보다는 앞으로 무엇을 해줄 것인가를 제시하고 사람들이 네게 고마움을 느끼도록 해야 한다."

돈 아프릴레는 그에게 이렇게 가르쳤다. 은행은 아프릴레의 가족과 아스토레 자신뿐만 아니라 자꾸만 늘어나는 부하들에게도 미래였다. 어떤 희생을 치르더라도 싸울 만한 가치가 있는 미래였다.

돈 크락시는 절대적으로 보증할 수 있는 여섯 명의 부하를 더 보내주었다. 아스토레는 부하들과 함께 생활할 수 있도록 최소한의 안전 감시 장치가 갖추어진 곳으로 거처를 옮겼다. 또 만약 정부 당국이 어떠한 이유로든 그를 체포하려 들 경우를 대비해 은신처도 마련해두었다.

그러나 밀착 경호원은 두지 않았다. 대신 자신의 민첩함에 의존했고 행선지 길목마다 경호원을 배치해서 탐색 요원으로 활용했다. 또 당분간은 헤스코우를 그대로 내버려두기로 했다. 그러나 돈 아프릴레도 훌륭한 사람이라고 인정한 킬케의 명성에 대해서는 다소 의아스런 점이 있었다.

"위대한 사람은 최악의 배신을 당할 것에 대비한다."

프라이어가 이런 말을 들려주었지만 아스토레는 자신 있었다. 이제 그가 해야 할 일은 살아서 그 퍼즐 조각들을 모두 맞추는 일이었다.

이제 진정한 시험은 헤스코우와 포르텔라, 튤리파 그리고 킬케 같은 사람들을 통해 치르게 될 것이다. 게다가 다시 한 번 손에 피를 묻힐 것이다.

아스토레는 존 헤스코우 처리에 대해 고심하느라 한 달을 보냈다. 교활하고 만만치 않은 상대라 죽이기도 쉽지 않고 정확한 정보를 얻어낼 수 있을지도 의문이었다. 그렇다고 아들을 인질로 이용하는 것은 너무 위험했다. 자칫하면 협조하는 척하면서 더 무서운 음모를 꾸며내게 만들 수도 있었다. 아스토레는 스투르조 형제가 돈 아프릴레를 저격하던 날 헤스코우가 운전수 노릇을 했다고 실토한 일은 그에게 비밀로 해야겠다고 생각했다. 미리 말했다가는 헤스코우가 지레 불안해할지도 모르기 때문이었다.

아스토레는 그동안 헤스코우의 일상적인 습관에 대해 필요한 정보를 수집했다. 헤스코우는 꽃을 가꿔 꽃시장에 내다 팔거나 햄프턴의 도로변에서 손수 꽃을 팔기도 하는 온화한 사람이었다. 유일한 취미는 아들이 속한 농구팀의 경기를 관람하는 일이었다. 그는 빌라노바 농구팀의 경기 일정을 빠짐없이 기억했다.

1월의 어느 토요일 밤 헤스코우는 뉴욕 매디슨 스퀘어 가든에서 열리는 빌라노바와 템플의 농구경기를 보러 갔다. 그는 집을 나서기 전 복잡하게 얽혀 있는 경보 장치를 작동시켜 놓았다. 그는 일상의 사소한 부분까지 조심하고 만약의 사태를 대비해 만반의 준비를 해놓았다고 장담하는 사람이었다. 아스토레는 처음부터 그의 그런 자신감을 꺾어놓기로 계획을 세웠다.

존 헤스코우는 시내로 차를 몰아 경기장 근처의 중국 음식점에서 혼자 저녁을 먹었다. 집에서는 똑같은 맛을 낼 수 없기 때문에 시내에 나올 때마다 중국 음식을 사먹는 편이었다. 특히 먹는 사람을 놀래주려는 듯 접시마다 은뚜껑이 덮여 있는 게 마음에 들었다. 그는 또 중국 사람들이 좋았다. 그들은 자기 일에만 몰두할 뿐 아첨하려는 듯 친밀감을 표시하거나 시시한 말을 건네지 않았다. 계산 실수도 좀처럼 없었다. 그는 항상 많은 음식을 주문하기 때문에 계산서를 꼼꼼히 검토하는 버릇이 있었다.

오늘도 헤스코우는 주문한 음식을 모두 먹어 치웠다. 특히 북경 요리와 광동식 가재 요리를 좋아했다. 오늘은 특별히 흰쌀 볶음밥과 몇 가지 튀김, 매콤한 돼지갈비 요리를 곁들였다. 또 반드시 마지막에는 녹차 아이스크림을 먹었는데 이것만 봐도 그가 얼마나 동양 음식을 좋아하는 미식가인지 알 수 있었다.

경기장에 도착해보니 템플은 상위팀인데도 관중석은 반이나 비어 있었다. 헤스코우는 아들이 준 티켓으로 코트 중앙에서 가까운 곳에 자리를 잡았다. 그는 이럴 때마다 아들 조코가 자랑스러웠다.

게임은 별로 흥미진진하지 않았다. 템플이 아들이 속한 빌라노바를 완파했지만 조코는 최다득점자가 되었다. 경기가 끝나고 헤스코우는 라커룸을 찾아갔다.

아들은 그를 보더니 반갑게 포옹했다.

"오셨어요? 밖에 나가서 뭐 좀 먹을까요?"

헤스코우는 아들의 자상한 성격에 마음이 뿌듯해졌다. 물론 아들은 자기 같은 중년 아저씨와 시내를 쏘다니고 싶을 리 없었다. 친구들과 어울려 먹고 마시고 웃고 떠들고 싶을 것이다. 어쩌면 여자를 만날지도 모른다.

"고맙다. 하지만 나는 벌써 먹었어. 이제 집에 돌아가야지. 오늘 정말 잘했다. 네가 자랑스러워. 밖에 나가 친구들과 즐겁게 보내렴."

그는 아들에게 작별 키스를 하며 새삼 자신이 얼마나 운 좋은 사람인지 느꼈다. 아내는 비록 천박한 여자지만 아들에게는 좋은 엄마였다.

브라이트워터스의 집으로 돌아가는 데는 한 시간밖에 걸리지 않았다. 롱아일랜드 파크웨이는 이 시각이면 자동차들이 거의 없었다. 집에 도착하자 피곤이 몰려왔지만 곧장 집안으로 들어가지 않고 온도와 습도가 적정한지 확인하려고 화훼 온실로 향했다.

온실의 유리 지붕을 통해 들어온 달빛을 받아 검붉은 색을 띠는 꽃들은 기괴스럽고도 아름다워 보였으며, 때로는 습기로 인해 흰색 후광이 어른거리는 게 유령처럼 보이기도 했다. 그는 자기 전에 이렇게 온실 둘러보는 것을 좋아했다.

그는 자갈길을 걸어 현관 쪽으로 걸어갔다. 현관문이 잠겨져 있지 않았다. 그 사실을 깨닫는 순간 그는 집으로 뛰어들어가 경보 장치가 폭발하지 않도록 막아둔 판자 위의 번호를 재빨리 눌렀다. 그리고 거실로 향했다.

심장이 거인의 발걸음처럼 쿵쿵 뛰었다. 거실 안에는 두 남자가 그를 기다리고 있었다. 한 사람은 아스토레였다. 그를 알아보는 순간 헤스코우는 심장이 멎는 것 같았다. 그는 죽음의 메신저였다.

그러나 헤스코우는 곧바로 완벽한 방어 태세를 갖추었다.

"도대체 왜 여기에 와 있는 거요? 원하는 게 뭐요?"

"놀라지 마시오."

아스토레는 자신을 소개한 다음 죽은 돈 아프릴레의 조카라는 말을 덧붙였다.

헤스코우는 마음을 진정시키려고 애썼다. 전에도 이런 궁지에 몰린 적이 있었고, 아드레날린이 솟구친 후에도 항상 괜찮지 않았던가. 그는 숨겨놓은 권총을 꺼내기 위해 소파에 앉아 나무 팔걸이에 손을 얹었다.

"도대체 내게 원하는 게 뭐요?"

아스토레는 그의 얼굴을 보며 싱긋 웃었다. 헤스코우는 상대가 적당한 순간을 기다려왔다는 표정인 것 같아 씁쓸했다. 그는 순간 팔걸이 윗부분을 재빨리 젖히고 권총을 꺼내 들었다. 그러나 총알이 없었다.

그때 자동차 세 대가 헤드라이트로 방안을 비추며 마당 안으로 미끄러져 들어왔다. 두 명의 남자가 더 집안으로 들어왔다.

아스토레는 유쾌한 목소리로 말했다.

"존, 난 당신을 과소평가하지 않소. 우린 벌써 집안 곳곳을 탐색했소. 커피 주전자 안에도 총이 있고, 침대 아래쪽에도 테이프로 총을 붙여 놓았더군. 또 가짜 우편함과 욕실 세면대 뒤에도. 그밖에 우리가 빠뜨린 곳이 더 없소?"

헤스코우는 아무 말도 하지 않았다. 심장이 다시 심하게 뛰기 시작했다. 목구멍에서도 경련이 일어났다.

"그 화원에서는 무슨 꽃을 키우는 거요?"

아스토레가 웃으면서 물었다.

"다이아몬드? 대마초? 아니면 코카인이라도? 난 당신이 들어오지 않는 줄 알았소. 그건 그렇고 진달래를 기르는 사람이 웬 화약은 그렇게 많이 갖고 있소?"

"그만 하시오."

헤스코우가 낮게 말했다.

아스토레는 헤스코우의 맞은편 의자에 앉아 둘 사이에 놓여 있는 탁자 위에 지갑 두 개를 던졌다. 하나는 금색, 하나는 갈색의 구찌 지갑이었다.

"잘 살펴보시오."

헤스코우가 손을 뻗어 지갑을 열어보았다. 첫 번째 지갑에는 스투르조 형제의 사진과 운전면허증이 들어 있었다. 그는 목구멍으로 넘어온 쓴 담즙 때문에 하마터면 토할 뻔했다.

"그들은 당신을 포기했소. 당신이 돈 아프릴레 저격 사건의 브로커라고 이미 실토했소. 게다가 견진성사 때 뉴욕 경찰이나 FBI가 성당에 오지 않을 거라고 당신이 말해줬다더군."

헤스코우는 그동안 무슨 일어났는지 하나하나 추론해보았다. 비록 스투르조 형제가 죽은 게 틀림없어도 아스토레란 놈은 자신을 이대로 죽이지는 않을 것 같았다. 스투르조 형제의 배신은 실망스러우면서도 마음이 아팠다. 다행히 자신이 운전을 했다는 것은 발설하지 않은 듯했다. 그는 이제 일생일대의 중요한 협상을 해야만 했다.

헤스코우는 어깨를 으쓱했다.

"당신이 무슨 말을 하는지 통 모르겠소."

알도 몬차는 줄곧 헤스코우에게 시선을 고정시키고 그가 하는 말을 주의 깊게 듣고 있었다. 그러더니 부엌에서 블랙 커피를 가져와 아스토레와 헤스코우에게 주었다.

"당신도 이탈리아 커피를 마셔봤군."

헤스코우는 거만한 표정으로 아스토레를 노려보았다.

아스토레는 커피를 마신 다음 천천히 말을 꺼냈다.

"당신이 매우 영리한 사람이란 말을 들었어. 그래서 당신을 죽이지 않기로 했지. 그러니 내 말을 잘 듣고 생각해보시지. 난 돈 아프릴레의 해결사야. 그가 은퇴하기 전에 갖고 있던 모든 권리를 물려받았지. 당신은 그게 무슨 의미인지 이해할 거야. 당신도 그가 은퇴하지 않았으면 감히 죽일 수 없었겠지, 그렇지 않아?"

헤스코우는 아무 말도 하지 않았다. 다만 아스토레를 뚫어지게 바라보면서 상황을 분석하려고 애썼다.

"스투르조 형제는 죽었어."

아스토레는 말을 이어나갔다.

"당신도 죽을 수 있어. 하지만 내가 제안을 하나 하지. 지금부터 잘 들으시오. 당신은 앞으로 30분 안에 내 편이 되겠다는, 그리고 나의 대리인으로 일하겠다는 확신을 내게 심어줘야만 해. 그렇지 않으면 온실의 꽃들과 함께 파묻히게 될 거요. 자, 이제 내가 듣고 싶어하는 얘기를 해주시오. 당신 아들을 이 일에 끌어들이고 싶은 마음은 추호도 없소. 그렇게 되면 당신이 내 적이 될 뿐만 아니라 나를 배신할 수도 있기 때문에 그런 일은 절대 없을 거요. 하지만 나야말로 당신 아들을 살려줄 수 있는 사람이란 걸 명심해야 하오. 적들은 지금 날 죽이려 하고 있소. 만일 내가 죽게 된다면 내 친구들이 당신 아들도 그냥 내버려두지 않을 거요. 당신 아들의 운명은 내게 달려 있단 말이오."

"도대체 원하는 게 뭐요?"

"난 정보가 필요해. 당신이 말해줘야 하오. 내가 만족하면 우린 협상을 할 거요. 그러나 내가 만족하지 못하면 당신은 죽게 되는 거요. 그러니 당신의 문제는 오늘밤 살아 남을 수 있는가 하는 거지. 자, 이제 시작해볼까?"

헤스코우는 적어도 5분 동안 아무 말도 하지 않았다. 그는 아스토레를 요리조리 뜯어보고 있었다. 흉악해 보이거나 위협적이지도 않고 선해 보이는 인상의 청년이었다. 하지만 스투르조 형제를 죽였고 이 집의 안전 장치를 뚫고 총이 있는 곳을 찾아냈다. 무엇보다 불길한 것은 그가 존재하지도 않는 총을 찾아내기를 기다리고 있다는 점이었다. 하지만 엄포 같지 않았다. 아니, 분명 엄포가 아니었다. 마침내 헤스코우는 커피를 다 마시고 나서 조건부로 결심을 했다.

"당신에게 협조하겠소. 당신을 믿지. 나를 브로커로 고용하고 돈을 준 사람은 티모나 포르텔라요. 그리고 뉴욕 경찰이 감시를 하지 못하도록 손을 쓴 건 나요. 티모나의 심부름으로 뉴욕 경찰 형사반장 디 베네디토에게 5만 달러, 그리고 부하인 아스피넬라 워싱턴 형사에게 2만 5천 달러를 건넸소. 또 포르텔라는 FBI의 입을 막기 위해 돈을 주라고 했소. 내가 영수증이라도 받아야 한다고 우겼더니 킬케라는 뉴욕 지국장이 자기 뒤를 봐준다고 했소. 그러니까 돈 아프릴레를 죽여도 된다는 사인을 내려준 건 바로 킬케요."

"전에도 포르텔라를 위해 일했소?"

"그렇소. 그는 뉴욕에서 마약 거래상을 하고 있기 때문에 내게 일감을 많이 주는 편이오. 하지만 돈 아프릴레의 조직원을 죽인 적은 한 번도 없소. 그쪽과는 전혀 관련이 없었소. 이상이오."

"좋아."

아스토레의 표정은 진지해 보였다.

"이제부터 각별히 몸조심하시오. 스스로 말이오. 더 할 말은 없소?"

이 말을 듣는 순간 헤스코우는 자신의 죽음이 얼마 남지 않았다는 느낌이 들었다. 아스토레에게 완전히 확신을 주지 못한 게 틀림없었다. 그는 자신의 육감을 믿었다. 헤스코우는 얼른 아스토레를 보며 희미하게 웃었다.

"한 가지 더 있소."

그리고 아주 천천히 말했다.

"난 당장 포르텔라와 계약을 해야 하오. 당신 건이지. 당신을 제거해주는 조건으로 두 형사에게 50만 달러를 주기로 되어 있소. 그들이 당신을 체포할 때 당신이 반항하면 어쩔 수 없이 죽이기로 되어 있소."

아스토레는 잠깐 정신이 멍했다.

"왜 그렇게 복잡하지? 비용도 많이 들고 말야. 형사 말고 직접 날 죽일 사람을 고용하는 게 낫지 않나?"

헤스코우는 고개를 가로 저었다.

"그들은 당신을 높이 평가하고 있소. 돈 아프릴레까지 죽인 데다 직접 살인을 하면 언론이 뜨거워질 거라고 생각하고 있소. 게다가 당신은 그의 조카가 아니오. 언론이 들끓을 게 분명하지. 그래서 이 방법을 택한 것 같소."

"돈을 벌써 줬나?"

"아니오. 곧 만나기로 했소."

"좋아. 그럼 한적한 교외로 약속 장소를 정하시오. 자세한 사항은 내게 미리 알려주고. 한 가지 명심할 게 있소. 회담이 끝난 후에 그들과 함께 자리를 뜨지 마시오."

"맙소사. 도대체 어쩌려는 거요? 그들의 경계가 철저할 텐데…."

아스토레는 의자에 등을 기댔다.

"그러니까 어떻게든 해보시오."

그는 이렇게 말한 다음 의자에서 일어나 우정의 표시로 헤스코우와 가볍게 포옹했다.

"명심하시오. 우린 서로 살아 남아야 하니까."

"나도 좀 챙길 수 있는 거요?"

이 말에 아스토레가 웃었다.

"하기는 그런 게 이런 일의 장점이 아니겠소? 경찰들이 50만 달러에 속았다고 주장할 순 없을 테니."

"그럼 20만 달러만."

"좋소."

아스토레는 흔쾌히 허락했다.

"하지만 그 이상은 안 되오. 어디까지나 수고비요."

아스토레는 자신이 세운 광범위한 작전 계획을 논의하기 위해 돈 크락시와 프라이어를 만날 때가 되었다고 생각했다.

그동안 많은 변화가 있었다. 프라이어는 경호를 맡고 있는 자신의 두 조카와 함께 시카고에 왔다. 시카고 교외에 있는 돈 크락시의 훌륭한 저택은 요새로 바뀌어 있었다. 집으로 이어지는 마당에 나 있는 차가 다니는 길에는 초록색의 작은 초소가 서 있고 그 안에는 험악한 인상의 젊은이들이 보초를 서고 있었다. 또 마당 한 켠 과수원에는 통신용 소형 트럭 한 대가 서 있었다. 초인종이나 전화벨이 울리면 보초를 서던 세 명의 젊은이가 뛰어 나와 방문객의 신분증을 확인했다.

피요르씨의 조카인 에릭과 로베르토는 호리호리하지만 운동으로 단련된 소총 전문가들로 자기 삼촌에 대한 존경심이 극진해 보였다. 그들은 또한 아스토레의 시칠리아 시절 이야기를 알고 있는 듯 그를 대하는 태도도 정중했고, 사소한 일까지도 직접 시중을 들었다. 아스토레의 짐을 받아 드는가 하면 저녁 식사 때는 포도주를 따르고 자신의 냅킨으로 먼지를 털어주기도 했다. 또 아스토레 대신 팁을 내주고 문을 열어주는 등 그를 무슨 거물이나 되는 것처럼 떠받들었다. 아스토레는 그들에게 편히 대하라며 농담을 던졌지만 그들은 한사코 친밀감을 나타내기를 꺼렸다.

돈 크락시를 호위하는 남자들은 그다지 친절하지 않았다. 50대인 그들은 절도있게 행동했지만 무뚝뚝했고 그저 자신의 임무를 수행할 뿐이었다. 그들은 모두 무장을 하고 있었다.

그날 저녁 식사를 마치고 디저트로 과일을 먹으면서 아스토레가 돈 크락시와 프라이어에게 물었다.

"왜 모두 무장을 하고 있죠?"

"그저 경계하는 것뿐이네." 돈 크락시가 담담하게 말했다.

"좋지 않은 소식을 들었어. 내 숙적인 인시오 튤리파가 미국에 왔다는군. 흉악하고 탐욕스런 놈이기 때문에 미리 대비하는 게 최선이지. 티모나 포르텔라를 만나러 온 모양인데, 마약 거래 수익도 분배하고 공동으로 적을 치려고 할 걸세. 미리미리 대비를 해둬야지. 그건 그렇고 자네 용건은 뭔가?"

아스토레는 두 노인에게 자신이 알게 된 정보와 헤스코우를 어떻게 매수했는지 설명해주었다. 그리고 포르텔라와 킬케 그리고 두 명의 경찰 이야기도 들려주었다.

"이제 작전을 개시해야 할 것 같습니다. 지휘력이 있는 리더 한 명과 유능한 부하가 적어도 열 명은 필요합니다. 두 분이라면 그 정도는 지원해주시리라 믿습니다. 아니면 돈 아프릴레의 옛 친구들에게 도움을 청해주셔도 되구요."

아스토레는 노란 배 껍질을 조심스럽게 벗겼다.

"두 분도 이 일이 얼마나 위험한지 아실 겁니다. 그래서 너무 깊이 개입하고 싶지 않으시겠죠."

"그런 말 말게." 프라이어가 얼른 말을 가로막았다.

"우린 돈 아프릴레에게 신세를 많이 졌네. 당연히 도와야지. 하지만

한 가지는 명심하게. 복수한다는 생각을 해서는 안 되네. 자신을 방어하는 일이 되어야 한단 말일세. 킬케도 해쳐서는 안 되고. 그럼 연방 정부에서도 가만 있지 않을 거야."

"아니, 그자는 무력화시킬 필요가 있어. 언제 위험 인물로 바뀔지 모르네. 하지만 은행을 파는 문제도 한 번 고려해보게. 그럼 모두가 행복해질 걸세." 돈 크라시가 말했다.

"저와 제 사촌들만 빼면 모두가 그렇겠죠."

"아니, 생각해볼 가치가 있네. 나도 돈 크라시와 함께 기꺼이 내 은행 지분을 포기하겠네. 물론 은행이 미래에 막대한 부를 얻게 해줄 거라는 건 알고 있네. 하지만 여생을 편안히 살기 위해서는 그 방법도 고려해볼 만하다는 말이지." 프라이어가 말했다.

"은행은 절대 팔지 않습니다. 놈들은 삼촌을 죽였습니다. 그러니 대가를 치러야 합니다. 원하는 대로 해주어선 안 됩니다. 전 놈들이 좌지우지하도록 놔두지 않겠습니다. 돈 아프릴레도 그렇게 말씀하셨습니다."

두 노인은 아스토레의 결심을 듣고 안도하는 모습을 보였다. 그들은 흐뭇해서 웃음이 나오려는 걸 애써 참았다. 아스토레는 잠시 어리둥절했지만 두 노인이 예전에도 그랬던 것처럼 자신을 존중하고 있으며, 자신의 모습에서 그들은 절대 가질 수 없는 어떤 것을 확인하고 있음을 느꼈다.

"돈 아프릴레를 위해 우리가 무엇을 해야 하는지 알고 있네. 그리고 자네에 대한 우리의 의무도 알고 있어. 하지만 신중해야 하네. 만일 경솔하게 굴다가 자네에게 무슨 일이라도 일어난다면 그땐 정말 은행을 팔 수밖에 없게 되네."

"암, 신중해야지."

프라이어도 거들었다. 아스토레가 미소를 지었다.

"걱정 마십시오. 제가 실패한다면 제 곁에는 아무도 남지 않게 될 겁니다."

그들은 배와 복숭아를 먹었다. 돈 크락시는 깊은 생각에 잠긴 듯 한참 동안 말이 없었다. 이윽고 그가 입을 열었다.

"튤리파는 세계 최대 마약상이네. 포르텔라는 그의 미국 동업자이고. 그들은 틀림없이 마약 거래 대금을 세탁할 은행이 필요할 거야."

"그런데 왜 킬케가 그 일에 끼어들었을까요?"

"그건 모르겠네. 어쨌든 킬케를 직접 공격해서는 안 되네." 크락시가 말했다.

"재앙을 불러일으키게 될 거야." 프라이어도 맞장구쳤다.

"알겠습니다. 명심하겠습니다."

그러나 만약 킬케가 유죄라면 어떻게 해야 할까?


아스피넬라 워싱턴 형사는 여덟 살 난 딸이 저녁은 잘 챙겨 먹었는지, 숙제는 제대로 했는지 확인한 다음 잠자리에 들기 전에 기도를 하라고 일렀다. 그녀는 딸을 무척 사랑했다. 남편이란 존재는 오래 전에 자신의 인생에서 지워버렸다. 부하 경찰의 딸이 저녁 8시에 아이를 돌봐주러 왔다. 아스피넬라는 딸에게 약 먹여야 할 시간을 일러주며 자정 전에 돌아오겠다고 말했다.

로비에서 초인종이 울리자 아스피넬라는 계단으로 뛰어 내려 갔다. 그녀는 절대 엘리베이터를 이용하지 않았다. 폴 디 베네디토가 번호판도 없는 자신의 시보레 자동차 안에서 기다리고 있었다. 그녀는 차에 올라탄 뒤 안전 벨트를 채웠다. 형사반장 디 베네디토가 밤이면 무법자 운전수로 바뀐다는 사실을 알고 있었던 것이다.

디 베네디토가 담배를 꺼내 불을 붙이자 아스피넬라는 차창을 열었다.

"한 시간쯤 달린 것 같군. 그런데 우리 다시 생각해야 하는 거 아냐?"

디 베네디토가 말했다. 그는 이번 일이 자신들에게 대단히 중요한 기회라는 사실을 알고 있었다. 지금까지는 뇌물이나 마약 거래 대금을 받는 게 고작이었지만 이번에는 남을 죽이는 일이었다.

"뭘 다시 생각해요? 이미 사형수 감방에 들어갔어야 할 놈을 죽이는 것뿐인데. 내가 25만 달러로 뭘 할 수 있는지 알아요?

"아니. 하지만 내가 뭘 할 수 있는지는 알지. 난 은퇴하면 마이애미에 최고급 콘도를 살 거야. 명심해. 우린 이번 사건을 무덤까지 가져가야 해."

"마약상한테 뇌물을 받는 건 이미 들통이 났어요. 빌어먹을."

"그러게 말야. 그런데 헤스코우 그자가 오늘 밤 돈을 가져올 건지 확실히 해두어야 했는데 말야. 설마 우리에게 생각 없이 한 얘기는 아니겠지."

"그는 믿을 만해요."

"나에겐 산타 클로스 같은 존재죠. 만일 우리에게 줄 커다란 선물 주머니를 가져오지 않는다면 죽은 산타가 될 걸요."

디 베네디토는 껄껄 웃었다.

"당신은 역시 내 맘에 꼭 들어. 아스토레 그놈을 언제라도 죽일 수 있도록 감시하고 있겠지?"

"그럼요. 지금도 계속해서 감시하고 있어요. 납치 장소도 정했어요. 그의 마카로니 창고인데 대부분 밤늦게까지 일하더라구요."

"그를 체포할 만한 구실은 마련해뒀나?"

"물론이죠. 그것도 못하면 경찰 배지를 떼어버려야죠."

그들은 말없이 10분을 더 달렸다. 그때 디 베네디토가 아스피넬라의 눈치를 살피면서 그러나 무덤덤하게 지나가는 말로 물었다.

"그런데 총은 누가 쏘지?"

아스피넬라가 놀란 표정을 지었다.

"반장님은 지난 10년 동안 책상머리에만 앉아 있었어요. 아마 피보다는 토마토 소스를 더 많이 봤을 걸요? 총은 당연히 제가 쏘아야죠."

그녀는 디 베네디토가 안도하는 모습을 보며 남자란 결정적인 순간에 쓸모 없는 존재라는 생각이 스쳤다.

그들은 다시 침묵에 빠져들었다. 그리고 각각 어쩌다 자신들이 이 지경까지 왔는지 생각하고 있었다. 디 베네디토가 경찰에 발을 들여놓은 것은 30년 전이었다. 그는 서서히 그러나 필연적으로 부패에 물들게 되었다. 처음에는 자신의 생명을 걸고 타인을 보호해서 존경도 받고 칭송도 듣겠다는 거창한 사명감을 갖고 경찰 생활을 시작했다. 그러나 세월이 흐르면서 그런 생각은 점점 퇴색했다. 처음에는 노점 상인이나 작은 가게들로부터 소액의 뇌물을 받는 정도였다. 그런데 어느 날 어떤 피의자가 중죄를 면하도록 거짓 증언을 하게 되었다. 그에 대한 대가로 받은 돈은 훗날 마약 거래상에게서 받은 뇌물에 비하면 새 발의 피였다. 어쨌든 그는 이제 뉴욕 최대의 마피아 두목인 티모나 포르텔라의 하수인이 분명한 헤스코우에게서까지 돈을 받게 되었다.

구실은 언제나 충분했고 어떤 식으로든 자기 합리화가 가능했다. 그는 고위직 경찰들이 마약 거래상들의 뒤를 봐주고 뇌물을 받아 부자가 되는 모습을 목격했다. 하위직 경찰들의 부패는 말할 것도 없었다. 어쨌든 그는 세 아이를 대학에 보내야 하는 가장이었다. 물론 그가 보호하는 사람들 중에는 은혜를 모르는 경우도 있었다. 게다가 흑인 범법자들의 엉덩이라도 때릴라치면 인권단체들이 경찰의 야만성에 항의하며 들고 일어나기 일쑤였다. 신문이나 방송은 기회가 있을 때마다 경찰을 물어뜯지 못해 안달이었다. 특히 시민단체들에게 소송을 당한 경찰은 해고되어 연금도 제대로 받지 못하거나 심지어 철창 신세를 지기도 했다. 그 자신도 흑인 범법자를 구타했다는 이유로 징계를 받은 일이 있었다. 디 베네디토는 자신이 인종에 대해 편견을 갖고 있다고 생각한 적은 없었다. 그런데 뉴욕의 범죄자 대부분이 흑인인 게 그의 잘못이란 말인가? 차별수정정책(소수계 우대 정책으로 소극적으로 해석하면 소수계나 약자에 대한 차별 금지 제도) 일환으로 흑인들에게 강도 허가증이라도 주자는 말인가?

그는 흑인 경찰들도 공평하게 승진시켜 주었다. 아니, 같은 흑인 범법자들을 협박하여 실적을 올린 아스피넬라 같은 흑인 형사에게 승진의 기회를 주는 등 오히려 흑인을 후원했다. 그러니 그녀가 인종주의 때문에 피해를 입었다고는 말할 수 없을 것이다.

한마디로 말해 사회는 자신들을 보호해주는 경찰들을 똥만도 못하게 취급했다. 물론 자기 직무에 충실하다 의롭게 죽는 경찰이 아닌 경우에 그렇다는 말이다. 경찰이 만약 그렇게 죽으면 하루 아침에 시선이 달라진다. 그래서 그가 정직한 경찰이 될 수 없었다는 결론이 나온다. 그럼에도 불구하고 그는 자신이 살인자가 될 거라고는 꿈에도 생각해보지 않았다. 그러나 이번은 거부하기 어려운 제안이었다. 위험 부담도 없는 데다 어마어마한 돈이 걸린 일이었다. 게다가 죽이려고 하는 상대는 살인자가 아닌가.

아스피넬라 역시 자기 인생이 어쩌다 이런 길로 들어섰는지 의아할 뿐이었다. 하느님은 그녀가 얼마나 열정적으로 몸을 바쳐 범죄 조직과 싸웠으며 그 결과 어떻게 뉴욕의 전설이 되었는지 알 것이다. 물론 뇌물을 받고 중죄인을 위해 위증한 적은 있었다. 그녀는 디 베네디토의 설득으로 마약 거래상으로부터 뇌물을 받으면서 뒤늦게 이 게임에 발을 들여놓았다. 디 베네디토는 지난 몇 년간 그녀의 정신적 스승이었고 몇 달간은 그녀의 연인이기도 했다. 마치 동면이라도 하고 있던 성욕구를 해소하는 방편으로 둔감한 곰과의 섹스는 그런대로 괜찮았다.

그녀의 부패는 형사로 승진하고 출근한 첫날부터 본격적으로 시작되었다. 그날 경찰서 휴게실에서 갠지라는 거만한 백인 경찰은 악의 없이 농담을 지껄였다.

"이봐, 아스피넬라, 당신 거기랑 내 근육만 있으면 세상의 모든 범죄를 소탕할 수 있을 텐데 말야."

흑인동료를 포함해 그 방에 있던 모든 동료 경찰들이 웃음을 터뜨렸다.

아스피넬라는 그를 차갑게 노려보며 쏘아붙였다.

"넌 절대 내 상대가 될 수 없어. 여자를 깔보는 남자의 물건치고 쓸 만한 건 못 봤거든."

갠지는 그래도 기분 좋게 응수하려고 애썼다.

"그래 내 것이 아무리 별 볼일 없어도 네가 원한다면 얼마든지 만족시켜주겠어. 난 흑인 여자가 어떤 맛일까 궁금하거든."

아스피넬라는 더욱 굳어진 표정으로 소리질렀다.

"그래? 깜둥이가 황색보다 더 맛있지. 어서 꺼져, 이런 개자식!"

휴게실 안은 순간 놀라움으로 얼어붙었다. 갠지의 얼굴은 빨갛게 달아올랐다. 이런 독설과 모욕이 싸움으로 이어지지 않으면 이상한 일이었다. 갠지는 거구를 이끌고 아스피넬라에게 다가갔다.

마침 경찰복을 입고 있던 아스피넬라는 권총을 꺼내들었지만 겨냥하지는 않았다.

"어서 덤벼봐, 네 불알을 쏴줄 테니."

다행히 말로 그쳤지만 그 방에 있던 사람들은 하나같이 그녀가 정말로 방아쇠를 당길지 모른다고 생각했다. 갠지는 멈칫거리다 불쾌한 듯 고개만 저었다.

물론 이 사건은 상부에 보고되었다. 아스피넬라로서는 심각한 규정 위반이었다. 그러나 영리한 디 베네디토는 자기 부서가 법정 공방에 휘말릴 경우 뉴욕 경찰 전체가 정치적인 상처를 입게 될 것으로 판단해 모든 일을 덮어두기로 했다. 다만 아스피넬라의 행동에 깊은 인상을 받아 그녀를 직속 부하로 데려오고 나중에는 그녀의 후원자가 되었다.

아스피넬라가 다른 부하들보다 그의 눈에 들었던 이유는 휴게실에 적어도 네 명의 흑인 경찰관이 있었지만 아무도 그녀를 방어해주지 않았기 때문이었다. 그들은 백인 경찰의 농담에 똑같이 시시덕거렸다. 성(性)에 대한 일체성이 인종의 일체성보다 더욱 강했던 것이다.

어쨌든 그 후 아스피넬라는 승승장구하면서 우수 경찰관으로 우뚝 서게 되었다. 그녀는 마약 거래상이라든가 흑인 잡범들, 무장 강도들을 무자비하게 다루기로 유명했다. 흑인이건 백인이건 좀처럼 봐주는 일이 없었다. 필요하면 총을 쏘고 구타도 했으며 굴욕감을 주기도 했다. 법적인 고소가 있었지만 그녀의 혐의가 입증되지 않았고 오히려 대담한 사건 처리 기록이 그녀의 행동을 옹호해주었다. 도시의 가장 더러운 쓰레기를 치워주는 경찰에게 누가 감히 의심을 품겠는가? 게다가 디 베네디토가 여러 면에서 아스피넬라를 지원했다.

한 번은 아스피넬라가 자신의 아파트 근처 할렘가에서 강도짓을 하던 두 명의 10대 강도를 총으로 쏘아 죽인 일 때문에 난처한 상황에 빠졌다. 한 소년은 그녀의 얼굴을 강타하고 다른 소년은 지갑을 빼앗았다. 그때 아스피넬라가 권총을 빼어 들자 소년들은 그 자리에서 얼어붙었다. 아스피넬라는 꽤 고심했지만 결국 두 소년을 총으로 쏘았다. 얼굴을 구타당했다는 것 때문이 아니라 이웃 사람들에게 다시는 강도짓을 하지 말라는 무언의 메시지를 전달하기 위해서였다. 그 사건으로 인권 단체는 조직적인 항의를 했지만 법은 정당방위라는 판결을 내렸다. 그녀도 자신이 유죄라는 사실을 인정했는데도 불구하고 말이다.

아스피넬라에게 어떤 중요한 마약 거래상이 제공하는 뇌물을 받도록 권유한 것도 디 베네디토였다. 그는 자상한 삼촌처럼 말했다.

"아스피넬라, 경찰은 해고당할 걱정은 별로 없지. 설령 그렇더라도 직장 생활이라는 게 다 그런 게 아닌가. 그보다도 요즘은 시민단체들이나 피해를 입었다고 소송을 거는 시민들이 범죄자들보다 더 무섭다니까. 경찰청의 정치적 성향의 간부들도 유권자의 표를 얻기 위해 언제 자네 같은 경찰을 감옥에 보낼지 몰라. 특히 자네는 희생양이 되기 딱 좋아. 그런 일이 생기면 거리에서 느닷없이 강간이나 절도, 그리고 살인을 당하는 불쌍한 얼간이들처럼 자네도 그런 꼴이 될 건가? 아니면 스스로 자기 앞가림을 할 텐가? 무슨 말인지 알겠나? 이미 명성을 쌓아온 실력자로부터 보호비를 받아두게. 5, 6년만 그렇게 하면 두둑히 챙겨서 은퇴할 수 있어. 나중에 덜미가 잡혀 감옥에 갈 걱정은 없지."

이렇게 해서 아스피넬라는 서서히 무너지기 시작했다. 그리고 뇌물성 돈이 은행 비밀 계좌에 차곡차곡 쌓이는 것을 조금씩 즐기게 되었다. 그렇다고 그녀가 범법자에 대해 느슨해진 것은 아니었다.

그러나 이번 사건은 좀 달랐다. 이번 일은 살인 음모였다. 하지만 아스토레는 미리 제거하는 것이 나을 지도 모를 마피아의 거물이다. 좀 억지스럽지만 그녀는 경찰로서 마땅히 해야 할 일을 하는 것이다. 물론 최종 결심을 하게 된 것은 위험부담이 적고 어마어마한 대가가 주어진다는 점 때문이긴 해도 말이다. 자그마치 25만 달러였다.

디 베네디토는 남부 주도를 벗어나 몇 분쯤 더 달려 조그마한 2층 상가 앞에 차를 세웠다. 열 개가 넘는 상점은 모두 문이 닫혀 있었고 심지어 창문에 빨간 네온사인 광고판이 걸려 있는 피자 가게도 인기척이 없어 보였다. 그들은 자동차에서 내렸다.

"이렇게 일찍 문을 닫는 피자 가게는 난생 처음 보는군."

디 베네디토가 말했다. 아직 밤 10시밖에 안 된 시각이었다.

그는 아스피넬라를 피자 가게의 옆문으로 안내했다. 문은 열려 있었다. 두 사람은 몇 개의 계단을 올라가 층계참에 멈춰 섰는데 왼쪽에 방이 두 개 있고 오른쪽에도 방이 하나 있었다. 그가 신호를 보내자 아스피넬라는 먼저 왼쪽 방을 수색한 다음 오른쪽 방으로 들어갔다. 헤스코우가 그들을 기다리고 있었다.

흔들거리는 의자 네 개가 빙 둘려져 있는 긴 나무 식탁 끝에 헤스코우가 앉아 있었다. 식탁 위에는 권투 연습용 샌드백만한 크기의 더플백이 놓여 있는데 불룩해 보였다. 헤스코우는 디 베네디토와 악수를 나누고 아스피넬라에게는 까딱하고 목례만 했다. 아스피넬라는 그를 보며 문득 이렇게 피부가 하얀 백인은 처음 본다는 생각이 들었다. 헤스코우는 얼굴은 물론 목덜미도 탈색한 것처럼 희었다. 방에는 희미한 전구 하나만 켜져 있을 뿐 창문도 없었다. 세 사람은 식탁에 둘러 앉았다. 디 베네디토가 손을 뻗어 가방을 툭툭 쳤다.

"여기에 몽땅 들었소?"

"그렇소."

헤스코우가 떨리는 목소리로 말했다. 혼자서 50만 달러가 들어 있는 가방을 가져왔으니 떠는 게 당연하다고 아스피넬라는 생각했다. 그러면서도 혹시 도청이라도 당하는 게 아닐까 의심스러워 방안 곳곳을 훑어보았다.

"좀 봅시다."

헤스코우는 더플백의 끈을 풀어 반쯤 열어 젖혔다. 고무줄로 묶은 돈다발 스무 개가 식탁 위에 쏟아져 나왔다. 돈다발은 대부분이 백 달러짜리로 50달러짜리는 없었다. 두 개의 돈다발은 20달러짜리였다.

디 베네디토가 한숨을 내쉬었다.

"젠장, 20달러짜리는 뭐요? 어쨌든 좋소. 다시 가방에 넣어요."

헤스코우는 돈다발을 가방에 도로 넣은 다음 끈을 묶었다.

"내 고객이 가능하면 빨리 처리해달라고 요구했소."

"2주일 안에 처치하리다."

"좋소."

아스피넬라는 더플백을 어깨에 들쳐 맸다. 생각보다 무겁지 않았다. 세상에 50만 달러가 이렇게 가볍다니.

그녀는 디 베네디토가 헤스코우와 악수하는 모습을 보며 경계심과 함께 조바심이 생겼다. 한시라도 빨리 그곳을 떠나고 싶었다. 그녀는 언제라도 총을 꺼낼 수 있게 한 손으로 가방을 어깨에 짊어지고 계단을 내려왔다. 디 베네디토가 뒤따라 내려오는 소리가 들렸다.

그들은 쌀쌀한 밤 공기를 맞으며 밖에 섰다. 두 사람 모두 땀에 흠뻑 젖어 있었다.

"가방을 트렁크에 넣어."

디 베네디토는 이렇게 말하고는 운전석에 앉아 담배에 불을 붙였다. 아스피넬라는 사방을 둘러본 다음 차에 올라탔다.

"어디로 가서 돈을 나누지?"

"우리 집은 안 돼요. 아이 보는 애가 와 있어요."

"나도 안 돼. 집에 마누라가 있어. 모텔을 빌리는 게 어때?"

아스피넬라가 싱긋 웃었다. 디 베네디토 웃으면서 말했다.

"내 사무실로 가지. 문을 잠그면 돼. 다시 한 번 더 트렁크를 확인해 봐. 잘 잠겼는지."

아스피넬라는 별말없이 차에서 내렸다. 그리고 트렁크를 열어 더플백을 끄집어냈다. 그때 디 베네디토가 시동을 걸었다.

순간 폭발음이 들리며 상가의 유리창이 빗물처럼 쏟아져 내렸다. 자동차는 공중으로 튀어 올랐다가 금속 파편이 되어 떨어지며 디 베네디토의 온몸에 박혔다. 3미터쯤 튕겨 나간 아스피넬라는 팔과 다리가 부러지고 눈알이 터졌다. 그리고 이내 의식을 잃고 말았다.

그때 피자 가게 뒷문으로 빠져 나오던 헤스코우는 공기의 압력 때문에 건물에 부딪힐 뻔했다. 그는 얼른 자동차를 타고 20분 뒤에 브라이트워터스의 집에 도착했다. 그는 집에 들어서자마자 술을 한 잔 마시고 더플백에서 꺼낸 백 달러짜리 두 다발을 확인했다. 20만 달러에 약간의 보너스까지 있었다. 그는 아들에게 용돈으로 만 달러를 주려다가 이내 5천 달러만 주기로 마음을 바꿨다. 나머지는 따로 보관해두기로 했다.

그날 밤늦게 TV 뉴스에서 폭발 사건이 속보로 보도되었다. 형사 한 명은 사망하고 다른 한 명은 중태였다. 그리고 돈 뭉치가 든 더플백이 화면에 나왔다. 앵커는 그 돈이 얼마인지에 대해서는 말하지 않았다.

이틀 뒤 병원에서 의식을 되찾은 아스피넬라는 돈의 정체에 대해 질문을 받고도, 그 돈이 50만 달러의 절반 정도밖에 안 된다는 사실을 알고도 별로 당황하지 않았다. 그저 돈에 대해서는 아무것도 모른다고 주장했다. 사람들은 왜 형사반장과 그녀가 그곳에 함께 갔는지도 물었다. 그러나 그녀는 엄연한 사생활이라며 대답을 거절했다. 아니, 죽음의 문턱까지 갔다온 그녀에게 그토록 무자비하게 질문을 해대는 모습에 화를 버럭 냈다. 경찰서에서는 그녀에게 일말의 위로도 해주지 않았다. 그동안의 빛나는 업적을 명예롭게 생각해주지도 않았다. 그러나 어쨌든 결말은 좋았다. 경찰에서는 더 이상 그녀를 추궁하지 않았고 돈에 대한 조사도 아무런 결론을 못 내린 채 종결되었다.

아스피넬라가 사건의 전말을 파악하게 된 것은 회복실로 옮겨진 지 1주일도 안 되었을 때였다. 그들은 사기를 당했고, 그들을 속인 사람은 헤스코우였다. 받기로 한 50만 달러에서 20만 달러가 사라진 것도 탐욕스런 그자가 중간에서 가로챈 것이다. 아스피넬라는 몸이 회복되면 헤스코우를 다시 한 번 만나야겠다고 결심을 다졌다.

# 10

아스토레는 이제 행동을 더욱 조심해야 했다. 총격의 위험은 물론이거니와 경찰이 어떤 꼬투리를 잡아서 자신을 체포할지 모를 노릇이었다. 그는 다섯 명의 경비조에게 시계 방향으로 집 안팎을 철저히 경비하라고 지시했다. 또한 집 주변 숲과 땅에 감지장치를 설치하고 야간 경비를 위해 적외선등도 달았다. 불가피하게 외출할 때는 두 명씩 3개조로 이루어진 여섯 명의 경호를 받았다. 그러나 불시에 은밀히 다녀야 할 필요도 있었고 두 형사 중 한 명쯤은 혼자 힘으로도 얼마든지 상대할 수 있다는 자신감에 이따금 혼자 다닐 때도 있었다. 필요에 의해 형사 두 명을 한꺼번에 제거하려 했지만 어쨌든 그 때문에 언론의 관심을 유발시켰다. 아스피넬라는 회복되자마자 헤스코우가 자기를 배신했다는 사실을 알 것이다. 게다가 헤스코우가 사실을 털어놓게 되면 여형사는 분명 자신을 추적할 게 뻔했다.

아스토레는 이제야 자신이 얼마나 중대한 상황에 처했는지 깨달았다. 그는 돈 아프릴레의 죽음에 책임 있는 사람들을 모두 밝혀냈고, 참으로 중대한 국면을 맞고 있었다. 아직 섣불리 건드릴 수 없는 커트 킬케와 살인을 청부한 티모나 포르텔라 그리고 인시오 튤리파와 미카엘 그라치엘라가 남아 있었다. 그가 응징하는 데 성공한 상대는 스투르조 형제뿐인데 그들은 사실상 졸개에 불과했다.

그가 갖고 있는 정보는 모두 존 헤스코우와 프라이어, 돈 크락시 그리고 시칠리아의 옥타비우스 비앙코에게서 얻은 것들이었다. 그는 가능하면 적들을 같은 시각 같은 장소에 모이게 하고 싶었다. 그러나 혼자 힘으로 그들을 모두 유인하는 것은 정말로 불가능한 일처럼 생각되었다. 게다가 프라이어와 돈 크락시는 킬케만은 절대 건드려선 안 된다고 경고를 한 터였다.

게다가 페루의 총영사 마리아노 루비오는 니콜의 연인이었다. 니콜은 그를 얼마나 사랑할까? 그녀가 FBI의 돈 아프릴레 관련 문서에서 까맣게 지워버린 내용은 무엇일까? 자신에게 숨기는 내용은 무엇일까?

아스토레는 여유가 생길 때면 자신이 사랑했던 여자들에 대한 꿈을 꾸었다. 가장 먼저 떠오르는 여자는 니콜이었다. 싱싱하고 고집도 셌던 니콜의 작고 섬세한 몸은 그가 거부하기 어려울 정도로 열정적이었다. 그러나 니콜은 이제 어떻게든 변했고, 당시의 열정을 일과 정치적인 문제에 쏟았다.

그는 시칠리아에 있는 부지도 생각났다. 엄밀히 말해 콜걸은 아니지만 그에 가까운 부지는 충동적인 성격으로 쉽게 달아올랐다. 그는 수영을 마치고 기름이 가득 찬 단지에서 올리브를 꺼내먹던 시칠리아의 부드러운 밤 공기와 부지의 호화스런 침대도 떠올렸다. 특이한 것은 그녀가 한 번도 거짓말을 한 적이 없다는 점이었다. 그녀는 자기의 삶은 물론 남자 관계에 대해서도 지나칠 만큼 솔직했다. 그리고 그가 총에 맞았을 때 있는 힘을 다해 해변가로 끌어올려 목에서 솟구치는 피를 자신의 몸으로 막아주었다. 그 후에는 목에 난 흉칙한 상처를 가리라고 황금 목걸이를 선물해주었다.

아스토레는 자신을 배신한 로지도 생각이 났다. 부드럽고 아름답고 다정한 로지는 항상 그를 속이면서도 진심으로 사랑한다고 주장했다. 하지만 함께 있을 때면 언제나 그를 행복하게 해주었다. 그는 로지에 대한 감정을 없애려고 스투르조 형제를 유인할 때 그녀를 이용했다. 그녀는 놀랍게도 그 역할을 기꺼이 수락했고 가짜 인물을 감쪽같이 연기했다.

그때 문득 유령처럼 킬케의 아내인 조젯의 환영이 머릿속을 스쳤다. 이 무슨 말도 안 되는 경우인가? 어쨌든 그는 그날 저녁 내내 조젯의 모습을 지켜보았고 모든 사람의 생명은 귀중하다는, 도무지 이해할 수 없고 터무니없는 그녀의 이야기에 귀를 기울였다. 아스토레는 그녀를 잊을 수가 없었다. 도대체 어떻게 그런 여자가 커트 킬케 같은 남자와 결혼한 걸까?

아스토레는 밤이면 이따금 로지의 집 근처까지 차를 타고 가서 카폰으로 그녀에게 전화를 걸었다. 놀랍게도 로지는 항상 혼자 있었는데, 그녀는 공부 때문에 외출할 시간이 없다고 했다. 몸조심을 해야 하는 그로서는 레스토랑에서 식사를 하거나 영화관에 데려갈 수 없는 처지이므로 그보다 반가운 말이 없었다. 대신 그는 서부에 있는 시장에 잠깐 들러 맛있는 음식을 사가서 로지를 즐겁게 해주었다. 그러는 동안 몬차는 차에 탄 채 아스토레를 기다렸다.

로지는 음식을 차려놓고 포도주를 땄다. 음식을 먹을 때면 그녀는 친근하게 다리를 아스토레의 무릎 위에 올려놓았다. 그럴 때면 아스토레와 함께 있다는 행복감으로 얼굴이 환하게 빛났다. 로지는 아스토레가 하는 말 하나하나에 즐거운 표정을 지었다. 그 점이 로지의 장점이기도 했다. 아스토레는 그녀가 그런 식으로 모든 남자를 자기 것으로 만들었을 거라고 짐작했다. 그러나 그것은 별로 중요한 문제가 아니었다.

둘이 침대로 자리를 옮기면 로지는 정열적이면서도 어리광부리듯 그에게 매달렸다. 아스토레의 얼굴 곳곳을 쓰다듬으며 키스하고 '우린 진정한 영혼의 동반자야'라고 중얼거렸다. 그런 말을 들으면 아스토레는 가슴 한 켠이 서늘해졌다. 그는 로지가 자신과 같은 남자를 영혼의 동반자로 생각하는 것을 원치 않았다. 그가 원하는 여자는 고전적인 순결한 여자였지만 그렇다고 로지를 그만 만나야겠다고 생각한 적도 없었다.

아스토레는 로지의 집에서 대여섯 시간 정도 머물다 새벽 세 시쯤 그곳을 나왔다. 그녀가 잠든 모습을 내려다볼 때마다 그는 유혹을 이기지 못해 허우적거리던 슬픈 얼굴에 편안함이 깃들어 있는 것을 느낄 수 있었다. 마치 내면 깊숙한 곳에 있는 악마의 손아귀에서 풀려난 듯 홀가분한 모습이었다.

어느 날 밤 아스토레는 일찌감치 로지의 집을 나섰다. 대기하고 있던 자동차 쪽으로 다가가자 몬차는 긴급한 소식이 있으니 어서 쥬스에게 연락을 취해보라고 했다. 쥬스는 헤스코우를 가리키는 암호명이었다. 아스토레는 즉시 카폰으로 전화를 걸었다.

헤스코우의 목소리는 다급했다.

"전화로는 말할 수 없소. 지금 당장 만납시다."

"어디요?"

"매디슨 스퀘어 가든 오른쪽에 있겠소. 한 시간 내에 데리러 오시오."

아스토레가 매디슨 스퀘어 가든에 도착했을 때 헤스코우는 도로 옆에 혼자 서 있었다. 몬차는 헤스코우 앞에 차를 대기 전 무릎 위에 총을 올려놓았다. 아스토레가 문을 열자 헤스코우가 재빨리 앞좌석에 올라탔다. 그의 얼굴 주름에는 물기와 함께 아직 냉기가 남아 있었다.

"큰일이오."

아스토레는 그 말을 듣자 등줄기가 오싹해졌다.

"돈 아프릴레의 자식들에 관한 거요?"

헤스코우가 고개를 끄덕였다.

"포르텔라가 당신의 사촌 마르칸토니오를 납치해서 어딘가로 데려갔소. 어딘지는 나도 모르오. 내일이면 그가 당신에게 회담을 청할 거요. 아마 인질을 협상 조건으로 내걸 거요. 그보다도 경비가 허술한 틈을 타서 4인조의 암살범이 당신을 죽일지 모르오. 자기 부하들을 이용할 거요. 내게 맡기려고 했지만 내가 거절했소."

자동차는 어두컴컴한 거리를 달리고 있었다.

"고맙소. 어디에서 내려주면 되겠소?"

"여기서. 내 차는 한 블록 지나서 있소."

아스토레는 헤스코우가 자신과 함께 있는 것을 두려워한다는 것을 눈치챘다.

"참, 한 가지 더 말할 게 있소. 혹시 포르텔라의 개인 소유 호텔 안에 있다는 안가를 아시오? 그의 동생 브루노가 오늘밤 매춘부와 그곳에서 잔다고 들었소. 경호원은 없을 거요."

"고맙소."

헤스코우는 자동차 문을 열고 나가 황급히 어둠 속으로 사라졌다.

\* \* \*

마르칸토니오 아프릴레는 그날의 마지막 일정을 수행하고 있었다. 그는 가급적 빨리 끝낼 생각이었다. 그때가 저녁 7시였고, 저녁 식사 약속은 9시에 있었다.

그가 만나고 있는 사람은 영화업계에 종사하는 제작자이자 절친한 친구 스티브 브로디였다. 그는 절대 예산을 넘기지 않는 규모 있는 살림꾼인데다 극적인 스토리에 대한 천부적인 감각을 지녔고, 가끔 마르칸토니오에게 떠오르는 샛별 같은 신인 여배우를 소개해주기도 했는데 여배우 입장에서도 성공하려면 마르칸토니오 같은 거물의 도움이 필요했다.

그러나 오늘 저녁 두 사람은 정반대의 입장에 놓여 있었다. 브로디는 업계에서 가장 유력한 매트 글래지에라는 에이전트와 동행했는데 그자는 자기 고객들에게 최선을 다하는 사람이었다. 그는 그 자리에서도 최신 소설이 8부작 드라마로 제작된 적이 있는 어떤 소설가를 열심히 홍보했다. 글래지에는 그 소설가의 이전 작품 세 편도 끼워서 팔고 싶어했다.

"마르칸토니오 씨, 다른 세 작품도 좋은데 팔리지 않았을 뿐입니다. 당신도 출판사 사장들이 어떤 사람들인지 잘 알 겁니다. 그들은 캐비어 한 통을 1센트에도 팔지 못하는 사람들이죠. 브로디 씨는 이전 작품들도 드라마로 제작할 준비가 되어 있던 것 같던데 그 작가의 최신작에도 막대한 돈을 쏟아 부었으니 좀 더 인심을 쓰시고 우리 계약을 합시다."

"내 생각은 다릅니다. 그 작품들은 시대에 뒤떨어진데다 별로 팔리지도 않았소. 무엇보다 지금은 절판되어 구하기도 힘들지 않습니까?"

"그건 걱정 마십쇼."

글래지에는 에이전트 특유의 확신에 찬 표정으로 말했다.

"우리가 계약만 하면 당장 출판업자들이 책을 찍어낼 겁니다."

마르칸토니오는 그가 예전에도 이런 수법을 썼다는 얘기를 여러 번 들은 적이 있었다. 물론 출판사에서는 책을 다시 찍어낼 테지만 실제로 TV 드라마 흥행에는 별로 도움이 되지 않는다. 오히려 TV로 방영되면 출판업자나 돈을 벌게 된다. 그러니 이건 말도 안 되는 거래였다.

"이 얘기는 없던 걸로 합시다. 나도 책을 읽어봤지만 별로 돈이 될 것 같지 않더군요. 뭐랄까, 너무 문학적입니다. 작품은 좋지만 드라마로 하기에는 무리예요. 나도 그런 소설을 좋아합니다. 드라마로 만들 수 없다는 게 아니라 위험을 감수하고 만들 만한 가치가 없다는 말이죠. 만만치 않은 노력이 필요한 작품입니다."

"됐습니다. 독후감을 읽어보신 모양이군요. 바쁘신 분께서 어디 책을 읽어볼 틈이나 있겠습니까." 글래지에가 빈정거렸다.

"잘못 짚으셨소. 난 책 읽는 것을 좋아하고 그의 작품들도 좋아합니다. 하지만 드라마로는 적합하지 않아요."

마르칸토니오의 목소리는 부드럽고 친근했다.

"유감입니다만 이번 일은 그냥 넘어갑시다. 하지만 잊지는 않겠습니다. 우린 당신 같은 열정적인 분과 일하는 걸 좋아합니다."

두 사람이 돌아간 후 마르칸토니오는 숙소에 있는 욕실에서 목욕을 하고 저녁 데이트를 위해 옷을 갈아입었다. 그는 비서에게 퇴근하라고 지시하고 —그녀는 항상 상사가 나가고 난 뒤에 퇴근했다— 엘리베이터를 타고 건물 로비로 내려왔다.

데이트 장소인 포시즌은 빌딩에서 몇 블록 떨어지지 않았기 때문에 그는 걸어가기로 했다. 대부분의 최고 경영자들과는 달리 그는 직접 운전하지 않고 필요한 경우에만 기사를 불렀다. 그는 자신의 이런 경제 관념을 아버지에게서 물려받았다고 생각했고 자랑스럽게 여겼다. 아버지는 헛된 일에 돈을 낭비하는 것에 대해 지나칠 정도로 편견을 갖고 있었다.

거리로 나오니 제법 바람이 차서 몸이 으슬으슬 떨렸다. 그때 검정색 리무진이 그의 앞에 멈추더니 한 사람이 튀어나와 자동차 문을 열어주었다. 비서가 자동차를 부른 것일까? 운전사는 키가 크고 건강한 체격으로 머리에는 좀 작다 싶은 우스꽝스런 모자를 쓰고 있었다. 그가 가볍게 목례를 하며 물었다.

"마르칸토니오 아프릴레 씨입니까?"

"그렇소. 그런데 오늘은 차가 필요 없는데."

"압니다." 운전수는 묘한 웃음을 지으며 말했다. "자동차에 타든지 총에 맞든지 선택을 하시오."

순간 마르칸토니오는 등 뒤에 세 명의 사내가 둘러싸고 있는 것을 느꼈다. 그가 머뭇거리자 운전수가 말했다.

"걱정 마시오. 당신과 잠깐 얘기를 나누고 싶어하는 친구가 있소."

마르칸토니오가 리무진 뒷좌석에 올라타자 세 명의 사내도 뒤따라 뒷좌석에 올랐다.

자동차가 두 블록쯤 달렸을 때 한 사내가 마르칸토니오에게 검은 안경을 주며 쓰라고 말했다. 안경을 썼더니 갑자기 앞이 전혀 보이지 않았다. 색이 너무 짙어서 빛이 전혀 들어오지 않았던 것이다. 그는 내심 기발한 아이디어라고 감탄하며 기회 있으면 드라마를 만들 때 이 장면을 응용해야겠다고 생각했다. 게다가 이것은 아주 절망적이지는 않다는 신호였다. 그가 어디로 끌려가는지 모르게 한다는 것은 그들이 자신을 죽일 계획이 없다는 의미였다. 아무튼 이 모든 일이 자신이 만든 드라마의 한 장면처럼 실감이 나지 않았다. 마르칸토니오는 문득 아버지가 생각났다. 그도 마침내 아버지의 세계 속에 들어오게 된 것이다. 결코 믿을 수 없었던 그 세계로.

한 시간 뒤 자동차가 멈춰 서자 두 명의 경호원이 그를 차 밖으로 끌어냈다. 그리고 얼마간 보도 블록 감촉이 느껴지는가 싶더니 네 개의 계단을 올라 안으로 들어갔다. 거기에서 다시 몇 계단 더 올라가 어느 방으로 들어갔는데 등 뒤에서 문 닫히는 소리가 들렸다. 그리고 누군가 안경을 벗겼다. 그는 창문에 두꺼운 커튼이 드리워진 작은 침실 안에 서 있었다. 경호원 한 명이 그를 침대 곁에 있는 의자에 앉혔다. 경호원이 말했다.

"누워서 좀 주무시죠. 앞으로 고생 좀 할 겁니다."

마르칸토니오는 손목 시계를 보았다. 벌써 자정이 가까운 시각이었다.

새벽 4시가 조금 지난 시각 마천루가 어둠 속에서 유령처럼 우뚝 서 있는 것처럼 보였다. 그때 몬차가 레시움 호텔 앞에 차를 세웠다. 운전수는 차에서 기다리기로 하고 몬차는 열쇠 꾸러미를 쨍그랑거렸다. 두 사람은 재빨리 3층 계단을 뛰어올라가 포르텔라의 전용룸 앞에 도착했다.

몬차가 열쇠로 문을 열고 두 사람은 나란히 거실로 들어갔다. 탁자 위에는 주문한 중국 음식 상자와 빈 유리컵, 포도주와 위스키 병 따위가 어지럽게 널려 있었다. 반쯤 먹은 커다란 휘핑 크림 케이크와 생일 양초처럼 윗부분만 타다 만 담배꽁초도 흩어져 있었다. 두 사람은 침실로 향했다. 아스토레가 벽에 있는 스위치 전등을 켰다. 한 남자가 바지만 입은 채 침대에 누워 있었다. 브루노 포르텔라였다.

방 안에는 짙은 향수 냄새가 배어 있었지만 침대에는 브루노 혼자였다. 별로 단정한 모습이 아니었다. 살집이 많고 축 늘어진 얼굴은 땀으로 번들거렸고 해산물을 먹었는지 비릿한 냄새가 풍겼다. 거대한 가슴에는 털이 무성해서 어떻게 보면 테디 베어처럼 귀여운 구석이 있었다. 침대 발치에 놓인 뚜껑 열린 붉은 포도주 병에서는 원산지의 신선한 향기가 풍겨나오는 듯 했다. 이런 상황에서 그를 깨우는 건 미안한 일이었지만 아스토레는 어쩔 수 없이 그의 이마를 손으로 톡톡 건드렸다.

부르노는 어렵사리 한쪽 눈을 뜨더니 이내 다른 쪽도 떴다. 그는 별로 놀라지도 당황하지도 않았다.

"당신이 누군데 여기 와 있는 거지?"

그가 잠이 덜 깬 듯 쉰 목소리로 말했다.

"부르노 씨, 아무것도 걱정하지 마십시오. 그런데 여자는 어디 갔습니까?"

아스토레가 부드럽게 물었다.

부르노는 자리에서 일어나며 껄껄 웃었다.

"아이를 학교에 보내야 한다고 일찌감치 집에 돌아갔어. 간밤에 세 번이나 했으니 두말 않고 보내줬지."

그는 자신의 정력과 매춘부에 대한 관대함을 과시하려는 듯 자랑스럽게 말했다. 그리고 침대 옆 서랍장 위로 아무렇게나 손을 뻗었다. 아스토레는 부드럽게 그의 손을 잡고 몬차는 서랍을 열어 권총을 꺼냈다.

"잘 들으시오, 부르노." 아스토레가 달래듯이 말했다. "나쁜 일은 절대 일어나지 않을 거요. 당신의 형이 당신에게 모든 일을 상의했을 리는 없지만 그가 간밤에 내 사촌 마르칸토니오를 납치해 갔소. 그래서 나는 당신을 인질로 잡아 그와 거래를 해야 하오. 형은 당신을 사랑하죠, 그렇죠? 아마 그는 거래에 응할 거요. 안 그렇소?"

"물론이지."

부르노는 이렇게 말하며 안도하는 표정을 지었다.

"꼴이 우스꽝스럽소. 옷 좀 입으시오."

부르노는 옷을 다 입었지만 신발끈을 매는 것은 어려워했다.

"왜 그러시오?"

"이런 신발은 처음 신는 거라서. 난 보통은 끈이 없는 신발을 신거든."

"이런, 신발끈 매는 법을 모르는군."

"끈 있는 신발은 처음이오."

"좋아요. 내가 매주지."

아스토레는 하하 웃으면서 말했다. 그리고는 부르노의 발을 자신의 무릎에 올려놓게 했다.

신발 끈을 다 매자 아스토레는 부르노에게 침대 옆에 있는 전화를 건네주었다.

"당신 형한테 전화를 걸어요."

"겨우 새벽 다섯 시인데? 형은 날 죽이려 할 걸."

아스토레는 부르노의 정신이 멍한 게 잠이 덜 깼기 때문만은 아니라는 걸 깨달았다. 그는 원래 우둔한 편이었다.

"내가 당신을 인질로 잡고 있다는 말만 하면 되오. 그 다음에는 내가 말할 테니."

부르노는 전화를 걸어 투정을 부렸다.

"형 때문에 내가 이 고생이야. 그래서 이렇게 일찍 전화한 거라구."

전화선을 타고 걸걸한 목소리가 들렸고 이어 부르노가 말했다.

"아스토레 비올라가 지금 날 붙잡고 있어. 형에게 할 말이 있대."

그는 재빨리 수화기를 아스토레에게 건넸다.

"티모나 씨, 이렇게 일찍 잠을 깨워 미안합니다. 하지만 당신이 먼저 내 사촌을 납치했소. 나도 부르노를 데려가겠소."

화가 난 듯 으르렁거리는 포르텔라의 목소리가 전화선을 타고 들려왔다.

"난 모르는 일이야. 도대체 네가 원하는 게 뭐야?"

그 말을 들은 부르노가 다시 전화기에 대고 소리쳤다.

"형 때문에 이렇게 됐어. 빨리 나 좀 구해줘."

아스토레가 차분히 말했다.

"티모나 씨, 인질을 교환합시다. 당신이 원하는 거래 조건에 대해 대화할 준비가 되어 있소. 당신이 날 고집불통으로 생각한다는 거 알고 있소. 하지만 만나서 설명을 들으면 내가 당신 편이라는 걸 알게 될 거요."

포르텔라의 목소리가 갑자기 누그러졌다.

"좋아. 어떻게 만날까?"

"정오에 팔라딘 레스토랑에서 만납시다. 거기에 내 전용 객실이 있소. 내가 브루노를 데려갈 테니 당신도 마르칸토니오를 데려오시오. 의심스러우면 경호원을 대동해도 좋소. 다만 공공 장소를 피바다로 만들고 싶지는 않소. 말로 해결하고 인질만 교환하면 그뿐이오."

포르텔라는 한참 동안 말이 없더니 입을 열었다.

"알겠소. 하지만 엉뚱한 생각은 하지 마시오."

"걱정 마시오. 이번 회담이 끝나면 우린 친구가 될 거요." 아스토레가 짐짓 유쾌한 듯 말했다.

아스토레와 몬차는 부르노를 양쪽에서 감시했고, 특히 아스토레는 친근하게 부르노의 팔짱을 꼈다. 세 사람은 계단을 내려와 거리로 나왔다. 아스토레의 부하들과 자동차 두 대가 더 기다리고 있었다.

"부르노를 차에 태워. 그리고 정오에 팔라딘으로 와. 그럼 나중에 보지."

아스토레가 몬차에게 명령했다.

"젠장, 그럼 그때까지 제가 데리고 있으란 말입니까? 시간이 너무 많이 남았는데."

"아침 좀 먹이게. 그자는 먹는 걸 좋아하니까 두어 시간쯤 먹겠지. 그런 다음 센트럴 파크에 데려가 동물원 구경도 좀 시켜주고. 자동차 한 대는 나와 운전수가 타고 갈 테니. 만일 놈이 도망가려고 해도 절대 죽여서는 안 되네. 그냥 붙잡기만 하게."

"제가 알아서 하죠. 놈이 그렇게 영리하기나 할까요?"

자동차에 올라탄 아스토레는 니콜의 집으로 전화를 걸었다. 어느덧 여섯 시가 되어 아침 햇살이 도시를 관통하여 길고 좁다란 돌길에 내려꽂히고 있었다.

니콜은 잠이 덜 깬 목소리로 전화를 받았다. 그와 연인 사이였던 소녀 시절에도 니콜은 곧잘 이런 모습을 보여주곤 했다.

"니콜, 일어나. 나 누군지 알겠어?"

니콜은 짜증 섞인 목소리로 대답했다.

"물론 누군지 알지. 이 시각에 전화를 걸 사람이 누구겠어."

"잘 들어. 질문은 하지 말고. 네가 갖고 있는 서류 말야. 네가 서명하지 말라고 했는데 내가 킬케의 말만 듣고 서명한 그 서류 기억나?"

"물론 기억하지."

니콜이 퉁명스럽게 말했다.

"그 서류, 안전하게 보관하고 있지?"

"응, 내 사무실에 있어."

"좋아. 30분 안에 집으로 갈게. 준비하고 있다가 초인종이 울리면 얼른 내려와. 사무실 열쇠를 가지고. 네 사무실로 가야 해."

니콜의 집에 도착한 아스토레가 초인종을 누르자 니콜은 푸른색 가죽 코트 차림으로 커다란 가방을 든 채 재빨리 내려왔다. 그녀는 아스토레의 뺨에 입을 맞추었을 뿐 자동차에 탈 때까지 아무 말도 하지 않았다. 운전수에게만 겨우 사무실 위치를 알려준 뒤 다시 침묵을 지켰다. 사무실에 도착한 뒤에야 겨우 입을 열었다.

"그 서류를 왜 보여달라고 했는지 말해봐."

"넌 알 필요 없어."

이런 말을 들으면 화를 낼 거라는 예상과 달리 니콜은 책상과 곧장 붙어있는 사무실 금고에서 서류철을 꺼냈다.

"금고 닫지마. 킬케와 만났을 때 녹음해둔 테이프도 필요해."

니콜은 아스토레에게 서류만 건네주었다.

"넌 이 서류에 대한 권리만 있을 뿐이야. 그리고 설령 테이프가 있더라도 네겐 권리가 없어."

"언젠가 네가 이 사무실에서 일어나는 모든 회의 내용은 녹음을 해둔다고 말한 적이 있잖아. 난 그날 네가 녹음하는 것을 봤어. 넌 자신을 너무 못 믿어."

니콜이 냉소적인 웃음을 띠며 말했다.

"넌 변했어. 넌 결코 다른 사람의 머릿속을 훤히 꿰뚫고 있다고 자신하는 그런 시건방진 사람은 아니었어."

아스토레는 어색한 듯 싱긋 웃으며 사과했다.

"난 네가 아직 날 좋아하는 줄 알았어. 그래서 삼촌에 관한 서류를 보여주었을 때 삭제한 부분이 있어도 왜 그랬는지 묻지 않았던 거야."

"난 아무것도 삭제하지 않았어. 그리고 네가 먼저 지금 일어나고 있는 일에 대해 말해줄 때까지는 테이프를 줄 수 없어."

니콜은 냉정했다.

아스토레는 생각에 잠긴 듯 아무 말이 없었다. 그러다 입을 열었다.

"좋아. 너야 이제 어엿한 여류 명사가 되었으니까."

그 말에 모욕감을 느낀 니콜은 눈빛을 번뜩이고 입술이 말려 올라갈 만큼 일그러진 표정을 지었다. 그 모습을 보자 아스토레는 피식 웃음이 나왔다. 오래 전에 니콜이 아버지와 다투던 모습이 떠올랐던 것이다.

"그래, 넌 언제나 거물들과 놀고 싶어했고 지금도 그렇게 하고 있지. 넌 변호사니까 네 아버지 같은 사람들을 꺼려했을 거야."

"아버지는 언론에서 말하는 것만큼 나쁜 분이 아니야. FBI가 그런 식으로 몰아갔지." 니콜이 화를 냈다.

"그래, 네 말이 맞아."

아스토레는 위로하듯 말했다.

"간밤에 마르칸토니오가 티모나 포르텔라에게 납치당했어. 그렇다고 너무 걱정할 건 없어. 내가 대신 그의 동생 부르노를 납치했으니까. 이제 협상을 할 수 있게 됐어."

"네가 납치를 했다구?"

니콜이 믿을 수 없다는 표정으로 되물었다.

"놈들이 한 대로 똑같이 해줬지. 그들이 정말로 원하는 건 우리가 은행을 파는 거야."

"그러니까 그놈의 은행을 팔아버리자구!"

니콜이 소리쳤다.

"넌 아무것도 몰라. 우린 놈들에게 아무것도 주어선 안 돼. 우리에겐 부르노가 있어. 놈들이 마르칸토니오를 해치면 우리도 부르노를 그렇게 할 거야."

니콜은 분노와 놀라움이 섞인 표정으로 그를 노려보았다. 아스토레는 침착하게 니콜을 바라보며 한 손으로 목에 찬 금목걸이를 가리켰다.

"난 놈들을 죽일 거야."

니콜의 굳은 얼굴이 서서히 풀리면서 슬픈 표정으로 바뀌었다.

"아스토레, 너까지 그러면 안 돼."

"그러니까, 이제 너도 알아야 해. 너의 아버지이자 나의 삼촌은 놈들 손에 죽었어. 그러고도 내가 놈들에게 은행을 팔 순 없어. 하지만 피를 흘리지 않고 마르칸토니오를 구하려면 테이프와 서류가 필요해."

"그냥 은행을 팔아."

니콜이 낮게 중얼거렸다.

"우린 이미 부자야. 그런데 뭐가 문제야?"

"내겐 중요해."

아스토레가 다시 덧붙였다.

"아니, 삼촌에겐 중요했어."

니콜은 말없이 금고로 가서 작은 주머니를 꺼냈다. 그리고 서류 위에 올려놓았다.

"지금 들어봐."

니콜은 책상 서랍에서 작은 카세트 플레이어를 꺼내 테이프를 넣었다. 킬케가 포르텔라를 함정에 빠뜨리려고 꾸민 계획을 설명하는 내용이 흘러나왔다. 아스토레는 더 이상 듣지 않고 테이프와 함께 카세트 플레이어를 주머니에 넣었다.

"오늘 저녁 늦게 돌려주겠어. 마르칸토니오도. 너무 걱정하지마. 아무 일도 없을 거야. 혹시 무슨 일이 일어난다면 우리가 아니라 그들에게 일어날 거야."


정오가 조금 지난 시각, 아스토레와 알도 몬차, 그리고 부르노 포르텔라는 이스트 식스티스에 있는 팔라딘 레스토랑에 앉아 있었다.

부르노는 인질이라는 사실을 전혀 모르는 사람처럼 행동했다. 그는 아스토레를 보자 즐겁게 떠들었다.

"평생 뉴욕에서만 살았는데, 센트럴 파크에 동물원이 있다는 건 오늘 처음 알았지 뭐야. 다른 사람들도 많이들 구경하러 가야 할 텐데."

"즐겁게 보내서 다행이군요."

아스토레는 혹시 일이 잘못 되어 부르노가 죽게 되면 그래도 좋은 추억을 갖고 가겠구나 싶은 생각이 들었다. 그때 객실 문이 열리며 음식점 주인이 티모나 포르텔라와 마르칸토니오를 데리고 들어왔다. 몸에 꼭 맞는 정장을 빼 입은 포르텔라의 건장한 몸집에 가려 마르칸토니오는 잘 보이지 않았다. 부르노가 얼른 티모나의 팔에 매달리며 뺨에 입을 맞추었다. 아스토레는 티모나에게서 반가움과 애정이 넘친 표정을 보며 약간 놀랐다.

"형, 진짜 왔네."

부르노는 큰소리로 기뻐했다.

그들과 대조적으로 아스토레는 마르칸토니오와 악수를 나누고 반쯤 포옹한 자세로 조그맣게 속삭였다.

"모든 게 잘 될 거예요."

마르칸토니오는 그에게서 몸을 돌려 의자에 앉았다. 이렇게 아스토레를 만났으니 이제 무사할 거라는 안도감에 다리가 후들거렸다. 그저 노래나 좋아하는 무사태평한 청년인줄로만 알았던 아스토레가 이제야 자신의 실체를 드러낸 것이다. 아스토레가 내뿜는 위력과 위엄은 포르텔라를 압도하는 듯 했다.

아스토레는 마르칸토니오 옆자리에 앉아 살며시 그의 무릎을 쳤다. 그리고 이 자리가 마치 유쾌한 점심 약속 자리이기라도 한 듯 친근한 미소를 지어 보였다.

"괜찮아요?"

아스토레가 물었다.

마르칸토니오는 아스토레의 눈을 똑바로 쳐다보았다. 전에 없이 맑지만 무자비해 보이는 눈이었다. 그는 시선을 돌려 하마터면 자신 때문에 희생당할 뻔했던 부르노를 바라보았다. 그는 어린애처럼 센트럴 파크 동물원을 구경한 이야기를 형에게 열심히 들려주고 있었다.

드디어 아스토레가 입을 열었다.

"논의할 게 있소."

"좋소. 부르노, 넌 집으로 돌아가. 밖에 차가 기다리고 있을 거야. 집에 가서 얘기하자."

몬차가 객실로 들어왔다.

"마르칸토니오 씨를 집까지 모셔다 드리게."

아스토레는 마르칸토니오에게도 먼저 집에 가라고 말했다.

이제 테이블에는 포르텔라와 아스토레, 두 사람뿐이었다. 포르텔라는 병마개를 따고 포도주를 자신의 술잔에 가득 따랐다. 아스토레에게는 권하지 않았다.

아스토레는 주머니에서 갈색 봉투를 꺼내더니 그 안에 들어 있는 것을 식탁에 올려놓았다. 자신이 킬케에게 서명을 해준 비밀 문서였다. 문서에는 아스토레 자신이 킬케에게 포르텔라를 배신할 것인지 묻는 내용이 들어 있었다. 잠시 뒤 아스토레는 테이프가 들어 있는 작은 카세트 플레이어도 테이블 위에 올렸다.

포르텔라는 FBI 마크가 선명하게 찍힌 서류를 읽기 시작하더니 잠시 후 서류를 던져버렸다.

"이런 건 얼마든지 위조할 수 있어. 그렇다면 당신은 왜 멍청하게 서명을 해줬지?"

아스토레는 대답 대신 카세트 플레이어의 스위치를 눌렀다. 아스토레에게 포르텔라를 함정에 빠뜨리는 데 협조할 것을 묻는 킬케의 목소리가 흘러나왔다. 포르텔라는 놀라움과 끓어오르는 분노를 억누르려고 애썼지만 어느새 얼굴은 벌써 뻘겋게 달아오르고 입술은 금방이라도 욕설이 튀어나올 듯 씰룩거렸다. 아스토레는 딸깍하고 카세트 플레이어를 껐다.

"당신이 지난 6년간 킬케에게 협조했다는 사실을 알고 있소. 당신 덕분에 그가 뉴욕 마피아 패밀리들을 소탕할 수 있었다는 것도. 당신은 그 대가로 킬케에게서 면죄부를 얻었지. 하지만 그는 이제 당신을 제거하려 하고 있소. 완장 찬 놈들은 도무지 만족을 모르니까. 그놈들은 모든 걸 다 가지려고 하거든. 이래도 당신은 킬케가 친구라고 생각하시오? 당신은 킬케를 위해 오메르타를 어겼는데, 당신 덕분에 유명해지고 나니 당신을 감옥에 처넣으려고 하는데도? 그는 이제 더 이상 당신이 필요하지 않소. 아마 우리 은행을 인수하자마자 감옥에 보낼 거요. 내가 은행을 팔 수 없는 것도 그 때문이오. 난 절대 오메르타를 어기지 않소."

포르텔라는 아무 말이 없었지만 뭔가 결심하는 것처럼 보였다.

"만일 내가 킬케 문제를 해결해주면 은행을 팔 거요?"

아스토레는 서류와 카세트 플레이어를 서류 가방에 도로 넣었다.

"당장 팔 수 있소. 다만 내 지분은 제외하고. 난 5퍼센트만 갖고 있소."

포르텔라는 이제야 충격에서 벗어난 것처럼 보였다.

"좋소. 문제가 해결되면 잘 해봅시다."

두 사람은 악수를 나눴고 포르텔라가 먼저 자리를 떴다. 아스토레는 갑자기 시장기를 느껴서 점심으로 두툼한 스테이크를 주문했다. 그는 이제 한 가지 문제는 해결되었다고 생각했다.

\* \* \*

그날 자정 포르텔라는 페루 영사관에서 마라아노 루비오와 인시오 튤리파 그리고 미카엘 그라치엘라를 만났다.

루비오는 튤리파와 그라치엘라를 위해 최고의 주인 노릇을 해주었다. 그들에게 연극이나 오페라, 발레 공연을 보여주고 예술과 음악 분야에서 어느 정도 명성이 있는 젊고 아름다운 유망주들을 소개해주기도 했다. 튤리파와 그라치엘라는 멋진 초대에 기꺼이 응했고, 날이 갈수록 지루하기만한 자신들의 일상으로 돌아가기가 꺼려질 정도였다. 그들은 마치 온갖 대접으로 비위를 맞춰주는 절대 군주의 총애를 받는 속국의 왕들 같았다.

이날 밤에도 루비오는 도가 넘칠 정도로 손님들을 환대했다. 회의 테이블에는 이국적인 음식과 과일, 치즈 그리고 커다란 초콜릿 봉봉 과자가 산더미처럼 쌓여 있었다. 게다가 자리마다 샴페인 병이 담긴 얼음통이 놓여 있었다. 설탕으로 만든 정교한 사다리 모양의 받침 위에는 정성이 가득 들어간 앙증맞은 패스트리도 준비되었다. 그밖에 보온 주전자에 담긴 커피와 하바나 시가, 거무스름한 마두로 시가, 옅은 갈색과 초록색의 시가 상자 따위가 테이블 위에 어지럽게 흩어져 있었다.

루비오가 포르텔라에게 말을 건넸다.

"대체 무슨 중요한 일이 있길래 다른 약속을 모두 취소하라고 하고 회의를 소집한 거요?"

예의를 갖추는 듯 하면서도 깎아내리는 듯한 말투에 포르텔라는 기분이 나빴다. 그는 사람들이 킬케의 이중성을 알게 되면 자신의 존재를 더욱 하찮게 여기게 되리라는 것을 잘 알고 있었다. 하지만 모든 사실을 털어놓을 수밖에 없었다.

튤리파는 봉봉 과자를 먹으면서 경멸에 찬 목소리로 물었다.

"그러니까 자네가 그놈의 사촌인 마르칸토니오 아프릴레를 납치했는데 우리와 상의도 없이 자네 동생 때문에 풀어줬단 말인가?"

"내 동생을 그대로 죽게 할 수는 없었네. 하지만 내가 협상을 하지 않았으면 우리 모두 킬케의 함정에 빠지고 말았을 걸세."

"그건 그렇지만 그런 문제는 자네 혼자 결정할 일이 아니야."

"아니, 그럼 누가 하지?"

"우리 모두가 해야 된다는 말일세!"

튤리파가 소리를 버럭 질렀다.

"우린 자네의 동업자란 말일세."

포르텔라는 그를 노려보며 '저런 개자식을 죽여버려?' 하는 생각을 했다. 그러나 순간 파나마 모자를 공중으로 던지던 50명의 부하들이 떠올랐다.

루비오가 그런 포르텔라의 마음을 눈치챈 듯 달래주었다.

"다른 문화권에 속하기 때문에 우리 모두의 가치관도 조금씩 다를 수밖에 없어. 조금씩 서로에게 맞춰야지. 티모나, 자넨 미국인이라 너무 감정적이야."

"당신 동생은 지능이 약간 떨어지지 않나?"

튤리파가 빈정거렸다.

그때 루비오가 튤리파에게 손가락을 흔들었다.

"인시오, 자꾸 분란을 일으킬 작정인가? 우리 모두 개인적인 일은 스스로 결정할 권리가 있어."

그라치엘라는 슬며시 미소를 지었다.

"맞는 말일세. 인시오, 자네도 비밀 실험실에 관해 우리에게 한 번도 털어놓지 않았어. 도대체 자네는 개인 무기를 가지려는 심산인가? 정말 엉뚱한 생각이야. 자넨 정부가 그런 위협을 앉아서 보고만 있을 거라고 생각하는 건가? 그러다가는 정부가 우리를 보호하고 우리가 생존할 수 있도록 허용하고 있는 지금의 법마저 바꾸려 들 걸세."

튤리파가 큰소리로 웃었다. 그는 내심 이런 회의를 즐겼다.

"나야말로 애국자야. 난 남아메리카가 이스라엘이나 이란, 이라크 같은 나라들처럼 스스로 방어능력을 갖추기를 바랄 뿐이네."

루비오는 그를 보며 다정하게 웃었다.

"난 지금까지 자네가 그런 애국자인 줄 몰랐는 걸."

그러나 포르텔라는 웃지 않았다.

"난 지금 중대한 문제에 부딪혔어. 킬케가 내 친구인줄 알고 그에게 많은 돈을 투자했는데 그가 이제 와서 나와 자네들을 제거하려 하고 있어."

그라치엘라가 단호하게 주장했다.

"모든 프로젝트를 포기해야 해. 조금 덜 가지고 살아가는 수밖에 없어."

그는 지금까지 보아온 온순한 사람이 아니었다.

"다른 방법을 찾아야 해. 킬케나 아스토레 따위는 그만 잊게. 그들은 적으로 상대하기엔 너무 위험해. 자칫하다가는 우리 스스로 무덤을 파게 될 거야."

"하지만 그런다고 내 문제가 해결되는 건 아니야. 킬케는 어떻게든 날 없애려 할 거야."

튤리파 역시 온순했던 가면을 벗어 던지고 그라치엘라에게 목소리를 높였다.

"자네가 그런 평화적인 해결책을 주장하다니 우리가 알고 있는 자네 모습은 아니군. 자네는 시칠리아에서 경찰과 장관들을 얼마나 많이 죽였나. 게다가 지사와 그 부인도 암살했잖나. 그뿐인가. 자네가 속해 있는 코를레오네 코스카도 마피아 조직을 와해시키기 위해 파견된 장군들을 수없이 죽였잖나. 그런 자네가 지금 우리에게 수십억 달러를 안겨줄 이 프로젝트를 포기하자고 말하는 건가? 게다가 우리의 친구 포르텔라까지 포기하자고?"

"난 킬케를 죽일 거야. 자네들이 무슨 말을 해도 소용없어." 포르텔라가 말했다.

"그런 너무 위험한 방법이네. FBI는 복수를 할 거야. 온갖 방법을 동원해서 요원을 죽인 살인자를 찾아낼 거야." 루비오가 말했다.

"난 티모나와 생각이 같아. FBI는 법에 따라 움직이고 통제를 받는 조직이야. 난 이 작전에서 습격조를 지원하겠어. 그들은 작전을 개시하고 몇 시간 뒤면 이미 남미행 비행기 안에 있을 거야." 튤리파가 말했다.

"그 방법이 위험하다는 건 나도 알아. 하지만 그 방법밖에는 없어." 포르텔라가 말했다.

"자네 말이 맞아. 수십억 달러가 걸린 일인데 그런 위험쯤은 감수해야 해. 아니면 누가 이런 사업을 하겠나?" 튤리파가 맞장구를 쳤다.

루비오가 인시오에게 말했다.

"자네와 나는 외교관 신분이라서 그나마 위험이 적을 거야. 미카엘, 자넨 때를 봐서 시칠리아로 돌아가게. 티모나, 자넨 어떤 식으로든 보복을 당할 거야."

"만일 사태가 악화되면 우리가 남미에 숨겨줄 수도 있어." 튤리파가 말했다.

포르텔라는 그래도 어쩔 수 없다는 듯 양 손바닥을 펼쳐 보였다.

"내게도 방법은 있어. 하지만 자네들이 도와줘야 하네. 미카엘, 자네도 동의하지?"

그라치엘라는 무덤덤한 표정을 지었다.

"응. 하지만 킬케보다 아스토레가 더 걱정이야."

# 11

 아스토레는 헤스코우로부터 만나고 싶다는 암호 전갈을 받고 예방책을 마련했다. 헤스코우는 언제 배신할 지 모르는 위험한 상대였다. 그래서 즉시 응답하는 대신 예고 없이 자정 무렵에 브라이트워터스에 있는 그의 집을 방문하기로 했다. 아스토레는 방탄 조끼를 착용하고 알도 몬차를 대동했다. 다른 자동차에는 부하 네 명이 타고 있었다. 그는 마당 앞 도로에 도착하자 헤스코우에게 전화를 걸어 문을 열어달라고 했다.

 헤스코우는 별로 놀라는 것 같지 않았다. 그는 커피를 준비해 아스토레에게 권하고 자신도 한 잔 마셨다. 그가 미소를 지으며 아스토레에게 물었다.

 "좋은 소식도 있고 나쁜 소식도 있소. 뭘 먼저 알고 싶소?"
 "그냥 말해보시오."
 "나쁜 소식은 내가 영원히 이 나라를 떠나게 됐다는 사실이오. 어쩌면 좋은 소식일 수도 있지만. 그런데 한 가지만 약속해주시오. 내가 더 이상 당신을 위해 일하지 않는다 해도 내 아들에게는 아무 일도 일어나지 않게 해주겠다고."

"당신이 먼저 약속하시오. 그런데 왜 떠나는 거요?"

헤스코우는 우스꽝스럽게도 비통한 표정을 지으며 고개를 좌우로 저었다.

"그 멍청한 포르텔라란 놈이 앞뒤 안 가리고 죽이려 하고 있소. FBI 수사관인 킬케도 죽일 거요. 내게 작전 대장을 맡아달라고 부탁했소."

"거절하지 그랬소?"

"그럴 순 없소. 동업자들과 공동으로 살인 명령을 내렸는데 만약 내가 거절하면 나도 무사하지 못할 뿐더러 내 아들도 무슨 변을 당할지 모르오. 그래서 난 작전 계획에는 참여하되 살인에는 직접 가담하지는 않을 작정이오. 그리고 나서 곧 이 땅을 떠날 거요. 만일 킬케가 살해당하면 FBI가 분명 수백 명의 수사관을 도시에 풀어 범인을 색출할 거라고 내가 말했는데도 그는 귓등으로도 안 들었소. 알고 보니 킬케는 그들을 상대로 이중플레이를 했더군. 아마 그들은 중대한 거래를 위해 킬케 정도는 충분히 해치울 수 있다고 생각하는 것 같소."

아스토레는 속으로 쾌재를 불렀다. 모든 일이 바랐던 대로 착착 진행되고 있었다. 그의 손에 피를 묻히지 않아도 킬케는 죽게 될 테고 운이 더 좋으면 FBI가 포르텔라를 제거하게 될 것이다.

아스토레가 물었다.

"이사갈 곳의 주소를 알려주겠소?"

헤스코우는 의심스런 표정에 냉소적인 미소를 흘렸다.

"아니오. 당신을 못 믿어서는 아니오. 하지만 언제라도 당신에게 연락을 취하겠소."

"어쨌든 알려줘서 고맙소. 그런데 실질적으로 누가 이런 결정을 내린 거요?"

"티모나 포르텔라요. 인시오 튤리파나 루비오는 이 일에 동의하지 않았소. 코를레오네파인 그라치엘라는 이번 일에 아예 손을 뗐소. 그는 이번 작전에 거리를 두고 있소. 내 생각에 조만간 시칠리아로 떠날 것 같소. 그곳에서도 그렇게 많은 사람들을 죽였다는데, 웃기는 일 아니오?"

"그자들은 미국이란 나라가 어떻게 돌아가는지 모르고 있소. 특히 포르텔라는 멍청하기 짝이 없는 자요. 킬케가 진정한 친구인줄 알았다고 말할 정도니."

"당신이 습격조를 지휘할 작정이오? 그것도 별로 현명한 생각은 아닌데."

"아니오. 그자들이 킬케를 죽이러 집을 습격할 때쯤 난 멀리 떠나고 없을 거요."

"집?"

아스토레는 나중에 듣게 될 소식을 상상하며 등골이 오싹해졌다.

"그렇소. 여러 명으로 구성된 습격조는 임무를 완수한 뒤 비행기를 타고 남미로 돌아가게 되어 있소."

"아주 전문적이군. 언제 하게 되어 있소?"

"모레 밤이오. 당신은 한쪽에 비켜 서 있으면 그자들이 모든 문제를 해결할 거요. 어때, 아주 반가운 소식 아니오?"

"그렇군."

아스토레는 무표정했지만 내심 아름답고 지성적인 조젯 킬케의 모습을 떠올리고 있었다.

"당신이 이런 사실을 알아둬야 알리바이를 완벽하게 증명할 수 있을 게 아니오. 내게 빚을 졌으니 내 아들을 보호해줘야 하오."

"알았소. 아들 걱정은 하지 마시오."

그는 떠나기 전에 마지막으로 헤스코우와 악수를 나누었다.

"당신은 여기를 뜨기에는 너무 아까운 사람이오. 하지만 이런 지옥 생활도 이제 끝이군."

"그렇소."

순간 아스토레는 헤스코우를 어떻게 대해야 할지 혼란스러웠다. 어쨌든 이자는 돈 아프릴레의 저격범들을 자동차로 태워다준 장본인이 아니던가. 그가 아무리 큰 도움을 주었다고 해도 그 일에 대한 대가는 치러야 하는 게 아닌가. 하지만 아스토레는 킬케의 아내와 아이가 죽게 될 거라는 것을 알고 나자 몸에서 엄청난 에너지가 빠져나가는 것 같았다. 에잇, 그냥 떠나게 내버려두자. 언젠가는 유용하게 쓰일 때가 있을 것이다. 그때 죽여도 늦지 않을 것이다. 아스토레는 이런 생각을 하며 싱글싱글 웃는 헤스코우에게 미소로 화답했다.

"당신은 정말 영리한 사람이오."

이런 칭찬을 들은 헤스코우의 얼굴이 벌겋게 상기되었다.

"나도 알고 있소. 그게 나의 생존 무기란 것을."

이튿날 오전 11시, 아스토레는 약속한 대로 니콜과 함께 FBI 지부에 도착했다. 간밤에 그는 자신의 행동 방향에 대해 많은 고민을 했다. 지금까지는 포르텔라의 손으로 킬케를 죽이도록 모든 계획을 세웠다. 하지만 조젯과 그녀의 어린 딸이 죽게 내버려두어서는 안 된다는 생각이 가슴을 짓눌렀다. 돈 아프릴레라면 이런 상황에 처했을 때 운명을 거스르지 않을 거라는 생각도 들었다. 그러나 그때 돈 아프릴레에 대한 일화가 떠오르면서 다시 주저하게 되었다.

아스토레가 열두 살이었을 때 돈 아프릴레와 함께 시칠리아에 머물던 어느 날 밤이었다. 두 사람은 정원에서 카테리나의 시중을 받으며 저녁 식사를 하고 있었다. 천진난만한 아스토레가 불쑥 이런 질문을 던졌다.

"두 분이 어떻게 서로 알게 됐어요? 어릴 때부터 친구였어요?"

아프릴레와 카테리나가 서로 힐끗 쳐다보며 빙그레 웃자 어린 아스토레는 더욱 호기심이 발동했다.

돈 아프릴레는 자신의 입술에 손가락을 대고 장난스럽게 속삭였다.

"그건 '오메르타'야. 비밀이라는 뜻이지."

카테리나는 나무 주걱으로 아스토레의 손을 톡톡 치며 말했다.

"꼬마야, 그건 네가 몰라도 돼. 게다가 별로 자랑할 만한 것도 아니란다."

돈 아프릴레는 다정스런 눈길로 아스토레를 내려다보았다.

"그렇다고 모르게 할 이유도 없지. 이 애는 뼛속까지 시칠리아 사람이야. 말해줘요."

"당신이 말해주고 싶으면 그렇게 해요."

저녁 식사가 끝난 뒤 돈 아프릴레는 시가에 불을 붙이고 아니스 술을 잔에 가득 따른 다음 이야기를 시작했다.

"10년 전에 이 마을에서 가장 존경받는 사람은 지구스문도 신부님이었단다. 아주 엄격하면서도 유머가 넘치는 분이었지. 내가 시칠리아에 머무를 때면 우리 집을 종종 방문해서 내 친구들과 카드놀이를 하셨단다. 당시 우리 집에는 다른 가정부가 있었지."

그러나 지구스문도 신부는 결코 세속적인 사람은 아니었다. 오히려 신앙심이 깊고 열심히 수도하는 사제였다. 성당에 나오지 않는 마을 주민들을 꾸짖고 심지어 무신론을 부추기는 사람들과 주먹다짐까지 벌이곤 했다. 그런데 무엇보다 그가 유명해진 것은 죽어 가는 마피아 희생자들을 위해 임종미사를 집전해주었기 때문이다. 그 덕분에 그들의 영혼은 참회를 하고 천국으로 갈 수 있도록 정화되었다. 다만 그가 이런 일로 존경을 받았어도 그 횟수가 너무 잦자 임종미사를 신속하게 집전하는 이유가 그가 처형자들과 한패거리이기 때문이라는 소문이 돌기 시작했다. 그가 자신의 목적을 위해 고해성사의 비밀을 누설했다는 것이다.

카테리나의 남편은 당시 마피아를 강력하게 반대하는 경찰이었다. 그는 전대미문의 무자비한 마피아 두목으로부터 경고를 받은 뒤에도 살인 사건을 계속해서 수사했다. 그러다 경고 1주일만에 습격을 당해 팔레르모의 뒷골목에서 죽었다. 그때도 역시 지구스문도 신부는 그를 위한 임종미사를 집전하기 위해 현장에 있었다. 그 사건은 영원히 풀리지 않는 수수께끼로 남았다.

슬픔에 잠긴 미망인 카테리나는 1년 동안 성당에서 남편을 추도하며 눈물의 기도를 올렸다. 그러던 어느 토요일 그녀는 지구스문도 신부에게 고해성사를 했다. 그런데 고해성사를 마치고 밖으로 나온 신부의 심장에 카테리나 남편의 단도가 꽂혀 있었다.

경찰은 즉시 그녀를 체포하여 감옥에 가두었지만 그것으로 모든 것이 끝난 것은 아니었다. 마피아 두목이 그녀에게 사형 선고를 내린 것이다.

아스토레는 휘둥그레진 눈으로 카테리나를 쳐다보았다.

"정말이에요, 카테리나 아줌마?"

카테리나는 웃으면서 소년을 바라보았다. 아스토레는 두려움 없이 호기심만 가득한 표정을 지었다.

"내가 왜 그랬는지 이해해야 한단다. 신부가 내 남편을 죽였기 때문에 그런 게 아니란다. 여기 시칠리아에서는 남자들끼리 죽고 죽이는 게 흔한 일이지. 하지만 지구스문도 신부는 살인자의 죄를 사해주지 않은 나쁜 사제였단다. 물론 그가 정식으로 임종 의식을 치르기란 불가능한 일이었지만 하느님이 어떻게 그의 기도를 들을 수 있으셨겠니? 아마 내 남편은 살해당한 것도 억울한데 천국으로 가지도 못하고 지옥으로 떨어졌을 거야. 남자들은 어디에서 멈춰야 하는지를 모른단다. 세상에 자신이 할 수 없는 일도 많다는 걸 알아야 하는데 말야. 내가 신부를 죽인 것도 그 때문이지."

"그런데 아줌마가 어떻게 지금 여기 있어요?"

"돈 아프릴레는 그 사건에 관심이 많았단다. 그래서 모든 문제가 자연스럽게 해결되었지."

돈 아프릴레가 진지하게 말했다.

"난 마을에서 특별히 존경받는 사람이었단다. 경찰들과도 잘 지냈고, 무엇보다 부패한 신부에 대한 일이 널리 알려지는 걸 원하지 않았지. 그 마피아 두목은 별로 까탈스러운 성격이 아닌데도 카테리나 아줌마에 대한 사형 선고를 취소하려고 하지 않았단다. 그런데 어느 날 그는 카테리나의 남편이 묻힌 묘지 근처에서 목이 잘린 채 발견되었지. 그리고 그의 조직은 붕괴되고 세력을 잃게 되었지. 그때 난 카테리나 아줌마를 좋아했던 터라 이 집을 관리해달라고 부탁했지. 그 후로 지난 9년 동안 내겐 시칠리아에서 여름을 보내는 게 가장 즐거운 일이 되었단다."

아스토레는 모든 게 마법처럼 느껴졌다. 그는 올리브를 한 주먹이나 먹으며 씨앗을 뱉어냈다.

"그럼 카테리나 아줌마가 애인이에요?"

"그렇단다. 아스토레, 너도 열두 살이 되었으니 이해할 수 있을 거야. 난 네 삼촌의 보호를 받으며 아내로 살고 있어. 그래서 아내로서 해야 할 일들을 하는 거란다."

이 말에 돈 아프릴레는 다소 당황해했다. 아스토레는 그런 삼촌의 모습을 처음 보았다.

"그런데 왜 결혼하지 않아요?"

"난 시칠리아를 떠날 수 없단다. 난 여기에서 여왕으로 사는 게 좋아. 네 삼촌도 좋은 분이지만 여기에는 친구와 가족, 형제, 자매, 사촌들도 있단다. 하지만 너의 삼촌은 시칠리아에서 살 수 없어. 우린 그저 편한 대로 사는 거야."

"삼촌, 카테리나 아줌마랑 결혼해서 여기서 살 수 없어요? 나도 삼촌이랑 여기에서 살고 싶어요. 시칠리아가 좋아요."

아스토레의 말에 두 사람은 웃음을 터뜨렸다.

"내 얘기 잘 들어라. 카테리나 아줌마에 대한 복수를 중단시키는 데는 엄청난 희생과 수고가 들어갔단다. 그런데 만일 우리가 결혼하면 또 다른 음모와 오해가 생길 거야. 사람들은 아줌마가 내 애인인 건 용납하지만 아내가 되는 것은 인정하지 않을 수도 있단다. 우린 이렇게 사는 게 훨씬 행복하고 자유로워. 난 내 결정에 따르지 않는 아내는 원하지 않거든. 그러니 카테리나 아줌마가 시칠리아를 떠나지 않는 이상 아줌마와 결혼할 수 없단다."

"게다가 그런 일은 있을 수 없단다."

카테리나는 이렇게 말하면서 고개를 떨구었다. 그러더니 눈물이 글썽한 눈으로 시커먼 시칠리아의 밤하늘을 바라보았다.

아스토레는 어리둥절했다. 어린아이로서는 도저히 이해할 수 없는 상황이었다.

"왜 그러세요?

돈 아프릴레는 한숨을 내쉬었다. 그는 시가를 길게 내뿜고 나서 이시스 술을 한 모금 마셨다.

"지구스문도 신부는 이 삼촌의 형이란다."

아스토레는 그때는 그들의 설명을 이해하지 못했다. 낭만적인 상상으로 가득 차 있었던 소년은 서로 사랑하기만 하면 세상으로부터 어떤 증명서도 받을 수 있을 거라고 믿었다. 그는 지금에서야 삼촌과 아주머니가 매우 힘든 결정을 내렸음을 알 수 있었다. 만일 삼촌이 카테리나와 결혼했더라면 가족과 적이 되었으리라. 친척들도 지구스문도 신부가 악당이라는 사실을 모르지 않지만 가족이라는 이유로 모든 죄를 용서했을 것이다. 게다가 삼촌은 자기 형을 죽인 살인자를 법적인 아내로 맞아들일 수는 없었을 것이다. 카테리나 역시 그런 희생을 요구하지 못했을 것이다. 그런데 만약 카테리나가 자기 남편의 죽음에 돈 아프릴레가 어떤 식으로든 연루되었다고 생각했더라면 어떻게 되었을까? 어쨌든 두 사람의 서로에 대한 신뢰는 보통을 넘는 것이었는데 그것은 아마도 이 세상 모든 사람은 언제고 배신할 수 있다는 믿음에서 비롯된 것이리라.

그러나 이곳은 시칠리아가 아닌 미국 땅이었다. 밤을 지새는 동안 아스토레는 결심을 굳혔다. 그리고 아침이 되자 니콜에게 전화를 걸었다.

"아침 같이 할까? 그런 다음 함께 FBI 본부에 있는 킬케를 만나러 가자구."

"중요한 일이야?"

"응. 아침 먹으면서 얘기할게."

"그 사람과 약속했어?"

"아니, 그건 네가 해야 해."

한 시간 후 두 사람은 고급 호텔의 한 식당에 앉아 있었다. 이렇게 이른 시각에는 주로 도시의 유력 인사들이 만남의 장소로 이용하기 때문에 프라이버시를 위해 테이블 사이의 간격이 비교적 멀리 떨어져 있었다.

니콜은 하루에 12시간을 일하려면 아침 식사를 든든히 먹어야 한다는 원칙을 갖고 있었다. 그에 비해 오렌지주스나 커피로 아침 식사를 대신하는 아스토레는 롤빵이 한 접시 딸려나오는 바람에 12달러나 내야 했다.

"에잇, 도둑놈들!"

그는 니콜을 보며 씩 웃었다. 니콜은 그 말에 참지 못하고 한마디 했다.

"그 가격에는 분위기에 대한 가치도 포함돼 있는 거야. 이 수입 리넨으로 만든 테이블보에 도자기 그릇까지. 그건 그렇고 이제 용건을 말해봐."

"난 시민으로서 의무를 다할 참이야. 킬케와 그의 가족이 내일 밤에 살해당할 거라는 정확한 정보를 얻었어. 그에게 경고해줘야 해. 이런 경고를 해주면 그에게 신뢰를 얻게 되겠지. 하지만 내 정보의 출처에 대해서는 알려주고 싶지 않아. 절대로."

니콜은 접시를 한쪽으로 치우며 의자에 등을 기댔다.

"맙소사, 누가 그런 말도 안 되는 소릴 해? 넌 절대 그 일에 끼어들지 마."

"왜 그렇게 생각해?"

"나도 몰라. 그냥 그런 생각이 들어. 그럼 정보를 준 사람을 익명으로 하는 게 어때?"

"어쨌든 난 선행을 베풀고 신뢰를 얻고 싶어. 실은 요즘 사람들이 아무도 날 좋아하지 않는다는 생각이 들어."

아스토레가 웃었다.

"아냐, 난 널 좋아해."

니콜은 아스토레에게 몸을 기울이고 속삭였다.

"좋아, 그럼 이렇게 하자. 우리가 호텔에 왔을 때 어떤 남자가 우릴 보고 걸음을 멈추더니 너에게 다가와서 뭐라고 속삭였다고 하는 거야. 회색 줄무늬 양복에 흰 셔츠를 입고 검정색 타이를 맨 남자였지. 평균 정도의 키에 검은 피부가 이탈리아계나 히스패닉 같았어. 그 뒤의 이야기는 우리가 서로 달라도 돼. 왜냐하면 난 네 이야기의 목격자일 뿐이고, 그 사람은 감히 내게 접근하지 못했던 것 같다, 뭐 이런 식으로 말하는 거야."

아스토레는 웃음을 터뜨렸다. 어린아이의 웃음처럼 선하고 해맑은 그의 웃음은 언제나 상대방을 무장해제시켰다.

"그러니까 그자가 나보다 널 더 두려워했다?"

니콜도 따라 웃었다.

"난 FBI 국장을 잘 알아. 그는 당연히 정치적인 동물이야. 내가 킬케에게 전화를 걸어 우리가 함께 가겠다고 말할게."

니콜은 가방에서 전화를 꺼내 전화를 걸었다.

"킬케 씨, 니콜 아프릴레예요. 사촌 아스토레 비올라도 함께 있어요. 사촌이 중요한 정보를 알려드리고 싶다고 하네요."

니콜은 잠시 킬케의 말에 귀를 기울였다가 말했다.

"그땐 너무 늦어요. 우리가 한 시간 안에 그리로 갈게요."

그녀는 킬케가 다른 말을 하기 전에 얼른 전화를 끊었다.

한 시간 뒤 아스토레와 니콜은 킬케의 사무실 안으로 안내를 받았다. 건물 모퉁이에 있는 널찍한 그의 사무실은 폴라로이드 방탄 유리로 되어 있어서 창문 밖에서는 안쪽이 전혀 들여다보이지 않았다.

킬케는 커다란 책상 뒤에 서서 그들을 기다리고 있었다. 책상 맞은편에는 3인용 가죽 소파가 놓여 있었다. 그 뒤에는 어울리지 않게 교실에서나 볼 수 있는 검정색 칠판이 있었다. 소파 한쪽에는 빌 벅스턴이 앉아 있었지만 악수를 청하지는 않았다.

"지금도 녹음이 되고 있나요?" 니콜이 물었다.

"물론입니다." 킬케가 말했다.

벅스턴은 안심시키려는 듯 말을 덧붙였다.

"모든 대화 내용이 녹음됩니다. 커피와 도넛 주문하는 전화까지도요. 특히 감옥에 들어가겠다 싶은 사람의 말은 반드시 녹음을 해두죠."

"정말 재밌는 분이군요." 니콜이 차가운 표정으로 대꾸했다. "요즘 당신들 위세가 아무리 하늘을 찌른다 해도 날 감옥에 집어넣을 순 없을 걸요. 다른 방법을 찾아보시죠. 내 고객 아스토레 비올라 씨가 중요한 정보를 제공하기 위해 일부러 만나자고 한 거예요. 난 그가 정보를 제공한 뒤 어떤 불이익을 당하지 않도록 보호하기 위해 따라왔죠."

킬케는 지난 번 만났을 때만큼 매력적으로 보이지는 않았다. 그는 손님들에게 소파에 앉으라고 손짓을 한 뒤 자신은 책상에 앉았다. 킬케가 말했다.

"좋습니다. 말해보시오."

순간 아스토레의 마음에서는 궁핍한 처지 때문에 상대방으로부터 사무적인 대접조차 받지 못하는 사람이 느낄 법한 적개심이 솟구쳤다. 저 자는 어떤 반응을 보일까? 아스토레는 킬케의 눈을 똑바로 쳐다보며 말했다.

"내일 밤에 무장한 사람들이 당신의 집을 습격할 거라는 제보를 받았소. 조금 전에요. 어떤 이유인지 모르지만 당신을 죽이려 하고 있소."

킬케는 얼어붙은 듯 의자에 앉아 아무 반응도 보이지 않았다. 그러나 벅스톤은 스프링처럼 자리에서 벌떡 일어나 재빨리 아스토레의 등 뒤로 가서 섰다. 그리고 킬케에게 소리쳤다.

"지국장님, 흥분하지 마십시오."

이윽고 킬케도 자리에서 일어났다. 그는 분노로 온몸을 부르르 떨었다.

"이건 마피아의 오랜 수법이야. 자기가 작전을 세우고 방해하는 거지. 내가 고마워할 거라고 생각했나보군. 도대체 그런 터무니없는 정보는 어디서 입수했소?"

아스토레는 그에게 아침 식사를 하면서 니콜과 함께 꾸민 각본대로 이야기를 들려주었다. 킬케가 니콜을 돌아보며 물었다.

"당신도 목격했소?"

"네. 하지만 그 남자가 하는 말은 듣지 못했어요."

킬케가 아스토레에게 소리쳤다.

"당신은 당장 체포될 거요."

"아니 왜요?" 니콜이 말했다.

"연방 공무원을 협박한 죄요."

"얼른 당신의 상관에게 보고하는 게 좋을 걸요."

"그건 내가 결정하오."

킬케가 단호하게 말했다. 니콜은 자신의 손목시계를 들여다보았다.

킬케는 목소리를 낮추었다.

"대통령령에 따라 나는 당신과 당신의 고객을 영장 없이 48시간 동안 국가 안위에 대한 위협죄로 구금할 수 있소."

아스토레는 어린아이처럼 눈을 동그랗게 뜨고 깜짝 놀란 표정을 지었다.

"정말입니까? 정말 그럴 수 있습니까?"

아스토레는 연방수사관의 막강한 권한에 새삼 놀랐다. 그는 니콜을 뒤돌아보며 명랑하게 말했다.

"이봐, 이거 점점 더 시칠리아와 비슷해지는군."

"만일 당신이 그런 조치를 취하면 FBI는 앞으로 10년 동안 법정에 서게 되고 당신은 역사에 남게 될 걸요."

니콜이 차갑게 쏘아붙였다.

"당신은 당신 가족이나 빨리 피신시키고 적의 공격에 대비하기나 하세요. 그들은 자신들의 계획이 알려진 걸 까맣게 모르고 있을 거예요. 만약 포로를 한 명이라도 포획한다면 그들에게 물어보세요. 우린 말할 수 없어요. 그냥 경고만 하겠어요."

킬케는 니콜의 말을 곰곰히 생각하고 나서 아스토레에게 경멸조로 말했다.

"적어도 난 당신 삼촌을 존경했소. 그도 이런 식으로 말한 적은 없었어."

아스토레는 난처한 미소를 지으며 말했다.

"그건 옛날 얘기죠. 미국의 상황도 지금과는 달랐죠. 하지만 대통령령에 의한 수사관의 권한은 바뀐 게 없군요."

아스토레는 만약 자신이 진짜 이유를 말해주면 킬케가 어떤 반응을 보일까 궁금했다. 우연히 당신의 아내를 만났는데, 그 후 부질없게도 이상적인 여인으로 흠모하게 되었다. 그리고 그런 낭만적인 이유 때문에 당신 가족을 구해주려 한다면?

"그런 허무맹랑한 소리는 믿지 않지만 우린 일단 내일 밤 습격에 대비하겠소. 그리고 만약 그런 일이 일어난다면 그땐 당신을 붙잡아두고 내 자문으로 모시지. 그런데 도대체 왜 내게 그런 걸 알려주는 거요?"

아스토레는 미소를 지었다.

"당신이 마음에 들기 때문입니다."

"당장 여기서 꺼져!"

킬케가 고함을 질렀다. 그리고 벅스턴에게 지시를 내렸다.

"특수 전술 부대 사령관을 호출하고 비서를 시켜 국장과 통화할 수 있게 하게."

아스토레와 니콜은 킬케의 부하들에게 붙들려 두 시간 동안이나 다시 조사를 받았다. 그러는 사이에 킬케는 자기 방에서 도청 방지 전화를 이용해 워싱턴의 국장과 통화를 했다.

"어떤 상황이든 그들을 체포해선 안 되네. 그렇게 되면 모든 일이 언론에 밝혀지고 우린 비웃음거리가 될 거야. 그리고 니콜이란 여자는 약점을 잡고 있는 게 아닌 한 얕잡아봐서는 안 돼. 모든 건 철저히 비밀로 하게. 그런 다음 내일 밤 어떤 일이 일어나는지 지켜보세. 자네 집을 지키는 경호원들에게 단단히 이르고, 자네 가족은 우리가 제공하는 은신처로 피신시키게. 벅스턴이 매복 작전을 지휘하게 될 걸세."

"알겠습니다. 하지만 그건 제가 결정합니다."

킬케가 반발했다.

"자넨 작전 계획이나 지원하게. 어떤 경우에도 자넨 작전에 참가하지 말게. FBI는 불필요한 폭력을 피하기 위해 엄격한 행동 수칙에 따라 움직이는 것 알지? 괜히 자네가 관여했다 상황이 나빠지면 의심을 받게 될 수도 있어. 내 말 이해하겠나?"

"네, 알겠습니다."

킬케는 이제야 완전히 알 것 같았다.

# 12

아스피넬라는 병원에서 한 달을 보낸 뒤 퇴원했지만 의안(義眼)을 해 넣으려면 아직 치료가 더 필요했다. 그녀의 몸은 온갖 상처로 이루어진 훌륭한 인체 견본처럼 보였다. 왼쪽 다리를 약간 절었고 눈동자가 없는 한쪽 눈은 섬뜩해 보였다. 하지만 검정색이 아닌 짙은 초록색의 사각형 안대는 그녀의 아름다운 커피색 피부를 더욱 돋보이게 했다. 아스피넬라는 경찰에 복귀 신고를 하러가기 위해 검정색 바지와 초록색 풀오버 셔츠, 초록색 가죽 코트를 입었다. 하지만 거울에 비친 자신의 모습을 보았을 때 끔찍하다는 느낌밖에 없었다.

아스피넬라는 아직 병가 중이었지만 이따금 출근해 취조하는 일을 도왔다. 사고를 당하고 난 뒤 그녀는 오히려 해방감을 느꼈다. 이젠 어떤 일도 못할 게 없다는 배짱과 자신감이 생겼다.

첫 번째 심문 상대는 2인조 강도였는데 보기 드물게 백인과 흑인이었다. 서른 살 가량의 백인 피의자는 그녀를 보자마자 당황했다.

그러나 흑인 공범자는 초록색의 안대를 두르고 차갑게 노려보는 키 큰 미인 여형사를 보자 싱글거렸다. 진짜 멋진 누나를 만났다는 음흉한 웃음이었다.

"와! 끝내주는군."

그가 즐거운 표정으로 소리쳤다. 난생 처음 경찰에 체포된 흑인 피의자는 초범이었다. 그래서 자기가 얼마나 중대한 상황에 처했는지 전혀 실감하지 못하고 있었다. 그는 백인 공범과 함께 남의 집에 몰래 들어가 부부를 결박하고 물건을 훔쳤다. 그러나 제보자의 신고로 곧 붙들렸다. 흑인 청년은 아직도 훔친 롤렉스 시계를 차고 있었다. 그가 악의라곤 없는 명랑한 목소리로 아스피넬라에게 말했다.

"이봐요, 형사님. 설마 우릴 감방에 보내는 건 아니겠죠?"

같은 방에 있던 형사들은 무지하고 어리석은 청년을 보며 킥킥거리며 웃음을 참았다. 그러나 아스피넬라는 아무 반응도 보이지 않았다. 대신 뱀처럼 생긴 그녀의 곤봉으로 청년의 얼굴을 내리쳤다. 콧뼈가 부러지고 광대뼈에 금이 갔다. 수갑을 차고 있던 흑인 청년은 아스피넬라의 일격에 방어도 하지 못했다. 그는 곧장 바닥으로 쓰러지지는 않았지만 다리 힘이 빠진 듯 무릎이 축 쳐졌고 얼굴에서는 피가 줄줄 흘러내렸다. 청년은 원망스런 눈으로 그녀를 노려보다 결국 다리가 접히면서 바닥으로 고꾸라졌다. 그 후 10분간 아스피넬라는 청년을 무자비하게 때렸다. 청년의 눈에서는 피가 신선한 샘물처럼 솟구쳤다.

한 형사가 말했다.

"맙소사. 이제 어떻게 녀석을 심문하지?"

"난 이 녀석이랑 얘기하고 싶지 않아. 저 녀석을 내가 맡지."

아스피넬라는 곤봉으로 백인 피의자를 가리켰다.

"너 제케 맞지? 나랑 얘기 좀 하자."

그녀는 그의 어깨를 거칠게 밀어 자기 책상과 마주 보이는 의자에 앉았다. 겁에 질린 피의자는 덜덜 떨며 아스피넬라를 쳐다보았다. 아스피넬라는 피의자가 한쪽으로 밀린 안대 밑으로 살짝 드러난 자신의 텅 빈 눈을 바라보고 있다는 사실을 깨달았다. 그래서 얼른 안대를 밀어 허연 눈구멍을 가렸다.

"제케, 내 말 잘 들어. 난 여기서 시간 낭비하고 싶지 않아. 어떻게 저런 애송이를 강도짓에 끌어들였는지 말해봐. 어떻게 강도질을 했지? 말할 거지?"

얼굴이 창백해진 제케는 망설임 없이 대답했다.

"네. 죄다 말할게요."

"좋아." 아스피넬라는 다른 형사에게 지시를 내렸다. "저 녀석은 의무실로 보내. 제케가 스스로 진술을 하겠다니 얼른 비디오로 녹화해."

사람들이 녹화 장치를 갖춰놓자 아스피넬라는 제케를 심문하기 시작했다.

"자, 장물아비는 누구지? 강도짓을 할 대상에 대한 정보는 누가 주는 거야? 하나도 빠뜨리지 말고 불어. 네 공범자는 아무것도 모르는 초범자야. 그 녀석은 전과도 없고 머리도 나빠. 그 녀석을 우습게 보는 것도 그 때문이야. 하지만 제케, 넌 기록이 화려해. 네가 그 녀석을 끌어들였다는 거 다 알아. 자, 이제 비디오로 찍을 테니 그때 일을 설명해봐."

아스피넬라는 자신의 자동차로 역을 빠져 나와 서던 스테이트 파크웨이를 달려 롱아일랜드의 브라이트워터스로 향했다.

이상하게도 그녀는 한쪽 눈만 사용하게 된 후 운전이 훨씬 즐거워졌다. 한눈으로만 초점을 맞추다보면 사물의 경계와 꿈이 오버랩되는 미래파의 그림처럼 바깥 풍경이 더욱 신비로워 보였다. 또 마치 이 세상이 반으로 나뉘어져 그 반쪽에만 더욱 집중해서 잘 볼 수 있게 된 것처럼 느껴졌다.

마침내 그녀는 브라이트워터스를 지나 존 헤스코우의 집 앞에 다다랐다. 마당 안 도로에는 집주인의 자동차가 세워져 있고, 한 인부가 화원에서 커다란 진달래를 들어내 집 쪽으로 옮기고 있었다. 또 다른 인부는 노란 꽃들이 담긴 상자를 온실 밖으로 끌어내고 있었다. 그녀는 순간 흥미로운 일이 벌어질 것 같은 예감이 들었다. 인부들은 화원을 비우고 있는 중이었다.

아스피넬라는 병원에 있는 동안 존 헤스코우에 대한 뒷조사를 마쳤다. 먼저 뉴욕 자동차 등록소에서 그의 집 주소를 알아냈다. 범죄기록소를 뒤져 존 헤스코우의 본명이 루이스 리치라는 사실도 알아냈다. 독일인처럼 생긴 그는 뜻밖에도 이탈리아인이었다. 그러나 전과 기록은 깨끗했다. 공갈과 폭행으로 여러 번 체포됐었지만 기소된 적은 없었다. 화훼 농사만으로는 수입이 충분하지 못했던 게 틀림없었다.

그녀는 자신과 디 베네티토의 일을 발설할 사람은 헤스코우 한 사람밖에 없다고 생각했다. 그런데 한 가지 놀란 것은 헤스코우가 자신들에게 약속했던 돈을 지급한 점이었다. 난처하게도 경찰 내사과 앞으로 입금되어 있었는데, 아스피넬라는 사람들이 그 돈을 발견하고 기뻐하기 전에 얼른 돈을 인출한 뒤 흔적을 제거했다. 그런 다음 헤스코우를 제거할 준비를 했다.

킬케의 집을 습격하기로 된 시간을 24시간 앞두고 헤스코우는 멕시코행 비행기를 타기 위해 케네디공항으로 달려가고 있었다. 그는 이미 몇 년 전부터 준비해둔 위조 여권을 가지고 미국 땅을 떠나려 하고 있었다.

세부적인 일들도 모두 해결했다. 화원은 말끔히 비웠고, 전처에게 집을 팔도록 부탁했고, 아들의 대학 등록금은 은행에 예치해두었다. 헤스코우는 전처에게 한 2년간 미국에 없을 거라고 말했다. 중국 식당에서 저녁을 먹으며 아들에게도 같은 얘기를 해두었다.

비행기 탑승 시각은 초저녁이었다. 십만 달러는 백 달러짜리 지폐 다발로 만들어 작은 주머니에 넣은 다음 몸 여기저기에 테이프로 붙여 숨겼고, 손에 들고 있는 것은 달랑 가방 두 개뿐이었다. 그는 도착하자마자 쓸 돈은 그렇게 몸에 지니고, 5백만 달러는 케이먼 섬의 비밀 계좌에 넣어두었다. 사회 보험료에 의지하여 여생을 보내지 않아도 되니 그것만으로도 감사할 노릇이었다. 그는 평소 검소하게 생활했고 도박이나 여자, 그밖에 허튼 것에 돈을 쓰지 않은 것을 자랑스럽게 여겼다.

헤스코우는 비행기를 타기 위해 탑승 수속을 밟고 탑승권을 받았다. 이제 위조한 신분증과 여권, 서류 가방 하나만 들면 되었다. 자동차는 장기 주차구역에 주차해 놓았다. 아마 전처가 자동차를 찾아가 그가 돌아올 때까지 보관하고 있을 것이다.

비행기에 오르려면 아직 한 시간이나 남아 있었다. 그는 무장을 하지 않은 탓에 약간 불안했지만 비행기를 타려면 몸수색을 통과해야 하기 때문에 어쩔 도리가 없었다. 멕시코 시티에 도착하면 지인들을 통해 총기류는 얼마든지 살 수 있을 것이다.

그는 시간을 때우기 위해 서점에 들러 잡지를 몇 권 산 다음 공항

안의 음식점으로 갔다. 그곳에서 커피와 간식거리를 쟁반에 잔뜩 담은 뒤 작은 테이블에 자리를 잡았다. 그리고 잡지를 보면서 가짜 휘핑 크림을 끼얹은 딸기 타르트를 먹었다. 그때 누군가 자신의 테이블에 앉으려는 것을 느꼈다. 아스피넬라 형사였다. 다른 사람들과 마찬가지로 그도 그녀의 사각형의 짙은 푸른색 안대가 먼저 눈에 들어왔다. 헤스코우는 놀라고 두려워서 몸을 부들부들 떨었다. 그녀는 기억하는 것보다 훨씬 아름다워 보였다.

"이봐, 내가 병원에 입원해 있는 동안 한 번도 문병을 안 오셨겠다?"

그녀가 빈정거렸다.

헤스코우는 너무 당황한 나머지 안절부절 못했다.

"당신도 알다시피 난 그런 일을 할 위인이 못 돼. 하지만 당신 소식을 듣고 마음이 아팠어."

아스피넬라는 한껏 미소를 지었다.

"나를 속였다 이거지? 그런데 비행기 타기 전에 당신과 잠깐 할 얘기가 있는데."

"좋소."

헤스코우는 이렇게 대답하면서 그녀에게 돈을 쥐어주어야 한다는 생각이 들었지만 이런 위기 상황에는 턱없이 부족하게도 서류 가방에 만 달러밖에 들어 있지 않았다.

"이렇게 좋아져서 정말 다행이오. 많이 걱정했는데."

"집어치워."

아스피넬라는 매처럼 번뜩이는 한쪽 눈으로 그를 노려보았다.

"폴이 정말 불쌍하군. 당신도 알다시피 폴과 나는 상관과 부하 사이를 떠나 정말 좋은 친구였거든."

"그는 정말 유감스럽게 됐소."

헤스코우는 불안한 나머지 이 말을 하면서 이상한 소리까지 냈다. 그 바람에 아스피넬라의 얼굴에서 잠시 웃음이 새어나왔다.

"내 배지를 다시 보여줄 필요는 없을 테고. 공항에 있는 심문실로 같이 가줘야겠어. 내게도 즐거운 소식을 전해줘야지. 자, 서둘러. 그래야 비행기를 놓치지 않지."

"좋소."

헤스코우는 두 다리 사이에 서류 가방을 끼운 채 엉거주춤 자리에서 일어났다.

"재미없게 굴면 총알이 당신 대가리를 관통할 줄 알아. 신기하게도 외눈박이가 된 뒤로 사격 솜씨가 더 좋아졌단 말야."

아스피넬라는 자리에서 일어나 그의 팔을 잡아챈 다음 계단을 올라가 층계참으로 끌고 갔다. 그곳에 공항 사무실이 있었다. 그녀는 헤스코우를 복도에 꿇어앉힐 듯 내리누른 상태로 사무실 문을 열었다. 넓은 사무실 안에는 많은 모니터가 설치되어 있었다. 적어도 스무 개 이상의 모니터가 작동 중이었고, 두 명의 직원이 푹신한 소파에 앉아 커피와 샌드위치를 먹으면서 모니터를 바라보고 있었다. 그중 한 사내가 자리에서 일어나며 소리쳤다.

"어이, 아스피넬라, 무슨 일이야?"

"이 작자랑 개인적인 얘기 좀 하려고. 심문실 좀 쓸게. 좀 들여보내줘."

"알았어. 우리도 필요하나?"

"아니. 그냥 친구와 이야기 좀 하려고."

"아, 그 유명한 친구와의 대화로군."

사내는 큰 소리로 껄껄 웃었다. 그는 헤스코우를 자세히 뜯어보더니 '이 친구 공항 휴게실에 있는 거 모니터로 봤는데, 딸기 타르트를 먹지 않았나?'라고 중얼거렸다. 그는 방 뒤편에 있는 문을 열고 두 사람을 들여보내주었다. 헤스코우와 아스피넬라가 심문실로 들어가자 그는 다시 문을 잠갔다.

헤스코우는 바깥에 사람들이 있다는 사실에 조금 마음이 놓였다. 심문실에는 책상과 의자, 푹신한 3인용 소파가 덩그러니 놓여 있었다. 한쪽 구석에는 종이컵과 정수기가 있고 분홍색 칠을 한 벽에는 여객기 사진을 담은 액자가 몇 개 걸려 있었다.

아스피넬라는 헤스코우를 책상 맞은편 의자에 앉히고 자신은 책상에 앉아 그를 내려다보았다.

"좋게 해결하자구. 탑승 시간이 얼마 남지 않았소."

헤스코우가 말했다.

아스피넬라는 아무 반응 없이 손을 뻗어 헤스코우의 무릎에 놓여 있는 서류 가방을 잡았다. 헤스코우는 순간 몸을 움찔했다. 그녀는 서류 가방을 열더니 활짝 젖혔다. 그 안에는 백 달러짜리 지폐 뭉치가 들어 있었다. 그녀는 위조 여권을 훑어 보고 난 뒤 다른 내용물은 도로 가방에 넣어 돌려주었다.

"꽤 영리하군. 이제 도망가야 할 때라는 걸 알았군. 내가 당신을 뒤쫓을 거라고 누가 말해주지 않던가?"

"왜 나를 쫓아 온 거요?"

그는 가방을 돌려 받자 한결 마음이 놓인 상태였다.

아스피넬라는 안대를 떼고 끔찍한 구멍을 그에게 들이댔다. 그러나 이보다 더 흉칙한 모습을 보아온 헤스코우는 별로 놀라지 않았다.

"내 눈값을 보상해야지. 폴과 내가 그 자리에 나온다는 걸 발설할 사람은 당신뿐이야."

헤스코우는 최대한 진지한 표정으로 —그것은 직업상 그의 최고 무기였다— 말했다.

"잘못 알고 있소. 만약 내가 그랬다면 그 돈을 내가 갖고 있을 거요. 그건 당신도 알잖소. 이번 비행기 정말 타야 하오."

그는 셔츠의 단추를 끄르고 테이프를 떼어낸 뒤 돈다발 두 개를 테이블 위에 올려놓았다.

"이 돈과 서류 가방에 있는 돈 가지시오. 3천 달러요."

"3천 달러라. 한쪽 눈값치고는 많군. 좋아. 그건 그렇고 우릴 그 자리에 불러낸 대가로 당신에게 돈을 준 사람 이름을 밝혀야지."

헤스코우는 결심을 했다. 이번이 비행기를 탈 수 있는 마지막 기회였다. 그는 여자가 괜히 엄포를 놓는 게 아니라는 것을 알고 있었다. 직업상 살인광들을 많이 상대해본 그는 자신의 육감을 믿었다.

"내 말을 믿으시오. 난 그자가 고위직 경찰을 둘씩이나 죽일 줄은 꿈에도 생각하지 못했어요. 난 그저 아스토레 비올라가 숨어들 수 있도록 말을 맞췄을 뿐이요. 그가 그런 짓을 하리라고는 상상도 못했소."

"좋아. 그럼 그 녀석을 죽이는 대가로 돈을 주기로 한 사람은 누구지?"

"그건 폴이 알아. 그가 말해주지 않았소? 티모나 포르텔라요."

아스피텔라는 분노가 솟구쳤다. 그 뚱보 파트너는 더러운 호색한일 뿐만 아니라 거짓말쟁이기도 했다.

"일어서!"

그녀는 이렇게 소리치며 총을 빼들었다.

헤스코우는 겁에 질렸다. 전에도 이런 광경은 많이 봤지만 자신이 희생자가 될 줄은 꿈에도 몰랐다. 순간 헤스코우는 숨겨둔 5백만 달러가 생각났다. 그 돈은 자신과 함께 죽게 될 것이다. 그는 주인 잃은 5백만 달러가 마치 살아 있는 생물처럼 느껴졌다. 이 얼마나 비극인가!

"안 돼!"

그는 비명을 지르며 의자 밑으로 파고들 듯 몸을 동그랗게 구부렸다. 아스피넬라는 다른 한 손으로 그의 머리채를 잡아 바닥으로 내동댕이칠 듯 내리누른 상태에서 목에 총을 발사했다. 축 늘어진 헤스코우의 몸이 그녀의 손아귀를 벗어나 바닥으로 고꾸라졌다. 그 바람에 아스피넬라도 무릎이 굽혀지며 주춤거렸다. 헤스코우의 목은 반쯤 날아가고 없었다. 아스피넬라는 발목에 찬 권총집에서 일회용 권총을 꺼내 헤스코우의 손에 쥐어주고 자리에서 일어났다. 그때 딸깍하고 문이 열리는 소리가 들리면서 두 명의 직원이 총을 겨눈 채 뛰어들었어 왔다.

"내가 쏘았어요. 녀석이 내게 뇌물을 주려다 안 되니까 총을 빼들더군요. 어서 공항 응급실에 연락해요. 내가 죽였다고 신고할 테니. 그리고 아무것도 건드리지 말아요. 현장은 내가 지키죠."

\* \* \*

이튿날 밤 포르텔라는 공격을 개시했다. 킬케의 아내와 딸은 이미 방어가 철통 같은 캘리포니아의 FBI의 사무실로 피신한 상태였다. 킬케는 국장의 명령에 따라 자신의 부하 직원들과 함께 뉴욕의 FBI 지부에 와 있었다. 빌 벅스턴은 특수 전술 부대에 대한 총지휘권을 부여받고 킬케의 집에 덫을 놓기로 되어 있었다. 그러나 교전 수칙은 엄격했다. 상부에서는 인권 단체의 반발을 살 수 있는 혈전은 원치 않았다. FBI 수사관들은 상대방이 총을 쏘지 않는 이상 함부로 총기류를 사용하지 못하게 되어 있었다. 그밖에 모든 방법을 동원하여 상대를 굴복시켜야 했다.

킬케는 부 전략 담당자의 자격으로 벅스턴과 특수전술부대의 사령관을 만났다. 서른다섯 살의 젊은 사령관은 지휘관답게 엄격하고 강인해 보였다. 다만 피부가 잿빛이고 유감스럽게도 턱 보조개가 있었는데 하버드 출신다운 말투를 쓰는 세스탁이라는 사람이었다. 그들은 킬케의 사무실에서 만났다.

"작전 수행 중에도 계속해서 내게 연락해야 하네. 물론 교전 수칙은 철저히 지켜야 하고." 킬케가 말했다.

"걱정 마십시오. 우린 그들보다 화력도 우수하고 병력도 백 명이나 됩니다. 놈들이 항복할 겁니다." 벅스턴이 말했다.

세스탁도 부드러운 목소리로 말했다.

"우리에겐 외곽을 수비할 병력이 추가로 백 명이 더 있습니다. 그들을 투입시키면 투입시켰지 철수시키지는 않을 겁니다."

"좋아. 놈들을 포획하면 우리 뉴욕 수사국으로 송환하게. 난 심문에 참여할 수 없게 되어 있지만 가능하면 빨리 정보를 알고 싶으니까."

"만일 잘못 돼서 놈들이 죽게 되면 어떻게 되는 겁니까?" 세스탁이 물었다.

"그땐 대대적으로 조사단이 결성될 테니 국장은 별로 달가워하지 않겠지. 그런데 현실은 달라. 놈들은 살인 음모 혐의로 체포된 뒤 보석금을 내고 석방될 걸세. 그리고 남미로 사라지겠지. 그래서 우리에겐 그들을 조사할 시간이 며칠밖에 되지 않는단 말일세."

벅스턴은 킬케를 바라보며 희미하게 웃었다. 세스탁은 특유의 교양 있는 말투로 말했다.

"그렇게 되면 매우 낙심하시겠군요."

"물론이지. 그렇게 되면 진짜 김빠지는 거지. 하지만 국장은 정치적인 문제로 비화될까봐 전전긍긍하고 있어. 음모죄는 가장 까다로운 문제거든."

"압니다. 그럼 지국장님도 두 손이 묶이게 되는 거죠." 세스탁이 말했다.

"그렇지." 킬케가 말했다.

"젠장, 감히 연방 수사관을 죽이려는 생각을 품다니. 그 자체가 수치스런 일이죠." 벅스턴이 조용히 말했다.

세스탁은 흥미진진한 미소를 지으며 두 사람을 바라보았다. 그의 회색 피부가 홍조를 띠었다.

"그러게 말입니다. 두말하면 잔소리죠. 어쨌든 이런 작전은 언제나 실패할 가능성이 있죠. 총을 든 자들은 자기들도 총에 맞을 수 있다는 생각을 못하거든요. 참 흥미로운 인간의 본성 중 하나죠."

그날 밤 벅스턴은 세스탁과 함께 뉴저지에 있는 킬케의 집 근처 작전 지역으로 출동했다. 집안에는 불을 켜두어 사람이 있는 것처럼 보이게 했다. 또 경호원이 있는 것처럼 보이려고 마당 안 도로에 세 대의 자동차를 주차해두었다. 게다가 자동차에 폭탄을 설치해 시동을 걸 경우 곧바로 폭발하도록 해두었다. 그밖의 것들은 벅스턴의 눈에는 아무것도 보이지 않았다.

"도대체 당신네 병력이라는 백 명은 어디 있는 거요?" 벅스턴이 세스탁에게 물었다.

세스탁은 그를 보며 활짝 웃었다.

"어때요, 완벽하죠? 이곳저곳에 포진해 있는데 당신 눈에는 보이지 않는군요. 모두 발사 준비를 하고 있죠. 놈들이 공격해오면 이 도로를 점거할 겁니다. 포로들을 한 트럭쯤 생포해야죠."

벅스턴은 집에서 50야드쯤 떨어진 지휘소에 세스탁과 함께 앉아 있었다. 그들 곁에 있는 4인조 통신병들은 나무 판자를 덧댄 군복으로 감쪽같이 위장했다. 세스탁과 그의 부대원들은 라이플 총으로 무장을 하고 벅스턴만 권총을 들고 있었다.

"당신은 전투에 참여하지 않는 게 좋겠소. 게다가 그런 무기는 여기서 별로 쓸모도 없고."

"이유가 뭐요? 난 평생 악당들을 내 손으로 쏘아죽일 날만 기다려왔소."

벅스턴의 말에 세스탁이 웃었다.

"오늘은 안 돼요. 우리 부대는 대통령령에 따라 어떤 법적인 심문이나 기소도 받지 않게 되어 있소. 하지만 당신은 아니잖소."

"난 지휘관이요."

"하지만 작전에 들어가면 내가 단독 지휘권을 갖게 되오. 내가 모든 결정을 내린단 말이오. 국장도 날 중단시킬 수 없소." 세스탁이 단호하게 말했다.

그들은 어둠 속에서 계속 기다렸다. 벅스턴이 손목 시계를 들여다보았다. 자정이 되려면 아직 10분이 남아 있었다. 통신병 한 명이 세스탁에게 속삭였다.

"사람들을 태운 자동차 다섯 대가 집을 향해 옵니다. 그들 뒤의 도로는 봉쇄되었습니다. 도착 시간은 5분 이내로 추정됩니다."

세스탁은 어두운 밤에도 잘 볼 수 있도록 적외선 안경을 쓰고 있었다.

"좋아. 내 말 전해. 명령이 떨어지기 전에는 발사하지 말라고."

이윽고 자동차 다섯 대가 멈춰 서더니 그 안에서 사람들이 쏟아져 나왔다. 그 중 한 명이 킬케의 집으로 폭탄을 던졌다. 와장창 유리창이 깨지고 가느다랗고 뻘건 불꽃이 방안으로 튀었다.

그때 훤한 탐조등이 집 앞을 훑고 지나가자 스무 명의 습격자들이 그 자리에 얼어붙은 듯 동작을 멈췄다. 그와 동시에 머리 위에서는 헬리콥터가 하얀 불빛을 내며 빙글빙글 돌았다. 사람들의 고함소리가 밤하늘에 쩌렁쩌렁 울렸다.

"여기는 FBI다. 무기를 버리고 땅에 엎드려라."

올가미에 걸려든 적들은 빛과 헬리콥터 때문에 정신이 멍해져 발이 떨어지지 않는 것처럼 보였다. 벅스턴은 적들이 저항 의지를 잃은 듯 보이자 안도했다.

그래서 세스탁이 갑작스럽게 라이플 총을 적에게 발사했을 때 어안이 벙벙해졌다. 이에 질세라 적들도 반격을 개시했다. 그러나 귀가 먹먹해질 정도의 총탄 세례로 불꽃이 도로를 휩쓸고 지나가며 적들을 닥치는 대로 쓰러뜨렸다. 폭탄을 설치해둔 자동차들 중 한 대가 폭발했다. 도로는 허리케인이 지나간 자리처럼 완전히 초토화되고 유리 파편이 은색의 비처럼 쏟아져 내렸다. 다른 자동차들도 땅바닥에 주저 앉았고 총탄 세례를 받아 외장의 원래 색깔을 도저히 알아볼 수 없게 되었다. 도로는 삽시간에 피가 샘물처럼 솟구쳐 올라 자동차 주위를 흥건히 적셨다. 스무 명의 적들은 온 몸이 피에 절어 세탁 공장으로 가기 전의 세탁물 행낭처럼 아무렇게나 뒹굴고 있었다.

벅스턴은 충격에 빠졌다.

"당신은 적들이 항복하기도 전에 총을 쏘았어. 그대로 상부에 보고하겠소."

그가 세스탁에게 호통치듯 말했다.

"내 생각은 다르오." 세스탁은 그를 보며 싱긋 웃었다.

"일단 적들이 집에 폭탄을 던진 것은 살인 의도를 가진 거라고 봐야 하오. 난 내 부하들을 희생시킬 수 없었소. 이것이 내 보고 내용이오. 게다가 적들이 먼저 총을 쏘았소."

"그렇지 않소."

벅스턴이 완강하게 말했다.

"웃기지 마시오. 당신은 국장이 그런 보고서를 원한다고 생각하시오? 그럼 당신은 멍청이 취급을 받게 될 걸? 그것도 영원히."

"명령을 위반한 건 당신이야. 우리 둘 다 문책을 받게 될 거요."

"그거 잘 됐군요. 하지만 난 전술 사령관이오. 난 제외될 거요. 철수하면 그뿐이니까. 감히 범죄자 주제에 연방 공무원을 공격할 수 있다는 생각을 갖다니, 난 그걸 그냥 내버려둘 수 없소. 당신이나 국장이나 스스로 족쇄를 채우고 있는 거요."

"스무 명이 죽었소."

"깨끗이 치워버렸으니 오히려 잘 됐지 않소? 당신이나 지국장이나 내가 그들을 소탕하길 바라면서도 솔직히 털어놓을 배짱이 없었던 거 아니요?"

벅스턴은 순간 그의 말이 맞다고 생각했다.

킬케는 워싱턴에서 다시 국장과 만나기로 되어 있었다. 그는 자신의 집에서 벌어졌던 전투에 관한 보고 내용을 적은 메모지를 갖고 있었다. 평소에도 빌 벅스턴이 동행했지만 이번에는 특히 국장의 강력한 요청이 있었다.

국장의 방에는 각 지역 FBI의 활동 상황을 보고하는 TV 수상기가 여러 대 늘어서 있었다. 국장은 예의가 깍듯한 사람답게 벅스턴에게 차갑고 의심스런 눈길을 보내면서도 두 사람에게 모두에게 악수를 청하며 의자에 앉으라고 권했다. 그 자리에는 그들 외에 두 명의 부국장도 참석했다.

"여러분."

그가 회의에 참석한 사람들을 둘러보며 말했다.

"우린 이번 사건을 말끔히 처리했소. 하지만 가능한 수단을 모두 동원해보지도 않고 극단적인 행위를 저지른 건 도저히 묵과할 수 없소. 킬케, 자넨 이 일을 계속할 텐가? 아니면 은퇴할 텐가?"

"계속 하겠습니다." 킬케가 말했다.

국장은 벅스턴을 바라보았다. 살집 없이 귀족적으로 생긴 국장의 얼굴은 단단히 굳어 있었다.

"자네가 책임자였지. 적들을 모조리 죽였으니 이제 어쩔 셈인가? 심문할 적들이 한 명도 남아 있지 않은데. 도대체 누가 발포 명령을 내렸나? 무슨 근거로 말야."

벅스턴은 뻣뻣하게 의자에 앉아 있었다.

"적들이 집안에 폭탄을 던져 불이 났습니다. 선택의 여지가 없었습니다."

국장은 한숨을 내쉬었다. 부국장 한 명이 경멸하듯 툴툴거렸다.

"세스탁 대위는 최고의 지휘관인데 그가 한 명이라도 건지려고 노력하지 않던가?"

"네, 겨우 2분 동안에 벌어진 일입니다. 세스탁 대위는 현장에서는 매우 유능한 전술가입니다."

"그러니까 언론이나 시민들에게 논쟁의 빌미를 줄 만한 일은 하지 않았다는 주장이군. 하지만 내가 보기에는 혈전이었어."

"그렇습니다."

부국장 한 명이 맞장구를 쳤다.

"분명히 그럴 필요는 없었네. 킬케, 자네도 이번 작전에 동의했나?

킬케는 사람들의 비난에 부아가 나는 것을 참고 침착하게 대답했다.

"저의 지국에 백 명만 지원해주십시오. 그리고 아프릴레 은행들에 대해 철저한 회계 감사를 할 수 있도록 허락해주십시오. 전 이번 일에 관련된 모든 사람들의 배후를 조사하고 싶습니다."

"자넨 아스토레 비올라가 자네와 자네 가족을 구해준 데 대해 어떤 부채의식도 못 느끼나?"

"천만에요. 국장님은 그자들을 정확히 아셔야 합니다. 무엇보다 국장님을 곤경에 빠뜨려놓고 도와주는 척 하는 자들입니다."

"명심하게. 우리의 일차적 관심은 아프릴레 은행을 우리 것으로 만드는 일이야. 우리가 수익을 얻게 되는 건 차치하고라도 그 은행들이 마약 대금을 세탁하는 중심 은행으로 바뀌게 되는 걸 막아야 한다는 말일세. 우린 그 은행들을 통해 포르텔라와 튤리파를 장악하게 되는 걸세. 이번 일은 국제적인 시각에서 봐야 하네. 그런데 아스토레 비올라는 은행을 팔지 않으려 하고 인수단은 그를 제거하려고 하고 있네. 지금까지는 인수단의 패배였네. 돈 아프릴레를 죽인 두 명의 킬러가 감쪽같이 사라지고 뉴욕 경찰의 형사 두 명이 폭발 사고를 당하지 않았나."

"아스토레는 교활하고 영리합니다. 지금까지 어떤 사건에도 연루되지 않았죠. 그래서 우리도 그에 대한 조치를 실제 아무것도 하지 못하고 있습니다. 하지만 인수단이 그를 제거하면 돈 아프릴레의 자식들은 은행을 팔게 될 겁니다. 그럼 그들은 2년 안에 거래선을 대폭 늘리게 될 겁니다."

정부가 장기적인 관점에서 법 집행을 늦추는 것은 새삼스런 일이 아니었다. 특히 마약 거래상들에 대한 제재가 그런 경우였다. 하지만 그러다 보니 범죄가 더욱 기승을 부리도록 방조하는 경향이 없지 않았다.

"우린 오래 전부터 그런 계획을 세웠네. 하지만 그렇다고 해서 자네에게 포르텔라에 대한 전권을 준다는 의미는 아닐세."

"물론입니다."

킬케가 말했다. 그는 지금 모든 사람들의 대화 내용이 녹음되고 있다는 사실을 알고 있었다.

"그럼 50명만 지원하겠네. 단지 겁주는 차원에서 회계 감사를 해야 하네."

이때 부국장 한 명이 말했다.

"지난 번에도 회계 감사를 했지만 아무것도 찾아내지 못했습니다. 가능성은 언제나 있습니다. 더구나 아스토레는 은행가가 아닙니다. 얼마든지 실수를 저지를 수 있습니다."

"알았네. 조그만 과실이라도 발견되면 연방 검찰이 곧장 수사에 착수할 수 있지."

뉴욕으로 돌아온 킬케는 벅스턴과 세스탁을 만나 작전을 세웠다.

"우리 집을 공격한 일당을 조사하기 위해 50명을 더 투입할 작정이네. 우리 모두 각별히 조심해야 해. 자네들은 아스토레 비올라의 행적을 조사하는데 총력을 기울이게. 난 실종된 스투르조 형제를 수색하고 인수단에 대한 정보를 계속 입수하겠네. 아스토레와 워싱턴 형사에게 초점을 맞춰야 해. 그 여형사는 뇌물을 받고 성격이 포악하기로 유명해. 게다가 폭발 사고를 당했지. 그때 현장에 있던 돈 가방도 수상해."

"튤리파는 어떻게 할까요? 그는 언제든지 미국을 뜰 수 있어요." 벅스턴이 말했다.

"튤리파는 미국을 순회하면서 마약 합법화를 부르짖는 연설을 하고 대기업들로부터 보호비 명목으로 돈을 갈취하고 있어."

"그런데 왜 잡아넣지 못하죠?" 세스탁이 물었다.

"그건 안 돼. 그는 보험 회사를 소유하고 미국의 기업주들에게 보험을 판매하고 있어. 우리가 기소하고 싶어도 기업가들이 반대해. 그들은 남미에 체류하고 있는 자기 회사 직원들의 안전 문제를 그런 식으로 해결하고 있어. 게다가 포르텔라는 더 이상 갈 곳도 없어."

"그렇다면 도대체 할 수 있는 일은 뭐죠?" 세스탁이 차갑게 비웃었다.

"국장은 더 이상의 살인은 안 된다고 못박았네. 하지만 자네들의 목숨은 지켜야겠지. 특히 아스토레에 대해선 말야."

킬케가 부드럽게 타일렀다.

"다시 말해 아스토레는 죽일 수 있단 말이군요."

잠시 생각에 잠겼던 킬케가 대답했다.

"필요에 따라선."

1주일 뒤 연방 회계 감사팀은 아프릴레 은행에 불시에 쳐들어가 회계 장부를 압수했고, 킬케는 개인적으로 프라이어를 찾아갔다.

킬케는 악수를 청하며 부드럽게 말을 꺼냈다.

"전 감옥에 보내야 할 사람들을 개인적으로 만나는 걸 좋아합니다. 자, 이제 어떤 식으로든 우리를 도와주시죠. 너무 늦기 전에 이제 그만 기차에서 뛰어내리는 게 좋을 겁니다."

프라이어는 젊은 수사관을 정중하게 대했다.

"그렇소? 그렇다면 완전히 잘못 짚었소. 난 이 은행들을 국가나 국제법의 관례에 전혀 어긋남이 없이 경영하고 있소."

"그러시군요. 전 다만 프라이어 씨는 물론 그밖에 사람들의 배후를 수사하고 있다는 언질을 드리고 싶을 뿐입니다. 그리고 무엇보다 당신들이 깨끗하기를 바라고 있습니다. 특히 스투르조 형제에 관해서 말입니다."

프라이어가 미소를 지으며 말했다.

"우린 완전무결합니다."

킬케가 떠난 뒤 프라이어는 의자에 등을 한껏 기댔다. 사태가 심상치 않았다. 저들이 로지도 추적하는 건 아닐까? 그는 한숨을 내쉬었다. 절대 그런 일이 일어나서는 안 된다. 로지에 대해 어떤 조치를 취하지 않으면 안 될 것 같았다.

이튿날 킬케는 니콜에게 전화를 걸어 자기 사무실에서 그녀와 아스토레를 만나고 싶다고 말했다. 그는 아직도 아스토레의 성격이나 의도에 대해 정확히 알지 못했다. 법을 위반하는 사람은 누구든지 경멸을 받아야 한다고 믿는 그로서는 진정한 마피아의 결심을 도무지 이해할 수 없었다.

아스토레는 옛 전통을 신봉했다. 그리고 추종자들은 그를 사랑했다. 그의 카리스마 때문만이 아니라 무엇보다 그를 위대한 사람으로 평가했기 때문이다.

　진정한 마피아 두목은 자신은 물론 자신의 코스카가 받은 어떠한 모욕에 대해서도 반드시 보복할 만큼 의지가 강해야 했다. 그리고 결코 다른 사람이나 정부 기관에 굴복하지 않았다. 바로 거기에서 권력이 나왔다. 그의 의지가 곧 최고의 법인 것이다. 그가 정의라고 생각하면 그것이 정의가 되었다. 아스토레가 킬케와 그의 가족을 구한 것도 그런 성격상의 결점 때문이었다. 그는 니콜과 함께 킬케의 사무실로 가는 도중에도 내심 킬케가 자신에게 고마워하고 적개심도 어느 정도 가시지 않았을까 하는 기대를 가졌다.

　그러나 두 사람이 찾아갔을 때 복잡하고도 철저한 통과 절차는 하나도 달라진 게 없었다. 아스토레와 니콜은 킬케의 사무실로 들어가기 전에 두 명의 경비원으로부터 몸수색을 당했다. 그러는 동안 킬케는 책상 뒤에 서서 그들을 주시하고만 있었다. 킬케는 어떤 우호적인 기색도 없이 손짓으로 의자에 앉으라고 권했다. 경비원이 사무실 바깥에서 문을 잠갔다.

　"지금도 녹음되고 있겠죠?"

　니콜이 물었다.

　"그렇소. 녹화도 되고 있소. 이번 만남에 대해 어떤 오해도 없길 바라오."

　그는 잠시 말을 멈췄다 다시 이었다.

　"먼저 우리 사이에는 아무것도 변한 게 없다는 것을 말하고 싶소. 난 변함 없이 당신들을 이 나라에 불필요한 쓰레기들로 생각하고 있소. 난 그 사건을 마피아 두목이 꾸민 일이라고 믿지 않소. 당신이 들려준 그 정보원 이야기를 믿지 않는단 말이오. 당신이 내 신뢰를 얻기 위해 그들과 함께 계략을 꾸민 다음 배신했다고 믿고 있소. 하지만 그런 계략을 경멸하오."

아스토레는 킬케가 사건을 거의 진실에 가깝게 꿰뚫고 있는 것에 대해 놀랐다. 그는 존경심으로 새롭게 그를 바라보았다. 그러나 불쾌한 감정은 사라지지 않았다. 은혜도 모르는 인간, 자신과 가족의 생명을 구해준 사람에 대한 고마움도 모르는 인간이라는 생각이 들었다. 그러나 그런 마음과는 달리 애써 미소를 지었다.

"당신들 마피아는 그런 일을 장난처럼 생각하지. 2초 안에 당신 얼굴에서 웃음기가 완전히 사라지게 해주겠소."

이어 킬케는 니콜을 쳐다보았다.

"우리 수사국은 먼저 그 정보를 어떻게 입수하게 되었는지 정확한 출처에 대해 털어놓을 것을 명령하오. 당신 사촌이 들려준 거짓말은 빼고. 난 당신이 고문 노릇을 했다는 게 놀라울 뿐이오. 혹시 당신도 공모한 거 아니요?"

니콜이 차갑게 쏘아붙였다.

"마음대로 생각해요. 하지만 당신네 국장에게 먼저 보고하는 게 순서일 것 같군요."

"도대체 누가 내 집을 습격할 거라고 알려준 거요? 우린 진짜 정보원을 알고 싶소."

"내 말을 믿던가 말던가 마음대로 하십시오."

아스토레가 어깨를 으쓱하며 말했다.

"둘 다 아니오. 단도직입적으로 말하면 당신 역시 쓰레기일 뿐이오. 또 다른 살인자란 말이지. 난 당신이 디 베네디토와 워싱턴 형사를 죽이려 했다는 걸 알고 있소. 우린 L.A.의 스투르조 형제 실종 사건도 조사 중이오. 당신은 포르텔라 측 사람들을 세 명이나 죽였고, 납치에도 관여했소. 결국 당신은 체포당할 거요. 그때쯤이면 당신 역시 또 한 명의 악당으로 밝혀지겠지."

아스토레는 난생 처음 침착함을 잃고 허둥댔다. 선량하게만 보이는 그의 가면이 벗겨지는 순간이었다. 그는 니콜이 놀라움과 연민의 눈길로 자신을 바라보고 있는 것을 느꼈다. 그래서 그 상황을 모면하려고 화를 냈다.

"당신이 고마워하리라고는 기대도 안 했지. 그런데 당신은 무엇이 최소한의 도리인지도 모르는군. 난 당신 아내와 딸의 목숨을 구해줬어. 그들은 내가 아니었으면 지금쯤 땅 속에 잠들고 있을 거란 말이오. 그런데도 날 여기까지 불러놓고 모욕을 하다니. 당신 아내와 딸이 누구 덕분에 살았는데, 내게 조금이라도 고마워하는 마음을 보여보시오."

"난 아무것도 보여줄 게 없소."

킬케는 아스토레를 노려보며 말했다. 하지만 아스토레에게 빚을 졌다는 사실이 불쾌하기 짝이 없었다.

아스토레가 자리에서 일어나 나가려고 하자 경비원이 다가와 다시 그를 자리에 앉혔다.

"당신의 인생을 비참하게 만들어줄 작정이오."

킬케가의 말에 아스토레는 어깨를 으쓱했다.

"좋으실 대로. 하지만 이 한마디는 꼭 해야겠소. 난 당신이 돈 아프릴레가 살해당하는 것을 도왔다는 사실을 알고 있소. FBI가 은행을 손에 넣으려한다는 것도 말이요."

이때 경비원이 재빨리 아스토레의 앞을 가로 막아섰다. 그러나 킬케는 내버려두라는 듯 손을 저었다.

"나도 당신이 내 가족에 대한 습격을 막아줬다는 건 알고 있소. 내가 지금 말하고 있는 건 당신의 책임 여부요."

그때 방 한쪽에 서 있던 빌 벅스턴이 아스토레를 바라보며 천천히 입을 열었다.

"지금 연방 수사관을 협박하는 겁니까?"

니콜이 끼어들었다.

"물론, 아니에요. 아스토레는 당신들이 불러서 이 자리에 온 것뿐이에요."

킬케는 더욱 차가운 표정을 지었다.

"이게 모두 당신이 존경하는 돈 아프릴레를 위한 일이군. 그리고 보니 내가 니콜 양에게 준 파일을 당신은 읽어보지 않은 것 같군. 당신이 존경하는 돈 아프릴레는 당신이 겨우 두 살이었을 때 당신 아버지를 죽인 장본인이오."

아스토레는 움찔하며 니콜을 쳐다보았다.

"네가 지운 게 그것 때문이야?"

니콜이 고개를 끄덕였다.

"하지만 난 그 내용이 사실이라고 생각하지 않아. 만일 그랬다면 네게 보여줬을 거야. 네가 알아봤자 상처가 될 뿐이야."

아스토레는 방안이 빙빙 도는 것처럼 같았지만 침착하려고 애썼다.

"그렇다고 달라진 건 아무것도 없어."

"이제 모든 게 밝혀졌으니 우린 가도 되겠죠?" 니콜이 말했다.

킬케는 상대를 압도하는 체격을 갖고 있었다. 그런 그가 책상 뒤에서 걸어오더니 아스토레의 머리를 장난치듯 한 대 때렸다. 순간 킬케는 자신의 행동에 대해 아스토레만큼이나 놀랐다. 한 번도 이런 행동을 해본 적이 없었기 때문이었다. 이것은 정말로 미워하는 상대에 대한 경멸감을 드러내는 행동이었다. 킬케는 아스토레가 자신의 가족을 구했다는 사실을 영원히 잊을 수 없을 것 같아 절망스러웠다. 아스토레가 킬케의 얼굴을 뚫어지게 쳐다보았다. 아스토레는 킬케가 어떤 기분인지 충분히 알 수 있을 것 같았다.

니콜은 아스토레와 함께 자신의 아파트로 돌아왔다. 니콜은 모욕을 당한 아스토레를 달래려고 애썼지만 그의 화를 더욱 돋굴 뿐이었다. 니콜은 아스토레에게 간단히 점심을 준비해 먹인 뒤 침대에서 낮잠을 좀 자라고 권했다. 낮잠을 자던 아스토레는 니콜이 옆에 누워 자신을 껴안으려 하는 것을 느꼈다. 그는 니콜을 가만히 밀어내며 말했다.

"너도 킬케가 말하는 것을 들었지? 내 인생에 휘말려들고 싶어?"
"나는 그 사람도, 그가 준 서류도 믿지 않아. 오히려 내가 아직도 널 사랑한다는 걸 깨달았어."
"우린 어린 시절로 돌아갈 수 없어. 난 그때의 내가 아니야. 너도 마찬가지고. 하지만 넌 우리가 그때로 돌아가기를 바라고 있어."
두 사람은 팔짱을 끼었다. 아스토레가 졸린 듯한 목소리로 말했다.
"삼촌이 우리 아버지를 죽였다는 게 사실이라고 생각해?"

이튿날 아스토레는 크락시를 만나러 프라이어와 함께 시카고로 날아갔다. 그는 두 노인과 함께 있는 자리에서 물었다.
"돈 아프릴레가 우리 아버지를 죽였다는 게 사실이에요?"
크락시는 짐짓 못 들은 척 하고 아스토레에게 물었다.
"혹시 킬케의 가족을 살해하는 음모에 어떤 식으로든 관여한 게 아닌가?"
"아닙니다."

아스토레는 거짓말을 했다. 그 누구도 자신의 은밀한 계략을 눈치 채지 못하게 하고 싶었다. 게다가 두 노인은 허락하지 않을 게 뻔했다.

"그건 그렇다 치고, 그들을 구한 건 또 무슨 이유인가?"

크락시가 물었다.

아스토레는 다시 한 번 거짓말을 했다. 자신이 그렇게 감상적일 수 있다는 사실을 그들에게 들키고 싶지 않았다. 그는 정말이지 킬케의 아내와 딸들이 죽는다면 못 견딜 것 같았다.

"그런데 제 질문에는 아직 대답해주지 않으셨어요."

"아주 복잡한 사연이 얽혀 있다네." 크락시가 입을 열었다. "자넨 시칠리아의 위대한 마피아 두목이 여든 살이 되었을 때 낳은 아들이었네. 아주 강력한 코스카의 우두머리였지. 자네의 어머니는 아주 젊었는데 자넬 낳다 죽었지. 늙은 두목은 임종이 가까워지자 나와 돈 아프릴레, 비앙코를 불렀네. 자신이 죽게 되면 자신의 코스카도 지리멸렬해질 테고 그렇게 되면 자네의 장래가 걱정스러웠던 게지. 그는 우리에게 자넬 보살펴달라고 부탁했는데 특히 돈 아프릴레에게 미국으로 데려가달라고 부탁했지. 그런데 마침 돈 아프릴레의 아내가 세상을 떠나게 되자 어린 자넬 돌볼 수 없을 것 같아 비올라 가문에 입적시켰는데 그게 실수였네. 나중에 자네의 양아버지가 배신자로 밝혀져 처형을 당했기 때문이지. 돈 아프릴레는 그 문제가 해결되자 자넬 자기 집으로 데려갔지. 그 친구는 무시무시한 편이었는데 자네 양아버지가 자동차 트렁크에서 자살한 것으로 일을 꾸몄지. 자넨 어린 나이에도 친아버지, 위대한 돈 제노의 기질을 물려받았다는 것을 역력히 보여주었네. 그래서 돈 아프릴레는 자네를 자기 가족의 보호자로 만들겠다고 결심했지. 자넬 시칠리아로 보내 훈련시킨 것도 그 때문일 걸세."

아스토레는 정말로 놀라지 않을 수 없었다. 그리고 보니 기억의 한편 어디에선가 아주 늙은 노인의 모습과 장례차를 타던 일이 떠올랐다.

"그렇군요."

아스토레가 천천히 말했다.

"전 훈련을 받았어요. 어떻게 공격해야 하는지도 배웠구요. 그런데 아직도 포르텔라와 튤리파는 건드리지도 못하고 있어요. 그라치엘라도 만만치 않아요. 제가 처치할 수 있는 상대는 총영사 마리아노 루비오뿐이에요. 그런데 전 아직도 거센 추격을 받고 있어요. 어디에서부터 시작해야 할지 모르겠어요."

"절대 킬케를 건드려서는 안 되네."

돈 크락시가 말했다.

"그래. 그건 더 큰 화를 불러올 수 있어."

프라이어도 거들었다.

아스토레는 그들을 안심시키려는 듯 미소를 지었다.

"알고 있습니다."

"참, 반가운 소식이 있어. 코를레오네파의 그라치엘라가 팔레르모의 비앙코에게 자네를 만나게 해달라고 부탁했다고 해. 비앙코가 한 달 내로 자네에게 따로 연락을 취할 거야. 아마 자네에게 도움을 줄 걸세."

튤리파와 포르텔라, 루비오는 페루 영사관 회의실에 모였다. 시칠리아에 있는 미카엘 그라치엘라는 회의에 참석할 수 없어 안타깝다는 뜻을 전해왔다.

회의를 시작하는 튤리파에게서 남미 사람 특유의 느긋함은 찾아볼 수 없었다. 그는 매우 서두르고 있었다.

"빨리 문제를 해결해야 하네. 은행을 인수할까 아니면 포기할까? 난 수백만 달러를 투자했는데 결과가 실망스러울 뿐이야. 아스토레는 정말 귀신 같아. 우린 그를 이길 수 없어. 그렇다고 그가 더 많은 돈을 요구하는 것도 아닌데. 이젠 방법이 없어. 그놈을 죽여야 해. 그러면 형제들이 은행을 팔 거야."

튤리파가 루비오를 보며 말했다.

"자네 애인은 확실히 동의했나?"

"그녀는 내가 설득해보겠어."

"두 오빠들은?"

"그들은 복수에 별로 관심이 없어. 니콜이 그렇게 말했어."

"그럼 방법은 한 가지군. 니콜을 납치해서 아스토레가 그녀를 구출하러 오도록 유인하는 거야."

그 말을 들은 루비오는 발끈했다.

"그건 안 돼. 차라리 오빠들 중 한 명이 어때?"

포르텔라가 말했다.

"마르칸토니오는 이제 경호를 철저히 하네. 그리고 발레리우스는 불가능하고. 정보국 요원들은 우릴 금방 찾아낼 거야. 얼마나 끈질긴 놈들인데."

튤리파가 루비오를 노려보았다.

"더 이상 자네에게서 그 따위 말을 듣지 않게 해줬으면 좋겠어. 여자 친구한테 잘 보이기 위해 수십억 달러를 날릴 작정이야?"

"전에도 그런 수법을 써봤지만 효과가 없지 않았나. 게다가 니콜에겐 개인 경호원이 따라다닌 다는 점을 잊지 말게."

튤리파의 비위를 건드리면 자칫 위험할 수도 있다는 사실을 잘 알고 있는 루비오는 매우 조심스러워했다.

"그까짓 경호원은 전혀 문제 안 돼." 포르텔라가 말했다.

"글쎄, 난 니콜만 해를 입지 않는다면 언제까지나 자네들 의견에 동의하네." 루비오가 말했다.

마리아노 루비오는 페루 영사관에서 개최하는 연말 무도회에 니콜을 초대하기로 했다. 무도회가 열리는 날 오후 아스토레는 며칠 동안 시칠리아에 갔다 온다는 말을 전하려고 니콜의 집을 방문했다. 니콜이 목욕을 하고 옷을 입는 동안 아스토레는 니콜이 그를 위해 간직하고 있던 기타를 꺼내 허스키하면서도 달콤한 목소리로 이탈리아 연가들을 불렀다.

이윽고 알몸에 흰색 목욕 가운만 걸친 니콜이 욕실에서 나왔다. 아스토레는 순간 일상복 안에 감춰져 있었던 그녀의 아름다운 몸을 넋이 나간 눈으로 바라보았다. 하지만 니콜이 가까이 다가오자 목욕 가운을 제대로 여며주었다.

니콜은 그의 어깨에 기대 속삭였다.

"넌 더 이상 날 사랑하지 않지?"

아스토레가 웃으면서 말했다.

"넌 내가 어떤 사람인지 잘 몰라. 우린 더 이상 어린애가 아니야."

"하지만 난 네가 좋은 사람이라는 건 확신해. 넌 킬케와 그의 가족을 구했어. 그런데 도대체 누가 알려준 거야?"

아스토레는 니콜의 질문에 웃음으로 대꾸했다.

"그건 몰라도 돼."

그는 더 이상의 질문을 피하려는 듯 거실로 갔다.

그날 밤 니콜은 경호원 헬렌과 함께 무도회에 참석했다. 헬렌은 니콜보다 더 즐거운 시간을 보냈다. 니콜은 루비오가 무도회의 주최자이기 때문에 자신에게 특별히 신경 써줄 수 없다는 것을 이해했다. 하지만 그날 밤을 위해 루비오는 리무진을 보내주었다.

무도회가 끝나고 리무진은 다시 그녀를 아파트 앞까지 데려다주었다. 헬렌이 먼저 자동차에서 내렸다. 그들이 아파트 건물 안으로 들어가기도 전에 네 명의 남자가 헬렌과 니콜을 에워쌌다. 헬렌은 발목에 찬 권총을 꺼내려고 재빨리 몸을 구부렸지만 너무 늦었다. 한 남자가 그녀의 머리에 총을 쏘았고 이내 머리에서는 활짝 핀 꽃처럼 붉은 피가 솟구쳤다.

그때 어둠 속에서 또 다른 무리의 남자들이 튀어나왔다. 이를 눈치챈 세 명은 줄행랑을 치고, 헬렌을 쏜 남자는 총을 빼앗겼다. 아스토레는 무도회에서부터 몰래 니콜을 미행했던 것이다.

"여자를 어서 옮겨."

아스토레가 부하에게 지시했다. 그는 저격수에게 총을 겨눈 채 물었다.

"누가 보냈지?"

저격수는 전혀 두려워하는 기색이 아니었다.

"제기랄!"

니콜은 아스토레가 남자의 가슴에 총을 쏘기 직전 그의 차가운 얼굴 표정을 보았다. 아스토레는 그에게 가까이 다가가더니 머리채를 휘어잡고 다른 한 손으로 머리에 총을 쏘았다. 순간 니콜은 아버지의 죽음을 떠올리며 헬렌의 시신 위에 구토를 하고 말았다. 아스토레는 니콜을 바라보며 어색하고 미안한 웃음을 흘렸다. 니콜은 그런 아스토레를 차마 쳐다볼 수가 없었다.

아스토레는 니콜을 집 안까지 데려다준 뒤 경찰에 어떻게 진술해야 하는지 가르쳐주었다. 헬렌이 총에 맞은 직후 아무것도 보지 못한 것처럼 진술하라고 했다. 아스토레가 떠나자 니콜은 경찰에 연락했다.

* * *

다음 날 아스토레는 니콜에게 여러 명의 경호원들을 배치해준 뒤 그라치엘라와 팔레르모의 비앙코를 만나러 시칠리아로 떠났다. 그는 평소와 마찬가지로 먼저 멕시코로 간 다음 그곳에서 팔레르모까지 개인용 비행기를 타는 경로를 택했다. 그래야 여행 기록이 남지 않았다.

그는 팔레르모에서 비앙코를 만났다. 비앙코는 수염이 덥수룩하고 흉악한 산적처럼 생긴 과거의 모습은 상상하기 힘들 정도로 팔레르모 최고의 멋쟁이가 되어 있었다. 비앙코는 아스토레를 만나자 반가워하며 친근하게 포옹을 했다. 두 사람은 자동차를 타고 해변에 있는 비앙코의 별장으로 갔다.

"미국에서 고생이 많다는 소식은 들었네."

옛 로마 제국 시대의 조각상들로 꾸민 별장의 정원에서 비앙코가 말했다.

"하지만 반가운 소식도 있어."

비앙코는 갑자기 화제를 돌려 다른 질문을 했다.

"참, 자네 상처 이젠 괜찮나?"

아스토레는 목걸이를 만지작거렸다.

"네, 다만 노래부를 때 목소리가 좀 나빠졌지요. 이젠 테너가 아니라 쉰 목소립니다."

"어쨌든 소프라노보다는 바리톤이 낫지."

비앙코는 웃으면서 말했다.

"이탈리아에는 발에 채이는 게 테너니까. 원래 모자란 사람일수록 덜 다치는 법이네. 자넨 진짜 마피아야. 우리에겐 자네 같은 사람이 필요해."

아스토레는 미소를 지으며 오래 전 수영하러 갔던 그날의 기억을 떠올렸다. 이제는 배신의 아픈 상처 대신 의식이 깨어났을 때의 기분만 간간이 생각났다. 그는 목에 건 호신 목걸이를 매만지며 물었다.

"좋은 소식이 뭡니까?"

"코를레오네 코스카의 그라치엘라와 평화협정을 맺었네. 그는 절대 돈 아프릴레의 암살 사건에 관여하지 않았다고 주장하더군. 뒤늦게 은행 인수단에만 참여했다고. 하지만 지금은 포르텔라나 튤리파와도 의견이 다르다고 말하더군. 그가 생각하기에 그들은 너무 성급하고 일처리도 서투르다고 해. 그래서 사람들이 연방 수사관을 공격하자고 했지만 자신은 찬성하지 않았다고 하더군. 그자는 자네에 대한 존경심이 대단해. 자네가 내게 훈련받은 사실도 알고 있었어. 자네를 죽이기 대단히 어려운 인물로 보고 있어. 그래서 이제 복수심을 버리고 자네를 돕고 싶다고 말하더군."

아스토레는 안도감을 느꼈다. 그라치엘라에 대한 걱정만 덜어도 자신의 계획이 더 쉽게 진행될 것이다.

"내일, 여기 별장에서 만나기로 했네."

"그가 아저씨를 그렇게 신뢰하나요?"

"그런 것 같네. 팔레르모에 내가 없으면 그자도 시칠리아를 지배할 수 없거든. 그리고 우린 자네가 여기 있을 때보다 더 사이가 좋아졌지."

다음 날 오후 미카엘 그라치엘라는 별장을 방문했다. 그는 로마의 정치가처럼 고상하기 짝이 없는 검정색 양복에 흰 셔츠 그리고 검정색 타이 차림이었다. 그리고 자신과 똑같이 차려 입은 두 명의 경호원을 대동했다. 그라치엘라는 의외로 키가 작고 목소리가 부드러운 상냥한 남자였다. 그가 반(反) 마피아 고위급 관리들을 살해한 장본인이라는 사실을 상상하기 어려울 정도였다. 그라치엘라는 아스토레의 손을 부여잡으며 말했다.

"우리의 친구 비앙코에 대한 깊은 존경심의 표시로 당신을 도우러 왔소. 부디 과거는 잊어주시오. 다시 시작합시다."

"고맙습니다. 저야 영광이지요."

그라치엘라의 손짓에 경호원들이 해변으로 자리를 피했다.

"그런데 미카엘, 뭘 어떻게 도울 작정인가?"

그라치엘라는 아스토레를 바라보며 말했다.

"포르텔라와 튤리파는 너무 무모한 사람들이오. 마리아노 루비오는 너무 부정직하고. 그들에 비하면 당신은 현명하고 진짜 마피아 두목감이오. 더구나 넬로는 내 조카뻘이요. 난 당신이 그에게 자비를 베풀었다는 것을 알고 있소. 그것만 봐도 당신은 소인배가 아니오. 그런 점들이 내 마음을 바꾸었소."

아스토레는 고개를 끄덕였다. 그라치엘라 등 뒤로 검푸른 시칠리아의 파도와 반짝거리는 물결과 강렬한 시칠리아의 햇살이 보였다. 이곳을 다시 떠나야 한다는 사실을 알고 있는 아스토레는 순간 향수를 느끼며 가슴이 먹먹해졌다. 이 모든 것들이 미국에서 느낄 수 없는 친근감을 주었다. 미국에 있을 때도 팔레르모의 거리와 모국어인 이탈리아어 억양을 그리워한 그였다. 그는 다시 그라치엘라에게 눈길을 돌렸다.

"그래서 내게 하고 싶은 말이 뭐죠?"

"내 동업자들은 미국에서 나를 만나고 싶어하오. 내게서 당신의 소재라든가 안전 상태에 관한 정보를 얻을 수 있을 거라고 생각하는 거지. 만약 당신이 그들을 상대로 극한 행동을 취할 경우 난 여기 시칠리아에 은신처를 마련해줄 수 있소. 그리고 만약 그들이 당신을 제거하려고 하면 로마에 있는 내 친구들에게 그 계획을 중단시켜달라고 요청할 수도 있소."

"정말 그럴 수 있습니까?"

"그렇소."

그라치엘라는 어깨를 으쓱하며 말했다.

"그렇지 않고서야 우리 같은 사람들이 어떻게 살아갈 수 있겠소? 하지만 너무 성급하게 굴어선 안 되오."

아스토레는 그가 킬케에 관해 말하고 있다는 것을 눈치챘다. 그래서 그라치엘라를 보며 미소를 지었다.

"절대 경솔한 짓은 하지 않겠습니다."

그라치엘라는 상냥하게 웃으며 말했다.

"당신의 적은 내 적이요. 당신의 목표를 위해 최선을 다하겠소."

"저도 당신이 회의에 참석하지 않을 거라고 생각합니다."

"마지막 순간까지 늑장을 부릴 작정이오. 그리고 끝내 참석하지 않을 거요."

"언제 회의가 있죠?"

"한 달 안에 있을 거요."

그라치엘라가 떠난 후 아스토레는 비앙코에게 말했다.

"그자가 왜 이 일에 끼어들었는지 진짜 이유를 알려주세요."

비앙코는 그렇게 물어볼 줄 알았다는 듯 미소를 지었다.

"자넨 시칠리아에 대해 빨리도 파악했군. 여러 가지 그럴 듯한 이유가 있지만 그가 말하지 않은 가장 중요한 이유가 있어."

비앙코는 잠시 주저했다.

"사실 튤리파와 포르텔라는 마약 대금 배분 문제로 그를 속여왔네. 아마 그 문제로 조만간 일전을 벌일 것 같네. 절대 그냥 넘어갈 사람이 아니거든. 그런데 그는 자넬 높이 평가하는데다가 만일 자네가 자기 적들을 소탕해주고 동맹이 되어준다면 그야말로 꿩 먹고 알 먹기가 되는 거지. 그라치엘라는 정말 영리한 사람이야."

그날 저녁 아스토레는 해변을 산책하며 무엇을 해야 하는지 곰곰이 생각했다. 마침내 결말이 가까워지고 있었다.

프라이어는 아프릴레 은행을 경영하는데 있어 별 어려움이 없었고 정부로부터 경영권을 방어할 자신도 있었다. 그러나 킬케를 암살하려는 시도 이후 FBI 수사관들이 밀물처럼 밀려들어오자 그들이 어떤 단서라도 찾아내지 않을까 염려스러웠다. 특히 킬케가 방문한 후로는 더욱 그랬다.

젊은 시절 프라이어는 팔레르모 마피아의 이름난 저격수였다. 그러나 금융업에 종사하면서 능력과 자질을 발휘하여 딴 사람이 되었는데 특히 범죄 조직과 연계하여 승승장구할 수 있었다. 그의 주된 업무는 마피아를 상대로 하는 금융업이었다. 그는 곧 환율 조작과 검은 돈을 은닉해주는 전문가가 되었다. 또한 합법적인 기업을 싼 가격에 인수하는 데도 능력을 발휘했다. 그리고 마침내 영국으로 이민을 왔다. 자신의 부를 보호하는 데 공정한 시스템을 갖춘 영국이 뇌물이 횡행하는 이탈리아보다는 더 낫다고 생각했기 때문이다.

그러나 전력은 어쩔 수 없는지 그는 팔레르모와 미국에까지 영향력을 뻗치게 되었다. 그는 시칠리아에서 건설업을 장악하고 있는 비앙코 코스카의 자금 관리인 노릇을 했다. 또 아프릴레 은행과 유럽 대륙 사이의 다리 역할을 했다.

이제 경찰력이 총동원되고 보니 그는 가장 먼저 로지가 염려되었다. 로지는 아스토레를 스투르조 형제들과 연결시켜준 장본인이었다. 프라이어는 아스토레의 유일한 약점이 로지의 매력에서 헤어나지 못하는 거라고 생각했다. 물론 그렇다고 아스토레를 높이 생각하는 마음이 줄어들지는 않았다. 남자에게 있어 이런 약점은 언제나 존재해 온 것이 아니던가. 그리고 로지는 마피아의 여인으로 손색이 없는 여자였다. 어느 남자가 그녀를 거부할 수 있단 말인가? 그러나 프라이어는 로지를 칭송하는 것과 그녀를 가까이 하는 것은 별개의 문제라고 생각했다.

그래서 그는 런던에서 그랬던 것처럼 이번 일도 손수 처리하기로 마음먹었다. 아스토레의 허락을 받는 것은 처음부터 단념했다. 아스토레의 성격을 알고 있는 데다 본인은 자신이 처한 위험을 과소평가할 게 분명했다. 그러나 아스토레는 합리적이었다. 나중에라도 사실을 설명하면 이해해줄 것이며, 기민하게 처리한 자신에게 고마워할 것이다.

그러나 그것은 어디까지나 희망사항일 뿐이었다. 하루는 프라이어가 로지에게 전화를 걸었다. 그의 목소리를 듣자 반가워 어쩔줄 몰라 하던 로지는 기쁜 소식이 있다고 말하자 당장이라도 만나고 싶다며 수선을 피웠다. 하지만 프라이어는 전화를 끊자마자 후회가 밀려왔다.

그는 운전수 겸 경호원 노릇을 하는 조카 둘과 동행했다. 한 명은 자동차에서 기다리게 하고 한 명만 데리고 로지의 아파트로 향했다.

로지는 프라이어를 보자마자 품에 뛰어들며 반가워했고, 생각지도 않았던 그의 조카의 등장에 조금 놀랐다.

그녀는 커피를 끓이고 네이플즈에서 특별히 주문한 패스트리를 한 접시 내놓았다. 그러나 이런 일에 전문가임을 자처하는 프라이어도 음식 맛을 전혀 느낄 수가 없었다.

"로지 양은 정말 친절하군요."

프라이어는 이렇게 칭찬하며 조카에게도 좀 먹으라고 권했다. 그러나 청년은 한구석에 물러나 앉아 삼촌이 벌이는 어설픈 코미디를 바라보기만 했다.

로지는 프라이어의 옆에 놓여 있던 홈버그 모자를 내려치며 장난스럽게 말했다.

"영국 모자를 쓰신 모습이 훨씬 보기 좋아요. 이 모자를 쓰시면 너무 거만해 보여요."

"사는 나라를 바꾸면 당연히 그에 맞게 모자도 바꿔야지요. 참, 로지 양, 내가 여기 온 이유는 어려운 부탁을 하기 위해서예요."

프라이어가 다정하게 말했다.

로지는 잠시 머뭇거렸지만 이내 즐거운 표정을 지으며 박수를 쳤다.

"어머나, 어떻게 제 마음을 아셨어요? 저도 아저씨에게 신세를 많이 졌잖아요."

프라이어는 그녀의 태도에 더욱 마음이 약해졌지만 마음먹은 일이니 해치워야 했다.

"로지 양, 이곳의 일 좀 정리해놓고 내 심부름 좀 해줘요. 내일 당장 시칠리아로 떠나야 해요. 오래 걸리지는 않을 거예요. 아스토레가 그곳에서 있는데 나 대신 기밀 서류 몇 장만 전해주면 돼요. 아스토레는 로지 양을 보고 싶어해요. 아마 시칠리아에서 만나면 무척 반가워할 거예요."

로지의 얼굴이 붉어졌다.

"정말 저를 보고 싶어할까요?"

"물론."

사실 아스토레는 시칠리아에서 집으로 돌아오는 중이고, 내일 밤에는 뉴욕에 머물 계획이었다. 다시 말해 로지와 아스토레는 서로 다른 비행기를 타고 대서양 항공에서 길이 엇갈리게 되는 것이다.

하지만 무작정 기뻐하던 로지가 이것저것 현실적인 문제를 내세우며 조금 빼는 척 했다.

"그렇게 빨리는 못 가요. 예약도 해야 하고 은행도 가야 해요. 다른 소소한 일들이 많아요."

"나를 그렇게 대책 없는 늙은이로 보는 건 아니겠죠? 내가 모든 걸 다 준비해놨어요."

프라이어는 이렇게 말하며 재킷 안에서 길고 흰 봉투를 꺼냈다.

"이건 비행기표요. 일등석이요. 그리고 돌아오기 전에 쇼핑도 즐기고 여행도 할 수 있도록 만 달러의 여행 경비도 넣었어요. 저 구석에 얼어서 앉아 있는 내 조카가 내일 아침 리무진을 타고 데리러 올 거예요. 그리고 팔레르모에 도착하면 아스토레나 내 친구가 마중을 나오는 거예요."

"1주일 후에는 돌아와야 해요. 병원에서 몇 가지 검사를 받으려고 예약을 했거든요."

"그런 걱정은 말아요. 검사를 놓치는 일은 없을 테니까. 내가 언제 실수한 적 있어요?"

그는 아버지처럼 자상하게 말하면서도 로지가 다시는 미국에 돌아오지 못할 것을 생각하자 마음 한 켠에 동정심이 일었다.

그들은 커피를 마시고 패스트리를 먹었다. 조카는 로지의 간절한 권유에도 아랑곳하지 않고 음식에 입도 대지 않았다. 그때 전화 벨이 울리면서 그들의 대화가 중단되었다. 로지가 수화기를 들었다.

"아스토레? 시칠리아에서 전화하는 거야? 프라이어 아저씨가 말해 줬어. 지금 나랑 같이 커피 마시고 계셔."

프라이어는 태연하게 계속 커피만 홀짝였지만 조카는 자기도 모르게 의자에서 벌떡 일어났다가 삼촌이 눈짓을 보내자 도로 자리에 앉았다.

로지는 아무 말 없이 의아한 표정으로 프라이어를 쳐다보았다. 그러더니 이내 안심한 듯 고개를 끄덕였다.

"응. 아저씨가 1주일 동안 시칠리아에 가서 자기를 만날 수 있도록 준비를 하셨대."

로지는 이렇게 말한 뒤 계속해서 아스토레의 이야기를 듣기만 했다.

"물론 예상치도 않게 돌아와서 실망이야. 그래서 아저씨에게 전해 달라고? 알았어. 내가 말씀드릴게."

그녀는 전화를 끊었다.

"정말 아쉽네요. 아스토레가 계획보다 일찍 돌아왔대요. 이곳에서 자기를 기다려 달래요. 한 시간 반 내로 달려오겠다구요."

"그러죠." 프라이어는 패스트리를 하나 더 먹었다.

"아스토레가 와서 모든 걸 설명하겠대요. 커피 좀 더 드실래요?"

프라이어는 고개를 끄덕였다. 그리고 길게 한숨을 내쉬며 말했다.

"로지 양이 시칠리아에서 즐거운 시간을 보냈더라면 좋았을 텐데.

아쉽군요."

그는 시칠리아의 공동묘지에 잠들어 있는 그녀의 무덤을 상상하며 잠시 슬퍼했었다.

"내려가서 자동차에 타고 있거라."

그가 조카에게 지시했다.

젊은이가 마지못해 자리에서 일어나자 프라이어는 어서 가보라는 듯 장난스럽게 총 쏘는 몸짓을 했다. 로지는 아파트 현관에서 그를 배웅했다. 조카가 나가자 프라이어는 미소를 지으며 상냥하게 물었다.

"지난 몇 년간은 행복했죠?"

\* \* \*

그날 일찌감치 도착한 아스토레는 뉴저지의 조그만 공항에 마중 나온 알도 몬차를 만났다. 물론 그는 돌아올 때도 위조 여권을 소지하고 개인용 제트기를 이용했다. 그러다 문득 로지를 만나 느긋하게 밤을 보내고 싶은 충동에 불쑥 전화를 걸었다. 그러나 로지에게서 프라이어가 아파트에 와 있다는 얘기를 들었을 때 그는 뭔가 불길한 예감이 들었다. 로지를 시칠리아로 보낸다? 아스토레는 즉시 프라이어의 계획을 눈치챘다. 그리고 끓어오르는 분노를 삭이려고 애썼다. 프라이어는 자신의 경험에 따라 이번 일을 처리하려 하고 있었다. 그러나 자신의 안전을 위해 치러야 하는 대가치고는 너무 가혹했다.

로지는 현관문을 열자마자 아스토레의 품안에 뛰어들었다. 프라이어는 이미 의자에서 일어나 있었다. 아스토레는 그에게도 다가가 포옹을 했다. 프라이어는 평소처럼 친근하게 대하지 않는 아스토레의 태도에 대해 애써 놀란 기색을 감추었다.

그때 아스토레가 로지에게 놀라운 제안을 했다.

"우리 계획대로 내일 시칠리아로 떠나. 가서 며칠만 즐겁게 보내다 오자구."

"좋아. 시칠리아는 처음이야."

로지가 탄성을 질렀다.

아스토레가 프라이어에게 말했다.

"모든 걸 준비해주셔서 고맙습니다."

아스토레는 다시 로지를 돌아보았다.

"오늘은 여기 있을 시간이 없어. 내일 시칠리아에서 만나. 오늘밤 프라이어와 업무상 중요한 논의가 있어. 자, 지금부터 여행 준비나 하라구. 옷은 많이 가져가지 마. 팔레르모에서 쇼핑하면 되니까."

"좋아."

로지는 프라이어의 뺨에 키스했다. 아스토레와도 길게 포옹하고 입을 맞추었다. 그런 다음 현관문을 열고 두 사람을 배웅했다.

거리로 나오자 아스토레가 말했다.

"제 차로 가시죠. 조카들은 집에 보내시구요. 오늘밤은 경호가 필요 없을 겁니다."

순간 다소 불안감을 느낀 프라이어가 변명하듯 말했다.

"난 자네의 안전을 위해 그랬을 뿐이네."

몬차가 운전하는 차 뒷좌석에 올라탄 뒤 아스토레가 프라이어에게 말했다.

"이 세상에 저보다 아저씨에게 고마워하는 사람은 없을 겁니다. 하지만 저는 두목입니다. 아닌가요?"

"물어볼 것도 없지."

"아무래도 제가 일일이 말씀드렸던 게 문제인 것 같군요. 저도 제가 위험하다는 걸 알고 있습니다. 그런데도 이번 일을 결행하도록 허락해주신 아저씨께 고마운 마음을 갖고 있구요. 하지만 전 로지가 필요하고 그래서 그만한 위험을 감수할 생각입니다. 그래서 말씀인데 제 지시사항을 들어주세요. 로지를 시칠리아로 보낼 테니 하인이 딸린 고급 주택을 마련해주세요. 팔레르모대학에 다닐 수 있게 주선해주시구요. 용돈도 풍족하게 주세요. 시칠리아에 적응하는 일은 비앙코 아저씨가 도와줄 겁니다. 우리는 로지가 그곳에서 행복하게 살도록 해줘야 합니다. 그곳에서 일어날 수 있는 문제들은 비앙코 아저씨가 해결해주실 겁니다. 제가 로지에게 신경 쓰는 걸 아저씨가 좋아하지 않는다는 것도 잘 알고 있습니다. 하지만 저로서도 어쩔 수 없습니다. 또 팔레르모에서 행복하게 살기에는 그녀가 결점이 많다는 걸 알고 있습니다. 돈과 쾌락에 약한 여자니까요. 하지만 누군들 그렇지 않습니까? 어쨌든 이제부턴 아저씨가 로지의 안전을 책임져주세요. 아무 일도 일어나지 않도록 말이에요."

"자네도 알다시피 나도 로지를 좋아하네. 그녀는 진짜 마피아의 여자야. 자네도 시칠리아로 돌아갈 계획인가?"

"아뇨. 아직 중요한 일이 더 남았어요."

# 13

 중요한 약속이 두 개나 있었던 니콜은 웨이터에게 주문을 한 뒤 마리아노 루비오를 뚫어지게 쳐다보았다.
 루비오는 고전적인 작은 프랑스 식당을 선택했다. 웨이터는 니스칠을 한 기다란 후추통과 딱딱한 프랑스 빵이 담긴 짚바구니를 들고 부산하게 오갔다. 그는 프랑스 음식을 별로 좋아하지 않지만 식당 지배인과 잘 아는 사이여서 조용한 모퉁이의 아늑한 테이블을 차지할 수 있었다. 그래서 종종 이곳으로 여자들을 데리고 오곤 했다.
 "오늘은 유난히 말이 없군요."
 루비오가 테이블 너머로 니콜의 손을 잡으며 말했다. 니콜은 온 몸이 떨리는 것을 느꼈다. 그녀는 힘으로 자신을 지배할 수 있다고 생각하는 남자가 증오스러워서 손을 뿌리쳤다.
 "괜찮소?"
 "오늘 너무 힘들었어요."

"아, 힘든 사건으로 씨름을 했나보군."

그가 한숨을 내쉬며 말했다. 루비오는 니콜의 법률 회사를 대단치 않게 생각했다.

"왜 그렇게 힘든 일을 그만두지 못하는 거예요? 그만두고 내게 와서 편안하게 지내는 게 어때요?"

니콜은 얼마나 많은 여자들이 그의 달콤한 말에 속아 자신의 일을 포기했을까 궁금해졌다.

"날 유혹하지 말아요."

니콜이 장난스럽게 말했다. 니콜이 자신의 일에 만족하고 좋아한다고 믿고 있던 루비오에게 이런 반응은 좀 의외였다. 하지만 이것은 그가 바랐던 일이 아니던가.

"내가 당신을 먹여 살리죠." 그가 되풀이해서 말했다.

"그런데 당신이 맡고 있는 기업이 도대체 몇 군데죠?"

그때 웨이터가 차가운 백포도주를 따서 코르크 마개를 루비오에게 건넨 다음 우아한 크리스탈 포도주잔에 약간 따랐다. 루비오는 포도주를 맛보더니 고개를 끄덕였다. 그리고 다시 니콜에게 시선을 돌렸다.

"지금 당장 그만둘 수도 있는데 내가 끝까지 맡고 싶은 무료 변호 사건이 몇 건 남았어요."

니콜은 포도주를 홀짝거렸다.

"최근에는 은행 때문에 너무 신경을 썼어요."

루비오의 눈이 가늘어졌다.

"그럴 테지. 가족끼리 경영하는 은행이니 잘 돼야지."

"그래요." 니콜이 맞장구쳤다.

"하지만 안타깝게도 아버지께선 여자는 사업을 제대로 하지 못한다고 생각하셨죠. 그래서 골칫덩어리 사촌이 경영하는 모습을 옆에서 지켜봐야만 해요."

그녀는 고개를 들어 루비오를 똑바로 쳐다보았다.

"그런데 아스토레는 당신이 자기를 해치려 한다고 믿고 있어요."

루비오는 애써 태연한 척 했다.

"그래요? 어떻게 내가 그런 일을 할 수 있다고 믿지?"

"글쎄 말이에요. 나도 모르겠어요."

니콜이 짜증스런 표정으로 말했다. "분명한 건 아스토레는 마카로니 장사나 하던 위인이란 사실이에요. 머리 속에는 온통 밀가루만 들어 있을 걸요. 그런데 그가 당신이 돈 세탁을 위해 은행을 사려고 한다는 거예요. 심지어 나를 납치하려 했던 것도 당신이라고 말하더군요."

니콜은 이쯤에서 자제해야 한다는 것을 알고 있었다.

"물론 난 그 말을 믿지 않아요. 내 생각에는 아무래도 아스토레가 그 사건의 배후인 것 같아요. 우리 오빠들과 내가 은행을 소유하고 싶어한다는 걸 알고 우리에게 겁을 주려고 하는 것 같아요. 하지만 우린 그런 거에는 이골이 났어요."

루비오는 니콜의 표정을 찬찬히 살폈다. 진실과 거짓을 구분할 줄 안다고 자부하는 그였다. 외교관으로 지내면서 세상으로부터 존경받는 정치가들로부터 숱한 속임수를 당한 결과였다. 그는 지금 니콜의 눈을 깊이 응시하면서 그녀가 하고 있는 말이 전적으로 사실이라고 판단했다.

"얼마나 그랬으면 이골이 났을까?"

"우린 완전히 지쳤어요."

그때 여러 명의 웨이터가 한꺼번에 메인 코스의 음식을 접대하느라 꽤 오랜 시간 그들의 대화는 끊겼다. 웨이터가 돌아가자 니콜은 루비오에게 몸을 기울이고 속삭였다.

"아스토레는 요즘 거의 매일 밤늦게까지 창고에서 일해요."

"무슨 뜻이요?"

니콜은 나이프를 들고 접시에 담긴 음식을 썰기 시작했다. 오리 모양의 검정색 목걸이 장식이 불빛을 받아 아른거리는 오렌지 소스에 빠졌다.

"아무 의미도 없어요. 다만 국제적인 은행의 대주주가 마카로니 창고에서 하루 종일 보낸다는 게 말이 돼요? 내가 경영권을 갖게 된다면 은행을 건실하게 키울 텐데. 게다가 내 동업자들도 훨씬 투자하기 좋을 거구요."

니콜은 이렇게 말하더니 자신의 오리 모양 목걸이 장식을 혀로 핥았다. 그리고 루비오를 보며 싱긋 웃었다.

"정말 맛있네요."


다른 장점도 많지만 조젯 킬케는 매우 계획적으로 일을 했다. 그녀는 매일 화요일 오후 정확히 2시간 동안 사형제도 반대 단체의 국제 본부에서 봉사활동을 했다. 그곳에서 전화 상담도 받고 사형 집행을 기다리고 있는 사형수들의 변호사가 제출한 변론서를 검토했다. 그래서 니콜은 그날 두 번째 중요한 약속 상대인 조젯을 어디서 만나야 할지 정확히 알고 있었다.

조젯은 니콜이 사무실로 걸어오는 모습을 발견하고 얼굴이 환해졌다. 그녀는 자리에서 일어나 니콜과 포옹했다.

"세상에나, 오늘은 종일 얼마나 끔찍했는지 몰라요. 여기까지 와주어서 정말 반가워요. 이제 마음이 든든하네요."

"내가 얼마나 도울 수 있을지 모르겠어요. 그런데 당신과 의논해야 할 중요한 문제가 생겼어요."

지난 몇 년간 함께 일하는 동안 니콜은 한 번도 속마음을 조젯에게 털어놓은 적이 없었다. 비록 일과 관련된 문제에 대해서는 우호적인 관계를 유지했지만 말이다. 조젯 역시 남편의 일에 대해 누구와도 이야기해본 적이 없었다. 또 니콜은 그녀대로 조젯이 기혼자라서 자신의 연인에 관한 얘기를 될 수 있으면 하지 않았다. 결혼한 여자들은 어떻게 하면 주도권 다툼에서 남자를 이길 수 있는지 조언하지 않고는 못 배기는 사람들처럼 느껴졌다. 니콜은 그런 대화를 원하는 게 아니었다. 그냥 섹스에 관해 이야기하는 것을 좋아했지만 결혼한 여자들은 그런 대화를 불편해했다. 니콜의 생각에 결혼한 여자들은 자신이 누리지 못하는 세상 이야기를 듣는 것을 불쾌해하는 것 같았다.

조젯은 니콜에게 개인적인 이야기인지 물었다. 복도 끝에 있는 작은 사무실이 비어 있는 것을 알고 있는 니콜은 고개를 끄덕였다.

"지금까지 누구와도 이런 얘기를 해본 적이 없어요."

니콜이 입을 열었다.

"하지만 당신은 제 아버지인 레이몬드 아프릴레 씨를 알 거예요. 돈 아프릴레로 알려져 있죠. 들어보셨죠?"

조젯은 자리에서 일어나면서 말했다.

"그런 얘기는 하지 않는 게 좋을 것 같아요."

"제발 앉으세요." 니콜이 말허리를 잘랐다.

"당신이 꼭 들어야 해요."

조젯은 불편한 기색이었지만 니콜의 부탁을 받아들였다. 사실 조젯은 니콜의 가족에 관해 궁금한 점이 많았지만 니콜이 자기 입으로는 감히 이야기하지 못할 거라고 생각해왔다. 그리고 다른 사람들처럼 그녀 역시 니콜이 무료 변론을 통해 자기 아버지의 잘못을 속죄하려

한다고 짐작했다. 니콜이 어린 시절 범죄의 그늘에서 성장하면서 얼마나 불안하고 두려웠을까. 조젯은 불현듯 부모와 공개적인 장소에 가면 당황해하는 자기 딸이 생각났다. 그래서 니콜이 그동안의 세월을 어떻게 살아왔을까 궁금해졌다.

니콜은 조젯이 어떤 식으로든 자기 남편을 배신하지 않을 거라는 사실을 알고 있었다. 그러나 조젯은 개방적인 사고를 가진 열정적인 여성이었다. 형을 받은 살인자를 옹호하기 위해 귀중한 시간을 바치는 사람이 어디 그렇게 흔하던가! 니콜은 조젯의 눈을 똑바로 응시하면서 말했다.

"아버지는 당신의 남편과 밀접한 관계를 가진 사람들에게 살해당했어요. 그리고 오빠들과 난 당신 남편이 그들로부터 뇌물을 받았다는 증거를 갖고 있어요."

조젯은 처음에는 놀라더니 이내 못 믿겠다는 반응을 보였다. 그녀는 아무 말도 하지 않았다. 그러나 바로 화를 내기 시작했다.

"당신이 어떻게 그렇게 말할 수 있죠?"

조젯은 니콜을 차갑게 노려보았다.

"내 남편은 법을 어기느니 차라리 죽을 사람이에요."

니콜은 조젯의 완강한 태도에 놀랐다. 그녀는 분명 진심으로 자기 남편을 신뢰하고 있었다. 니콜이 말을 이어갔다.

"당신 남편은 보기와는 다른 사람이에요. 나도 당신 심정이 어떤지 알고 있어요. 나 역시 아버지에 관한 FBI의 기록을 읽어보고도 아버지를 사랑하는 마음이 변하지 않았고, 아버지가 나를 위해 비밀로 했다는 사실을 깨닫게 되었으니까요. 당신 남편이 당신에게 비밀로 했듯이 말이에요."

니콜은 포르텔라가 킬케의 은행 계좌에 수백만 달러를 예치했으며 포르텔라가 마약거래로 거부가 된 것도, 사람들을 죽이는 것도 그녀의 남편이 묵인해주기 때문이라고 말했다.

"나도 당신이 내 말을 믿을 거라고는 생각지 않았어요. 다만 당신 남편에게 진실을 물어보길 바랄 뿐이에요. 만일 남편이 당신이 말하는 그런 사람이라면 거짓말은 하지 않겠죠."

조젯은 전혀 동요하는 기색을 보이지 않았다.

"내게 이런 이야기를 하는 이유가 뭐죠?"

"당신 남편은 우리 가족에게 복수를 하려고 해요. 당신 남편의 동업자가 내 사촌인 아스토레를 죽이고 우리 가족 소유의 은행을 빼앗도록 협조하고 있어요. 내일 밤 사촌의 마카로니 창고에서 사건이 벌어질 거예요."

마카로니란 말이 나오자 조젯은 웃으며 말했다.

"당신 말을 믿지 못하겠어요."

그리고 일어서서 나가려고 했다.

"미안해요, 니콜. 당신이 실망할지도 모르지만 우린 더 이상 서로 할 말이 없는 것 같군요."

그날 밤 킬케는 새로 이사한 집의 가구가 완비된 넓은 침실에서 악몽과 맞닥뜨렸다. 저녁 식사를 마친 뒤 그는 아내와 침실에 마주 앉아 책을 읽고 있었다. 갑자기 조젯이 책을 내려놓으며 말했다.

"돈 아프릴레에 대해 할 얘기가 있어요."

결혼 이후 조젯은 한 번도 남편의 업무에 관해 물어본 적이 없었다. 연방 정부의 비밀을 지켜야 하는 의무를 자신까지 지고 싶지 않았기 때문이었다. 게다가 남편은 직업상 자신의 비밀을 지키는 게 도리라고 생각하는 사람이었다. 밤에 남편 곁에 누울 때면 그녀도 남편이 어떤 식으로 일을 할까 궁금해했다. 정보를 얻어야 할 때는 어떤 방법을 이용하며, 용의자는 어떻게 심문하는지 등에 대해서 말이다. 그러나 뒷주머니에 늘 헌법 사본 책자를 꽂고 다니는 단정하게 양복을 입은 연방 수사관의 모습 외에는 상상이 가지 않았다. 물론 그녀는 그것이 환상에 지나지 않을 거라고 생각할 만큼 현명한 여자였다. 남편은 단호한 사람이고 자기 적을 무너뜨리기 위해 지나친 행동도 할 수 있을 것이다. 그러나 남편의 지금 이 모습은 그녀가 결코 예상했던 것이 아니었다.

킬케는 추리 소설을 읽고 있었다. 어느 연쇄 살인범의 아들이 목사가 된다는 줄거리의 시리즈인데 3권째였다. 조젯의 질문에 그는 바로 책을 덮었다.

"듣고 있어."

"니콜이 오늘 당신과 당신이 수사하는 사건에 관해 이야기를 들려줬어요. 당신이 업무에 대해 말하고 싶어하지 않는다는 걸 잘 알아요. 하지만 니콜이 하도 강력하게 비난했어요."

킬케는 분노가 끓어올랐고 마침내 극도로 격분 상태에 이르렀다. 놈들은 자신의 개를 죽이고 가정마저 붕괴시키려고 했다. 그리고 이제는 그의 순수한 인간관계까지 손상시키려 하고 있었다. 킬케는 심장이 멎을 것 같았지만 차분한 목소리로 아내에게 들은 이야기를 하나도 빠짐없이 들려줄 수 있겠느냐고 물었다.

조젯은 니콜과 나누었던 이야기를 그대로 들려주면서 남편의 표정을 찬찬히 살폈다. 예상과 달리 남편은 당황하거나 분노하는 기미를 보이지 않았다. 이야기가 끝났을 때 킬케가 말했다.

"고마워. 당신이 내게 그런 얘기를 한다는 게 결코 쉽지 않았을 거야. 그런 얘기를 하게 해서 미안해."

그는 의자에서 일어나 앞문으로 걸어갔다.

"어디 가는 거예요?"

"신선한 공기 좀 마셔야겠어. 생각도 좀 하고."

"여보?"

의심이 다 풀리지 않은 조젯이 남편을 불렀다. 그녀는 확답을 듣고 싶었다. 그러나 아내에게만은 절대 거짓말을 하지 않겠다고 맹세해온 그였다. 따라서 만일 아내가 계속해서 진실을 말해달라고 조르면 모든 것을 털어놓고 뒷일을 감당해야 한다고 생각하고 있었다. 그는 아내가 모든 걸 이해하고 애초에 그런 비밀이 없었던 것처럼 덮어두는 게 낫다고 생각하길 바랐다.

"내게 할 말 없어요?"

조젯이 다그쳐 물었다.

"없어. 당신이 원하는 대로 해주겠어. 그건 당신도 알 거야, 그렇지?"

"네. 하지만 난 더 알아야 할 게 있어요. 당신과 나, 그리고 우리 딸을 위해."

킬케는 이제 더 이상 숨을 곳이 없다는 것을 깨달았다. 여기서 거짓말을 하면 아내가 더 이상 예전처럼 자신을 대하지 않을 거라는 것을 그는 알고 있었다. 순간 그는 아스토레 비올라의 머리통을 깨부수고 싶었다. 이제 아내에게 어떻게 설명할 것인가. FBI가 뇌물을 받으라고 해서 받았다? 우린 대의를 위해 작은 범죄는 눈감아준다? 우린 더 중요한 법을 수호하기 위해 이따금 법을 위반하기도 한다? 그러나 이렇게 말하면 아내가 더욱 실망할 거라는 것을 그도 알고 있었다. 아내의 그런 점 때문에 그가 아내를 사랑하고 존경하는 게 아니던가.

킬케는 한마디 말도 없이 집을 나섰다. 집으로 돌아왔을 때 아내는 자는 척하고 있었다. 그는 결심했다. 내일 밤 아스토레를 만나 정의에 대한 자신의 소신이 어떤 것인지 확실히 보여줄 것이다.

아스피넬라 워싱턴은 모든 남자를 증오하는 건 아니지만 얼마나 많은 남자들이 자신을 배신했던가 헤아려보다 다시 한 번 놀랐다. 역시 남자란 모두 쓸모 없는 존재였다.

그녀는 헤스코우를 처치한 후 공항 경비대의 두 경비원에게 간단한 조사를 받았다. 둘 다 원래 멍청한 건지 아니면 너무 겁을 먹었는지 그녀의 진술에 아무런 반론도 제기하지 않았다. 더욱이 경찰이 헤스코우의 몸에서 테이프로 붙인 10만 달러를 찾아내자 그의 의도는 더욱 명백해졌다. 그래서 두 경비원은 앰뷸런스가 도착하기 전에 아스피넬라가 엉망으로 만들어놓은 피투성이의 현장을 깨끗이 치운 데 대해 스스로 표창장이라도 주어야 한다고 떠들었다. 아스피넬라는 경비원들이 준 피 묻은 돈 뭉치에 헤스코우가 죽기 직전에 준 3만 달러까지 더 챙기게 되었다.

그녀는 돈을 두 가지 용도로 밖에 쓰지 않았다. 그녀는 3천 달러만 남겨두고 모두 비밀 금고에 넣었다. 혹시 자신에게 무슨 일이 생길 경우를 대비해 어머니에게는 금고 여는 방법을 가르쳐주었는데, 금고의 돈 ―그녀의 수입은 30만 달러가 넘었다― 은 모두 딸을 위한 것이었다. 아스피넬라는 나머지 3천 달러를 가지고 택시를 잡아타고 5번가와 53번가 근처로 향했다. 그리고 그곳에서 최고급 가죽제품 가게로 들어가 엘리베이터를 타고 3층의 한 방으로 들어갔다.

유명 디자이너의 안경을 쓰고 가느다란 세로줄 무늬의 군청색 정장을 입은 여자는 돈을 받자 아스피넬라를 복도 끝에 있는 방으로 안내했다. 방 안에는 중국에서 수입한 향료를 푼 목욕물이 가득 찬 욕조가 있었다. 아스피넬라는 욕조에 몸을 담그고 20분쯤 그레고리안 성가를 들었다. 그녀는 섹스 마사지 자격증을 가진 루돌포를 기다리는 중이었다.

루돌포는 2시간에 3천 달러를 받고 고객이 만족할 때까지 마사지를 해주었는데, 그 요금은 유명한 변호사들이 시간당 받는 것보다도 많은 액수였다. 그는 교활한 웃음을 띠며 독일 바바리아 지역 억양이 잔뜩 들어간 말투로 말했다.

"그저 섹스만 하는 것과는 차원이 다르죠. 달나라에 보내드리지요."

아스피넬라는 시내 고급 호텔에서 은밀히 사건을 조사하던 도중 루돌포에 대해 알게 되었다. 어떤 수위가 증인으로 호출되지 않는 조건으로 그녀에게 루돌포에 대한 이야기를 살짝 들려주었던 것이다. 처음에는 그가 단순한 남창인 줄 알았던 아스피넬라는 루돌포로부터 한 번 마사지를 받아본 뒤로는 그만이 가진 특별한 재능을 거부하는 것도 죄악이라는 생각을 갖게 되었다.

몇 분이 지나자 노크 소리가 들렸다.

"들어가도 됩니까?"

"기다리고 있었어요."

그는 성큼성큼 걸어오더니 그녀를 내려다보며 말했다.

"안대가 멋지군요."

처음 마사지를 받으러 온 날 아스피넬라는 루돌포가 알몸으로 들어오자 깜짝 놀랐다.

"어차피 벗을 건데 남자라고 해서 꼭 입어야 합니까?"

그는 특별한 남자였다. 키가 크고 건장하며 오른쪽 팔에는 호랑이 문신이 새겨져 있고 가슴에는 비단처럼 매끄러운 금발의 털이 무성했다. 아스피넬라는 특히 가슴의 털을 좋아했는데 가슴의 털을 뽑거나 면도를 하고 맨질맨질하게 기름을 발라 남자인지 여자인지 구분할 수 없는 잡지 모델들과 루돌포가 다른 점이 바로 그 점이었다.

"어떻게 지내셨습니까?"

"그런 건 알아서 뭐해요. 당신은 내가 섹스 치료를 받기 위해 왔다는 사실만 알면 돼요."

루돌포는 그녀의 등뼈 하나하나를 숫돌 갈 듯 힘껏 누르는 동작으로 마사지를 시작했다. 그러고 나서 부드럽게 목덜미를 주무르고 몸을 돌리게 하여 가슴과 배를 가볍게 마사지했다. 시간이 흐르자 그는 아스피넬라의 다리 사이를 애무하기 시작했다. 그곳은 이미 젖어 있었고 입에서는 거친 숨소리가 흘러나왔다.

"왜 다른 남자는 이렇게 해주지 않을까?"

절정에 이른 아스피넬라가 숨을 내뿜으며 말했다.

루돌포는 이제 자신의 혀로 특별 서비스를 하기 시작했다. 그는 전문가답게 놀라운 힘을 갖고 있었다. 이미 여러 번 들어본 그녀의 찬사에 그는 더욱 고무되었다. 그런 말을 들으면 언제나 기분이 좋았다. 그에게는 이 도시가 온통 성적으로 허기진 여자들로 넘쳐나는 것처럼 생각되었다.

"내게도 수수께끼예요. 왜 다른 남자들은 이렇게 못하는지. 당신 생각은 어때요?"

그녀는 성적인 환상에서 깨어나기 싫었지만 대단원을 맞기 전 격려의 말이 필요한 루돌프를 위해 대답을 해야 했다.

"남자들은 원래 약한 존재야. 인생의 중요한 결정을 내려야 하는 사람들이지. 언제 결혼을 할까, 언제 아이를 가질까. 아이를 낳으면 또 키우고 가르치고 책임져야 하지."

루돌포는 상냥하게 미소를 지었다.

"그럼 섹스는 어떻게 하지?"

그가 얼른 자신의 본업으로 돌아가기를 바랐던 아스피넬라는 건성으로 대답했다.

"나도 몰라. 그냥 그렇단 말이지."

루돌포는 다시 마사지를 시작했다. 천천히 그러나 쉼 없이 리드미컬하게. 그는 전혀 지치는 기색이 없었다. 그가 쾌감의 극치를 선사해 줄 때마다 아스피넬라는 내일 밤 아스토레 비올라와 그의 부하들에게 엄청난 고통을 가하는 상상을 했다.


비올라 마카로니 회사는 맨해튼 로우 이스트 사이드의 커다란 벽돌 창고 안에 있었다. 이곳에서 일하는 백 명이 넘는 직원들이 이탈리아에서 수입해온 커다란 마카로니 마대를 콘베어 벨트 위에 내려놓으면 자동으로 분류되어 상자에 담겨졌다.

1년 전 아스토레는 소기업 경영 실적을 향상시키는 방법에 관한 잡지 기사를 읽고 변화를 꾀하기 위해 하버드 경영대학원 출신의 컨설턴트를 채용했다. 젊은 컨설턴트는 아스토레에게 제품 가격을 두 배로 올리고 마카로니의 상표를 비토 아저씨네 홈메이드 파스타로 변경할 것, 직원의 절반을 해고하고 임금을 줄이기 위해 임시직으로 대체할 것 등의 조언을 했다. 그러나 아스토레는 그런 제안을 귀담아 듣지 않고 컨설턴트를 해고해버렸다.

메인 홀에 있는 아스토레의 사무실은 축구장만한 넓이에 좌우에는 번쩍거리는 스테인레스 스틸 기계들이 진열되어 있었다. 창고 뒷편은 적하장으로 연결되었다. 출입문 바깥쪽과 공장 안에는 곳곳에 비디오 카메라가 설치되어 있어서 방문객들의 동정과 생산제품들을 모니터

할 수 있었다. 평상시 창고는 오후 6시가 되면 문을 닫았지만 오늘 밤에는 아스토레와 가장 유능한 부하직원 다섯 명 그리고 알도 몬차까지 회사에 남아 있었다. 정확히 말하면 누군가를 기다리고 있었다.

전날 밤 아스토레가 니콜의 아파트에서 자신의 계획을 설명해주었을 때 니콜은 완강히 반대했다. 그녀는 고개를 설레설레 흔들었다.

"무엇보다 실패하기 십상이야. 게다가 난 살인의 부속품이 되고 싶지 않아."

"그들은 너의 경호원을 죽이고 너도 납치하려고 했어."

"조치를 취하지 않으면 우리 모두 죽게 돼."

니콜은 헬렌을 떠올렸고 저녁 식사 때 아버지와 숱하게 논쟁을 벌였던 일들을 기억했다. 아버지라도 틀림없이 복수를 했을 것이다. 아버지라면 억울하게 죽은 친구를 애도하기 위해 당연히 그렇게 해야 한다고 말했을 것이다. 가족을 지키기 위해서는 조치를 취하는 게 정당하고 또 반드시 그래야 한다고 일깨워줬을 것이다.

"당국에 알리는 건 어때?"

그녀가 물었다.

아스토레의 반응은 단호했다.

"너무 늦었어."

아스토레는 지금 산 미끼가 되어 자기 사무실에 앉아 있었다. 그는 그라치엘라 덕분에 포르텔라와 튤리파가 시내에서 인수단 회의를 하고 있다는 사실을 알게 되었다. 그래서 니콜로 하여금 루비오에게 귀띔을 해서 그들이 창고로 찾아오도록 일을 꾸미기는 했는데 정말 올 것인지는 확신할 수 없었다. 어쨌든 아스토레는 그들이 폭력을 행사하기 전에 마지막으로 자신을 설득하러 오기를 바랐다. 또 자신이 무기를 가졌는지 확인하고, 자신이 특별히 만든 셔츠 소매 안쪽 주머니에 넣어둔 단도 외에는 아무 무기도 없다는 것을 알기를 바랐다.

드디어 여섯 명쯤 되는 남자들이 적하장을 통해 건물 뒤로 들어오고 있었다. 아스토레는 주의깊게 비디오 모니터를 주시했다. 그는 자기 부하들에게 몸을 숨기고 있되 자신이 신호를 보내기 전에는 절대 공격하지 말라고 지시를 해두었다.

아스토레는 모니터에서 여섯 명 중 포르텔라와 튤리파가 끼어 있는 것을 확인했다. 그들이 모터니에서 사라지고 얼마 후 사무실 계단을 올라오는 소리가 점점 가까이 들려왔다. 만일 놈들이 그를 죽이기로 계획을 세웠다면 미리 대비하고 있는 몬차와 그의 부하들이 자신을 구해줄 것이다.

그때 포르텔라가 그의 이름을 부르는 소리가 들렸다.

아스토레는 대답하지 않았다. 그리고 몇 초 후 포르텔라와 튤리파가 문 앞에서 걸음을 멈췄다.

"어서 오시오."

아스토레는 미소를 지으며 그들을 맞았다. 그리고 자리에서 일어나 그들과 악수를 나누었다.

"이런 시간에 찾아와주시다니 놀랐습니다. 뭐 도와드릴 일이라도 있습니까?"

"아, 저녁을 거나하게 먹었더니 마카로니가 다 떨어져서."

포르텔라가 거친 목소리로 말했다.

아스토레는 배포가 큰 사람인 양 손짓을 하며 말했다.

"그럼요. 제 마카로니가 당신들 마카로니죠."

"은행은?" 튤리파가 시비걸듯 물었다. 아스토레는 이에 대한 준비가 되어 있었다.

"이제 진지하게 대화할 때가 된 것 같군요. 사업 얘기입니다. 헌데 먼저 여러분에게 공장을 구경시켜드리고 싶습니다. 제가 무척 자랑스럽게 생각하는 공장이거든요."

튤리파와 포르텔라는 서로 바라보며 어리둥절한 표정을 지었다. 그들은 잔뜩 경계하는 모습이었다.

"좋소, 하지만 짧게 합시다."

튤리파는 이런 속없는 광대가 어떻게 이렇게 오래 살아 남았을까 의아해하며 대답했다.

아스토레는 그들을 1층으로 안내했다. 그들과 동행한 네 명의 남자들도 가까이에서 걸었다. 아스토레는 그들에게도 다정하게 인사를 나누고 일일이 악수하고 옷차림에 대해 찬사를 늘어놓기도 했다.

아스토레의 부하들은 그 모습을 은밀히 주시하면서 공격 명령만 기다리고 있었다. 몬차는 1층이 내려다보이는 층계참에 세 명의 저격수를 은신시켜 놓았다. 다른 부하들은 창고 맞은편에 포진해 있었다.

아스토레가 창고 곳곳을 소개하느라 몇 분이 흘렀다. 마침내 포르텔라가 말했다.

"이곳에 정성을 쏟는 게 분명해 보이는데 웬만하면 은행은 우리에게 넘기시오. 더 좋은 조건을 제시할 테니까. 그리고 당신도 주주인 만큼 경영에 참여하게 해주겠소."

이때 아스토레는 자기 부하들에게 사격 명령을 내리려 했다. 그런데 갑자기 딸깍하고 장전하는 소리가 들렸다. 아스토레는 얼른 층계참에서 1미터 조금 더 떨어진 곳에 있는 부하 세 명을 힐끗 쳐다본 뒤 콘크리트 바닥으로 눈길을 옮겼다. 그리고 거대한 포장기계 뒤로 재빨리 위치를 옮긴 몬차를 찾으려고 창고를 둘러보았다.

그때 저 쪽에서 푸른색의 안대를 한 흑인 여자가 달려오며 포르텔라의 목덜미를 잡아챘다. 그녀는 라이플 총으로 그의 툭 튀어나온 배를 찌른 채 리볼버 권총을 꺼내더니 라이플 총은 바닥에 내동댕이쳤다.

"좋아, 모두들 각자 무기를 꺼내."

아스피넬라 워싱턴이 소리쳤다. 그러나 사람들은 아무도 움직이지 않았다. 그녀는 머뭇거리지 않고 포르텔라를 뒤돌아보게 한 다음 그의 배에 두 발을 발사했다. 그가 고통에 겨워 몸을 구부리자 권총으로 머리를 내리치고 발로 입을 걷어찼다. 그 다음 아스피넬라는 튤리파를 붙잡았다.

"모두들 내 말 듣지 않으면 다음은 네 차례야. 눈에는 눈이다, 이 개자식."

포르텔라는 누가 도와주지 않으면 이제 몇 분밖에 더 살 수 없다는 사실을 눈치채고 있었다. 시야는 이미 흐릿해져가고 있었다. 그는 마루에 몸을 웅크리고 거칠게 숨을 내쉬었다. 그의 꽃무늬 셔츠는 피를 흠뻑 빨아들이고 있었다.

"어서 시키는 대로 해."

포르텔라는 이미 굳어버린 입으로 겨우 말했다.

포르텔라의 부하들이 항복을 했다. 배에 총을 맞고 죽는 것이 가장 고통스럽게 죽는 방법이라는 말을 여러 번 들은 적이 있는 포르텔라는 이제야 그 이유를 알 것 같았다. 숨을 들이마실 때마다 꼬챙이가 심장을 들쑤시는 것처럼 느껴졌다. 게다가 방광이 조절되지 않아 조절력을 잃어버려 오줌을 싸는 바람에 새로 사 입은 푸른색 바지에 검은 얼룩이 번져가고 있었다. 그는 눈을 뜨고 저격수에 초점을 맞추려고 노력했지만 근육질의 흑인 여자가 누구인지 도저히 알아볼 수가 없었다. 있는 힘을 다해 '당신은 누구요?' 라고 중얼거렸지만 더 이상 숨을 쉬기도 힘들었다. 그는 최후의 순간에 묘하게도 감상적이 되었다. 자신이 죽었다는 사실을 누가 동생 브루노에게 전해줄지 궁금해졌던 것이다.

아스토레는 순간 지금 무슨 일이 일어나고 있는지 깨달았다. 그는 아스피넬라 워싱턴 형사를 신문이나 TV 뉴스에서 보는 것을 제외하고 직접 본 적이 없었다. 하지만 만일 그녀가 자신을 알고 있다면 그것은 헤스코우를 통해서 알게 된 게 틀림없었다. 그렇다면 헤스코우는 죽은 게 분명했다. 아스토레는 신뢰할 수 없는 뇌물 심부름꾼을 애도할 마음은 추호도 없었다. 헤스코우는 목숨을 부지하기 위해서는 무슨 짓이든 할 수 있는 치명적인 결점을 가진 자였다. 어쩌면 그가 자신이 아끼던 꽃과 함께 땅 속에 묻힌 것은 잘 된 일인지도 몰랐다.

튤리파는 왜 이 성난 깜둥이 여자가 자신의 목에 총을 겨누고 있는지 도무지 알 수가 없었다. 그는 포르텔라가 안전하게 경호해줄 것으로 믿고 자신의 충성스런 경호원들은 모두 퇴근을 시켰는데 멍청한 짓이었다. 그는 미국은 정말 알 수 없는 나라라고 생각했다. 언제 어디에서 폭력을 당할지 도무지 예측할 수 없는 곳이었다.

아스피넬라가 총구를 살갗에 대고 더욱 세게 누르자 튤리파는 이 상황에서 벗어나 남미로 돌아갈 수만 있다면 핵무기 개발에 박차를 가해야 했다고 다짐했다. 미국에서도 특히 안락의자에 앉아 게으름이나 피우는 놈들이 지배하는 오만한 수도 워싱턴 D.C.나 저 외눈박이 여자처럼 사람들을 미치게 만드는 뉴욕을 한 방에 날려버릴 수 있도록 개인적으로 모든 수단과 방법을 동원하리라.

"좋아. 네 놈이 여기 이 녀석을 손봐달라고 우리에게 50만 달러를 줬지?"

아스피넬라가 아스토레를 가리키며 튤리파에게 말했다.

"내가 기꺼이 그 일을 맡지. 그런데 말야, 내가 사고를 당한 후에 수고료가 두 배로 올랐거든. 한쪽 눈으로만 일하려니 두 배로 힘들어서 말야."

커트 킬케는 그날 내내 창고 밖에 잠복한 채 사태를 주시하고 있었다. 껌 한 통과 뉴스워크 한 부만 가지고 자신의 푸른색 쉐비 자동차에 앉아 있었다. 그는 아스토레가 움직이기만을 기다렸다.

다른 연방 수사관이 연루될 경우 자신의 경력은 끝장이라고 생각한 킬케는 이곳에 혼자 왔다. 그런데 포르텔라와 튤리파가 건물 안으로 들어가는 모습을 발견한 순간 뱃속에서 쓰디쓴 담즙이 넘어오는 것을 느꼈다. 그는 아스토레가 얼마나 영리한 적수인지 새삼 깨달았다. 혹시라도 포르텔라와 튤리파가 아스토레를 공격한다면 자신은 연방 수사관의 직무상 그를 보호해야 할 것이다. 그렇게 되면 아스토레는 자유의 몸이 되고 침묵을 깨지 않아도 되며 이름도 더럽히지 않아도 된다. 반대로 자신은 고난의 세월을 보내게 될 것이다.

그러나 이어서 아스피넬라가 라이플 총을 들고 건물 안으로 들어가자 예상치 않았던 더욱 끔찍한 일이 벌어질 것 같은 예감이 들었다. 그는 공항 저격 사건 때 아스피넬라가 어떤 짓을 했는지 들어서 알고 있었다. 안 그래도 그 사건을 미심쩍게 생각하고 있었는데 이해되지 않는 점이 한둘이 아니었다.

킬케는 연발 권총의 총탄을 확인하며 그녀 덕분에 문제가 해결되기를 기대했다. 그리고 자동차에서 내리기 전 지국에 알릴 때가 되었다고 판단했다. 그는 휴대폰으로 벅스턴에게 전화를 걸었다.

"지금 아스토레 창고 밖에 있네."

킬케가 이렇게 말하는 동안 총알이 빠르게 발사되는 소리가 들렸다.

"지금 들어가봐야겠네. 상황이 잘못되면 국장에게 내가 내 판단대로 행동했다고 보고하게. 이 전화 녹음되고 있겠지?"

벅스턴은 잠시 말을 멈췄다. 녹음이 될 경우 킬케에게 도움이 될 것인지 선뜻 판단이 서지 않아서였다. 그러나 킬케가 적의 표적이 된 이후 그의 통화 내용은 빠짐없이 감시를 받고 있었다.

"그렇습니다."

"좋아. 녹음되고 있다니 다시 한 번 강조하는데 자네를 비롯해 FBI에 있는 사람은 누구도 지금 내가 하려는 행동에 대해 책임이 없네. 난 지금 세 명의 악명 높은 인간들과 무장한 뉴욕 경찰이 대치하고 있는 현장으로 들어갈 거야."

벅스턴이 킬케의 말을 가로챘다.

"지국장님, 잠깐만 기다리세요. 지원군을 보낼게요."

"시간이 없어. 이건 내 일이야. 내가 해결하겠어."

킬케는 순간 조젯에게 남기고 싶은 말이 떠올랐지만 자신이 지나치게 아내에게 집착한다는 인상을 줄지도 모른다는 생각이 들었다. 그보다는 행동으로 보여주는 편이 나을지도 모른다. 그는 더 이상 말하지 않고 전화를 끊었다. 차에서 내린 뒤에야 그는 자신이 불법 주차를 했다는 사실을 깨달았다.

킬케가 공장 안으로 들어갔을 때 처음 목격한 광경은 아스피넬라의 총이 튤리파의 목을 겨누고 있는 모습이었다. 사람들은 모두 말이 없었다. 움직이는 사람도 없었다.

"난 FBI 수사관이다." 킬케가 총을 위로 치켜든 채 소리쳤다. "모두 무기를 내려놔."

아스피넬라는 킬케를 돌아보더니 빈정거렸다.

"누군가 했더니 당신이군. 이건 내 사건이야. 가서 회계원이나 주식 중개인들이나 체포해. 그렇지 않으면 계집애 엉덩이나 두드리고 있던

가. 이건 뉴욕 경찰이 해결한다."

"이봐, 워싱턴 형사. 당장 총 내려놔. 그렇지 않으면 필요한 경우 병력을 투입한다. 당신이 갈취 음모에 가담했다는 충분한 증거가 있어."

아스피넬라는 그의 말에 전혀 개의치 않았다. 하지만 킬케의 눈빛과 완강한 목소리에서 그가 절대 이대로 물러서지 않을 것이라는 예감이 들었다. 그러나 그녀 역시 손에 총을 쥐고 있는 한 절대 포기하지 않을 작정이었다. 무엇보다 킬케는 누구에게도 총을 쏘아본 적이 없을 거라는 생각이 불현듯 들었다.

"내가 음모에 가담했다고?" 그녀가 소리쳤다. "흥, 당신이야말로 음모에 가담했지. 당신은 지난 수년간 이 작자에게서 뇌물을 받아 먹었잖아."

아스피넬라는 총으로 튤리파의 배를 다시 쑤셨다.

"그렇지 않아, 아저씨?"

튤리파는 아무 대답도 하지 않다가 아스피넬라가 무릎으로 사타구니를 누르자 고개를 끄덕거렸다.

"얼마나?"

아스피넬라가 그에게 물었다.

"백만 달러가 넘어."

튤리파가 숨을 헐떡거렸다.

킬케는 분노를 억누르며 말했다.

"저들이 내 계좌에 부쳐준 돈은 1달러라도 FBI에 보고했소. 이건 연방수사관이 수사할 일이요, 워싱턴 형사."

그는 심호흡을 했다.

"이제 마지막 경고요. 총을 내려놓지 않으면 내가 총을 쏠 거요."

아스토레는 담담하게 그들을 지켜보았다. 알도 몬차는 어느새 다른 기계 뒤 편으로 몸을 숨긴 상태였다. 아스피넬라의 얼굴이 씰룩거렸다. 그 뒤에 일어난 모든 일은 한 편의 슬로우 모션을 보는 것 같았다. 아스피넬라는 재빨리 튤리파의 등 뒤로 몸을 숨기면서 동시에 킬케에게 총을 쏘았다. 그 바람에 그녀의 손아귀에서 놓여난 튤리파가 바닥으로 쓰러졌고 아스피넬라는 몸의 균형을 잃었다.

킬케는 가슴에 총알을 맞았지만 아스피넬라를 향해 한 발의 총을 쏘았다. 뒷걸음질치는 아스피넬라의 오른쪽 어깨 아래에서 피가 콸콸 쏟아졌다. 이때까지는 두 사람 모두 죽을 만큼 총을 맞은 것은 아니었다. 그러나 최후의 결말을 짓기 위해 훈련생 시절에 배운 대로 서로 상대의 몸에서 가장 넓은 부위에 총구를 겨누었다. 아스피넬라는 총알에 살이 타들어 가는 고통을 느끼며 상처부위를 힐끗 쳐다보았다. 지금은 절차 따위는 잊어야할 때라는 것을 아는 그녀는 킬케의 눈과 눈 사이를 겨누었다. 그리고 네 발을 발사했다. 표적을 정확히 맞춘 총알은 코의 연골조직을 완전히 뭉개버렸다. 그리고 뇌수가 이마에 흘러내렸다.

아스피넬라가 총에 맞아 휘청거리는 것을 목격한 튤리파는 얼른 그녀에게 달려들어 팔꿈치로 얼굴을 갈겨 기절시켜 버렸다. 그리고 그녀의 총을 빼앗으려는 순간 아스토레가 기계 뒤에서 튀어나오며 총을 방 저편으로 걷어찼다. 그는 튤리파를 덮친 다음 주먹을 한 방 날렸다.

튤리파가 그대로 맞아 나가떨어지자 아스토레는 그를 다시 일으켜 세웠다. 그러는 사이에 몬차와 그의 부하들은 포르텔라의 부하들을 둥글게 에워싼 채 한 명씩 창고의 철제 버팀목에 묶고 있었다. 킬케와 포르텔라를 건드리는 사람은 없었다. 아스토레가 말했다.

"끝내기 전에 몇 가지 해결할 문제가 있는 것 같은데."

튤리파는 당혹스러웠다. 아스토레는 정말 종잡을 수 없는 상대였다. 호의적인 적수이며 또한 노래를 부르는 자객이었다. 이렇게 알 수 없는 상대를 어떻게 믿으려 했을까?

아스토레는 창고 한가운데로 걸어가면서 튤리파에게 따라오라는 신호를 보냈다. 넓게 트인 공간에 이르자 그는 걸음을 멈추고 남미인의 얼굴을 바라보았다.

"당신은 내 삼촌을 죽이고 내 은행을 강탈하려고 했어. 당신과는 더 이상 말할 필요가 없겠지."

아스토레는 이렇게 말한 뒤 은빛 날이 번쩍이는 단도를 꺼내 튤리파에게 보여주었다.

"당신의 목을 베면 그것으로 끝나겠지만 당신처럼 힘도 없고 방어 능력이 없는 연장자를 칼로 죽이는 건 내 명예를 더럽히는 일이 되겠지. 자, 당신에게 싸울 기회를 주겠어."

아스토레는 이렇게 말한 뒤 몬차를 바라보며 알 듯 모를 듯하게 고개를 끄덕였다. 그리고는 마치 굴복하기라도 한 듯 두 손을 들고 뒤로 몇 걸음 물러나자 단도가 바닥으로 떨어졌다. 튤리파는 아스토레보다 나이도 많고 체격도 건장했지만 무엇보다 평생 피로 얼룩진 삶을 살아온 사람이었다. 게다가 결정적인 순간에 칼까지 손에 쥐게 되었다. 그러나 여전히 아스토레에게는 한 수 아래였다.

단도를 집어든 튤리파가 아스토레에게 다가가며 말했다.

"정말 멍청하고 무모하군. 난 진작에 당신을 동업자로 받아들일 마음이 있었어."

그는 아스토레에게 여러 번 칼을 휘둘렀지만 그럴 때마다 아스토레는 재빨리 몸을 피했다. 튤리파가 한숨 돌리려고 잠깐 움직임을 멈추었을 때 아스토레는 목에서 황금 목걸이를 잡아 빼서 바닥에 집어던졌다. 그 바람에 목에 있는 불그스름한 상처가 드러났다.

"죽기 전에 마지막으로 이걸 보시오."

튤리파는 한 번도 본 적 없는 붉은 상처를 바라보느라 잠깐 정신을 놓았다. 그 순간을 놓치지 않고 아스토레는 발로 그가 들고 있는 단도를 떨어뜨렸다. 그리고 동시에 그의 등을 가격해 무릎을 꿇린 다음 팔로 머리통을 조인 상태에서 목을 내리쳤다. 우드득 하고 뼈가 부러지는 소리가 들렸다.

아스토레는 튤리파에게 눈길 한 번 주지 않고 목걸이를 주워 다시 목에 건 다음 건물을 나섰다.

5분 뒤 FBI 수사관들이 탄 자동차가 비올라 마카로니 회사에 도착했다. 아직 목숨이 붙어 있는 아스피넬라 워싱턴은 병원 응급실로 이송되었다.

FBI 수사관들은 몬차가 카메라로 찍은 소리가 나오지 않는 비디오테이프를 조사했다. 그리고 두 손을 들어 단도를 떨어뜨린 아스토레가 정당방위를 한 것으로 결론내렸다.

# 에필로그

 니콜은 수화기를 거칠게 내려놓으며 비서에게 소리쳤다.
 "빌어먹을, 유로 달러가 그렇게 약세라니. 정말 지긋지긋하군. 프라이어 아저씨 추적해봤나? 아마 어느 골프장에서 9번 홀을 돌고 계실 거야."
 2년이 지난 뒤 니콜은 아프릴레 은행의 대표 자리를 물려받았다. 프라이어가 은퇴를 준비하면서 니콜이 후임자로 가장 적합하다고 추천했던 것이다. 그녀는 유능한 기업 전사로 은행에 대한 각종 규제나 까다로운 고객의 압력에 굴하지 않을 적임자였다.
 니콜은 책상에 쌓인 일을 처리하기 위해 하루 종일 분주하게 움직이고 있었다. 밤에는 오빠들과 함께 시칠리아행 비행기를 타기로 되어 있었다. 그들은 아스토레의 가족 행사에 참석할 예정이었다. 그러나 떠나기 전에 아스피넬라 워싱턴의 문제를 매듭지어야 했다. 아스피넬라는 자신이 사형 선고를 받지 않도록 니콜이 변론을 해줄 것인지 확답을 기다리고 있었다. 하지만 니콜은 그 생각만 해도 두려움이 앞섰다. 더 이상 변호사가 본업이 아니기 때문만은 아니었다.

처음에 니콜에게 은행경영을 맡기자는 말이 나왔을 때 아스토레는 돈 아프릴레의 마지막 소원을 떠올리며 망설였다. 그러나 프라이어는 니콜이 돈 아프릴레의 딸이라는 사실을 상기시켜주었다. 아닌 게 아니라 그녀는 거액의 대출금을 회수해야 할 일이 있을 때마다 달콤한 말과 은근한 협박을 동시에 구사하면서 자신의 능력을 최대한 발휘했다. 그녀는 목적을 달성하는 방법을 잘 알고 있었다.

사무실 내선 전화벨이 울렸다. 전화를 건 프라이어는 정중하게 인사부터 한 다음 도와줄 건 없는지 물었다.

"환율 때문에 상황이 좋지 않아요. 마르크화로 더 많이 바꿔두는 게 어떨까요?"

"그거 좋은 생각이군요."

"아저씨도 알다시피 외환 거래는 라스베거스에서 온종일 바카라 게임을 하는 것만큼이나 논리적으로 되어가고 있어요."

프라이어가 껄껄 웃었다.

"그 말도 맞는 것 같군요. 바카라 게임에서 돈을 잃었다고 연방준비위원회에서 보상해주는 건 아니니까."

니콜은 전화를 끊고 잠시 의자에 앉아 지난 날을 되돌아보았다. 은행을 물려받은 뒤 그녀는 개발도상국의 은행 여섯 개를 더 인수했고 수익을 배로 향상시켰다. 그러나 무엇보다 경제개발에 최선을 다하는 국가가 의욕적으로 추진하는 새로운 사업에 더 많은 돈을 빌려줄 수 있어서 기뻤다.

그녀는 은행에 첫 출근하던 날이 떠올라 슬며시 웃음이 나왔다. 그녀는 사무용품을 새로 지급 받자마자 페루의 재무장관에게 편지를 썼다. 페루 정부가 빌려가서 갚지 않고 있는 부채를 모두 상환할 것을 종용하는 편지였다. 그 결과 예측한 대로 페루는 경제 위기가 심화되고 정치적으로도 불안해져서 정권 교체의 도화선이 되었다. 새로 정권을 잡은 여당은 재미 페루 총영사인 마리아노 루비오에 대한 해임을 요구했다.

그 후 몇 달 안 가 니콜은 루비오가 개인적으로도 파산했다는 신문 기사를 보며 쾌재를 불렀다. 그는 자신이 구상했던 여러 사업에 자금을 댔던 페루 투자자들로부터 연달아 소송을 당해 법정 싸움까지 벌이게 되었다. 그 중 하나인, '라틴의 디즈니랜드'를 만들겠다며 대내외적으로 공언했던 테마 파크 사업은 겨우 바퀴 모양의 관람차와 타코 벨 식당만 인기를 끄는 정도였다.

\* \* \*

타블로이드판 신문들 덕분에 마카로니 창고 살인 사건은 국제적으로 널리 알려졌다. 아스피넬라 워싱턴은 킬케의 총에 맞아 생긴 상처 —폐에 구멍이 났다— 가 회복되자마자 각종 언론들로부터 인터뷰 요청을 받았다. 그녀는 재판을 기다리는 동안 자신을 잔다르크에 맞먹는 순교자인 양 미화시켰다. 그녀는 FBI가 자신을 중상하고 살해하려 하는 등 시민의 인권을 침해했다는 이유로 소송을 제기했다. 또 정직 상태인 자신에게 마땅히 지급해야 할 월급을 체불했다고 뉴욕 경찰청을 제소했다.

그러나 배심원은 그녀의 항변에도 불구하고 단 3시간의 검토 끝에 그녀의 유죄를 입증했다. 하지만 아스피넬라는 유죄 판결을 받아들이지 않고 변호인단을 해고한 뒤 사형 반대 위원회에 진정서를 제출했다. 공론화를 시키는 게 더 유리하다고 판단해 니콜 아프릴레에게 사건을 맡아달라고 요구할 참이었다. 그녀는 사형수 감방에서 언론에게 '그녀의 사촌이 나를 이 일에 끌어들였으니 당연히 나를 구해줘야 한다'라고 당당하게 말했다.

처음에 니콜은 어떤 훌륭한 변호사도 이해 충돌이 명백한 사건은 이길 수 없다고 말하며 아스피넬라와의 면담을 거절했다. 그러자 아스피넬라는 그녀를 인종주의자라고 비난하기 시작했다. 결국 니콜은 소수 인종에 속하는 대금업자들이 자기 은행에 악감정을 갖게 될까 염려되어 만나주기로 했다.

그런데 만날 약속이 있던 날 니콜은 약속 시간을 지나 20분이나 기다려야 했고 그동안 아스피넬라는 소규모의 외국 사절단을 맞았다. 외국 사절단은 아스피넬라를 미국의 야만적인 사법 제도에 반대하는 용감한 전사처럼 환호했다. 그러자 그녀는 니콜에게 창문 쪽으로 가서 기다려 달라고 신호를 보냈다. 아스피넬라는 자유라는 단어를 수놓은 노란 안대를 착용하고 있었다.

아스피넬라의 선고를 기각시키는데 필요한 그녀의 주장을 수집하던 니콜은 아스토레가 그녀에게 불리한 증언을 했다는 쪽으로 변론을 펼치기로 방향을 잡았다.

아스피넬라는 정성껏 딴 머리카락을 비비꼬면서 니콜의 설명을 들었다.

"당신에 대해 소문은 많이 들었어요. 그런데 당신은 모르는 것도 아주 많군요. 아스토레가 옳았어요. 난 기소를 당했고 유죄 판결을 받았어요. 여생은 그에 대한 속죄를 하면서 살고 싶어요. 하지만 제발 부탁이에요. 내가 어떻게든 새롭게 태어날 수 있을 만큼만 도와줘요."

처음에 니콜은 아스피넬라가 동정을 사기 위해 또 다른 음모를 꾸미는 게 아닐까 의심했지만 그녀의 목소리에는 마음을 움직이는 진실함이 담겨 있었다. 니콜은 여전히 사람에게는 다른 사람을 죽일 권리가 없다는 믿음을 간직하고 있었다. 회개에 대한 믿음도 변치 않았다. 그녀는 모든 사형수가 그렇듯 아스피넬라도 변호 받을 자격이 있다는 생각이 들었다. 다만 이런 일이 일어나지 않았더라면 얼마나 좋았을까 하는 안타까운 마음뿐이었다.

니콜은 마지막 결정을 내리기 전에 만나야 할 사람이 한 명 더 있다는 것을 깨달았다.

킬케를 영웅의 묘역에 안치한 후 조젯은 국장에게 면담을 요청했다. FBI는 그녀가 도착하는 공항까지 마중 나가 자동차를 태워 본부로 데려왔다.

국장실로 들어가자 국장은 조젯을 포옹하며 FBI 차원에서 그녀와 딸이 앞으로 편안하게 살아갈 수 있도록 모든 지원을 아끼지 않겠다고 약속했다.

"고맙습니다. 그런데 제가 여기에 온 이유는 그게 아닙니다. 전 남편이 어떻게 죽었는지 알고 싶습니다."

국장은 한동안 말이 없었다. 그녀가 여러 소문을 들었으리라는 것은 그도 알고 있었다. 그런 소문은 FBI의 이미지에 위협이 될 수 있는 것들이었다. 국장은 그녀를 안심시킬 필요가 있었다. 마침내 그가 입을 열었다.

"난처하게도 우리 역시 앞으로 조사를 해봐야 안다는 말씀밖에는 드릴 수 없습니다. 댁의 남편은 FBI 수사관이 어떠해야 하는가를 몸소 보여준 모델이었습니다. 그는 자신의 일에 헌신적이었고 법 조항을 글자 그대로 따르는 사람이었습니다. 나는 그가 우리 수사국과 자기 가족의 명예에 해가 되는 어떤 일도 결코 하지 않았을 거라고 믿습니다."

"그럼 남편이 왜 혼자 그 창고에 간 거죠? 그리고 포르텔라라는 사람과는 어떤 관계죠?"

국장은 만남에 앞서 직원들과 미리 짠 각본대로 말했다.

"킬케는 훌륭한 수사관이었습니다. 그는 스스로 모범을 보임으로써 자유와 존경을 얻었습니다. 우린 그가 뇌물을 받았다거나 포르텔라나 그 어떤 누구와도 밀착 관계를 가졌다고 생각하지 않습니다. 그의 최후가 그걸 말해주죠. 그는 마피아를 소탕하는 데 지대한 공적을 세웠습니다."

조젯은 국장실을 나서며 자신이 더 이상 남편을 신뢰하지 않는다는 사실을 깨달았다. 하지만 마음의 평화를 찾기 위해서는 진심으로 그 점을 믿어야 한다고 생각했다. 일에 대한 열정만 빼면 남편은 그녀가 알았던 그 어떤 남자보다도 좋은 사람이었다.

남편이 죽은 후에도 조젯은 사형제도 폐지 위원회 뉴욕 지부에서 자원봉사를 계속했지만 결정적인 대화를 나누었던 그날 이후로 니콜과는 만나지 못했다. 니콜은 은행일 때문에 위원회 일에 전처럼 열중할 수 없다고 말해두었다. 그러나 실은 조젯을 마주할 자신이 없었다.

어느 날 오랜만에 사무실에 들른 니콜은 뜻밖에도 조젯을 만났다. 조젯은 따뜻한 포옹으로 그녀를 반겼다.

"오랜만이에요. 보고 싶었어요."

"미안해요. 그동안 통 만나지 못했네요. 조문편지라도 보내려고 했는데 어떻게 위로해 드려야 할지 모르겠네요."

"이해해요."

조젯은 고개를 끄덕이며 말했다.

"아니에요."

니콜은 갑자기 목이 메었다. "당신은 이해하지 못할 거예요. 당신 남편에게 그런 일이 생겨서 얼마나 자책했는지 몰라요. 만일 내가 그 날 오후에 그런 말을 하지 않았더라면…."

"그래도 그 일은 일어났을 거예요." 조젯이 말허리를 잘랐.

"만일 당신 사촌이 거기 없었어도 다른 누가 있었을 거예요. 또 그런 일은 빠르든 늦든 언젠가는 일어나게 되어 있죠. 남편은 그걸 알았고 나도 마찬가지예요."

조젯은 잠시 주저하는 듯 하다 말을 이었다.

"지금 중요한 것은 우리가 그의 좋은 점만 기억한다는 거죠. 이제 더 이상 과거 얘기는 하지 말아요. 누구나 후회할 일은 갖고 있어요."

니콜은 그녀의 말처럼 그렇게 쉽게 되기를 바랐다. 그녀는 심호흡을 했다.

"그런데 문제가 있어요. 아스피넬라 워싱턴이 내게 자기를 변호해 달라고 해요."

조젯은 내색하지 않으려고 애썼지만 아스피넬라의 이름을 듣는 순간 표정이 굳어졌다. 신앙심이 깊지 않은 그녀라도 이 순간 신이 자신의 신념을 시험하는 거라고 생각할 것이다.

"해야죠."

조젯은 입술을 깨물며 말했다.

"진심인가요?"

니콜은 놀란 표정을 지으며 되물었다. 그녀는 내심 조젯이 불쾌해하며 반대하기를 기대했다. 그러면 친구와의 우정을 생각해 아스피넬라의 청을 거절할 수 있을 것 같았다. 니콜은 '우정을 지키는 것은 명예로운 일이다'라고 말하는 아버지의 음성이 들리는 것 같았다.

"그래요."

조젯이 눈을 감으며 말했다.

"당신은 변호를 맡아야 해요."

니콜은 놀랐다.

"전 못해요. 그래도 사람들이 이해해줄 거예요."

"그건 위선이에요. 생명은 고귀한 거예요, 그렇죠? 고통스럽다고 해서 신념을 바꿔서는 안 되죠."

조젯은 아무 말 없이 손을 내밀어 작별 인사를 대신했다. 이번에는 포옹하지 않았다.

그날 하루 종일 니콜은 머리에서 그 대화 내용이 떠나지 않았다. 니콜은 결국 아스피넬라에게 전화를 걸어 사건을 맡겠다고 말했다. 이제 한 시간 뒤면 시칠리아를 향해 떠나야 했다.

그 다음 주에 조젯은 사형 폐지 위원회의 조정자에게 편지를 보냈다. 자신과 딸이 새로운 생활을 시작하기 위해 다른 도시로 이사갈 계획이며 모두에게 작별을 고하는 내용이었다. 이사가는 곳의 주소는 남기지 않았다.


아스토레는 은행을 지키고 가족의 안녕을 지키겠다는 돈 아프릴레에 대한 맹세를 잊지 않았다. 그는 삼촌의 죽음을 앙갚음했고 돈 제노의 명예를 지켰다. 그는 이제 어떤 의무로부터도 자유롭다는 안도감이 들었다.

아스토레는 마카로니 창고 살인 사건에 대해 아무런 죄가 없다는 판결을 받자마자 돈 크락시와 옥타비우스 비앙코를 만난 자리에서 시칠리아로 돌아가고 싶다고 털어놓았다. 자신이 얼마나 그곳을 그리워했으며 그곳에서의 생활을 꿈꾸어왔는지 설명했다. 돈 아프릴레의 은신처인 빌라 그라치아에서 보낸 행복한 어린 시절의 추억을 많이 간직한 아스토레는 항상 그 시절로 돌아가고 싶어했다. 여러 면에서 단조롭기는 해도 더 풍요로운 삶을 누릴 수 있을 것 같았다.

그때 비앙코가 말했다.

"그라치아 별장에 가지 않아도 돼. 시칠리아에는 자네 소유로 된 더 넓은 땅과 저택이 있어. 카스텔라마레 델 골포 마을이 전부 자네 것이야."

아스토레는 어리둥절했다.

"어떻게 그렇게 됐죠?"

비앙코 크락시는 위대한 마피아 두목 돈 제노가 세상을 떠나기 전 친구 세 명을 호출했던 이야기를 들려주었다.

"자넨 그분이 정말 애지중지했던 아들이었지. 그리고 이제는 그의 유일한 상속자이고. 마을은 자네 친아버지가 자네에게 물려준 유산이네. 그건 자네 것이야."

"돈 아프릴레가 자넬 미국에 데려가기로 하자 돈 제노는 자네가 상속권을 요구할 때까지 마을 사람들이 그대로 농사를 짓고 살게 내버려두라고 했네. 우린 자네 아버지가 세상을 뜨고 난 뒤 유언에 따라 그 마을을 보호해왔어. 농부들이 기근으로 고통받을 때면 과일을 사주고, 씨앗을 나눠주고 일손을 공급해주기도 했지."

"왜 전에는 말씀하지 않으셨어요?"

"돈 아프릴레가 우리에게 비밀로 해달라고 부탁했기 때문이네. 자네 친아버지도 아들의 안전을 위해 그렇게 하길 원했고 돈 아프릴레도 자네가 자기 가족으로 살길 원했어. 게다가 자네가 자기 자식들을 보호해줄 필요가 있다고 생각했지. 이제 자네에게는 아버지가 두 분이네. 그것도 축복이지."

아스토레가 시칠리아에 도착한 날은 햇살이 눈부시게 아름다웠다. 미카엘 그라치엘라의 경호원 두 명이 짙은 푸른색의 메르세데스를 타고 공항까지 그를 마중 나왔다.

자동차가 팔레르모를 통과할 때 아스토레는 도시의 아름다움에 넋이 나갔다. 대리석 원기둥과 신화 속 인물들을 조각한 장식들, 회색 석재에 성인과 천사들을 뚜렷하게 조각한 스페인식 성당들. 팔레르모에서 카스텔라마레 델 골포로 가는 길은 자갈길의 일차선 도로로 두 시간이나 걸렸다. 시칠리아에 올 때마다 느끼지만 지중해와 시골 풍경은 숨이 막힐 정도로 아름다웠다.

산으로 둘러싸인 깊은 골짜기에 위치한 마을에는 회벽 칠한 작은 이층집들이 옹기종기 모여 있고 자갈을 깐 좁은 길들이 미로처럼 얽혀 있었다. 마을 사람들은 한낮의 뜨거운 햇살을 피해 닫아놓은 흰색 덧문 틈으로 아스토레의 모습을 몰래 내다보았다.

아스토레는 헐렁한 회색 바지를 검정색 멜빵으로 치켜올린 땅딸막한 마을 시장의 영접을 받았다. 그는 자신을 레오 디마르코라고 소개하며 정중하게 환영인사를 했다.

"일 파드로네, 환영합니다!"

아스토레는 어색하게 웃으며 시칠리아어로 물었다.

"마을 안내를 좀 해주시겠습니까?"

그들은 나무 의자에 앉아 카드 놀이를 하는 몇 명의 노인 옆을 지나갔다. 광장 한쪽에는 웅장한 카톨릭 성당이 있었다. 그 성당으로 들어가자 아스토레를 안내하던 시장은 돈 아프릴레가 살해당한 후에는 정식으로 기도를 한 적이 없다고 털어놓았다. 마호가니로 만든 의자는 조각이 정교했고, 짙은 푸른색의 봉헌대에는 성스런 촛불이 켜져 있었다. 아스토레가 무릎을 꿇고 고개를 숙이자 이 마을의 신부인 델 베치오가 축복의 말을 해주었다.

디마르코 시장은 아스토레를 그가 묵게 될 작은 집으로 안내했다. 집으로 가는 길에 여러 명의 이탈리아 경찰들이 장전된 총을 들고 담에 기대어 서 있는 모습이 보였다. 시장이 설명했다.

"일단 해가 떨어지면 마을을 벗어나지 않는 게 안전합니다. 하지만 낮에는 마음껏 들판으로 나갈 수 있죠."

다음 날부터 며칠 동안 아스토레는 들판을 쏘다니며 과수원에서 풍기는 신선한 오렌지와 레몬 향기에 흠뻑 취했다. 그의 일차 목표는 마을 사람들을 만나고 로마식 별장처럼 지어진 옛 석조 주택을 물색하는 일이었다. 그는 그런 곳에서 살고 싶었다.

3일째 되는 날 그는 이 마을에서 행복하게 살 수 있다는 자신을 얻었다. 평소에는 경계심이 많고 딱딱해 보이는 마을 사람들도 거리에서 그를 만나면 반갑게 인사했고, 광장의 카페에 앉아 있으면 노인들이고 어린아이들이고 즐겁게 말을 걸었다.

이제 그에게는 두 가지 일이 더 남아 있었다.

이튿날 아침 아스토레는 시장에게 마을 공동 묘지로 가는 길을 알려달라고 부탁했다.

"왜 그러시죠?"

"제 아버지와 어머니를 찾아뵈려구요."

디마르코는 고개를 끄덕이더니 얼른 사무실 벽에서 커다란 세공 열쇠 꾸러미를 끄집어 냈다.

"혹시 저의 아버지를 잘 아십니까?"

디마르코는 얼른 가슴에 성호를 그었다.

"돈 제노를 모르는 사람이 어디 있나요? 우리의 생명을 구해주신 분인데. 그분은 팔레르모에서 값비싼 약을 사다 우리 아이들을 구해주셨죠. 우리 마을을 산적과 도둑들로부터 지켜주기도 했죠."

"하지만 그분에게도 보통 사람과 같은 점이 있었겠죠?"

디마르코는 어깨를 으쓱했다.

"그분의 그런 면까지 아는 사람들은 별로 남아 있지 않을 겁니다. 심지어 그분에 관한 이야기를 들려줄 사람들도 점점 줄어들고 있어요. 그렇게 전설이 되어 가는 거지요. 누가 그런 분이 실제 인물이라고 믿고 싶겠어요?"

제가 그렇답니다. 아스토레는 속으로 이렇게 말했다.

그들은 들판을 지나 가파른 언덕으로 올라갔다. 디마르코는 이따금 숨이 가빠 걸음을 멈추곤 했다. 마침내 공동묘지가 나타났다. 그러나 비석대신에 작은 석조 건물이 줄지어 있었다. 녹이 슨 높은 철제 울타리가 둘러쳐진 영묘들의 문은 굳게 잠겨 있었다. 문 위에는 이런 글이 새겨져 있었다.

"이 문 안에 들어온 자들은 모두 순결하노라."

디마르코는 문을 열고 아스토레를 회색 대리석으로 된 아버지의 무덤으로 안내했다. 비석에는 '훌륭하고 관대했던 사람, 빈센초 제노'라고 새겨져 있었다. 아스토레는 묘안으로 들어가 제단 위에 놓여진 아버지의 사진을 보았다. 아버지의 사진을 본 것은 처음이었다. 놀랍게도 사진 속의 아버지는 자신과 너무도 비슷했다.

디마르코는 여러 개의 무덤을 지나 또 다른 작은 묘로 아스토레를 데리고 갔다. 푸르스름한 기운이 도는 흰 대리석으로 만든 아치 모양의 출입문에는 성모 마리아상이 조각되어 있었다. 아스토레는 그 안으로 들어가 사진을 보았다. 스물두 살도 채 안 돼 보이는 젊은 여인이 커다란 초록색 눈과 환한 미소로 아스토레를 따뜻하게 맞아주었다.

밖으로 나온 아스토레는 디마르코에게 물었다.

"제가 어렸을 때 가끔 어머니 같은 여자를 꿈에서 만나곤 했는데 저는 그 여자가 천사인 줄로만 알았어요."

디마르코는 고개를 끄덕였다.

"어머니는 정말 아름다웠죠. 나도 교회에서 보았던 어머니의 모습을 기억하는데 그 말이 정말 맞습니다. 정말 천사처럼 노래를 불렀죠."

　　　　　　　　　　　＊　＊　＊

아스토레는 안장 없이 말을 타고 들판을 달리다가 마을 아낙네가 챙겨준, 신선한 염소젖으로 만든 치즈와 바삭바삭한 빵을 먹기 위해 잠시 쉬곤 했다.

마침내 그는 코를레오네 마을에 도착했다. 미카엘 그라치엘라를 만나는 일을 더 이상 미룰 수 없었다. 신세를 진 사람에게는 그렇게라도 감사를 표시하는 것이 도리였다.

하루 종일 밖에서 지내는 그라치엘라는 피부가 검게 그을려 있었다. 그는 아스토레를 보자 팔을 벌리고 다가오며 힘껏 포옹했다.

"시칠리아의 햇살이 자네에게도 좋은 모양이군."

아스토레는 적절하게 감사의 인사를 했다.

"모든 일에 감사드립니다. 특히 지원해주신 것에 대해 말입니다."

그라치엘라는 그를 집으로 데려갔다.

"어쩐 일로 코를레오네까지 왔나?"

"제가 왜 여기 왔는지 아실 텐데요."

그라치엘라는 미소를 지었다.

"그럼. 나도 자네처럼 젊고 혈기왕성한 남자니까. 좋아, 당장 그녀를 만나게 해주지. 그녀는 보기만 해도 기분이 좋아지는 그야말로 장미 같은 여인이네. 만나는 사람마다 그녀를 좋아하지."

로지의 성욕에 대해 익히 알고 있는 아스토레는 그 순간 그라치엘라가 그런 뜻으로 말한 게 아닐까 궁금했다. 하지만 자신의 생각이 잘못이라는 것을 곧 깨달았다. 그라치엘라는 그런 말을 입에 담기에는 너무 도덕적인 사람이었다. 게다가 시칠리아 사람들은 자신들이 감시하는 여자와 그런 부도덕한 일을 벌일 사람들이 아니었다.

그라치엘라의 집은 겨우 2,3분 거리에 있었다. 집이 가까워오자 그라치엘라가 소리쳤다.

"로지 양, 잠깐 나와봐요. 반가운 손님이 왔어."

로지는 금발을 끈으로 질끈 동여매고 단순한 푸른색 드레스를 입고 있었다. 화장도 하지 않아 그가 기억하고 있는 것보다 훨씬 어리고 순진해 보였다.

로지는 아스토레를 발견하자 너무 놀라서 그 자리에 얼어붙어 버렸다. 그러나 이내 '아스토레!' 하고 소리를 지르며 달려와 키스를 하고 쾌활하게 이야기를 늘어놓았다.

"난 벌써 시칠리아 사투리까지 유창하게 말할 수 있어. 게다가 유명한 요리도 몇 가지 배웠어. 시금치 뇨키 좋아해?"

아스토레는 로지를 카스텔라마레 델 골포로 데려와 그 주 내내 마을과 시골 풍경을 보여주었다. 그들은 매일 수영을 하고 몇 시간이고 이야기를 나누고 또 아무 때나 느긋하게 사랑을 나누었다.

아스토레는 로지가 자신에게 싫증을 느끼거나 단조로운 생활을 불만스러워하지 않는지 주의깊게 살폈다. 그러나 그녀는 정말로 평화로워 보였다. 아스토레는 여러 가지 의문에 휩싸였다. 만일 로지와 영원히 함께 산다면 그녀를 진심으로 신뢰할 수 있을까? 아니, 어떤 여자를 사랑한다고 해서 그 여자를 완전히 믿는 것이 과연 현명한 것일까? 그와 로지는 모두 비밀을 갖고 있었다. 기억하기도 또 남과 나누고 싶지도 않은 비밀이었다. 하지만 로지는 그를 잘 알고 여전히 사랑했다. 그녀라면 자신의 비밀을 지켜주고 자신도 그녀의 비밀을 지켜줄 수 있을 것이다.

그러나 여전히 그를 괴롭히는 한 가지가 있었다. 로지는 돈과 값비싼 선물에 약했다. 그녀는 그런 것들만 충족시켜준다면 어느 남자라도 환영할까? 아스토레는 그 점이 궁금해서 확인하지 않고는 못 배길 것 같았다.

코를레오네에서 함께 지낸 마지막 날 아스토레는 로지와 각각 말을 타고 언덕을 올라가 땅거미가 질 때까지 들판을 질주했다. 그러다 포도밭에 말을 세우고 말에게 포도를 따먹게 했다.

"내가 이곳에서 이렇게 오래 버텼다는 게 믿어지지가 않아."

풀밭에 앉아 쉬고 있을 때 로지가 말했다. 아스토레의 초록색 눈이 반짝반짝 빛났다.

"여기에서 더 머물 수 있을 것 같아?"

로지는 놀란 표정을 지었다.

"지금 무슨 생각하는 거야?"

아스토레는 무릎을 꿇고 앉아 한 손을 내밀었다.

"나와 결혼해주겠어?"

그는 진지하게 미소지으며 물었다. 그의 손바닥에는 소박한 구리 반지가 놓여 있었다.

아스토레는 로지가 당황하는지 그리고 소박한 반지를 보고 실망하지나 않는지 살펴보려고 했지만 그녀의 반응은 즉각적이었다. 로지는 아스토레의 목에 팔을 두르고 키스 세례를 퍼부었다. 그리고 둘은 풀밭에 누워 언덕을 함께 굴러내려 갔다.

한 달 뒤 아스토레는 로지와 그의 감귤 과수원에서 결혼식을 올렸다. 주례는 델 베치오 신부가 맡았다. 양쪽 마을 주민들도 모두 결혼식에 참석했다. 언덕에는 보랏빛 등나무꽃이 카펫처럼 깔리고 레몬과 오렌지 향기도 났다. 아스토레는 흰색 농부 복장을 하고 로지는 분홍색 실크 드레스를 입었다.

시뻘건 숯불 위에는 꼬챙이에 끼인 돼지가 통째로 구워지고 있었고 식탁 위에는 밭에서 갓 따온 잘 익은 토마토가 풍성하게 차려졌다. 뜨끈뜨끈한 빵과 신선한 치즈도 올려졌다. 집에서 만든 포도주는 마치 강물처럼 넉넉했다.

결혼 서약과 함께 식이 끝나자 아스토레는 신부에게 자신이 좋아하는 연가를 불러주었다. 사람들은 동이 틀 때까지 마음껏 마시고 춤을 추며 피로연을 즐겼다.

이튿날 잠에서 깨어난 로지는 아스토레가 승마 준비를 하고 있는 것을 보았다.

"함께 탈 거지?"

아스토레가 찾고 싶어 하는 것을 찾을 때까지 두 사람은 하루 종일 말타기를 했다. 그것은 그라치아 별장이었다.

"삼촌의 비밀 천국이야. 어린 시절 가장 행복한 시간을 이곳에서 보냈지."

그가 집 뒤에 있는 마당으로 걸어 들어가자 로지도 뒤따랐다. 마침내 그들은 아스토레가 어렸을 때 씨앗을 심었던 올리브 나무 한 그루를 찾아냈다. 나무는 씨앗을 심은 아스토레만큼 자랐고 둘레도 제법 굵었다. 그는 주머니에서 날카로운 단도를 꺼내 나뭇가지 하나를 잘랐다.

"우리 이걸 정원에 심자. 아이가 생기면 그애도 나처럼 행복한 추억을 갖게 될 거야."

1년 뒤 아스토레와 로지는 아들 레이몬드 제노를 낳았다. 아기의 세례식 날짜가 다가오자 그들은 미국의 가족에게 성 세바스찬 성당에서 열리는 세례식에 참석해달라고 초청장을 보냈다.

델 베치오 신부가 세례식을 끝내자 아프릴레의 큰 아들인 발레리우스가 포도주 잔을 들고 건배를 외쳤다.

"두 사람 모두 성공하고 행복하게 살기를 빈다. 그리고 너의 아들도 시칠리아인의 열정과 미국인의 낭만을 지닌 남자로 자라나길 바란다"

마르칸토니오도 잔을 들고 덧붙였다.

"만일 아이가 시트콤에 출연하고 싶다면 누구에게 연락해야 하는지 알지?"

이제 아프릴레 은행들도 경영 실적이 좋아 마르칸토니오는 드라마 제작을 할 경우 2천만 달러까지 대출을 받을 수 있게 되었다. 그와 발레리우스는 아버지의 FBI 기록을 가지고 드라마를 공동 제작하기로 계획을 세웠다. 니콜은 최악의 아이디어라고 반대했지만 오빠들은 아버지가 살아 계셨더라면 자신의 전설적인 범죄를 극화하여 막대한 돈을 버는 것을 허락했을 거라는 데 의견의 일치를 보았다.

"하지만 범죄를 추정하는 식으로 그려야 해."

니콜은 이런 조건을 달았다.

그러나 아스토레는 왜 그들이 아직도 두려워하는지 의아했다. 마피아의 두목은 이미 이 세상 사람이 아니었다. 위대한 두목들은 자신들의 목표를 달성했고 최고의 범죄자들이 그렇듯 세상 사람들에게 미화되어 알려지고 있었다. 아직 두목이 몇 명 남아 있기는 하지만 그들은 이류 잡범인지 무능력한 악당인지 제대로 구분조차 되지 않았다. 요즘 같은 세상에는 누구든지 사업을 시작하면 일반인들에게 주식을 팔아서 수백만 달러쯤 강탈하는 건 식은 죽 먹긴데 뭣 때문에 목숨을 내놓고 싸움을 하겠는가.

"이봐, 아스토레. 우리 영화의 특별 자문 역할을 해줄 거지?" 마르칸토니오가 물었다. "되도록 정확한 고증을 받고 싶어서 말야."

"그러죠. 제 대리인을 보내죠."

아스토레가 웃으면서 말했다.

그날 밤 늦게 침대에서 로지는 아스토레 쪽으로 돌아누우며 말했다.

"당신, 돌아갈 거 아니지?"

"어디로? 뉴욕?"

"알면서 그래."

로지가 머뭇거리며 말했다.

"과거의 생활로 말이야."

"여기, 당신과 함께 사는 이곳이 내가 있을 곳이야."

"그래. 하지만 아이는 어떡하지? 미국에서 누릴 수 있는 모든 것을 누릴 수 없게 되는 건가?"

아스토레는 마을 언덕을 뛰어다니고 단지에서 올리브를 꺼내 먹고 위대한 마피아 두목과 시칠리아의 옛 이야기를 들으며 자라날 아들 레이몬드를 그려보았다. 그는 아들에게 그런 이야기를 들려주게 될 날을 기대했다. 그리고 그런 신화는 끝나지 않으리라는 것도 알고 있었다.

하지만 언젠가는 아들도 미국으로 돌아갈 것이다. 복수와 자비와 무한한 가능성의 땅으로.

〈끝〉

# 古代 그리스의 가장 위대한 인간, 시시포스

도둑의 왕, 아우톨리코스와 숨막히는 두뇌싸움에서 승리를 거두고, 죽음의 신 타나토스에게 맞서 부활한 시시포스. 코린토스를 덮친 대지진 앞에서 그가 신들을 향해 외친 것은 무엇인가? 그리고 그가 끝까지 신에게 맞선 이유는 무엇이었나?

> 모험과 관능이 어우러진 생명력이 넘치는 소설
> — 르 몽드 Le Monde

**프랑수와 라슐린느 장편소설**
하정희 역 | 신국판 변형 | 508p | 13,500원

# 시시포스
## Sisyphe

**프랑수와 라슐린느** François Rachline_ 프랑스의 저명한 경제학자로 파리 정치학 연구소와 파리 10대학에서 경제학을 가르치고 있다. 〈시시포스〉는 그의 첫 소설로 그가 집필하고 있는 '그리스 신화' 3부작 중 첫 번째 작품이다. 그는 이 소설에서 고대 그리스의 인물인 '시시포스'를 통해 끊임없이 자신의 운명과 맞서는 인간상을 그려내고 있다.

# 〈대부〉의 작가 마리오 푸조가 파헤치는 15세기 교황가(家)의 숨겨진 비밀!

뉴욕의 마피아 패밀리를 능가하는 이탈리아 역사상 최초의 범죄집안 보르지아 가(家), 그들이 벌이는 근친상간과 살인의 이중주(二重奏). 과연 '패밀리' 란 무엇인가?

## 패밀리

마리오 푸조 | 하정희 역
신국판 변형 | 하드커버 양장 | 568p | 18,500원

**화제의 신간!**

### 대부 The Godfather

영화 〈대부〉의 원작이며 전 세계 모든 갱스터 소설과 영화의 원전. 지금까지 총 2천만 부 이상 판매된 사상 최고의 베스트셀러. 이제는 한 시대를 대표하는 기념비적 작품으로 자리매김 했다. 독자에게 잊혀지지 않는 감동과 재미를 선사하는 필독서!

마리오 푸조 | 이은정 역 | 사륙판 | 612p | 9,500원